SIMONE MALACRIDA

"La duplice metà del mondo"

© Copyright, 2024 Simone Malacrida

INDICE ANALITICO

                                                  PAG.

I	1
II	21
III	41
IV	61
V	81
VI	101
VII	121
VIII	141
IX	161
X	181
XI	201
XII	221
XIII	241
XIV	261
XV	281
XVI	301
XVII	321
XVIII	341
XIX	361
XX	381
XXI	401

NOTA DELL'AUTORE:

Nel libro sono presenti riferimenti storici ben precisi a fatti, avvenimenti e persone. Tali eventi e tali personaggi sono realmente accaduti ed esistiti.
D'altra parte, i protagonisti principali sono frutto della pura fantasia dell'autore e non corrispondono a individui reali, così come le loro azioni non sono effettivamente successe. Va da sé che, per questi personaggi, ogni riferimento a persone o cose è puramente casuale.

"Dio ci ha dato due orecchie, ma soltanto una bocca, proprio per ascoltare il doppio e parlare la metà."

Epitteto

I

Johannesburg, maggio-luglio 1964

Il quarantenne Peter Smith stava per terminare il suo rito mattutino.
Dopo aver fatto colazione, si era diretto verso il bagno per farsi la barba e, in seguito, si sarebbe vestito di tutto punto, come faceva ogni giorno lavorativo prima di recarsi in banca.
Era un semplice impiegato, uno di quelli che pensava di essere importante perché maneggiava soldi altrui e teneva perfettamente in ordine sia la sua scrivania sia il suo compito quotidiano.
Ligio al dovere, senza mai andare sopra le righe.
Rispettoso dei ruoli ed affabile, cortese e in qualche modo erede di una tradizione britannica che, a Johannesburg, egli sentiva molto.
Lo aveva ereditato dalla sua famiglia e da quanto appreso in gioventù.
Rispetto per la duplice madrepatria, l'Inghilterra e il Sudafrica.
A differenza della generazione dei suoi nonni o dei suoi genitori, Peter ambiva ad una piena integrazione con l'altra componente bianca data dai boeri.
Erano i boeri i veri detentori del potere politico e militare, mentre ai discendenti inglesi veniva riservato un trattamento speciale solo in campo economico.
Là erano rispettati e Peter si era detto che, partendo dall'economia, avrebbe potuto aspirare ad altro.
E se non ci fosse riuscito, avrebbe demandato ai suoi figli.
Andrew, il primogenito di dieci anni, frequentava la scuola primaria con grande successo.
Era considerato uno degli alunni più brillanti ed aveva ereditato dal padre quelle doti di equilibrio necessarie per farsi strada.
Margaret, che ormai aveva già sette anni e sperava sempre di uscire dal ricordo genitoriale di quando era molto più piccola, era, d'altro canto, un modello simile a sua madre Elizabeth, la quale, a trentotto anni, ormai si considerava già una donna fatta e finita, senza più niente da dire.

Aveva fatto il suo.
Si era sposata ed era divenuta madre.
Una coppia maschio femmina, come si addiceva alle migliori famiglie di Johannesburg.
Tutta dedita alla casa e all'educazione dei figli, lasciando a Peter il compito di pensare economicamente alla famiglia.
Suo marito era più dotato e sicuramente più portato, almeno questo era quanto tutti pensavano.
Tutti inteso nella loro piccola cerchia di conoscenti e amici, visto che erano un modo di comportarsi comune, persino tra i boeri.
"Andrew, Margaret, sbrigatevi!"
Nonostante non fosse necessario, Elizabeth, detta Betty da pochi intimi, ripeteva questa frase ogni mattina.
Era un modo per scandire la giornata.
In casa, ognuno aspettava quel segnale.
I figli che, ormai, avevano già terminato di vestirsi e che, dopo quel richiamo, scattavano in pochi secondi verso l'uscita di casa e persino Peter si era sincronizzato con questo richiamo.
Non appena la moglie finiva di pronunciare la frase in questione, l'uomo usciva dalla stanza stringendosi il nodo della cravatta e raccattando la borsa da lavoro.
In breve tempo, tutti e tre i componenti della famiglia avrebbero salutato Betty e sarebbero usciti di casa.
I due giovani si sarebbero diretti alla fermata dell'autobus, giusto all'angolo della strada, mentre Peter avrebbe acceso l'automobile parcheggiata diligentemente nell'autorimessa per recarsi al lavoro tramite il medesimo percorso di sempre.
Betty sarebbe rimasta a casa.
Avrebbe rassettato e pulito e, poi, avrebbe preso un autobus, ormai vuoto di studenti, per recarsi in città a fare compere.
Vi era sempre del cibo o dei prodotti da acquistare o qualche altra donna da incontrare.
Megan con i suoi acciacchi o Sue per i pettegolezzi relativi alla piccola comunità delle loro conoscenze o Hillary per essere informate della moda e delle ultime tendenze.
Di solito, ci si trovava in gruppi che variavano da tre fino a cinque, in piccoli circoli costituiti da sale da thè o direttamente nelle case delle varie donne.
Si organizzavano feste o ritrovi, specialmente per il fine settimana.

Così i figli crescevano tutti assieme e non era infrequente che, una conoscenza dalla tenera età, sarebbe sfociata in un fidanzamento e in un successivo matrimonio.
Così era accaduto per Peter ed Elizabeth e così sarebbe potuto succedere anche per i loro figli.
Ciò che avveniva dopo la separazione mattutina sarebbe stato argomento serale, specie per quanto concerneva la scuola di Andrew e Margaret o le novità provenienti da Elizabeth.
Il lavoro di Peter era oscuro agli altri componenti della famiglia e, comunque, era stato sempre derubricato ad incomprensibile per tutti.
"Quando sarai grande capirai", era la frase che veniva rivolta ad Andrew, considerato l'unico, in quanto maschio, a poter comprendere in futuro.
Margaret ed Elizabeth non venivano minimamente prese in considerazione.
In banca, vi erano tutti dipendenti maschi a parte le segretarie, tutte rigorosamente donne.
Nessun cliente si sarebbe sentito a suo agio nel farsi servire e ricevere da una donna e avrebbe dubitato delle sue capacità, sentendosi trattato come di secondaria importanza.
Viceversa, nessun uomo avrebbe mai fatto il segretario di un altro uomo.
Era un ruolo perfetto per le donne, in quanto premurose, puntigliose e pronte a servire.
Non era inusuale che tra qualche impiegato e qualche segretaria nascessero delle storie di amore.
Ufficialmente la banca scoraggiava tutto ciò, ma nella pratica gli impiegati scapoli erano una preda ambita da parte delle segretarie, specie se i primi fossero stati boeri.
Si intratteneva anche qualche relazione extraconiugale, ma ciò era meno tollerato.
Se scoperta, si applicava il licenziamento alla segretaria e una dura ramanzina per l'impiegato.
Qualcuno che volesse fare carriera non doveva invischiarsi in qualcosa del genere, rimandando così certe occasioni a dopo.
I capi, inteso con questo termine la parte dirigenziale e direttiva, potevano attingere a piene mani da questo bacino.
Erano di solito uomini oltre la cinquantina, ormai con una posizione affermata e con un matrimonio in genere noioso, figli grandi con

proprie aspirazioni e mogli ormai svuotate di significato nei confronti della vita.
Nessuno stimolo, nessuna scossa adrenalinica.
Diventava così naturale prendersi una pausa con una segretaria.
Giovani, avvenenti, procaci, sensibili ai regali costosi e agli aumenti di stipendio.
Facili prede per uomini che si sarebbero illusi di ritornare giovani, seppure per pochi istanti.
Di solito, tutto finiva nello stesso modo in cui era iniziato ed erano stati pochi i casi eclatanti di matrimoni in seguito a divorzi.
Non era bene e faceva scandalo.
La patina di buone maniere doveva essere mantenuta, stendendo un velo di ipocrisia sull'intera società.
Ipocrisia che permeava l'intera struttura, molto più di quanto un semplice lavoro impiegatizio potesse lasciare intendere.
Il Sudafrica viveva secondo la legge dello sviluppo separato, teorizzata anni prima e messa in pratica nell'ultimo decennio.
Ogni comunità razziale doveva essere isolata fisicamente e socialmente e questo imponeva una distinzione anche tra boeri e inglesi, sebbene entrambi appartenenti ai bianchi.
Ciò che nessuno vedeva, e non voleva vedere, erano i neri.
Le scuole erano separate in termini di selezione alla fonte e di collocazione.
Non vi erano scuole per neri nella zona bianca di Johannesburg.
E non vi erano bianchi nelle township, ossia nelle zone riservate ai neri.
Tutti erano segregati e non si vedevano l'uno l'altro.
Peter percorreva un tragitto in automobile tale per cui non entrava mai in contatto visivo con Soweto o le altre township di Johannesburg.
In strada non si vedevano neri e nemmeno nei luoghi di lavoro.
A dire il vero, c'erano ma dovevano essere nascosti alla vista.
L'intera economia bianca di Johannesburg si basava sullo sfruttamento dei neri, ma queste persone, a cui veniva temporaneamente concesso di frequentare le zone dei bianchi, dovevano essere invisibili.
Rinchiuse all'interno di capannoni industriali posti in periferia o in zone non residenziali, trasportati con mezzi speciali che facevano la spola e ad orari differenti.
Non si dovevano turbare le anime dei bianchi con potenziali sovversioni di ogni tipo.
"Non faremo l'errore degli americani", si diceva da più parti.

"E non importa se ci mettono sanzioni o se ci hanno espulso dal Commonwealth".
Così i boeri, i più intransigenti, rimarcavano una differenza netta con gli inglesi, dai quali prendevano le distanze parlando in afrikaans, la loro lingua tipica.
Peter la conosceva, o almeno aveva imparato a conoscerla, mentre i suoi figli la studiavano a scuola accanto all'inglese.
Solamente Elizabeth non era in grado di comprenderla e questo tagliava ulteriormente fuori la donna dalle comunicazioni sociali oltre la sua ristretta cerchia di conoscenze.
Nessuno si poneva domande e nessuno protestava.
Era così, e in fondo si stava meglio di un tempo.
Peter si ricordava la sua infanzia e soleva avvertire i suoi figli circa "la fortuna che avevano nel vivere in quei tempi."
Come facevano gli anziani di ogni luogo e di ogni epoca, Peter ed Elizabeth, invecchiati precocemente a livello intellettivo, ogni qualvolta si rivolgevano ai figli in modo da redarguirli, iniziavano la frase con una perifrasi indicativa:
"Ai miei tempi..."
Margaret, sull'autobus, se ne stava seduta sempre vicina al fratello, in quanto si sentiva protetta, ma con gli occhi scrutava gli altri bambini e ragazzi.
Aveva invidia di quei giovani con la carnagione lattiginosa e con gli occhi azzurri.
I capelli biondi e lucenti come l'oro la mandavano in visibilio, mentre quando si rimirava allo specchio, vedeva solo un'anonima bimba con tutto marrone.
Capelli e occhi.
Pelle bianca, ma non eburnea.
Essere biondi e con gli occhi azzurri equivaleva alla quasi certezza di appartenere ai boeri e ciò dava un gran senso di sicurezza a quei bimbi.
Camminavano con la fronte più alta e con lo sguardo più fiero e, anche quando cadevano o erano in difficoltà, davano l'idea di essere superiori alla norma.
Viceversa, Margaret aveva visto solo due volte dei neri e ne era rimasta terrorizzata.
Avevano tratti somatici diversi, con un naso schiacciato e dei capelli in genere ricci, ma attaccati alla testa.
L'impressione maggiore l'aveva avuta nel guardare loro le mani, bicolori tra dorsi e palmi.

Suo fratello Andrew non condivideva né questa paura né la precedente invidia.
Era contento della sua vita come era e non si era mai posto alcuna domanda.
Quelle sarebbero sopraggiunte con l'adolescenza.
Quando la famiglia Smith si recava fuori Johannesburg, eventi molto rari ma scolpiti nella memoria di tutti i componenti, Peter si premurava di comprendere se le zone fossero sicure.
Con tale termine non intendeva se fossero prive di pericoli naturali, cosa più che lecita in un paese costituito, per gran parte, da campagne o da parchi naturali o da deserti, ma si riferiva ad incontri spiacevoli.
In sostanza, la popolazione nera.
Delle quale ignorava ogni cosa, persino che non costituissero un'unica etnia.
Anzi, i neri erano molto più divisi al loro interno di quello che non fossero i bianchi e, in ciò, risiedeva la loro debolezza.
"Saranno in tanti, ma non sanno pensare e si odiano l'un l'altro", così veniva insegnato nelle scuole e la Storia era lì a dimostrarlo.
I bianchi erano riusciti a dominare per via dell'ingegno, dell'istruzione e della compattezza e tutto ciò aveva superato il vantaggio numerico.
"Non conta la quantità, ma la qualità."
L'idea di fondo propugnata in ogni strato della società sudafricana era che l'uguaglianza tra uomini fosse una baggianata.
Ognuno valeva in modo diverso e quindi doveva avere diritti diversi, il tutto per ottenere un risultato migliore per tutti.
Su tali assunti si basava il cosiddetto apartheid, termine vituperato all'estero, ma considerato uno stemma distintivo da appuntarsi al petto in Sudafrica.
"Gli altri non capiscono la nostra situazione e non ci possono giudicare."
Con tale affermazione venivano liquidate tutte le critiche provenienti dall'esterno, mentre il fronte interno doveva essere compatto.
I bianchi compatti contro i neri, più o meno divisi.
E questo scontro avrebbe coinvolto anche la politica e la giustizia.
Non era ammissibile che dei neri potessero vincere in tribunale, con dei giudici e dei giurati bianchi.
Con la polizia bianca che aveva svolto le indagini, i neri dovevano essere condannati, specie i loro capi.
Da un anno ormai teneva banco lo scontro frontale tra potere bianco e l'ANC, l'African National Congress, il partito che aveva riunito i

principali oppositori neri e che era stato dichiarato criminale, in quanto di tendenze comuniste, reali o presunte che fossero.
A Soweto se ne discuteva da tempo a casa di Johannes Nkosi, un operaio trentacinquenne di quelli che, giornalmente, se ne usciva dalla township all'alba per ritornarci al tramonto.
Quando stava tra i bianchi, a Johannes non era consentito fare praticamente nulla, specie assentarsi dal lavoro o andare in giro.
Aveva un'ora di pausa pranzo che trascorreva nella parte posteriore del fabbricato, dopo aver consumato un pasto indecente.
Non era permesso portare del cibo fuori dalla township né portarvi dentro nulla.
Vi erano delle guardie che potevano perquisirti arbitrariamente e la pena detentiva era normale per chi sgarrava, dopo una dose di botte e bastonate come doveva essere nella norma.
Così gli operai lavoravano, mangiavano in fretta e poi si annidavano dietro al fabbricato come formiche, in cerca dell'ombra durante la stagione estiva o del Sole quando faceva freddo.
Johannes vedeva a malapena i suoi due figli, Moses di dieci anni e Johanna di sette, i quali frequentavano una scuola per soli neri all'intero di Soweto.
A badare alla loro cura ci pensava Maria Khumalo, la moglie trentenne di Johannes, la quale si occupava di lavare e cucire stoffe, quasi sempre materiale di scarto dei bianchi che veniva riutilizzato nelle township.
Guadagnava poco, ma quel tanto che bastava a tirare avanti assieme allo stipendio di Johannes.
I loro figli avrebbero dovuto studiare più di quanto era stato permesso a loro due.
"Solo così ci sarà progresso."
Per Maria, le conquiste andavano fatte passo dopo passo, lentamente e in modo progressivo.
"Nessuno ha mai fermato l'acqua", così era solita ripetere una frase che aveva appreso da sua madre, la quale aveva sentito tutto ciò in gioventù e via dicendo.
Johannes non ne era convinto.
Ora si stava peggio rispetto ai tempi dell'impero Zulu.
Dove era l'indipendenza e lo splendore delle terre dei neri?
"Preferisti vivere in un bantustan?"
Johannes non ci pensava minimamente.
Avrebbe resistito, per quanto Soweto potesse marcire e rendersi inospitale.

Accettando di sloggiare in un bantustan, avrebbe finito per fare la politica dei bianchi.
"E' quello che vogliono.
Farci andare via dicendoci che abbiamo diritto al dieci per cento delle terre, mentre noi siamo padroni del cento per cento.
È un esproprio bello e buono.
Se lo scordano.
Staremo qui e lotteremo."
Johannes era un convinto sostenitore dell'ANC, anche se non si poteva dire né palesare.
L'essere appartenente e sostenitore bastava per un arresto.
Per tale motivo, era in attesa della sentenza che avrebbe dato una svolta alla loro vita.
"Ma tu pensi veramente che quelli lì salveranno te e i tuoi figli?
Illuso Johannes, marito mio."
Maria non credeva a tutto questo.
I tribunali e la polizia erano "cose dei bianchi", come solevano dire tutti.
Non vi era speranza che, sfidando legalmente e apertamente il regime dell'apartheid, si potesse giungere ad una soluzione migliore.
A quel punto vi erano solo due alternative.
La rivolta armata o l'accettazione e il cambiamento per passi successivi.
Messe da parte velleità di vendetta, impossibili da applicare per via della soverchiante superiorità dei bianchi in termini militari, non restava che l'attesa.
Educare i propri figli ad imparare qualche mestiere più nobile dell'operaio o della riparatrice di stoffe per poi ambire ad una posizione migliore.
"Ascoltandoti, ci vuole almeno un secolo per reclamare i nostri sacrosanti diritti."
Johannes ne parlava apertamente con di fronte anche i bambini.
"E' giusto che sappiano quale futuro li attende", si giustificava, mentre Maria preferiva farlo senza la loro presenza.
I bambini sono facilmente influenzabili e non possiedono i mezzi intellettivi e psichici per contrastare quanto affermano gli adulti.
"Piuttosto pensa a come faremo a tirare avanti.
Qui i soldi sono sempre meno visto che i prezzi dei cibi aumentano."
Johannes se ne era accorto.
Mancava quasi tutto a Soweto e si viveva in modo pessimo.
Eppure, vi erano pochissimi che si stavano arricchendo.

Neri che sfruttavano altri neri e che avevano trovato la loro fortuna nella politica dello sviluppo separato.

Se posti in regime di concorrenza, certe rendite di posizione non sarebbero sopravvissute, ma così si faceva il gioco dei bianchi.

"Non servirà a niente", si era detto, fissando la township ancora mezza addormentata.

Dei bianchi sapeva poco.

Ne aveva visto qualcuno, ma senza interagirci.

Di sicuro, non si facevano vedere nei dintorni di Soweto.

Sembrava che quel pezzo di città fosse invisibile, inghiottito dalla terra e reso inaccessibile.

Come riuscivano a vivere anni senza accorgersi di quello che accadeva nella loro medesima città?

Si consolò pensando che almeno i suoi figli non avevano dovuto sopportare nulla di simile.

Né Moses né Johanna erano mai usciti da Soweto.

Per loro, la città finiva con le ultime baracche in lamiera della township e non erano nemmeno attratti dal vedere il mondo dei bianchi.

A detta di loro padre, non vi era niente di buono.

Così circolavano voci disparate circa come si vivesse a Johannesburg.

"Non ci credo che tutti abbiano un'automobile.

Mio padre ci lavora e non me lo ha mai detto."

Moses era il meno propenso a credere a quanto gli altri bambini raccontavano dei bianchi.

Sapeva che una notizia poteva essere ingigantita e storpiata e che il risultato finale, dopo qualche passaggio, sarebbe stato l'esatto opposto del messaggio originale.

Lo aveva visto giocando a calcio con i suoi amichetti in qualche campetto improvvisato, quando ad esempio le cose volgevano al peggio con qualcuno che si faceva male.

Dalla versione reale a quello che veniva recepito, a volte si ribaltava tutto.

Sua sorella Johanna invece era facilmente manipolabile.

"Non devi credere a tutto, stupida!"

Moses a volte si vergognava di lei, soprattutto quando erano in pubblico, mentre a casa, lontano da sguardi indiscreti, diventava il fratello maggiore migliore del mondo.

Giocava, scherzava, la proteggeva e le insegnava proprio come avrebbe fatto un padre.

Tale duplicità non apparteneva a Johanna, la quale era sempre stata spontanea e sincera.

"Farai poca strada, figlia mia", le aveva detto la madre, in parte rammaricandosi, ma anche compiacendosi della sua purezza.

Se tutti fossero stati come Johanna, non ci sarebbe stato alcun problema al mondo.

Nessuna guerra o sopruso, sopraffazione o violenza.

Johannes assisteva poco a tutto questo.

Aveva solo la domenica come giorno di riposo e non riusciva a staccare completamente dal lavoro.

I ritmi gli rimanevano impressi in modo costante e imperituro, senza dare segni di allentamento.

Sapeva che sarebbe stato uno dei tanti che sarebbe morto sul luogo di lavoro.

"Meglio così che altrove.

Di malattie lancinanti o in carcere o con qualche proiettile in corpo."

Si consolava con la certezza del suo lavoro, non era questo quanto andavano blaterano tutti quanti?

Il lavoro come base di partenza.

Maria non voleva sapere nulla di quanto il marito facesse fuori da Soweto, così come non riteneva importante informarlo sulle stoffe, lavoro da donne e svolto solo da donne.

Vi erano ragazzine poco più grandi di Moses e, quando le vedeva, a Maria veniva quasi da piangere.

Non era giusto, ma comprendeva come la necessità e la fame potessero spingere ad ogni gesto.

Non se la sentiva di giudicare chi stava peggio di lei.

Con quale diritto lo avrebbe fatto?

Chi era Maria Khumalo per emettere una sentenza?

Sarebbe stata arrogante, tanto quanto quei bianchi che avrebbero dovuto giudicare i capi dell'ANC.

Per Johannes non vi era molta scelta.

O il tribunale avrebbe accolto le richieste dalla difesa, giudicando gli imputati innocenti e liberandoli, come era già successo tempo addietro, oppure ci sarebbe stata una pena esemplare.

"Scordatelo", così il suo amico Patrick lo aveva fatto ripiombare alla realtà.

"Non faranno un'altra volta l'errore di liberarli.

Ora che li hanno tutti in gabbia, non li faranno uscire.

Sarà tutta una farsa pilotata, nella quale tutti già conoscono la sentenza.

Ergastolo.
Così non potranno mai più fare proseliti.
Sai come ci trattano?"
Johannes scosse la testa e Patrick non aspettava altro per aggiungere la battuta finale.
"Come pecore.
Ecco come ci trattano.
Pensano che, condannando tutti i capi, saremo persi e smarriti e la smetteremo.
Pensano che tutto finirà qui e, invece, non sarà che l'inizio."
Johannes lo lasciò parlare.
Era arrivato a casa, avendo terminato il pezzo a piedi che, dalla fermata dell'autobus, lo conduceva nella baracca doveva viveva con la sua famiglia.
Patrick, invece, abitava tre isolati oltre.
Era una di quelle teste calde che non si era sposata per votarsi direttamente alla causa dell'ANC.
"Così potrò agire senza pressioni…"
Aveva letto qualcosa ed era stato istruito a grandi linee.
Aveva compreso che i padroni sfruttavano gli operai e i bianchi facevano lo stesso con i neri; quindi, un padrone bianco lo faceva doppiamente nei confronti di un operaio nero.
"Anzi, non doppiamente, ma con il quadrato."
Non aveva mai compreso l'espressione, dato che non aveva rudimenti di matematica astratta, ma lo ripeteva di continuo, avendolo sentito da chi possedeva un'istruzione superiore alla sua.
In tal modo, Patrick, pur essendo più giovane e con meno esperienza lavorativa e di vita rispetto Johannes, si sentiva di dispensare consigli e di istruire uno che considerava compagno di lotta, oltre che buon padre di famiglia.
"Quello non ha ancora finito di parlare?"
Maria travolse il marito con la sua solita lamentela.
Alla donna non andava a genio Patrick.
Un uomo senza famiglia era considerato inutile e dannoso, almeno agli occhi di Maria.
Aveva intuito sentendo le voci avvicinare e facendo mente locale sull'unico discorso possibile da parte di Patrick.
Johannes fece un cenno di disappunto.
Avrebbe voluto liquidarla in malo modo, ma preferì non rispondere.
Non era il caso di litigare appena varcata la soglia di casa.

E poi non aveva abbastanza energie.
Forse dopo aver messo qualcosa nello stomaco, come un po' di samosa, ammesso che ci fossero gli ingredienti disponibili alla moglie per preparare la cena.
Era un piatto di origine indiana, imparato chissà dove dalla moglie ma che era entrato nella tradizione.
Piatto povero facilmente preparabile.
Non era così scontato mangiare tutte le sere, o almeno non lo era per tutti a Soweto.
Almeno su quello, Maria e Johannes non avevano mai fatto mancare nulla ai loro figli.
"Di cosa stavate parlando?"
Moses era curioso, ma il padre non lo avrebbe messo al corrente.
Erano cose da grandi e, nonostante comprendesse la voglia di suo figlio nel bruciare le tappe, era meglio che ne rimanesse alla larga.
Avrebbe avuto di che stufarsi nel futuro.
Johannes ripensò ai suoi dieci anni ma non gli venne in mente nulla.
Era un periodo vuoto rispetto a quanto accaduto dopo.
Durante l'adolescenza, come tutti, Johannes aveva scoperto l'attrazione verso l'altro sesso e, solo dopo aver sposato Maria, le sue attenzioni si erano rivolte ad altro, ossia alla situazione sociale e politica.
L'arrivo dei figli gli imponeva di pensare al futuro e non solo a se stesso.
Il giorno della sentenza arrivò senza troppi preamboli.
Undici mesi erano passati dai primi arresti, ai quali ne erano seguiti degli altri.
Sembrava un tempo infinito di attesa, ma poi, come sempre, un evento coglie tutti impreparati.
"Era il risultato che ci aspettavamo", chiosò Patrick non troppo sorpreso.
Ergastolo per tutti, tranne che per uno degli imputati.
Era un modo per lavarsi la coscienza e per dimostrare che non si condannava per partito preso.
"Buffoni, ecco cosa sono.
Ma se pensano di piegarci, hanno sbagliato a capire.
Da oggi inizia la fase di liberazione!"
Johannes non comprese i toni dell'amico.
Trionfalistici nonostante l'evidente risultato di sconfitta, ma con una punta di amarezza.
Significava non dover sperare nella giustizia e nei tribunali.

E come si faceva in uno Stato in cui i bianchi dominavano in ogni settore economico, politico, sociale, culturale e militare?
"Gli abbiamo dato una bella lezione", Peter intuì il discorso tra due colleghi boeri, pronunciato strettamente in afrikaans.
I due sogghignavano della notizia mentre, in pausa pranzo, si rilassavano con le maniche della camicia semi-arrotolate.
Era concesso, in questi frangenti, non rispettare l'etichetta a patto che il tutto rientrasse nei canoni prima della fine della pausa.
Peter, dal canto suo, non dismetteva mai i panni del perfetto impiegato con il suo aplomb, un po' per dimostrare di essere superiore in termini stilistici, discendendo dagli inglesi, più civilizzati ed urbanizzati di quattro agricoltori olandesi che si erano insediati in Sudafrica secoli prima, un po' per suo carattere.
Aveva intuito che i colleghi si riferivano al processo che aveva condannato all'ergastolo tutti i capi dell'ANC.
D'altra parte, dove si voleva andare a parare?
Neri e comunisti, la perfetta unione per la distruzione del loro paese.
La sua famiglia condivideva in toto la sentenza, come del resto la stragrande maggioranza dei bianchi.
"Si tratta di difendere la nostra società".
Ciò che stava avvenendo in America con il movimento per i diritti civili non solo non faceva cambiare idea, ma anzi rafforzava la convinzione nell'apartheid.
Era un modo per dimostrare cosa avrebbero fatto i neri se si fosse concessa loro una benché minima libertà.
"Senza dimenticare che qui sono maggioritari".
L'essere accerchiati, in fondo ospiti bianchi in un continente a stragrande maggioranza nera, era fondamentale per comprendere l'approccio.
A parte Peter, nessuno a casa Smith possedeva i mezzi per comprendere fino in fondo le implicazioni della condanna.
Qualcuno aveva paventato possibili disordini.
"Che ci provino.
Sarà la scusante per metterli in carcere tutti e per evacuare le township."
Il desiderio non troppo sopito era quello dell'espulsione di massa verso i bantustan, laddove si sarebbero concentrati tutti i neri.
Nessuno si preoccupava di come sarebbe andata avanti la loro società, senza infrastrutture e con una densità abitativa mostruosa, ma cosa più

preoccupante nessuno aveva idea di come l'economia bianca già dipendesse fortemente dalla manodopera dei neri.
Interi settori industriali nei quali i padroni bianchi facevano affari d'oro, mostrando in pubblico la faccia di chi era contrario ad ogni possibile integrazione.
Peter disdegnava simili persone.
Non erano coerenti.
"Anche avere una governante nera..."
Era qualcosa di non concepibile.
Perché costringere le donne dei bianchi a lavorare, dovendo così derubricare le faccende domestiche a qualche nera?
Per ragioni economiche?
Certamente chi lo faceva ne guadagnava, visto che lo stipendio di una donna bianca era almeno il triplo di quanto si pagava una governante nera.
Ma a Peter ciò non andava bene.
Era lo sradicamento della tradizione, con le donne che non sarebbero più state le regine della casa.
E i figli come sarebbero cresciuti senza una madre che si prendesse cura di loro?
Soprattutto a Peter non andava a genio fare entrare dei neri a casa sua.
Considerava ciò come qualcosa di sporco.
Mischiarsi a "quella gente", come la definiva non avendo nemmeno il coraggio di usare l'appellativo solito o anche il dispregiativo che quasi tutti i boeri avevano sempre sulla bocca.
Neri era già qualcosa di edulcorato.
In realtà, ciò che per altri era stato uno spartiacque, per Peter Smith e la sua famiglia non fu nulla.
Tutti continuarono la medesima routine di sempre.
Gli stessi orari, gli stessi discorsi, gli stessi pensieri.
"Stiamo organizzando una festa con i Parker.
Sono tanto carini, e poi hanno quel cane che i nostri figli adorano", in tal modo Elizabeth si era data da fare per rinsaldare il legame tra i discendenti degli inglesi.
Nelle loro case, non mancava mai né una bandiera dell'Unione né un ritratto della regina Elisabetta e Peter andava orgoglioso che sua moglie portasse un nome così altisonante.
Quando si ritrovavano, era un modo per rievocare il passato e non vi era usanza migliore che cantare l'inno, parlare di cricket o di rugby per sentirsi ancora parte dell'Impero.

Tali tradizioni avrebbero potuto allontanare l'integrazione con i boeri, ma Peter non ci pensava minimamente a rinunciare ad esse.

Erano nel suo animo, radicate nel profondo e così avrebbe dovuto trasmetterle ai suoi figli.

Andrew non disdegnava mai simili iniziative, considerandosi il futuro portatore di tali radici, mentre a Margaret interessava solo giocare con il cane dei Parker.

Era un piazzato golden retriever, sempre pronto a scodinzolare e a rincorrere palline e palloni di ogni forma e dimensione, ritornando poi ansimando e con le fauci spalancate.

Si chiamava Derry e Margaret invidiava Jane, la figlia dei Parker, che aveva otto anni.

Sapeva più cose di lei in quanto era un anno avanti a scuola e poteva godere della compagnia di Derry ogni giorno.

Aveva anche insegnato al cane a rispondere ad alcuni comandi vocali.

Peter si appartava con il suo omologo della famiglia Parker, John, il quale, quando era preoccupato, si grattava il capo, stempiato da una tardiva calvizie che si stava progressivamente facendo strada.

Tra un roast beef e una salsa alla senape preparata in casa, Peter si avvicinò con un paio di birre ghiacciate.

John aveva un'espressione che lasciava trasparire qualche problema.

Era un agente assicurativo, uno di quelli che lavorava tanto con le aziende quanto con i privati.

Peter aveva assicurato da lui ogni cosa, dall'automobile alla casa e John, per ricambiare, teneva tutti i conti presso la filiale di banca nella quale lavorava Peter.

Era un modo per aiutarsi vicendevolmente e anche controllarsi.

"Qualcosa che non va?

Ne vuoi parlare?"

Di solito, le problematiche erano circoscritte all'ambito familiare o lavorativo.

Qualche cruccio economico o di carriera o, alla peggio, questioni sentimentali e di salute.

John aveva un fratello che era un dirigente in una delle aziende di produzione locale i cui operai erano tutti provenienti da Soweto.

Per tale motivo, Peter non aveva mai invitato il fratello di John.

Lo considerava una via di mezzo tra un negriero schiavista e qualcuno che si era sporcato con la feccia della società.

John sorseggiò della birra, fece una smorfia e blaterò qualcosa:

"Mio fratello dice che dovremmo iniziare a preoccuparci.

Sai il lavoro che fa e con chi.
Quella sentenza li ha mandati in subbuglio."
Per Peter, non vi era nulla di strano.
Vi erano già stati altri processi e altre sentenze e non vedeva come ciò avrebbe potuto influenzare il corso degli eventi.
Lasciò cadere l'argomento con frasi di circostanza.
"Vedrai che il tempo aggiusterà tutto."
Non voleva farsi rovinare la domenica e il barbecue.
Eppure, sarebbe bastato alzare lo sguardo, portarlo ancora prima dell'orizzonte con una mongolfiera issata a una trentina di metri di altezza e persino Peter avrebbe visto le township.
Quei luoghi che nella sua vita non erano mai esistiti in nessuna cartina e in alcun percorso stradale.
Pieni zeppi di persone invisibili e che si muovevano in ambiti totalmente sconosciuti, con lingue e cibo che nulla avevano a che fare con la famiglia Smith.
Quasi alla stessa ora, a casa Nkosi, Maria aveva appena finito di preparare le pietanze.
Sicuramente niente birra, tanto meno ghiacciata vista la mancanza di frigoriferi e di elettrodomestici in generale, e niente carne.
Farina impastata con acqua e verdure.
Qualche frutto.
Niente di più.
Se Johanna e Moses avessero ancora avuto fame, si sarebbero dovuti arrangiare in altro modo.
Non avevano mai rubato, ma la tentazione era sempre stata forte.
Quasi sempre si aggregavano a chi aveva qualcosa di più o a chi disponeva di nonni che elargivano ogni tipologia di cibo a famelici nipoti.
Johannes fissò il vuoto e sentì che il suo stomaco non era pieno.
La sbobba, così chiamavano l'informe e insapore poltiglia che veniva data loro alla mensa dell'azienda, aveva l'unico pregio di tappare la fame.
Ciò che cucinava Maria era sicuramente più sano e più curato, ma era poco.
D'altra parte, non avrebbe mai tolto il cibo ai suoi figli e avrebbe preferito rinunciare.
"Vado a fare un giro…"
La moglie sbuffò.

Già Johannes non era quasi mai a casa e, se pure la domenica non rimaneva in quel luogo, che razza di famiglia potevano essere?
I figli non vedevano l'ora di svignarsela, in cerca di amichetti e di piccole combriccole con cui passare il pomeriggio.
"Domani pioverà, forse anche entro sera.
Meglio che mi sbrigo", bofonchiò Johannes scuotendo il capo e cercando una giustificazione prima di inforcare la porta.
Moses fu il primo ad infilarsi nel pertugio e a schizzare fuori, seguito a ruota da Johanna.
"Aspettami, tanto so dove vai…"
Era un continuo battibecco tra i due, vista la differenza di età e di genere.
Entrambi si trovavano in quel periodo dell'infanzia nel quale non si comprende l'utilità dell'altro sesso.
Johanna vedeva nei maschi dei prepotenti e delle figure aggressive e minacciose, anche se in fondo stupide.
Moses considerava le femmine come capricciose e volubili, troppo delicate ma anche malvagie.
Nonostante ciò, si trovavano sempre e si proteggevano a vicenda, stando sempre uniti in quanto avevano capito che solo così potevano avere una speranza di cavarsela.
Il ritrovo era al campetto, sperando che vi fossero già dei bambini con nelle vicinanze alcuni nonni.
Per quanto riguardava Johanna e Moses, le figure dei nonni erano alquanto evanescenti.
Dall'altra parte di Soweto e, soprattutto, poveri e con difficoltà a tirare avanti.
A differenza dei suoi figli, Johannes se la prese comoda.
Avrebbe gironzolato per un po' in cerca di qualche viso amico e di qualche conoscenza.
Maria avrebbe finito di sistemare la casa e poi sarebbe andata a trovare sua sorella, posta non troppo distante, ma con la quale non aveva molti rapporti dato che i rispettivi mariti non si potevano vedere
Johannes considerava il cognato un poco di buono, uno di quelli che trafficava sottobanco e quell'uomo giudicava Johannes un buono a nulla che si sarebbe fatto sempre sfruttare dai bianchi.
"Il perfetto schiavo nero", lo appellava.
Dispersi in una township non voluta da loro e nella quale si trovavano come dei prigionieri, la famiglia Nkosi vagava in cerca di un temporaneo approdo.

Giochi o case, cibo o parole, tutto sarebbe servito a lenire la difficoltà del vivere quotidiano.
Johannes passava di fianco ad un'umanità variegata.
Spettri di altri mondi e vita che comunque andava avanti, inesorabile e insensibile a cosa vi fosse fuori.
Possibile che tutto rimanesse incomunicabile?
Che non fosse attuabile un reciproco ascolto?
Secoli di nefandezze si erano concretizzati in una simile situazione del tutto non voluta, almeno dalla maggioranza dei neri.
Per quanto aveva potuto vedere, i bianchi avevano non tanto odio, quanto paura.
Timore di essere spazzati via.
E allora si armavano e commettevano soprusi.
Una vecchia legge della giungla, trasmutata da ambienti ormai dimenticati.
"Ehi amico, cosa hai?
Ti senti bene?"
Senza accorgersi, aveva incocciato in Patrick, il quale aveva intravisto troppo spesso quello sguardo assente.
Si trattava degli occhi alienati di chi lavora in catena di montaggio o di chi si spaccava la schiena per quattro miseri soldi.
"Dai vieni, che ti offro del pane e un goccio di bum-bum."
Lo stomaco di Johannes brontolò, solamente al pensiero di buttare giù qualcosa.
Non che Patrick potesse mettere a disposizione molto, ma il pane secco era ottimo per Johannes.
Avrebbe assorbito i succhi gastrici e l'alcool, buttato giù per stordirsi e dimenticarsi le ingiustizie del mondo.
Senza una famiglia e senza una donna, Patrick aveva investito tutto sulla lotta per la liberazione del suo popolo.
"Non ci fermeranno, ci stiamo organizzando.
Vedranno di cosa sono capaci i fratelli neri uniti."
Johannes lo lasciò parlare.
Più l'amico avesse blaterato, meno avrebbe mangiato lasciando ciò che vi era sul tavolo alla consumazione del solo padre di famiglia.
Bastava solo accennare una risposta ogni tanto.
Un monosillabo o un movimento della testa.
"Sei con noi?"
Johannes avrebbe fatto qualunque cosa per l'ultimo pezzo di pane.
Si sentiva sazio come non lo era quasi mai stato.

"Certo, certo, la lotta e i diritti.
Vinceremo contro le ingiustizie.
Ci batteremo."
Erano parole vuote di significato.
Patrick si versò il primo e unico bicchiere.
Lo fissò sul fondo e poi se lo buttò nello stomaco senza pensarci.
"Sarà lunga.
Non si vince una maratona al primo chilometro".
Fuori il primo tuono stava per annunciare l'inizio della pioggia.

ii

Johannesburg - Durban, autunno-inverno 1965

L'automobile di Peter Smith procedeva lentamente nel traffico cittadino di Johannesburg.
"Questa maledetta pioggia..."
Era veramente un inferno quando gli scrosci improvvisi allagavano le strade, trasformandole in fiumi e rivoli.
L'acqua acquisiva velocità anche con minime pendenze, provocava un rumore tipico delle gomme che cercavano di farsi largo in quel marasma e picchiettava sui vetri, sul cofano e sul tetto.
Peter la odiava.
Si sarebbe bagnato nonostante l'ombrello e tutte le precauzioni e ciò gli avrebbe dato un aspetto meno elegante.
"Non sei un vero inglese se non ami la pioggia", così sua moglie lo canzonava sempre.
Betty era l'unica che poteva permettersi di farlo senza essere rimbrottata.
Peter la guardava in malo modo, ma poi non accadeva nulla.
Andrew, invece, amava la pioggia.
Sarebbe rimasto ore sotto di essa per sentirsi coprire dal pulito liquido che veniva dal cielo.
L'acqua non aveva confini e poteva deviare liberamente dove più le pareva.
Nessuno della famiglia Smith, e a dire il vero nessun bianco, si chiedeva cosa ciò significasse a Soweto, laddove la terra battuta si trasformava in fanghiglia.
Era un altro modo per segregare i neri, espressione con la quale si accomunavano sia gli zulu sia gli xhosa, i due principali gruppi etnici che si erano contesi per anni, ma che ora avevano trovato un'unione politica e direttiva nell'ANC.
A cosa era servito tutto questo?

Solamente a fare arrestare i capi che ora scontavano l'ergastolo in prigioni senza alcuna possibilità di comunicazione con il resto del mondo.
La politica e i mass media stavano ergendo una censura di tutto quanto proveniente dall'estero, in particolare dagli Stati Uniti.
Non andava bene mostrare e parlare di neri che richiedevano diritti.
Marce, scioperi e rivendicazioni erano deleterie per la struttura del Sudafrica.
"L'economia va benone e non dobbiamo preoccuparci", così Peter dispensava consigli a parenti e ad amici.
Dal suo angolo privilegiato, notava come le famiglie se la passassero sempre meglio.
Erano più numerose quelle che accedevano a richieste di finanziamento per l'acquisto di case, automobili ed altri beni.
Gli elettrodomestici erano ormai entrati nella vita quotidiana di molti e stavano alleviando il lavoro manuale femminile.
"Meglio una macchina che una nera!" aveva sottolineato in modo tronfio.
Peter aveva un grande ammirazione per coloro i quali stavano portando l'uomo in una nuova era tecnologica.
Permettere ad ognuno di affrancarsi dai compiti manuali era un grande risultato raggiunto.
Aveva altresì notato come quasi tutto provenisse da uomini bianchi, non da donne o da persone di altra etnia.
Era un modo per certificare la superiorità che il bancario pensava di incarnare, senza accorgersi di essere discriminato a sua volta.
Non gli erano bastati quasi venti anni di duro lavoro impiegatizio per accedere alle leve del potere in mano ai boeri e ai loro discendenti.
Nemmeno parlare afrikaans era la scelta vincente.
Il problema era il cognome.
Presentandosi come Smith, tutti sapevano quale fosse l'origine.
Vi erano famiglie di boeri che vedevano negli inglesi e nei loro discendenti ancora qualcuno da osteggiare.
Vi era stata una guerra in passato e un massacro, ormai perso tra i ricordi, ma il peggio era dovuto a quanto accaduto nell'ultima guerra mondiale.
Gli inglesi si erano alleati ai comunisti, nonostante ciò che aveva detto Churchill.
E soprattutto avevano attaccato la Germania e il Reich.

Molti boeri erano stati convinti sostenitori del nazismo, soprattutto per quanto riguardava la questione razziale.
Si discostavano solamente dal problema principale, non individuabile negli ebrei, ma nei neri.
A seguire gli indiani.
Infine, ciò che era accaduto dopo la guerra, con la perdita della colonia indiana e con la cessione alla figura di Gandhi, non era stata ben vista.
Gli afrikander consideravano gli inglesi degli smidollati.
In tal modo, Peter era escluso a priori.
Se sua madre avesse sposato un boero, allora con un cognome diverso avrebbe potuto ambire ad entrare nella loro cerchia, anche se la difficoltà maggiore sarebbe stata scaricata sulle spalle di Elizabeth.
Risultava quasi impossibile valicare la differenza di origine, anche all'interno della comunità bianca.
Non vi erano divieti espliciti, ma era la comunità locale ad essere orientata in tal senso.
Un padre boero avrebbe mal visto che suo figlio sposasse un'inglese e il fatto non sussisteva minimamente in caso di figlia femmina.
Nessuno avrebbe svenduto la purezza boera per mischiarsi con gli inglesi, andando così a diminuire il rango sociale.
Non era così dappertutto, ad esempio a Durban o a Città del Capo vi erano altre tradizioni, ma a Johannesburg quella era la norma.
Peter non ci pensò più di tanto.
Ora aveva un nemico immediato dato dalla pioggia.
Aveva parcheggiato al solito posto.
Entrò in ufficio con aria di soddisfazione.
Lì sarebbe stato al sicuro.
Pensò che anche i suoi figli sarebbero stati al coperto e ciò lo rincuorò oltre ogni limite immaginabile.
Diede un'ultima occhiata all'esterno e si buttò a capofitto sulle pratiche di partita doppia.
Controlli e registri, calcoli e timbri.
Così si svolgeva il lavoro di ufficio, in attesa di alcuni appuntamenti con i clienti principali.
Per Peter era una piacere servire gli industriali, coloro i quali si rivolgevano a lui per comprendere quanto avrebbero ricevuto e poi ridato nel corso degli anni.
Ogni imprenditore ci teneva a raccontare una parte di sé.
La sua idea, cosa immaginava di fare con quei soldi.
"Un nuovo capannone, già lo vedo finito.

Cinquemila metri quadrati..."
Peter aveva sempre con sé un regolo di conversione, qualcosa usato da ingegneri o geometri.
Abituato a ragionare in famiglia in miglia o in galloni o in libbre, si doveva uniformare al sistema vigente in Sudafrica, di stampo europeo.
La società era attraversata da scariche di ottimismo profuso a piene mani, intervallate da battute di arresto improvvise.
Per Peter vi era qualcosa ancora da slegare e sperava che, quando i suoi figli si fossero affacciati al mercato del lavoro, tutto si sarebbe risolto.
Condivideva queste idee con i suoi amici e vi trovava una comunanza di vedute.
Se così la vedevano tutti, doveva essere giusto.
Non pensava minimamente di analizzare un solo punto di vista e di aver selezionato alla fonte solo quello.
Un'astrazione all'universale di una minima parte.
Errore comune, ma che tutti commettevano in una società chiusa.
Bisognava scalare molte posizioni verso l'alto per avere una comprensione globale e, di solito, chi la possedeva, era uno di quelli che aveva inscenato tutta la situazione.
Vi era una separazione voluta e imposta, non di certo una situazione che era piovuta dal cielo.
Il Sole tornò a splendere nel primo pomeriggio e a Peter tornò il sorriso.
Lanciò una battuta al suo collega Dirk, il quale fece solo un cenno.
Aveva altro per la testa, quel giovanotto di trentotto anni con un fisico possente che ricordava i trascorsi di giocatore dilettantistico di rugby.
Dirk aveva appena avuto diritto ad una segretaria personale, uno dei tanti privilegi che Peter, nonostante la maggiore anzianità, non aveva ancora raggiunto e forse mai ci sarebbe arrivato.
Dirk aveva un nome, un cognome e una fisionomia corretta, derivata dal suo albero genealogico e della sua genetica.
La segretaria era una giovane ventiduenne, non sposata mentre Dirk risultava già ammogliato e con un figlio di cinque anni.
La moglie di Dirk era una di quelle donne indipendenti che aveva voluto sempre lavorare e che preferiva assumere una governante nera che, tutti i giorni, se ne usciva da Soweto per rimanere al chiuso di una casa di bianchi in tutta solitudine.
Sarebbe entrata in quel luogo e vi sarebbe rimasta fino al rientro per pranzo della moglie di Dirk.
La donna l'avrebbe fatta uscire e così la governante avrebbe potuto tornare nella township a compiere altri lavori per conto di altri datori.

La segretaria di Dirk non passava inosservata e l'uomo si era chiesto se quelle rapide occhiate, quei vestiti e quei profumi fossero stati indossati e usati per compiacerlo.
Se così fosse stato, vi sarebbe stata una prassi più o meno consolidata.
Fare battute, ammiccare.
Poi passare al livello successivo di piccoli sfioramenti in un ufficio chiuso, tastando le reazioni.
Infine, l'invito.
Quasi sempre in un paio di locali posti nelle vicinanze.
Nulla di pubblico, quanto di clandestino, ma giusto per rimanere in solitudine.
Di solito, le segretarie abitavano in piccoli appartamenti in affitto e stavano da sole, cosa che tornava utile all'uomo di turno in quanto avrebbe sfruttato la casa altrui per gli appuntamenti, più o meno galanti.
A quel punto, la relazione sarebbe iniziata, all'insaputa di tutti, nonostante la generale intuizione sull'accaduto.
Così come queste storie iniziavano, il più delle volte finivano.
Di solito la segretaria, dopo un periodo oscillante dai tre ai dodici mesi, iniziava a chiedere qualcosa di più rispetto a regali o aumenti o spinte di carriera.
Chiedeva l'esclusività con tanto di abbandono della moglie.
E ciò era uno scoglio quasi insormontabile.
Iniziavano i primi dissapori e le prime liti, con le prime scenate di gelosia.
A quel punto, l'uomo si tirava indietro il più delle volte, mentre in pochi altri casi la donna cercava di incastrarlo, ossia di rimanere incinta in modo voluto.
Erano casi drammatici che poche volte si concludevano in modo positivo.
In rare circostanze si assisteva a quanto le segretarie paventassero ossia alla fine della relazione con la moglie e l'istituzione di un nuovo matrimonio con relativa nuova famiglia.
Statisticamente, il gioco non valeva la candela per nessuna delle due parti in causa e questo Peter lo aveva compreso da tempo.
Come mai allora in molti, ciclicamente, ci cascavano?
Per una semplice legge della reciproca attrazione senza pensare alle conseguenze.
Attimi di un presente piacevole che venivano barattati con interminabili periodi di tormenti futuri.

Dirk stava attraversando una di queste prime fasi, per cui ogni altro pensiero che non provenisse dalla segretaria gli sembrava superfluo, figurarsi se poi vi era di mezzo un collega inglese.
Peter incassava e non reagiva.
Erano anni di abitudine costante e ormai aveva perso il conto.
"La società attorno a noi sta cambiando e loro non saranno sfortunati come noi", aveva detto qualche giorno dopo a sua moglie.
Elizabeth non comprendeva fino in fondo questi discorsi.
La sua vita si era dipanata in tre distinte fasi.
Dapprima come figlia.
Obbediente e inquadrata, perfettamente ligia al suo ruolo.
In seguito, come fidanzata e moglie di Peter.
Era stato il periodo più spensierato, quello di maggiore vitalità e di scoperta.
L'amore, il sesso, la vita in comune.
Tutto le sembrò assumere un altro colore ed era stata veramente felice.
Infine, come madre.
Da quando era nato Andrew, tutto era cambiato.
I ritmi e le abitudini.
Basta spensieratezza e godere del presente.
Ora aveva un dovere e bisognava mantenerlo.
Quanto era durata la sua felicità?
Molto meno di dieci anni, un periodo troppo breve per bastare ad una donna, ma Elizabeth era fatta così.
Poche aspirazioni e pochi grilli per la testa.
Avrebbe voluto trasferire tutto questo a sua figlia Margaret, ma la piccola aveva sempre opposto una certa resistenza.
La bimba si voleva considerare libera e aveva compreso come il non avere problemi a scuola significasse non avere la sfera privata invasa.
I suoi genitori si preoccupavano meno e ciò le sembrava un bene per tutti.
Quindi, faceva la brava, come le avevano detto, ma non si sentiva brava.
Non covava alcun interesse per quanto sua madre o le amiche di sua madre pensavano o dicevano.
Senza mai manifestarlo, aveva ereditato le caratteristiche di Peter nel volersi integrare ad alto livello, mentre Andrew era più pacioso e accondiscendente.
Quasi tramite una reazione chimica, i reagenti si erano ricombinati e si erano scambiati di posto, dando un risultato completamente diverso dall'atteso.

Tuttavia, proprio come accade nella scienza, erano comparsi dei fenomeni di novità rispetto al passato e tutto si concentrava nella mente dell'undicenne Andrew.
A differenza dei suoi genitori o di sua sorella o addirittura dei suoi nonni, Andrew non era in linea con una specie di bene derivato dall'isolazionismo.
Come discendente degli inglesi, avrebbe dovuto sentirsi a proprio agio nel rimanere da solo o nel concepire la propria comunità come piccola e racchiusa in sé.
La famiglia, gli amici, le conoscenze.
Come delle bolle o un uovo, con dei gusci protettivi.
Ciò era anche in linea con l'idea stessa alla base della società sudafricana.
Invece, Andrew nutriva un'anima da esploratore.
Ciò che gli piaceva dei libri era il fatto che lo portavano in altri mondi e in altre epoche.
Storia, geografia, letteratura e scienza parlavano di scoperte e di muri da abbattere.
Di imperi che erano caduti e di fiumi da risalire o Oceani da solcare.
Tutto dinamico e niente di fermo.
Sapeva di essere troppo piccolo per potersi sentire libero di fare, dire e recarsi dove volesse, ma nella sua mente aveva già viaggiato attorno al mondo e oltre.
Ammirava quanto stavano facendo gli Stati Uniti e l'Unione Sovietica non tanto per le armi e le guerre, quanto per la sfida allo spazio e alla Luna.
Avevano mandato satelliti e uomini in orbita e ogni mese vi era un passo successivo.
Per Andrew, si trattava di una sfida ai confini e alle convenzioni che l'uomo aveva tracciato.
Prima o poi avrebbe voluto varcare la soglia di casa di un boero, ma anche vedere Soweto, la township dei neri di cui tutti parlavano come se fosse l'Inferno.
Eppure, sull'Inferno erano stati tratti poemi che si leggevano anche a scuola.
Perché non sperimentare in prima persona?
Sapeva di dover tenere tutto celato nel suo intimo, senza diffondere nulla all'esterno.
Nemmeno a sua sorella avrebbe potuto dire nulla, mentre Andrew vedeva il suo corpo crescere.

Alzarsi e irrobustirsi e ciò lo rendeva orgoglioso.
Anche nel fare sport, comprendeva come riuscisse a correre più veloce e più a lungo, sebbene non fosse attratto né dal cricket né dal rugby.
Andrew preferiva l'eleganza del tennis o la fisicità geniale del calcio o la perfezione dell'atletica.
Si immaginava cosa fossero le antiche Olimpiadi e le moderne, le cui ultime erano state disputate l'anno precedente a Tokyo.
Era passato circa un anno e Andrew aveva letto qualche articolo di giornale e persino visto qualche immagine alla televisione.
Prima o poi, si sognava di poter assistere dal vivo e di poter espatriare.
Ne aveva abbastanza di Johannesburg e di quelle poche gite che suo padre aveva programmato.
Non sapeva cosa Peter avesse in serbo come sorpresa di quell'anno.
Per la prima volta, la famiglia Smith sarebbe andata al mare, nella zona di Durban.
Un viaggio in treno di circa seicento chilometri per mostrare ai figli le meraviglie dell'Oceano.
Quando Peter ed Elizabeth erano appena sposati, avevano visitato tutta la costa fino a Port Elizabeth, ma poi non vi erano mai più tornati.
Città del Capo rimaneva a loro sconosciuta, mentre la più vicina Pretoria era abbastanza nota, nonostante giudicassero che non ci fosse nulla di veramente interessante da visitare.
Andrew avrebbe potuto sbizzarrirsi con i suoi progetti di esplorazione e la sua fantasia sarebbe esplosa, mentre Margaret avrebbe compreso la grandezza territoriale del loro paese.
Di certo, Peter aveva messo in conto di vedere dei neri.
Era impossibile pensare di limitarne la vista, nonostante le carrozze completamente separate.
"E' un prezzo che dovremo pagare, ma per i nostri figli faremo questo ed altro, vero Betty?"
La moglie si era convinta dopo che Hillary aveva parlato un gran bene delle vacanze a Durban con la famiglia.
"Vedrai, ti serviranno come una vera signora!"
Elizabeth si sarebbe trovata a suo agio come sempre, ovunque si fosse posizionata in una società con pochi cambiamenti rispetto al passato.
La sua amica le aveva parlato anche di altro.
"Vedrai che fusti che ci sono…"
Si riferiva a ragazzi più giovani dei loro mariti.
A Durban vi erano spiagge che attraevano i giovani bianchi nella stagione calda.

L'esplosione di muscoli ed ormoni era un forte viatico motivazionale per tutti, ivi comprese signore considerate ormai attempate.
Betty aveva sorriso senza pensarci troppo.
I tempi dell'amore passionale erano finiti e non sapeva dove si fossero persi.
Se tra le abitudini e le incombenze o tra le pieghe del passato.
I Parker non avrebbero accompagnato la famiglia Smith, preferendo la zona di Città del Capo.
"Sarà per un altro anno…"
Così Margaret non avrebbe nemmeno avuto la compagnia dell'amica Jane e del suo cane Derry.
Se ne sarebbe fatta una ragione e avrebbe trovato altri giochi e altre amicizie, almeno così speravano.
Era stato stabilito di non dire nulla ai ragazzi e tutto sarebbe stato una sorpresa per Natale.
Un modo per stare assieme in altri ambienti e luoghi, lontano da Johannesburg, la città che pensavano di conoscere, ma che, in realtà, era ignota nella sua interezza.
Già ciò che accadeva nei capannoni del fratello di John o in quelli costruiti con il finanziamento dato dalle banche, tra cui quella di Peter, si sapeva poco o nulla.
Niente sulle condizioni lavorative da schiavismo senza rispetto delle normative di sicurezza o degli orari di lavoro.
Chi utilizzava manodopera nera aveva tre evidenti vantaggi rispetto alla concorrenza.
Meno costi del personale, meno costi di gestione, meno controlli.
Il tutto era compensato, ma solo parzialmente, da dover assumere più personale.
"Non sono specializzati come i bianchi…", si diceva.
Ora, dopo anni, si trovava manodopera qualificata anche a Soweto e le condizioni della township, non di certo compresa nel boom economico che aveva caratterizzato Johannesburg, avrebbero garantito altri anni di un simile bacino di ore uomo.
Qualcuno si era levato a protestare, qualche bianco a cui non andava bene che altri facessero soldi a palate o che i prodotti fossero "fabbricati dai neri", ma queste minoranze erano state messe a tacere con elargizioni e prebende.
In realtà, ciò che si temeva era la sindacalizzazione degli operai ed era per questo che l'ANC doveva essere colpito in via preventiva.

Se i neri si fossero organizzati, sarebbe stata la miccia della rivolta e vi erano due categorie considerate pericolose.
I lavoratori e i giovani.
I primi perché potevano bloccare la catena produttiva e i secondi in quanto facilmente impressionabili e suscettibili ai discorsi emotivi e impattanti sul lato meno razionale.
"Vieni qui all'ombra..."
Patrick si rivolse a Johannes durante l'ora di pausa.
Lavoravano assieme da circa sei mesi, da quando lo scapolo era stato dirottato dall'ANC in una delle industrie meccaniche di Johannesburg.
Il fatto che conoscesse di persona almeno altri tre operai costituiva una sicurezza per il Congresso circa il radicamento delle idee.
Non si poteva parlare durante i turni lavorativi, a meno che non si trattasse di qualcosa inerente la produzione.
A dire il vero, nessun operaio ci teneva a fare sapere ai bianchi il modo di aumentare il fatturato.
Vi erano dei tempi morti nei processi che si potevano minimizzare o eliminare.
Una vera squadra di lavoro avrebbe cooperato per aumentare la produzione a fronte di migliori condizioni lavorative.
Più pause, un orario ridotto, una mensa migliore o degli impianti per eliminare la polvere o il calore in eccesso.
Tutto ciò non era minimamente garantito, anzi i padroni bianchi vedevano questi investimenti come nuovi soldi da mettere o come scusanti dei neri per lavorare di meno.
Non avevano compreso che la maggiore produzione avrebbe coperto gran parte di quei costi aggiuntivi garantendo maggiore profitto.
Il sistema era già redditizio di suo e mancava la spinta propulsiva al miglioramento, con in aggiunta la grande prerogativa di non dimostrarsi deboli.
Nessuna concessione, altrimenti tutto sarebbe diventato una valanga.
Si iniziava con una pausa lavorativa e la generazione successiva avrebbe chiesto il voto e la parità di diritti.
L'ANC era a conoscenza di tutto questo e non voleva affatto fermare il meccanismo.
"Dallo sfruttamento nascerà la rivoluzione".
Così era stato insegnato.
Quanto più i neri fossero stati spremuti e soverchiati, tanto più vi sarebbe stata la voglia di agire in modo radicale.

Ora che i capi erano in carcere, il Congresso stava vivendo una fase di transizione, tra chi manteneva la barra sulle direttive precedenti e chi, invece, ne stava pensando di nuove.
Patrick era stato inviato per preparare il terreno.
Per dimostrare che il Congresso era vicino alle comunità e che tutti erano nella medesima condizione, dimenticando di quella parte minoritaria di popolazione a Soweto che si era arricchita sulle spalle degli stessi fratelli.
Patrick doveva muoversi cautamente e così aveva messo in piedi un sistema di gesti e che passava dall'uso di mani, piedi e espressioni facciali.
Ciò che non si poteva esprimere a parole, si sarebbe fatto in altro modo.
"Riparati dal caldo, altrimenti non arrivi a fine giornata."
Johannes si avvicinò e si sedette per terra.
Una polvere biancastra che si attaccava ai pantaloni e che non si scrollava nemmeno dopo quattro o cinque colpi decisi.
"I tuoi figli?"
Gli argomenti familiari erano ammessi e non avrebbero suscitato alcuna preoccupazione.
Patrick sapeva che vi erano degli operai neri aventi un ruolo di spia infiltrata.
Per qualche porzione di cibo e senza subire controlli a Soweto, si vendevano le informazioni dei compagni.
Anche le spedizioni punitive interne non avevano funzionato visto che queste persone erano considerate intoccabili.
Quando un infiltrato veniva preso in disparte e minacciato, o peggio malmenato, poi i bianchi se la prendevano con tutti gli altri.
Erano un meccanismo di crescente violenza nel quale i bastoni, le pistole e i fucili erano in mano solo ai bianchi, i quali non aspettavano altro se non uno scontro aperto per giustificare dei massacri.
Per questo motivo, Patrick si muoveva sempre con fare circospetto.
Johannes aveva capito e avrebbe usato delle parole in codice intervallate dalla strabordante verità circa la sua famiglia, così da rendere il discorso ineccepibile.
"Moses continua ad andare a scuola.
Sembra bravo, ma a volte non rispetta l'autorità.
Sta arrivando l'età critica, quella in cui andrebbe seguito da vicino.
La piccola sembra più posata.
Parla poco, anche se è una femmina."
Patrick scosse la testa e sorrise.

"Ehi amico, mai visto una femmina che parla poco!"
Johannes spostò il piede facendo una nuvola di polvere.
"Sarà per quella linguaccia che hai…ecco perché rimani scapolo!
Certe cose si pensano e non si dicono."
Era un chiaro segnale di doppio senso.
Nella loro situazione di moderni schiavi, non si poteva esprimere tutto quanto si aveva in mente.
Solo in pochi luoghi sicuri, casa propria senza testimoni o all'interno delle riunioni clandestine del Congresso.
In tutti gli altri ambiti, non si poteva parlare apertamente, a meno di non voler finire in galera.
"Johanna è così.
Indecifrabile, pare dormire ma non è mai quieta e sotto la cenere cova sempre qualcosa."
Il fatto di aver chiamato la figlia come il diminutivo della città aiutava Johannes nell'introdurre concetti vietati.
Patrick si era accorto di ciò che serpeggiava sotto il suolo di Soweto.
Una scossa tellurica sommessa e poco evidente, ma che avrebbe prodotti danni evidenti quando sarebbe esplosa in tutta la sua violenza.
Ora doveva solamente tenere sotto controllo la situazione e non vi era migliore modo che essere presenti sul campo.
Mediante centinaia di Patrick, l'ANC si stava organizzando per una lunga marcia.
"Si ricomincia."
Rientrarono nel capannone e la prima impressione fu il forte odore di ferro.
È un metallo con una fragranza particolare che si sprigiona sia in forma statica, con pezzi semplicemente accatastati e lasciati esposti in aria, sia in forma dinamica quando lo si lavora.
A freddo, col tornio o battendolo, oppure e caldo.
Tre tipologie diverse di aroma che un operaio riconosceva al volo.
Johannes era più esperto di Patrick e, per tale motivo, era stato indirizzato al tornio, mentre il secondo svolgeva ancora quei lavori a supporto che lo avrebbero costituito come un battitore di lì a sei mesi.
Piccole fornaci si spalancavano disseminate un po' ovunque lungo la catena produttiva, mentre mancava il vero e proprio altoforno, collocato altrove e che produceva i pezzi considerati materia prima per la fabbrica.
I padroni bianchi si vedevano poco e, quasi sempre, delegavano la gestione ad altri bianchi contabili o ingegneri.

Costoro parlavano con i capi squadra neri, persone di grande esperienza e affidabilità, che si facevano anche portavoce delle istanze degli operai.
Spesso i capi squadra filtravano le richieste, in quanto sapevano che erano troppo esigenti alle orecchie dei bianchi.
"Sono loro il primo anello di sfruttamento", aveva detto Patrick a più riprese, una volta superata la barriera di Soweto.
Là dentro, vi era più libertà di quanto si poteva sperimentare a Johannesburg.
Sembrava un paradosso, visto che si trattava di una township simbolo stesso della segregazione dovuta all'apartheid.
"Quando saremo abbastanza numerosi, forti e determinanti, avremo i capi squadra dalla nostra parte.
E a quel punto, con la maggioranza delle fabbriche in mano a noi a livello produttivo, potremo agire.
Servirà tempo, ma non daremo scampo."
Johannes ascoltava anche se non sapeva quanto di ciò che veniva detto fosse solo una supposizione onirica o rispondesse ad una certa realtà futura.
Camminava a fianco di Patrick fino al raggiungimento di casa Nkosi, dopo di che lo salutava.
Varcata la soglia, Johannes sapeva che avrebbe ritrovato i suoi figli, i quali sarebbero comparsi non tanto per spirito familiare, quanto perché era ora di cena e per la costante raccomandazione di Maria:
"Fatevi trovare a casa quando arriva vostro padre…"
Johannes non si era mai aspettato manifestazioni di gioia.
Sapeva che la vita a Soweto era avara di felicità e di spontaneità anche nei bambini, i quali erano costretti a crescere in fretta.
"Novità?"
Johanna si fece avanti e mostrò un quaderno.
Quel giorno aveva ricevuto un bella nota scritta da parte della maestra.
Ne andava orgogliosa, visto che una cosa del genere non era mai accaduta a casa Nkosi, né ai tempi in cui Maria e Johannes avevano frequentato i vari corsi di studio, veramente limitati al primo ciclo primario, né più recentemente per suo fratello Moses.
Johannes la lesse e si sentì pieno di sé.
Strinse sua figlia e le fece un buffetto sulla testa.
Nessun regalo e nessuna porzione di cibo in più, visto che non si possedeva nulla di tutto ciò.
Solamente un abbraccio e un sorriso, cose già difficilmente riscontrabili a Soweto.

Maria osservava con interesse ciò che accadeva.
Era un modo per pensare di essere una normale famiglia in un luogo qualsiasi su questo pianeta.
Come se ogni posto fosse equivalente a Soweto, o meglio come se la township fosse rappresentativa del resto del mondo.
Moses non era geloso della sorella, anzi gioiva insieme a lei, ed era attirato da altro.
Per il ragazzo, la figura di riferimento non era data dai maestri o dalle persone con cultura, ma da suo padre e dagli altri lavoratori.
Il motivo era semplice.
Portavano a casa dei soldi, necessari per tutto.
Anche sua madre lo faceva, ma in misura minore visto che i lavori femminili erano pagati meno.
Per Moses, il lavoro era quello fuori da Soweto anche se tutti gli dicevano che i bianchi sfruttavano all'inverosimile.
"Allora, sono tutti matti compreso mio padre?
Perché ci vanno?"
Gli sembrava facile come ragionamento.
Se qualcuno si prestava a ciò, tra cui suo padre, allora vi era un senso e una motivazione di fondo.
Guadagnare per avere cibo.
Moses non vedeva l'ora di compiere quattordici anni per andare al lavoro nel mondo dei bianchi, senza dover pesare più sulle tasche della sua famiglia.
Si sarebbe guadagnato il pane e avrebbe permesso a tutti di vivere meglio, in primis a sua sorella e sua madre.
Era il suo compito di uomo minore di casa.
Non era a conoscenza delle violenze e dei soprusi, in quanto Johannes ne parlava poco a casa.
Preferiva non dare l'impressione di un uomo che veniva sfruttato e umiliato.
"Cosa pensa di fare quello?"
A Maria non andava proprio a genio Patrick.
"Proprio da te doveva venire, con tutti i posti che ci sono?"
Il marito sbuffò.
Non ne poteva più di questo continuo borbottio.
Ogni cosa che faceva non andava bene a sua moglie e si era chiesto come mai lo avesse sposato.
Dove era finita la complicità di un tempo?
Dove l'amore e la passione?

Scomparse in un batter d'occhio.
Non avevano più niente da dirsi e rimanevano assieme solo per questioni meramente economiche e per allevare i figli.
Presto Moses e Johanna sarebbero stati indipendenti e allora i due coniugi cosa avrebbero fatto?
Vi erano già troppe famiglie sfilacciate e che lasciavano i figli crescere da soli a Soweto, con buona pace di quello che dovrebbe essere il periodo più spensierato della vita di un uomo o di una donna.
Da parte sua, Maria pensava di avere tutte le ragioni del mondo.
Era lasciata sola per quasi tutto il giorno e non era questa la vita che avrebbe voluto.
Bisognava per forza andare dai bianchi a lavorare?
Possibile che suo marito non riuscisse a trovare altro?
Si dicevano tanto indipendenti e tanto vogliosi di prendere in mano il potere, quando poi i maschi erano i primi a piegare il capo.
"Io non ho mai servito nessun bianco!", rimbrottava spesso facendosi giustizia con le parole.
Non sopportava le sue coetanee o anche donne più anziane che, tutti i giorni, prendevano la corriera per recarsi nelle case dei bianchi a pulirle e sistemarle, quando a Soweto le rispettive famiglie vivevano nel lerciume e nella miseria.
Era da ipocriti.
Così si creavano le inimicizie tra famiglie e, unitamente alle divisioni tribali, si manifestava quel tessuto di divisione contro il quale il Congresso stava lavorando da anni.
"Vi è ancora tanto da fare, compagni, ma non demordiamo.
I nostri capi in carcere stanno facendo resistenza passiva.
Lotta dura, senza paura.
Ecco come faremo.
Non arretreremo di un passo e ci faremo valere."
Patrick usciva sempre rinfrancato dalle riunioni clandestine che si tenevano in luoghi segreti a rotazione.
Persino i componenti non erano sempre gli stessi per non destare sospetti.
Si faceva a turno, così ognuno partecipava a circa la metà dei ritrovi e l'organizzazione pensava sempre a doppie sessioni.
Un metodo lento ma progressivo.
Inarrestabile nella sua capillarità.
"Tanto se vogliono, li prendono tutti.
Uno ad uno, nelle loro case."

Maria non credeva alla lotta e alla contrapposizione e vaneggiava di un ritorno alle terre natie.
"Ma se tutti i nostri avi sono sempre stati qui!"
Johannes rimarcava sempre il loro carattere cittadino.
"Guardaci, marito.
Siamo neri e tutti neri provengono da qualche villaggio nella foresta o nel deserto o nella savana.
Le città sono invenzioni dei bianchi!"
L'uomo scrollò il capo e se ne andò.
Era inutile discutere con una donna, specie con sua moglie.
"E' più facile ottenere il diritto di voto dagli afrikander…"
Patrick si rallegrava nel sentire storie di vita coniugale.
Era un modo di partecipare ad un evento collettivo che coinvolgeva quasi tutti, ma non se stesso.
Sinceramente convinto della lotta armata, l'uomo si era detto che era inutile creare una vedova o degli orfani.
Sarebbe stato più forte se lo avessero incarcerato o sottoposto a torture.
Forse era un modo per evadere dalla normalità di Soweto e per considerarsi superiore in qualcosa.
Proprio lui, Patrick lo stupido o Patrick il ciondolante, come veniva definito da ragazzino in base alle poche qualità intellettive o al suo modo di camminare con braccia e gambe a penzoloni.
Aveva messo una pezza ad entrambe le caratteristiche, impegnandosi negli studi e nelle letture e modificando la propria andatura.
Si era legato le braccia e le mani per mesi quando si trovava in casa, fino a che la parte superiore del corpo non avesse ritrovato una nuova armonia.
Come compensazione, anche le gambe avevano smesso di ciondolare.
Ora era una persona rispettabile, ma considerato troppo anziano per prendere moglie e farsi dei figli.
Così si era fatto andare bene la vita da scapolo.
"Pensa a risparmiare il fiato, oggi abbiamo il pezzo gigante."
Johannes si ricordò del compito che era stato assegnato loro.
Per la prima volta, al capannone era giunto un pezzo di ferro fuori formato e fuori sagoma.
"Sarà un esperimento.
Vogliono capire quanto ci mettiamo."
I capi squadra avevano spronato gli operai, ai quali non interessava fare guadagnare i padroni, ma quando si metteva in piedi un esperimento si sentivano sotto esame.

"Vedi, bastare dire loro che c'è qualcosa di nuovo e si spaventano. Che idioti."
Così i controllori bianchi commentavano sottovoce in afrikaans, visto che, dal basso della loro ignoranza, non si sapeva come avessero fatto dei neri ad imparare quella lingua.
"Pensano che vogliamo ridurre il personale…"
In tal modo Patrick e Johannes, assieme a molti altri, si sarebbero dannati per la lavorazione di un pezzo del genere.
Quando si fossero abituati, la proprietà avrebbe ampliato la gamma di lavorazione andando a mettere le mani su prodotti più complessi e potendo così accedere ad introiti maggiori.
Senza saperlo, migliaia di operai in forma di semi schiavitù avrebbero finito per agevolare proprio quel padrone che volevano mettere al muro con le richieste e i diritti.
"A questi gnu, bisogna fare pure in regalo di Natale, che non si dica che siamo razzisti e non magnanimi."
Il padrone della fabbrica aveva rilevato una partita di ombrelli difettosi ad un prezzo ridicolo.
Era uno di quegli affaristi che non disdegnava mettere le mani su qualsivoglia mercanzia pur di possedere.
"Non le conviene farli riparare.
Costerebbe di più del ricavo."
Così il responsabile della produzione aveva buttato lì su due piedi un approssimato calcolo.
"Dategli agli gnu."
Gnu era un modo dispregiativo per indicare la manovalanza nera e lo aveva introdotto proprio il padrone.
I dirigenti bianchi convocarono i capi squadra ai quali parlarono di un favoloso regalo di Natale.
Questi ultimi avevano diffuso la notizia agli operai, giusto per anticipare le loro rimostranze.
"Vedete come ci tengono!"
Patrick se ne era stato zitto, messo in minoranza da un simile gesto inaspettato, mentre Johannes non aveva detto nulla a casa.
Fosse stata una sorpresa, tutti se ne sarebbero rallegrati.
Due giorni prima del Santo Natale, la famiglia Smith stava preparando le valigie per recarsi in stazione.
"Forza Andrew, sbrigati Margaret."
Elizabeth stava dando le ultime disposizioni ai suoi due figli, i quali, elettrizzati, stavano parlando della vacanza da due settimane.

Peter controllò tutto e chiuse la casa.
Fuori vi era John Parker che si era prestato ad accompagnarli in stazione.
"Abbiamo tempo, non c'è fretta."
Furono scaricati nella piazza antistante e Peter ringraziò l'amico, dirigendosi all'interno dello stabile con al seguito la sua famiglia.
Seppure a distanza, Margaret intravide per la prima volta un numero elevato di neri e ne ebbe ribrezzo.
Si strinse a suo fratello Andrew, il quale invece ne era incuriosito.
"Finalmente siamo sulla carrozza."
Elizabeth pareva già stanca.
Il treno partì e iniziò la propria corsa verso il mare.
Ci mise un'intera giornata per percorrere la distanza e arrivarono a sera a Durban.
L'aria dell'Oceano li travolse e, dall'hotel, i ragazzi rimasero stupefatti alla vista di un muro così compatto di acqua.
"Domani possiamo andare in spiaggia?"
Sembrava una richiesta enorme, ma era esattamente per quel motivo che si erano trasferiti in quel luogo.
La stanza era perfetta per una famiglia della media borghesia sudafricana.
Il giorno seguente, un Sole splendente illuminò la baia, ancora più affascinante.
"Che bello...perché non rimaniamo qui?"
Margaret era entusiasta.
Vi era una grande quantità di famiglie, tutte bianche e in buona parte afrikander.
Avrebbe potuto fare amicizia con loro.
Andrew apprezzò la natura, mentre Elizabeth, con lo sguardo coperto dai voluminosi occhiali da sole, non poté non notare ciò che Hillary le aveva suggerito.
Giovani uomini con fisico scolpito.
Sentì un fremito dentro di sé e chiuse gli occhi, pensando di essere posseduta contemporaneamente da più uomini di quel tipo.
Mentre la famiglia Smith si stava acclimatando nella vacanza che Peter aveva voluto concedersi come regalo, gli operai della fabbrica appartenente al fratello di John Parker stavano ricevendo l'ombrello, posto loro come se fosse un lingotto d'oro.
In molti scossero la testa, altri sorrisero a mezza bocca.
Cosa se ne sarebbero fatti quando mancava da mangiare?

E, soprattutto, un bianco non aveva capito che i neri erano abituati a starsene all'aperto, indipendentemente dalle condizioni atmosferiche?
Patrick ritornò a Soweto con aria trionfante.
Ora sapeva di avere gli operai dalla sua parte, dopo quell'ennesima presa in giro.
Johannes ripose l'ombrello all'ingresso di casa sotto gli occhi stupefatti di Maria.
La moglie non chiese nulla e non disse alcunché.
Nel pomeriggio, Moses passò accanto all'oggetto e cercò di aprirlo, incuriosito.
"Papà, ma è rotto.
Guarda qui…"
Con il dito mostrò due bacchette spezzate che si vedevano solamente quando era completamente aperto.
Johannes sbuffò.
Non vi era rispetto per loro, ma le cose sarebbero cambiate, prima o poi.
Sdraiata sulla spiaggia di Durban, Elizabeth Smith sorrise ad uno di quei giovani che si era avvicinato per raccogliere un pallone da rugby e che le aveva fissato le lunghe gambe bianche.
In modo involontario le allargò leggermente come ad invitarlo ad osare.

III

Johannesburg, estate 1968

"Dove pensi di andare?
Di qui non si passa, impara le regole, pulce inglese."
Tre ragazzi corpulenti dell'ultimo anno bloccavano la strada ad Andrew, il quale aveva iniziato da poco la prima classe del college.
Il ragazzo alzò lo sguardo e non ebbe timore.
Non valeva la pena discutere con quei tipi, visto che le parole non sarebbero servite e che la loro intenzione era quella di fare a botte, specialità nella quale Andrew non eccelleva e, comunque, non avrebbe avuto scampo.
Uno contro tre e per giunta di quattro anni superiori.
Tanto valeva non dire nulla, alzare i tacchi e ritornare sui propri passi.
Così fece.
"Bravo suddito."
I tre si erano rivolti ad Andrew in afrikaans, senza chiedersi se uno come lui lo conoscesse.
Era normale per loro.
Si sentivano superiori e già dovevano sottostare ad una scuola mista, ossia comprensiva anche di altri bianchi diversi da chi avesse origine boere.
Vi erano delle scuole private nelle quali l'iscrizione non era concessa ai discendenti degli inglesi, così Peter e Elizabeth avevano dovuto optare per qualcosa di vicino.
"E' pur sempre a presenza mista", si erano detti, lavandosene le mani.
Le raccomandazioni ad Andrew circa l'integrazione con i boeri erano servite a poco.
Vi era buona volontà in loro figlio, ma non altrettanto nei compagni.
Il ragazzo aveva deciso di non parlare e di non dire nulla, dato che non sarebbe stato compreso in famiglia.
Gli avrebbero addossato la colpa e sarebbe partito il terzo grado.

Andrew aveva capito che i suoi genitori non comprendevano le sue problematiche e che, in generale, la precedente generazione si rifaceva ad un mondo diverso, dove le regole erano completamente di altra natura.
Sembrava che il mondo fosse mutato, anche lì in Sudafrica, nonostante tentassero in tutti i modi di ovattare e di chiudere in una scatola l'intera popolazione.
Si poteva poco a livello di diffusione di notizie e di scambio culturale, sebbene tutto fosse limitato e centellinato.
Bastava però che uno straniero europeo o americano alloggiasse in una città perché le idee iniziassero a circolare.
Anche solamente passeggiando a Città del Capo o Johannesburg, gli stranieri si atteggiavano in modo diverso.
Si vestivano differentemente e ascoltavano musica nuova, rivoluzionaria.
Le donne straniere, poi, per quel poco che si potevano vedere in Sudafrica avevano apportato nuovi costumi.
Gonne corte, capigliature di vario tipo, soprattutto linguaggio e argomentazioni di altra natura.
Non più solo famiglia, ma diritti e lavoro.
Riconoscimenti e liberazione del corpo.
Elizabeth non si era fatta molto distrarre da tutto ciò, visto che la sua vita continuava come sempre.
Aveva superato la quarantina e si barcamenava nella solita routine tra casa e amiche.
Qualche pettegolezzo con loro e qualche segreto che era meglio non svelare.
Uno su di tutti era stato il tradimento plurimo attuato nei confronti del marito Peter.
Tre volte, entrambe durante la pausa di vacanza.
Sempre sul mare, sempre nel periodo di Natale.
Con tre ragazzi più giovani, tutti di origine afrikander.
Il primo era stato Kevin, sulla spiaggia di Durban.
Era bastato ritagliarsi una mezza giornata dedicata allo shopping, attività che non interessava nessuno in famiglia, tanto meno Peter.
Elizabeth aveva svolto le compere in meno di un'ora ed era riuscita a comunicare al ragazzo il punto di ritrovo.
Kevin si era presentato in orario.
Non si sarebbe mai perso un'occasione del genere.

Anch'egli era lì in vacanza e alloggiava in un piccolo appartamento costituito da una camera, un bagno e un angolo cucina.
Ciò che interessava ad Elizabeth era il letto dove sdraiarsi e lasciare fare al giovanotto, il quale non deluse le aspettative.
Era da tempo che Elizabeth non si sentiva presa con tale foga e veemenza.
Un'ora di puro piacere alla quale non fece seguire nulla.
Non rivide più Kevin, né ci pensò mai.
Nessun pentimento, ma anche nessuna fantasia.
Lo stesso era accaduto nei due anni successivi, ma non più a Durban, bensì in altre zone della costa.
La scusa era sempre quella e l'obiettivo il medesimo.
Giovani avvenenti con i quali si era spinta sempre più oltre.
L'ultima volta, a cavallo tra il 1967 e il 1968, Elizabeth aveva soddisfatto la propria fantasia e i giovanotti in questione erano diventati due in contemporanea.
Era stato eccitante e appagante, molto più di quello che avrebbe immaginato.
Di tutto ciò, non aveva mai parlato ad Hillary o alle altre amiche.
Non avrebbero compreso, né sarebbero state capaci di mantenere il segreto.
Ciò che veniva detto in quel consesso, non sarebbe rimasto limitato al circolo di donne, anzi era il migliore modo per certificare una diffusione capillare.
Tale era il ruolo di quei ritrovi.
Amplificare, riportare, distorcere e rielaborare informazioni recepite altrove per cementare lo spirito di gruppo e di appartenenza.
Fare parte di una comunità significava questo.
Per il resto, la vita di Elizabeth trascorreva nell'assoluta normalità di sempre e la donna non si era fatta traviare da simili esperienze.
Erano limitate nello spazio e nel tempo e non avevano mai invaso la sfera privata della sua famiglia e della sua città.
A Johannesburg non avrebbe mai concepito tradimenti di quel tipo.
D'altra parte, Peter non aveva mai avuto occasioni di tradirla.
Tutto legato alla famiglia e al lavoro, l'unico modo sarebbe stato quello di vedersi assegnata una segretaria, ma ciò non era avvenuto, né, a quel punto sarebbe stato probabile.
Peter sarebbe rimasto uno di quegli impiegati fedeli, da sfruttare e anche da tranquillizzare.

Si era ricavato una propria zona di relax e confort nella quale nessuno lo avrebbe mai turbato.
E così nessuno pensava a modificare minimamente la sua routine.
Viceversa, Dirk aveva fatto strada.
Aveva ceduto ad una relazione fugace con la sua segretaria e, dopo un anno, si erano lasciati con l'ovvia conseguenza dello spostamento di filiale per la giovane donna.
Dirk era diventato responsabile e gli avevano appioppato un'assistente più anziana di lui e già sposata, così da evitare possibili coinvolgimenti. Solamente quando avesse raggiunto posizioni dirigenziali e direttive, ossia tra una decina di anni, avrebbe avuto diritto ad un'altra giovane segretaria, con la quale avrebbe instaurato un rapporto confidenziale e relazionale, ma di natura diversa rispetto a quanto messo in campo finora.
Si trattava di esperienza, anche in quel caso.
L'esperienza era tutto in un ambiente del genere, a scarso valore innovativo e in un sistema che voleva anestetizzare quanto più possibile il cambiamento.
Tutto quello che poteva scombussolare la realtà fattuale e circostanziale era visto con sospetto ed era per questo che, nonostante l'incremento occupazionale e di produzione generalizzata, i vari indici di produttività non aumentavano.
Se qualcuno avesse visionato le fabbriche sudafricane negli ultimi dieci anni, vi avrebbe trovato le medesime lavorazioni, problematiche e rituali.
Il tutto mentre fuori dai confini sudafricani il progresso stava imprimendo una diversa direzione all'industria e ai servizi.
L'innovazione era necessaria, ma vista con sospetto e i politici puntavano a gestirla e ad introdurla lentamente, goccia a goccia.
Ciò che stava accadendo nel resto del mondo, li convinceva maggiormente di ciò.
In Europa e negli Stati Uniti, vi erano movimenti di protesta generalizzata e di vario tipo.
Contro le guerre coloniali o imperialiste, contro le regole a livello scolastico e universitario, contro il potere economico e militare, contro la gestione attuale dei rapporti di lavoro.
Il tutto a favore di più diritti per le cosiddette minoranze o per chi era stato sfruttato.
Donne e giovani, prima di tutto.

Già ciò era visto con sospetto, ma l'apertura verso una società multietnica era stata la goccia che aveva segnato il punto di non ritorno per la politica sudafricana.
Niente di tutto ciò doveva passare.
Laddove l'isolazionismo e la censura non sarebbero arrivati, ci avrebbe pensato la repressione.
Polizia ed esercito avevano mano libera per sedare ogni minimo tentativo di rivolta e ribellione, anche se si fosse trattato di bianchi.
Tutto ciò era sostenuto dalla gran parte della popolazione votante e che deteneva il potere industriale, economico e sociale del paese.
Peter era uno di essi.
Piccolo burocrate inconsapevole che, con i suoi gesti, avallava una politica di segregazione.
Ne era convinto da sempre, ma l'anno precedente era stato galvanizzato dal risultato ottenuto a livello mondiale dal suo paese, il Sudafrica.
Un dottore, ovviamente uomo e bianco, era stato il primo ad effettuare un trapianto di cuore.
La notizia aveva fatto il giro del mondo e aveva acceso i riflettori sul Sudafrica, in chiave positiva.
"Vedi cosa produciamo.
Altro che lo spazio e la Luna!"
Andrew se ne era stato zitto.
Non aveva di che controbattere ad un evidente successo di quel genere.
Nessuno nella famiglia Smith aveva compreso come potesse avvenire un trapianto di organi e Margaret era rimasta impressionata.
Vedeva nel cuore la sede dei sentimenti e delle emozioni.
Se le avessero dato un altro cuore, sarebbe cambiata?
Si sentì triste, l'unica probabilmente in tutto il circondario.
Nessuno la comprendeva e anche suo fratello Andrew sembrava ormai distaccato.
I loro mondi si stavano per separare e non ci sarebbe stata altra occasione di avvicinamento se non in età molto adulta.
Quell'innocenza dell'infanzia perduta sarebbe rimasta come ricordo imperituro di un tempo ormai passato e concluso.
Un rimpianto eterno che ognuno si portava dentro.
L'inizio della nuova scuola di Andrew aveva segnato la cesura definitiva.
Diversi orari, diversi autobus.

Ora Margaret si sarebbe dovuta arrangiare e avrebbe trovato maggiormente la compagnia di Jane Parker, la fanciulla di dodici anni che le avrebbe aperto la strada, assumendo un ruolo di sorella maggiore. Acquisita e scelta, quindi più importante rispetto alla forzatura genetica. Andrew non avrebbe rivelato nulla a Margaret circa i piccoli soprusi subiti, per non distruggerle il sogno di integrazione.
Il ragazzo aveva compreso il modo in cui Margaret adocchiava gli afrikander, che fossero maschi o femmine.
Non era ancora un'attrattiva sessuale, ma solo curiosità di un mondo diverso e migliore, almeno ai suoi occhi.
Ciò che Elizabeth aveva messo in pratica con le avventure sessuali vacanziere diveniva un pensiero informe nella mente della figlia, ancora troppo acerba per arrivare ad una simile elaborazione.
D'altra parte, Andrew aveva costatato una duplice segregazione.
Non solo i maschi più grandi lo soverchiavano, proprio perché di discendenza inglese, ma persino le ragazze lo scansavano.
Era troppo intelligente e acuto per sperare di conquistare una di origine boera, per cui Andrew si era diretto verso le poche inglesi presenti.
Non erano più di tre o quattro in tutto, della sua età.
Le maggiori non andavano bene, visto che nessuna ragazza di sedici anni considera un ragazzo di quattordici.
Ad Andrew non pareva di essere brutto.
Aveva un fisico slanciato, seppure senza la massa muscolare di alcuni studenti.
I muscoli sarebbero arrivati col tempo.
Il viso era perfettamente simmetrico, con occhi e capelli castani e senza alcun accenno di barba.
Dimostrava ancora la sua non completa maturità, ma era posato e di buone maniere.
Nessun difetto particolare in viso, come invece accadeva ad altri.
Con le tre o quattro ragazze inglesi aveva provato ad intessere dei discorsi, ma si trovava impacciato.
Andrew era entrato in quella prima fase in cui il sesso opposto iniziava a suscitare curiosità, ma più di due battute non era riuscito a strappare.
Sembrava risultare trasparente.
"Sparisci", così una l'aveva liquidato malamente.
L'obiettivo di quasi tutte erano i ragazzi più grandi e, soprattutto, gli afrikander.

Forse tra qualche anno, quando sarebbero entrare giovani studentesse inglesi nella scuola, il ragazzo avrebbe avuto più successo, ma per ora doveva battere in ritirata.
Di tutto ciò non ne parlava con nessuno, visto che non aveva mai legato con altre persone a dispetto del suo carattere espansivo.
Si sentiva interiormente in questo modo, ma dal punto di vista esterno Andrew dava l'impressione di una persona distante.
Le riunioni domenicali a casa dei Parker o con altri ospiti iniziavano ad infastidirlo, non avendo niente da dire e non trovando quasi mai compagnia interessante.
Se ne sarebbe stato volentieri in camera sua, in attesa di esplorare il mondo e di andarsene da Johannesburg, o meglio dal quartiere dove viveva da sempre.
"Mio fratello inizia ad avere qualche problema…"
John Parker si stava confidando con Peter, senza sapere che quest'ultimo non considerava troppo bene le attività del suddetto fratello.
"Gli operai stanno richiedendo sempre di più. Aumenti di salario e diminuzione dell'orario."
Peter scosse la testa.
Ecco cosa si otteneva a voler dare lavoro ai neri.
Se si volevano schiavi, non bisognava educarli a pensare che potessero fare i padroni.
Per quanto concerneva la visione di Peter, se si fossero convinti tutti i neri ad andare nei bantustan non ci sarebbe stato alcun problema collaterale.
"E la polizia cosa fa?"
Vi era sempre il modo sbrigativo di risolvere le cose.
Fare intervenire la legge a difesa della produzione e delle industrie.
Chiunque si mettesse contro la ragione economica di Stato, di fatto diveniva un nemico pubblico da perseguire.
A maggior ragione se non fosse dell'etnia "corretta".
Peter fece un ghigno e pensò di essere fortunato.
Non aveva così tanti soldi come il fratello di John, ma almeno poteva dormire sonni tranquilli.
Rinchiuso nella sua villa con parco, il fratello di John, al secolo Charles Parker, scapolo e donnaiolo incallito, stava ricevendo i suoi ospiti nel party che aveva organizzato a bordo della sua piscina.

Vi erano esponenti politici della municipalità di Johannesburg e del governo centrale, nonché il capo della Polizia e alcuni ufficiali dell'Esercito.
Charles sapeva come vivere e dissipava gran parte dei guadagni in automobili costose, bevande ricercate e gioielli che regalava alle varie donne che frequentava.
L'unione di lusso, cibo ricercato e gratis, belle donne era un'attrattiva troppo importante per tutti questi personaggi.
Ci si dava un tono o con la divisa o con un vestito di alto lignaggio, mentre gli sguardi rimbalzavano verso le possibili conquiste della serata.
"Dobbiamo agire, non si può lasciare fare."
Tutti annuivano.
Anche gli afrikander, ai quali non disdegnava la frequentazione di inglesi danarosi.
In tal modo, Charles Parker aveva superato i confini etnici della segregazione pensando di essere al di sopra della legge.
Aveva ottenuto lo scopo.
Una cosa chiara e nitida.
L'intervento diretto della Polizia a presidio costante.
Chiunque avesse osato fiatare o protestare sarebbe stato identificato, fermato e arrestato.
E se avesse opposto resistenza, il manganello avrebbe funzionato a dovere per riportare l'ordine.
Di tutt'altro avviso e fattura era la domenica in casa Nkosi, con il cibo sempre scarso e nessuna festa all'orizzonte.
Maria aveva intensificato i turni lavorativi presso la laveria e il laboratorio per la riparazione delle stoffe.
Pareva che i bianchi buttassero via sempre più oggetti, in particolare vestiti, anche se formalmente nuovi.
Tessuti non usurati potevano essere riutilizzati facilmente e si potevano ricavare anche dei capi adatti per tutti.
Unitamente a questo maggiore carico di lavoro, veniva in aiuto la crescita dei figli.
Moses, nonostante il suo volere, era stato mandato a studiare.
"Non ti farai massacrare dal lavoro, almeno non così presto."
Così era stato il diktat di suo padre e non vi erano margini di discussione.
Almeno un altro anno di studi, forse due.
"Poi vedrai che rimpiangerai questo periodo."

Johannes si era trovato in accordo con la moglie e, finché avessero potuto, si sarebbero sobbarcati degli impegni e delle restrizioni per il futuro dei figli.
Compatti come forse non lo erano mai stati, i coniugi si stagliavano come figure positive specie per la figlia.
Johanna era diligente e, ora che Moses era cresciuto, si era resa indipendente.
Rispetto al fratello, non nutriva sentimenti di rancore e di rabbia, o quantomeno di rivalsa.
Era ancora troppo piccola per decidere di schierarsi contro un sistema precostituito, qualunque esso fosse.
Le maggiori entrate di Maria compensavano solo parzialmente l'aumento di prezzi.
"I bianchi pensano sempre a questa cosa, ma non ci concedono alcun aumento."
Johannes si era via via fatto convincere da Patrick, soprattutto dal punto di vista sindacale.
I lavoratori erano sfruttati e dovevano unirsi, mentre la maggioranza o stava zitta o si licenziava.
Il vero dissenso alla politica di sfruttamento era dato da chi rinunciava a lavorare fuori da Soweto al servizio dei bianchi.
Quasi nessuno reputava possibile vedersi riconoscere i diritti e ciò era una sconfitta per il Congresso.
La rivoluzione sembrava allontanarsi, mentre altri non la pensavano in tale maniera.
"La gente deve avere fame..."
Una parte dell'ANC era meno ideologica e più materialista.
"Potete togliere tutto alle persone.
Dignità, libertà, lavoro, diritti, ma se hanno da mangiare non protesteranno."
Vi era un fondo di verità, anche se ciò che mancava era una figura politica unitaria.
Non vi era progetto se non innescare la rivolta.
Tutti sono capaci di scagliare una pietra o di impugnare un'arma.
Sopraffare l'altro con la violenza era normale e istintivo, mentre era molto più difficile immaginarsi una struttura sociale di gestione del potere.
I capi, le teste pensanti erano quasi tutte in carcere, e ora bisognava aspettare la maturazione di una nuova generazione.
Johannes aveva pensato poco a tutto ciò.

A lui interessava quanto accadeva nella sua famiglia e all'interno della fabbrica dove lavorava.
"Come se fosse l'unico posto di lavoro disponibile..."
Sua moglie non comprendeva la testardaggine.
Perché continuare a sbattere la testa contro un muro?
Il muro rimane lì, mentre chi agisce in tal modo finisce in ospedale.
Per Maria, la soluzione era lampante.
"Vattene, trova altro e lascia altri in questa situazione di sfruttamento."
Johannes scrollava le spalle.
Altrove, non era meglio.
Era una situazione generalizzata e non un'eccezione.
Non avrebbe risolto alcunché a girarsi dall'altra parte o ad accettare di divenire uno sfruttatore di altri lavoratori.
Bisognava, invece, unirsi.
Perché una persona da sola era un bersaglio, ma una massa era inarrestabile.
Aveva provato a fare ragionare sua moglie, ma la donna non aveva voluto sentire ragioni.
"Tu hai una famiglia e una casa e sei una persona singola, non una massa.
Quel Patrick vi sta facendo il lavaggio del cervello..."
Quando faceva così, Johannes non vedeva l'ora che il tempo corresse veloce per non dovere più dividere spazi ristretti con una donna che possedeva altrettante visioni ristrette.
Per ora, non aveva partecipato ad alcuna riunione clandestina.
Un'assenza serale non sarebbe stata ammessa, in quanto Maria avrebbe pensato o ad un tradimento con un'amante o ad attività sovversive, entrambe non accettate.
Johannes sapeva che sua moglie non avrebbe esitato a buttarlo fuori di casa, nonostante i soldi facessero comodo.
Vi erano dei principi sui quali Maria non transigeva.
Così, all'uomo bastava quanto riportava Patrick durante la passeggiata comune di mattino e di sera.
Fuori da Soweto, bocche cucite e occhi aperti.
Non si doveva mettere in pericolo il lavoro di anni per piccoli gesti o per alcune teste calde.
Ciò che Johannes aveva compreso era che la fabbrica non aveva investito in nuovi macchinari o in miglioramenti del processo, rimanendo la stessa da otto anni, ossia da quando era stata fondata.

A fronte di ciò, vi era stato un incremento della produzione e una più vasta gamma di lavorazione per via della specializzazione acquisita dalla manodopera.
Il padrone, a fronte di questa situazione, si stava intascando molti più soldi del previsto e Johannes ignorava totalmente i contributi statali e le sovvenzioni, o i modi per limitare il pagamento delle imposte.
Tutto questo poco importava quando vi erano di mezzo le condizioni fisiche e psicologiche dei lavoratori.
Patrick aveva fatto comprendere a Johannes e agli altri che erano loro gli attori principali del mondo produttivo.
"Senza di noi, non vanno da nessuna parte."
Era vero, ma solo in parte.
Anche senza stipendio, gli operai non ce l'avrebbero fatta.
E di manodopera se ne trovava sempre a iosa, nonostante tutto.
Erano i componenti delle altre etnie a generare concorrenza, magari chi si era trasferito da poco in città.
Johannes era diventato un capo tornitore, uno di quelli che stava una spanna sotto i capi squadra, ma comunque meglio di un operaio specializzato e di uno generico.
Vi era uno stipendio maggiore, ma non troppo.
Tutti gli aumenti erano scomparsi di fronte a prezzi più aggressivi e incalzanti.
Ciò che Johannes costatava, assieme a tutti gli altri lavoratori, era la difficoltà crescente ad arrivare a fine settimana.
La paga veniva elargita di sabato ed era data in contanti.
Nessuno a Soweto si sarebbe fidato di una banca o di non vedere fisicamente i soldi in forma fisica.
Maria sequestrava subito il denaro, una volta che varcava la porta di casa Nkosi e controllava che ci fosse nella sua interezza.
Troppi erano gli uomini che, con una paga in mano, la dilapidavano per propri sfizi senza considerare le esigenze di mogli e figli.
Su questo Johannes era sempre stato corretto.
Mai una volta che avesse fatto mancare un rand.
In ogni caso, Maria aveva imparato che erano le donne a saper amministrare il denaro e suo marito un po' si vergognava di questo.
Qualcuno, in passato, lo aveva canzonato, rinfacciandogli di non essere abbastanza uomo e di farsi comandare dalle donne.
Ciò che nessuno voleva ammettere era che le mogli, e le figlie femmine, esercitavano un potere magnetico sui maschi.

"Lasciali dire e fare, tanto poi torneranno sempre da noi", così la madre di Maria l'aveva sempre istruita.
Johannes iniziò una nuova settimana con una forza poderosa e gli altri colleghi stavano a guardare ammirati, ma anche preoccupati.
"Stai calmo, altrimenti questi capiscono quando battiamo la fiacca."
Patrick doveva proteggere l'intera comunità.
Vi erano i mastini del padrone, ingegneri che passavano tra i reparti con tanto di cronometri e tabelle.
Erano loro a stabilire i ritmi della produzione in base ad alcuni parametri teorici e al riscontro pratico.
Se vedevano che una squadra di operai performava bene e stabiliva un minore tempo di lavorazione, allora lo facevano diventare lo standard per tutti.
Da quel momento, chiunque si sarebbe dovuto adeguare pena il licenziamento o il decurtamento dello stipendio.
Gli operai avevano compreso il meccanismo ed erano riusciti a mantenersi in quello strettissimo corridoio tra il non incappare in sanzioni economiche e il non fare aggiornare i tempi e i metodi.
Ormai erano tre anni abbondanti che tutto rimaneva come sempre, senza alcuna modifica.
I contabili dell'azienda avevano messo in guardia la proprietà.
"Di questo passo, andremo sotto gli utili attesi."
Charles Parker era andato su tutte le furie.
Non poteva permettersi di intascare meno e aveva chiesto quali fossero i metodi per riportare l'utile sopra le aspettative, in modo stabile e duraturo.
Gli si erano prospettati tre differenti scenari.
Il primo era investire in nuovi macchinari più efficienti, il secondo era ridurre le spese generali, il terzo era aumentare il ritmo produttivo.
"Ognuno degli scenari ha i suoi vantaggi e le sue pecche.
Si tratta di comprenderle e di adottare una giusta equipartizione."
Charles aveva guardato le tabelle e i prospetti.
Di fare nuovi investimenti non se ne parlava.
Non avrebbe rinunciato agli utili per uno o due anni e tanto meno avrebbe chiesto finanziamenti e debiti alle banche.
"Quelli sono squali pronti a divorarci".
Conosceva solamente un ambiente lavorativo legato alle banche ed era dato dall'amico di suo fratello, Peter Smith, un insignificante e molle burocrate il cui unico pregio era quello di avere una moglie che,

nonostante l'età troppo avanzata per i gusti di Charles, si presentava bene.
Per il resto, il piano poteva andare.
"Ridurre i costi generali, ma non per i miei impiegati bianchi e aumentare la produzione."
Gli omini con il camice bianco, indossato per distinguersi dalla massa di operai neri, si sarebbero messi all'opera e, nel giro di un mese, avrebbero stilato il nuovo piano produttivo.
Revisione di tutti i tempi con una riduzione del dieci per cento per ogni passaggio.
Il contabile avrebbe ridiscusso i costi generali con i vari subappaltatori.
Si poteva risparmiare sulle pulizie e sull'illuminazione, sulla mensa e sulle dotazioni aggiuntive oltre a quanto necessario per svolgere il lavoro.
"Così aumenterà il malcontento", gli era stato detto.
Ed ecco la mossa geniale del padrone.
La polizia.
Con la presenza di un nutrito gruppo di poliziotti dotati di caschetto protettivo, scudo antisommossa, manganello e pistola, sarebbe cambiato l'atteggiamento di tutti.
Patrick e Johannes si trovarono di fronte una schiera di uomini pronti ad intervenire.
"E questi?"
Qualche ingenuo pensò che fossero lì per proteggere il padrone da ladri o malintenzionati.
Patrick fece passare la voce.
"Non facciamo niente di sospetto.
Nessuno deve reagire e provocazioni.
Siamo qui per lavorare e facciamolo."
Rimasero lì sotto lo sguardo impettito degli agenti.
Nessun operaio alzò lo sguardo e notarono solamente che i poliziotti si assentarono per la pausa pranzo.
"Non mangiano di certo la nostra sbobba", fu il commento detto a mezza voce da Johannes.
Patrick sorrise.
"Sono qui per noi.
Non è un buon segnale."
Avrebbe dovuto riferire alla prima riunione clandestina del Congresso e aspettare ragguagli.

Nessuno si sarebbe mosso senza una precisa direttiva, un po' come i poliziotti, i quali però avevano già ricevuto un ordine inequivocabile.
Prevenire.
Senza alcuna esitazione e con tutte le forme concesse da una legge schierata a loro favore.
Per la prima giornata non vi furono attriti e, dal secondo giorno, tutti vi avevano fatto già l'abitudine.
"Sono gnu, l'ho sempre detto."
L'ufficiale in capo della squadra aveva telefonato a Charles Parker riportando quanto visto.
Nessuna forma di resistenza, nessuna attività sospetta.
A quel punto, il padrone aveva dato il via libera ad introdurre la riduzione dei costi.
Il contabile aveva lavorato sodo e il livello di illuminazione sarebbe stato ridotto dal lunedì seguente.
Passata una settimana, l'annuncio sulle dotazioni aggiuntive.
E un'altra settimana dopo, la riduzione del servizio mensa, andando a toccare non tanto la quantità ma la qualità.
L'idea era quella di fare riempire lo stomaco con qualcosa di voluminoso e di poco costoso.
In capo a fine mese, Patrick aveva ricevuto una serie di lamentele, così come tutti i capi squadra.
A differenza di questi ultimi, che avevano censurato ogni rimostranza, Patrick aveva riportato ogni dettaglio al Congresso.
"E' una strategia, aspettatevi dell'altro.
Non dovete muovervi.
Hai il controllo sulla massa operaia?"
Patrick pensava di essere a buon punto.
Avrebbe retto il gioco per ancora un po' di tempo, ma sapeva che non avrebbe potuto contenere delle persone disperate.
Johannes non aveva detto nulla a casa, visto che l'illuminazione non era per lui necessaria o richiesta e la sbobba faceva comunque ribrezzo anche prima.
L'unica cosa erano le dotazioni aggiuntive, ma si trattava di qualcosa inerente al lavoro e non alla famiglia Nkosi.
Nessuno aveva notato alcun cambiamento nel suo comportamento, né i colleghi, né la moglie, né i figli.
Charles Parker aveva invitato l'ufficiale in capo a casa sua.
"Ora verrà la parte più difficile.

Comunicheremo l'aumento di produzione e dovremo essere pronti a contrastare le proteste."
L'ufficiale comprese, dopo aver finito una bottiglia di vino accompagnato ad una bistecca di qualche etto con delle patate.
La mattina seguente, prima di recarsi presso la fabbrica, fece un discorso ai suoi agenti.
"Finora abbiamo scherzato, da oggi si inizia la vera sorveglianza."
Le disposizioni erano state date ai vari sottoposti e tutti si sarebbero recati al luogo di lavoro con precisi compiti.
Gli agenti lasciarono le camionette al posteggio riservato alle autorità, separata da una recinzione dal resto del fabbricato.
I vari direttori se ne sarebbero stati al chiuso dei loro uffici, con una visuale perfetta e protetta rispetto alla zona produttiva.
I galoppini di questi ultimi, quali gli ingegneri, avrebbe avuto il compito di contattare i capi squadra e di spiegare loro la nuova situazione e i nuovi standard.
A loro volta, i capi squadra ne avrebbero parlato agli altri durante la pausa pranzo nel retro del fabbricato.
Là, al riparo da sguardi indiscreti, la polizia avrebbe costituito un cordone di sicurezza e i portoni posteriori della fabbrica sarebbero stati sbarrati.
Al primo accenno di protesta, i facinorosi sarebbero stati isolati e prelevati.
Tutto era pronto.
Gli unici a non sapere nulla erano gli operai che, come tutti i giorni, stavano uscendo da Soweto utilizzando le corriere messe a disposizione dalla municipalità.
Qualcuno aveva paventato l'idea di fare pagare ai lavoratori, ma poi il tutto si era risolto con un prelievo forzoso in busta paga che aveva vanificato gli sforzi collettivi degli anni precedenti.
Un aumento fittizio compensato subito dopo da un prelievo di pari entità che, anzi, sarebbe cresciuto nel corso degli anni seguenti, come era nelle previsioni dei potenti e di chi gestiva il potere.
Poco prima della pausa pranzo, i capi squadra vennero convocati.
I poliziotti stavano attendendo la loro uscita per poi andare a mangiare un boccone, prima dell'azione vera e propria.
"Questi sono i nuovi tempi standard di lavorazione e produzione che dovranno essere rispettati da lunedì prossimo.
Studiateli e diffondeteli.
Qui non si deve battere la fiacca ed è tutto facilmente raggiungibile."

Qualcuno sbirciò furtivamente.
Era stata tutto ridotto in misura significativa.
"Ci sono domande o dubbi?"
Era un'espressione retorica per indicare che non dovevano sollevare problemi.
Nessuno fiatò.
"Bene, fateli eseguire."
I capi squadra uscirono in fila indiana senza dire nulla.
La pausa pranzo era già iniziata e tutti si erano recati alla mensa per la consegna giornaliera della sbobba.
Nessuno di loro avrebbe ascoltato il proprio capo squadra, almeno fino a quando non fossero stati nel piazzale posteriore.
Aspettarono il momento giusto, nonostante l'inusuale presenza della polizia.
Ognuno radunò attorno a se le proprie squadre, formate da circa una cinquantina di operai.
"La proprietà ha deciso di affidarsi a nuovi tempi di lavorazione.
Saranno esposti alla visione di tutti, di modo che possiate prenderne atto e metterli in pratica dal prossimo lunedì."
Quasi tutti compresero cosa significasse.
Nuovi tempi voleva dire una riduzione per aumentare la produzione.
Qualcuno sorrise e qualcun altro scosse la testa.
Nessuno parlò.
Qualche capo squadra fece girare le tabelle.
"Calma, avremo il tempo di visionarle."
Patrick diede una rapida occhiata.
"Che bastardi...", disse tra sé.
Senza alcun macchinario innovativo, si pretendeva un aumento dei ritmi.
Ciò avrebbe voluto dire più probabilità di incidenti e di infortuni, soprattutto ora con un'illuminazione più scadente e con minori dotazioni aggiuntive.
L'esperienza degli anziani sarebbe servita solo in parte.
Nessuno pensava ai giovani?
Nella squadra di Johannes, un operaio non la prese bene.
"Come è che dobbiamo produrre di più?
Dove è la nostra parte?"
Per comprendersi, parlavano in inglese e non nelle lingue natie, sconosciute ai più e con l'aggravante che uno zulu non avrebbe capito uno xhosa e viceversa.

Gli agenti avevano sentito e decisero di intervenire.
Era un chiaro tentativo di sedizione e di ribellione.
Una prima parte si mise a semicerchio per proteggere gli operativi, mentre altri iniziarono a marciare verso la zona interessata.
Serrarono gli scudi antisommossa e presero il manganello tra le mani.
"Forza..."
Un grido in afrikaans li spronò.
I direttori se ne stavano appollaiati all'interno delle vetrate in attesa dello spettacolo.
Gli operai iniziarono a temere e a disperdersi, ma la squadra che era stata puntata non aveva molta scelta.
Non potevano fuggire e indietreggiarono.
Le prime linee entrarono in contatto con la polizia e furono spinte da parte.
L'obiettivo era dato da quattro persone al massimo.
Un varco si aprì e cinque manganellate partirono all'unisono.
Due operai caddero a terra e furono presi per i piedi e portati all'interno del semicerchio.
Subito dopo, altri due fecero la stessa sorte.
Ora sarebbe iniziata la punizione esemplare.
Il cerchio esterno si richiuse e i quattro si trovarono in balia di otto poliziotti, i quali cominciarono a malmenarli, fino a che gli operai non rimasero a terra rantolando.
"Avete capito cosa succederà se osate fiatare?"
Nessuno si era mosso e tutti avevano il sangue ghiacciato dalla violenza organizzata messa in pratica.
Il cerchio si spostò all'unisono e i quattro furono trascinati da chi stava nel mezzo, lasciando una piccola scia di sangue mista al terriccio biancastro.
Una volta giunti alla recinzione, qualcuno aprì la porta e fece uscire gli otto poliziotti e i quattro malcapitati, i quali sarebbero stati caricati sulle camionette per essere portati in caserma.
Sarebbe seguito un arresto e poi il processo, dopo qualche settimana, e durante quel periodo i maltrattamenti e i pestaggi si sarebbero ripetuti.
Non importava la pena detentiva, né le prove da produrre a carico o a discolpa, né l'esito del processo, dando comunque per scontata la colpevolezza.
Ciò che importava era la lezione che si era data agli altri.
A chi non era stata picchiato e sarebbe tornato a Soweto da uomo libero, nel senso di non giacere in prigione.

La libertà intesa in senso lato non era prerogativa di chi abitasse a Soweto.
Patrick aveva veduto con orrore ciò che era stato fatto e lo avrebbe riferito al Congresso.
Non si era minimamente rispettato alcun diritto e ciò aveva anche colpito la produzione, visto che nessuno si era chiesto chi fossero gli arrestati.
Erano neri.
Questo bastava ai poliziotti per eseguire un ordine e le volontà dei padroni bianchi.
"Lo spettacolo è finito", così il direttore aveva richiamato all'ordine i colleghi e gli ingegneri.
Subito dopo, aveva telefonato a Charles Parker, il quale sghignazzò contento.
"La giusta dose di legge della savana per gli gnu..."
Ripose il telefono e brindò con un calice di champagne mentre rimirava il perfetto corpo nudo di una nuova fiamma che proveniva da Pretoria.
Una ragazza di ventitré anni in cerca di qualche pollo da spennare, ma che Charles aveva intercettato prima dell'attuazione di tale piano.
Rientrando a Soweto, Patrick cercò le parole da pronunciare quando si fosse trovato di fronte a casa Nkosi.
Uno dei quattro, completamente innocente visto che non aveva detto una parola e non aveva fatto alcun cenno, era Johannes.
Maria fissò in malo modo il collega del marito.
"Cosa è successo?"
Se lo sentiva da tempo.
Chi lavorava fuori da Soweto, prima o poi incappava in qualche disgrazia.
Era solo questione di tempo e non bisognava sfidare la sorte a lungo.
Patrick spiegò la situazione.
"Senza senso.
Hanno colpito a caso.
Lo hanno arrestato assieme ad altri tre e non sappiamo dove lo hanno portato o cosa gli faranno."
Maria raccolse l'ombrello rotto che era rimasto all'ingresso della loro casa e lo gettò contro Patrick.
"Sei sempre stato un fanfarone buono a nulla!
Hai messo mio marito nei guai.
Sai cosa me ne faccio della vostra fratellanza nera o del vostro aiuto.
Non voglio i vostri soldi.

Non avete capito che mio marito è finito.
Anche se lo libereranno, chissà tra quanto, non potrà più lavorare per i bianchi e sarà schedato a vita.
Fuori di qui."
Patrick se ne andò.
Non era il caso di discutere con una moglie infuriata, madre di due figli ai quali sarebbe mancata la figura paterna e lo stipendio di Johannes.
Chi li avrebbe sfamati?
Mentre la donna trattenne la rabbia per non piangere, i suoi figli si strinsero a lei.
A casa Smith, Peter rientrò e non trovò nessuno ad accoglierlo.
Sua moglie era ancora da Hillary, mentre i suoi due figli erano nelle rispettive camere, da soli a studiare.
Per la prima volta, un silenzio totale avvolse il classico saluto dell'uomo:
"Ehi ehi…sono tornato."
Peter si levò il soprabito e accettò la sentenza del tempo che passava.

IV

Johannesburg – Città del Capo, settembre-dicembre 1970

"Muoviti nero, smamma di qui.
Sei libero."
La guardia carceraria restituì il portafoglio e il passaporto a Johannes Nkosi e lo spintonò con forza fuori dalla struttura di detenzione.
L'uomo aveva scontato due anni di condanna per comportamento sedizioso e impedimento allo svolgimento dell'attività produttiva, senza che nessuno lo avesse difeso in alcuna sede giudiziale.
Non avendo di che pagare per accaparrarsi un avvocato di prestigio, si era dovuto accontentare di uno di quelli nominati dalla legge.
Un bianco che non si era dato da fare più di tanto e che aveva solo eccepito su alcuni cavilli, come il non avere precedenti e il non aver partecipato ad altre associazioni criminali.
Johannes Nkosi non risultava iscritto all'ANC e, come tale, non aveva subito condanne più pesanti.
Ciò però gli era anche costato il supporto del Congresso, i cui fondi erano dirottati principalmente agli iscritti e agli attivisti.
A dire il vero, Patrick si era anche speso per i quattro arrestati, ma solo due di loro erano stati aiutati.
Johannes non faceva parte di questo piccolo nucleo soprattutto per l'opposizione intransigente di sua moglie Maria.
"Non vogliamo essere schiavi di nessuno, che siano bianchi o neri poco importa."
La testardaggine della donna aveva così condannato il marito ad una pena detentiva maggiore, circa il doppio di quello che gli altri avevano scontato.
Paradossalmente, l'operaio che aveva parlato scatenando la reazione degli agenti, era stato il primo ad uscire di carcere.
"Così va la giustizia", aveva chiosato Maria rivolgendosi ai propri figli, ai quali aveva insegnato di non fidarsi mai di nessuno.

Erano andati a visitarlo solo tre volte, in quanto servivano permessi speciali sul passaporto per attraversare le zone popolate dai bianchi.
Per la prima volta, i figli di Johannes erano usciti da Soweto, seppure per un evento non lieto.
Moses aveva immagazzinato ogni immagine con senso di disgusto e di rifiuto.
Quello era il mondo che aveva condannato suo padre e gettato la sua famiglia quasi sul lastrico.
Solamente l'immediata rinuncia di Moses agli studi e il suo nuovo lavoro avevano permesso un riequilibrio e avevano potuto garantire cibo per tutti.
Il ragazzo non nutriva, al contrario della madre, alcun rancore verso l'ANC e verso chi vi apparteneva.
Anzi, ne era ammirato ed attratto.
Erano loro a battersi per la liberazione del popolo nero e si sentì solidale con chi era stato arrestato.
Essere libero voleva dire ricordare chi non lo era più e lottare anche per lui.
Rimanendo a Soweto a lavorare, non doveva preoccuparsi di quello che avrebbero pensato i bianchi.
Ne vedeva veramente pochi e la maggiore concentrazione era stata proprio durante le tre visite al padre.
Moses ne aveva tratto un'impressione non edificante del sistema dei bianchi.
Lusso e strade perfette, tutto a misura di pochi privilegiati.
Il carcere era qualcosa di lugubre e dove vi erano solo neri, mentre le guardie erano tutte bianche.
Un'evidente dimostrazione di superiorità e di arroganza.
In tutto questo marasma, Moses aveva assunto una corporatura più da uomo, con qualche muscolo in evidenza.
La sua voce era mutata e aveva iniziato a guardarsi intorno con occhi diversi.
Le ragazze di Soweto iniziavano ad interessarlo e ne aveva intravista qualcuna quando, a piedi, si recava al lavoro, una rimessa di materiale ferroso che smembrava i pezzi provenienti dalla zona bianca per ricavarne oggetti da rivendere.
Lo stipendio era circa la metà di quello che percepiva Johannes, ma vi era anche una bocca da sfamare in meno.
In aggiunta, Maria si era presa altre incombenze lavorative così da compensare la parte mancante.

Il tutto era fatto per proteggere Johanna, ancora troppo piccola per lavorare, sebbene a tredici anni fosse già sviluppata.
La madre le aveva dovuto spiegare la differenza tra bambina e ragazza e come sarebbe diventata donna.
Johanna lo aveva trovato curioso e intrigante, dopo un primo stupore generalizzato.
Si sentiva protetta anche rimanendo sola in casa per la maggioranza del tempo.
Ormai Moses rientrava addirittura dopo sua madre e non aveva molto da spartire con sua sorella.
All'insaputa della madre, Moses frequentava i circoli clandestini prossimi al Congresso.
Si trattava di qualcosa che si svolgeva durante il giorno e non vi erano programmi politici strutturati.
Il più era sottolineare i soprusi e la lotta conseguente.
Il boicottaggio era l'arma più semplice, ma anche meno efficace.
Era facile per un abitante di Soweto non avere nulla a che spartire con i bianchi, ma nessuno faceva i conti che la gran parte dei lavori nella township dipendeva, anche solo indirettamente, dalla società afrikander.
Anche chi pensava di non prestare servizio ai bianchi, in realtà lo faceva, riciclando meglio di una discarica tutti i rifiuti prodotti dall'opulente società segregazionista.
Più che altro Moses era interessato alla lotta armata o a quello che pensava essere il metodo di contrasto alla forza bianca.
Gli era stato detto della potenza dell'impero Zulu e di come i neri, uniti, avrebbero potuto scacciare i bianchi una volta per tutte.
Non si immaginava una convivenza pacifica, visto quanto stavano facendo con i bantustan.
Deportazioni forzate e isolazionismo confinato, fine di tutti i diritti.
Non si era liberi nei bantustan, quanto in un'enorme prigione a cielo aperto.
Tanto valeva rimanere a Soweto che, per quanto pidocchiosa, era pur sempre casa loro.
La loro terra, non quella cosiddetta natia della quale Moses non avrebbe saputo che farsene.
Sapeva che vi erano altri africani che vivevano come un tempo, ma ciò non accadeva in Sudafrica.
In tutto questo pensiero, l'elaborazione era stata singola e solitaria senza mai confrontarsi con sua madre, la quale sarebbe stata contraria per principio, o con personaggi più o meno legati al Congresso.

Patrick non sapeva nulla delle attività di Moses, se non che quel ragazzo fosse il figlio del suo ex collega.
All'estremo opposto, vi era Johanna.
Una ragazza posata e senza mai una parola o un gesto fuori posto.
Per alleviare il compito di sua madre, Johanna si occupava della casa e della cucina e aveva imparato a preparare un buon numero di pietanze, facendo come Maria, vera esperta nel riutilizzare sempre lo stesso cibo in forma diversa.
La ragazza studiava in modo preciso e metodico, alternando sessioni di lettura ad altre di esercitazioni e ricavandosi dei momenti per pensare alla vita.
Qualche sua amica si era già fidanzata, per quanto si possa concepire un passo del genere a tredici anni.
Quasi sempre, si bruciavano le tappe nella popolazione femminile di Soweto.
Maria si era sposata a diciotto anni e mezzo e un anno dopo era rimasta incinta, ma aveva stabilito che sua figlia non si sarebbe dovuta maritare prima dei venti anni.
Dopo iniziava una vita da adulti, piena di responsabilità e di poca felicità e ciò Maria non lo voleva per sua figlia.
Moses, come ogni maschio, sarebbe sempre stato più libero perché erano le donne a subire tutte le conseguenze del parto e dell'allevamento dei figli.
Si rimaneva legati per sempre ad una casa e ad un luogo dove fare crescere i bimbi, mentre gli uomini potevano andare e venire a piacimento.
Anche il tanto osannato Congresso era composto dalla stragrande maggioranza di uomini.
Cosa sarebbe cambiato per Maria e per Johanna se il potere fosse finito in mano ai neri?
Poco.
Forse la libertà teorica di movimento e di espressione, ma sempre e solo in favore dei maschi.
Johanna non arrivava ancora a discorsi tanto cinici e tanto realisti, ma era nel periodo delle prime illusioni e delle prime esperienze.
Ciò che premeva a Johanna era rivedere suo padre, del quale ormai aveva un ricordo da fanciulla.
Non l'aveva vista crescere né aumentare in forme e sapienza.
Si era perso molto di lei e ciò alla figlia non andava bene.

Quasi nessuno sapeva la data di liberazione di Johannes Nkosi e egli stesso si stupì di trovarsi di fronte alla luce splendente di metà settembre.
Avrebbe dovuto camminare per dieci chilometri prima di giungere a Soweto.
Una distanza considerevole, ma non aveva in tasca alcun soldo per prendere un autobus.
Ora cosa avrebbe fatto?
Era impossibile per lui trovare lavoro nel mondo dei bianchi.
Ormai si era giocato le carte e le possibilità e aveva avuto il modo di riflettere a lungo nelle notti insonni trascorse in carcere.
Si sarebbe dovuto reintegrare in famiglia e a Soweto, riallacciando il rapporto con sua moglie e con i suoi figli.
Non avrebbe dovuto cincischiare visto che vi sarebbe stato uno stomaco in più da riempire.
Su questo, la prigione era meglio della fabbrica.
La sbobba era addirittura più schifosa del cibo del carcere ed era tutto dire.
Aveva pensato molto a Moses, costretto ad abbandonare gli studi e a Johanna, che nel frattempo era cambiata definitivamente.
Entrambi i figli erano diversi rispetto a due anni prima.
Con Maria si sarebbe inteso, in un modo o nell'altro.
Imboccò il secondo lungo viale e il suo passo non perse la freschezza.
In carcere vi era poco da fare e quindi, quasi tutti, cercavano di rimanere in forma fisicamente.
Johannes non aveva mai prestato attenzione a tutto ciò, ma si era dovuto adeguare.
Qualche conoscenza se l'era fatta in quel luogo dimenticato da tutti, sebbene non ci tenesse ad avere rapporti con ex galeotti al di fuori di quell'ambiente.
Ogni metro che lo allontanava dalla prigione gli restituiva fiducia in se stesso ed ebbe un fremito quando intravide Soweto.
Quella township ammasso di baracche gli sembrò persino accogliente e attraente.
Si trattava di casa, per quanto misera e miserabile.
Vi entrò con il petto gonfio di orgoglio.
Non riconobbe nessuno e non incontrò nessuno di sua conoscenza.
Due anni erano tanti, pensò.
Poi vide l'orario.
Non era ancora tempo per il pranzo.

Tutti stavano lavorando o studiando.
Johannes rimase ad attendere fuori di casa sua e non vi trovò nulla di cambiato.
Tutto come se lo ricordava e come era stampato nella sua mente.
Si sedette e sentì che le gambe gli dolevano.
Tutto quel moto dopo due anni di confinamento aveva lasciato una traccia in un uomo che ormai aveva superato i quarant'anni.
I suoi occhi iniziarono a vagare tra il cielo e l'orizzonte, fino a che non vide qualcuno muoversi.
Si trattava di giovani fanciulle che chiacchieravano tra loro, come era d'uso in una normale giornata.
Johannes pensò che quanto accaduto a lui di eccezionale per quel giorno non sarebbe stata un'esperienza comune a tutti, anzi sarebbe rimasta una singolarità estrema.
Riconobbe sua figlia, non tanto nel viso dato che era ancora lontana, ma dal modo di camminare composto.
Era cresciuta.
L'aveva vista l'ultima volta a inizio del 1970.
Cosa si era perso di lei per colpa di poliziotti spietati e di un sistema di ingiustizie?
Tanto, troppo.
Johanna lo vide solo all'ultimo e corse verso di lui.
"Non sapevamo che uscivi oggi!
Sei libero?"
Johannes annuì e si abbracciarono.
Entrarono in casa e l'uomo notò che non era mutato nulla.
Ogni minimo dettaglio era rimasto identico.
"Ora faccio da mangiare, poi devo studiare."
Johanna si era costruita una sua vita indipendente dal resto della famiglia, ivi compreso suo padre, la cui figura era mancata.
Johannes ingurgitò qualcosa e poi si stese.
Si sentì stanco e dormì per un paio di ore.
Quando si ridestò, Johanna stava ancora studiando, in attesa dell'arrivo del resto della famiglia.
Il padre si sentì inutile e di peso.
Il giorno successivo sarebbe andato in cerca di un lavoro e, qualunque cosa gli avessero offerto, l'avrebbe accettata.
Maria lasciò il negozio di sartoria poco prima delle cinque di pomeriggio.

Si era specializzata nella ricomposizione dei tessuti e aveva lasciato ad altre, con meno esperienza, la parte più gravosa del lavaggio e della scucitura.
Gli anni in più servivano a rimodulare le competenze e a ritagliarsi una nicchia dove fare meno fatica.
Appena varcò la soglia di casa, notò qualcosa di diverso.
Il divano era sgualcito e sapeva che Johanna non si sarebbe mai sdraiata.
Chi era venuto da loro?
Temette l'irreparabile.
Qualcuno che si era intrufolato e aveva violentato la figlia.
La chiamò senza successo, ma d'improvviso apparve suo marito.
La prima impressione fu di paura, ma poi Maria sbottò:
"Cosa ci fai qui?"
Johannes spiegò che era stato scarcerato.
"E' finita, per sempre.
Non ho intenzione di tornarci e me ne starò lontano dai guai.
Sai che non ho fatto nulla…"
Maria non voleva ascoltarlo.
Per lei, il marito era doppiamente colpevole.
Era andato a lavorare nella zona dei bianchi e aveva ascoltato per anni le baggianate di Patrick.
"Domani andrò a cercare lavoro."
La donna fece una faccia attonita.
"Ci mancherebbe altro.
Già oggi mangi a sbafo sulle spalle dei tuoi figli."
Johannes perse tutta la sua carica positiva e quasi gli venne voglia di rifare il tragitto e andare nella cella che era stata la sua casa per due anni.
Uscì di casa e fissò il vuoto.
Johanna tirò un'occhiata malevola a sua madre.
Era un comportamento infantile e non produttivo.
Prima che facesse buio, ritornò anche Moses, il quale abbracciò suo padre e iniziò a parlargli di lavorazioni ferrose.
"Con la tua esperienza, potrai fare il capo squadra.
Così vedi quanto ho imparato."
Il figlio era forse più contento nel considerarsi utile che non della liberazione del padre.
In qualche modo, aveva dismesso i panni del semplice ragazzo ed era maturato decisamente.

Niente più partite di calcio al campetto, niente più nonni altrui a cui sgraffignare del cibo.
Aveva realizzato uno dei sogni tipici di chi ha sedici anni.
Essere considerato più grande dell'età che si ha.
Un giovane adulto.
A Moses mancavano solo due cose per considerarsi un vero uomo: qualche aneddoto di lotta contro i bianchi e un'esperienza con una donna.
Mentre sul primo aspetto, avrebbe potuto godere della nomea di suo padre, uno che era stato in carcere ingiustamente e che aveva sfidato i bianchi, sul secondo era completamente inesperto.
Le ragazze risultavano per lui un mondo avulso.
Da guardare ma non da toccare.
Al lavoro erano tutti maschi e non nessun collega gli aveva presentato delle sorelle, anche perché tutte maggiori di Moses.
Avrebbe potuto sperare in qualche amica della sorella, sebbene giovanissime, ma chi studiava difficilmente aveva pensieri per i ragazzi che lavoravano.
Da qualunque punto di vista Moses potesse affrontare la situazione, si era detto che il tempo sarebbe intervenuto a modulare le differenze e le mancanze.
Toccava aspettare, proprio quanto impossibile nella mente di un adolescente.
Per quella sera, Maria si dette una tregua, visto che sarebbe stata da sola contro il resto della famiglia.
Il giorno dopo, Moses scortò suo padre dal datore di lavoro.
Si trattava di un nero, ma che ragionava con la stessa mentalità dei bianchi.
Lì per lì, Johannes lo avrebbe preso a botte, come aveva imparato a fare in prigione per difendersi da violenze e soprusi di altri carcerati, ma si era detto che avrebbe filato dritto per il resto della sua vita.
Gli propose una paga inferiore del venti per cento rispetto a quella che prendeva due anni prima, ma a conti fatti sarebbe andata bene.
La famiglia Nkosi non aveva mai visto così tanti soldi e sua moglie non avrebbe avuto niente da ridire.
Moses si sentì pieno di sé e l'autostima crebbe quando vide suo padre all'opera.
Colpi poderosi e mani sapienti.
Johannes aveva giudicato insufficienti le attrezzature e molto peggiori le condizioni lavorative.

Le uniche cose positive erano date dal cibo erogato, migliore della sbobba, e dagli orari.
Non dovendo sobbarcarsi il viaggio da e per Johannesburg, ci avrebbe guadagnato in tempi morti e in maggiore dedizione alla famiglia.
"Qui non vogliamo piantagrane…" gli aveva intimato il titolare alla prima consegna dello stipendio.
Johannes aveva abbassato lo sguardo e aveva solamente detto:
"Ho famiglia."
A dire il vero, il titolare si riferiva a qualcosa che l'uomo non aveva compreso e avrebbe avuto difficoltà a capire.
Cosa avesse fatto suo figlio Moses era ignoto e lo stesso era per il presente.
Le persone frequentate, anche sul luogo di lavoro, erano diverse visto che si tendeva a segregare le varie fasce di età e a separare eventuali parenti.
Meglio per tutti che non si formassero dei clan ed era già un progresso vedere lavorare assieme xhosa e zulu o le altre etnie.
Da fuori, il Congresso monitorava queste situazioni.
Avrebbero accresciuto la consapevolezza della nazione nera e dell'orgoglio africano.
Dal carcere giungevano appelli all'unità e alla resistenza, ma ciò scalfiva ben poco la realtà esterna.
Gli afrikander continuavano a comandare e, anzi, dettavano maggiormente legge.
"In tanti sono stati trasferiti…"
Johannes aveva sentito di tutto in prigione.
Storie assurde di deportazione e di sfruttamento e, tra tutti, i capi politici erano i peggio trattati.
Assassini e ladri erano considerati molto bene dalle guardie carcerarie, una specie di mondo alla rovescia.
"Tutto ribaltato là dentro, figlio mio.
Tutto quanto."
Al ritorno, padre e figlio si scambiavano opinioni.
Era un modo di cementare il cameratismo maschile e di creare un asse interno alla casa.
Ad avviso di Johannes tutto era fatto per salvaguardare sua figlia.
"Dimmi un po' di Johanna…"
Moses non ne sapeva molto.
Aveva intuito, con rammarico, che i pensieri principali del padre erano rivolti a lei.

D'altra parte, era la minore e la più debole, ma Moses aveva pensato di rispecchiare l'uomo che Johannes era stato un tempo.
"Sai, le femmine sono vulnerabili a quella età.
Noi dobbiamo proteggerle."
Moses comprese.
Se tutti i padri avessero ragionato in quel modo, gli sarebbe stato difficile conquistare una ragazza.
Perché doveva essere tutto così complicato per un uomo?
Non solo i lavori più massacranti, ma anche l'impresa più sfidante.
Conquistare, essere attivi, darsi da fare.
Invidiava le donne che potevano starsene tranquille ad attendere.
Se Moses avesse parlato con sua madre, ne avrebbe tratto un quadro completamente differente.
Donne che lavoravano doppiamente, a casa e sul luogo di impiego.
Donne che soffrivano sempre, dalla prima volta in cui facevano l'amore fino al parto.
Donne che subivano le angherie di mariti, fidanzati, datori di lavoro.
Donne che dovevano accontentarsi di uomini che si spegnevano o che affondavano la loro vita nei vizi e nella malavoglia.
Ognuno dal proprio punto di vista avrebbe tratteggiato una società poco incline alla felicità, almeno per i neri.
E la questione non sarebbe cambiata molto varcando i confini di Soweto.
Anche fuori dalla township, vi erano bianchi che si lamentavano.
Del poco guadagno, della noia, della discriminazione verso gli inglesi, degli insuccessi con le donne, della mancanza di opportunità, dell'isolazionismo.
Ogni scusa era buona per rivendicare qualunque diritto, dimenticandosi dei doveri fondamentali.
Una continua rincorsa ad un mondo che non esisteva, e che forse non era mai esistito, ma che tutti cercavano di identificare in una immaginifica età dell'oro.
Un metallo così ricercato e fonte di massacri e di espropri.
Terre insanguinate e non lucenti, ma intrise del fetido odore del corpo umano.
A fine ottobre del 1970, Peter Smith, dopo aver consultato sua moglie, aveva deciso di trascorre il Natale a Città del Capo.
Vi sarebbero andati con i Parker, la cui figlia Jane era ormai un'amica intima di Margaret.

Ormai non serviva nemmeno tenere il segreto per fare la sorpresa ai ragazzi.
Era passato quel periodo e non sarebbe più tornato.
Jane si stagliava, nella visione di Margaret, come il prototipo della sorella maggiore, visto che già frequentava la prima classe del college, lo stesso di Andrew, il fratello dell'amica.
"L'anno prossimo saremo inseparabili e ti potrò introdurre alla conoscenza della scuola".
Margaret già si prefigurava incontri con ragazzi più grandi di origine boera.
Sognava, quasi ogni notte, un afrikander muscoloso che l'avrebbe baciata e poi non aveva bene compreso cosa si dovesse fare.
Era stata Jane a spiegarglielo, nonostante fosse inesperta quanto lei.
Le due si appartavano ad ogni occasione possibile, lasciando Andrew da solo.
Il ragazzo era in quell'età di mezzo nella quale non si trovava bene né con i genitori né con la sorella minore e le sue amiche.
Aveva sbirciato Jane, ma le sembrava ancora una ragazzina più adatta a giocare con le bambole che non ad essere pronta per essere baciata.
Così Andrew aveva fantasticato su altre studentesse con qualche anno in più, ma per ora era sempre andato in bianco.
L'attesa iniziava ad essere snervante, soprattutto perché a nessuno sembrava importargliene.
I suoi genitori erano troppo distanti, e poi si sarebbe sentito in imbarazzo a parlare con loro.
Amici non ne aveva o, per lo meno, non poteva definire tali i compagni di scuola.
Si ritrovava qualche volta con loro, ma i discorsi non cadevano mai sull'argomento.
I tipi svegli, quelli che erano sempre attorniati da un nugolo di ragazze, generalmente evitavano Andrew.
Era di origine inglese e ciò bastava a qualificarlo agli occhi degli afrikander, né gli altri ragazzi di origine inglese facevano comunella tra di loro.
Il sogno di ognuno era quello di integrarsi e quindi cercavano di dividersi in singole unità.
Un inglese in un gruppo di cinque afrikander poteva essere accettato, soprattutto se portava in dote qualcosa.

Un certo blasone, la ricchezza o l'avvenenza, cose non appartenenti ad Andrew, il quale proveniva da una famiglia della media borghesia senza troppe pretese.
Il padre aveva un buon impiego, ma niente di più.
La madre frequentava circoli di sole donne inglesi e ciò non aiutava.
Così Andrew si era buttato sullo studio ed eccelleva in tutte le materie, con i professori che si erano trovati a doverlo lodare anche a scapito di altri studenti afrikander.
Ciò rendeva la posizione di Andrew ancora più invisa e gli stessi professori non aspettavano altro se non un suo errore per punirlo a dovere e ricacciarlo al posto che gli spettava.
Finora, però, Andrew se l'era cavata egregiamente e aveva lasciato a bocca asciutta tutti i suoi detrattori.
Anche della vacanza, non gli importava più di tanto.
Sarebbe rimasto solo, come sempre.
Fece una faccia impassibile quando suo padre Peter lo annunciò in pompa magna, mentre le due donne della famiglia sorrisero a tutto viso.
Margaret per ovvi motivi di comunanza con Jane.
Sarebbero state assieme da mattina a sera e avrebbero goduto di una libertà senza pari.
La ragazza si era anche raffigurata la scena di trovarsi in spiaggia per poter vedere da vicino le forme dell'amica.
Un anno faceva la differenza e avrebbe cercato di capire come il suo corpo sarebbe cambiato.
Elizabeth, dal canto suo, accolse con gioia la notizia per non ricascare più nei tradimenti vacanzieri.
Sapeva che non doveva farlo, ma ogni volta ci cascava.
Ora, con la presenza della moglie di John, sarebbe stata meno libera e la scusa dello shopping non avrebbe retto.
Il suo corpo avrebbe reclamato la mancanza di quell'adrenalina e di quella scossa data dal farsi possedere senza alcun pudore, ma la sua mente avrebbe ringraziato.
E su cosa scegliere tra corpo e mente, Elizabeth non aveva dubbi.
"Come ci arriviamo a Città del Capo?"
La moglie fece questa domanda trabocchetto, ben sapendo della risposta.
Era un modo per introdurre la seconda novità.
"In aereo, il viaggio in treno è troppo lungo."
Questa volta sì che ad Andrew si accese la lampadina.

Nessuno di loro aveva mai preso un aereo ed era un'esperienza nuova e unica.
L'anno precedente, lo studente si era preso la rivincita su tutta la famiglia quando, a luglio, gli Stati Uniti d'America erano sbarcati sul suolo lunare.
Sembrava tutto possibile e a portata di mano.
Peter ed Elizabeth non si erano fatti sconvolgere la vita.
Avevano assistito, come il resto dell'umanità, a questo prodigio, ma nessuno dei due aveva cambiato abitudini.
Il giorno precedente e il giorno seguente si erano alzati alla medesima ora e avevano eseguito i medesimi compiti.
Gli stessi saluti e gli stessi rituali, persino lo stesso cibo di sempre.
Avevano registrato l'accaduto, tutto qui.
A distanza di un anno, la Luna e lo spazio non erano più presenti nei loro pensieri e lo stesso si poteva dire dei Parker.
Una famiglia quasi fotocopia a quella degli Smith se non fosse stato per la mancanza del figlio maschio.
Il cane, Derry, era morto l'anno precedente, proprio due giorni dopo l'allunaggio e i Parker avevano messo ancora meno ad archiviare quella pagina di storia.
Le conoscenze di Elizabeth e Peter erano tutte così e questo era il motivo della difficoltà di integrazione al lavoro e in altri ambiti.
Tanto tenevano ad essere accettati dagli afrikander, quanto frequentavano solo inglesi.
Persino le amiche del salotto di Elizabeth, tra le quali non faceva parte la moglie di John Parker per via della distanza tra le loro abitazioni, custodivano i medesimi segreti della signora Smith.
Ognuna di loro, in circostanze diverse, aveva tradito il proprio marito e nessuna di loro ne aveva mai parlato con le amiche, per paura di essere giudicata e, soprattutto, per il timore che il pettegolezzo passasse di bocca in bocca.
Solo Elizabeth, però, lo faceva in vacanza, mentre le altre avevano trovato altri modi a Johannesburg.
Lezioni di pianoforte o di francese, spacciate con cadenza bimensile, utilizzate a volte come copertura di fughe sessuali con attempati signori o giovanotti rampanti.
L'unico inglese tra le loro conoscenze che si discostava da questo modo di essere perfettamente replicabile era Charles Parker, ma la sua presenza non era gradita né a Peter né a Elizabeth e i coniugi non sapevano come John potesse sopportare un fratello del genere.

Charles aveva risollevato le sorti della sua azienda.
Ormai gli utili viaggiavano ben sopra le attese e il tutto era stato ottenuto con un solo mezzo.
La repressione delle istanze dei lavoratori neri.
"Sono gnu…", continuava a ripetere sghignazzando.
Ormai persino i suoi dipendenti erano a conoscenza di questa espressione e non potevano farci nulla.
Ci sarebbe stata la concorrenza, ma Charles si era mosso molto bene.
Tramite un fiume di soldi aveva corrotto le autorità che avevano il compito di assegnare le licenze edilizie.
Le nuove fabbriche meccaniche erano sorte tutte quante dall'altra parte di Johannesburg, in un luogo completamente fuori mano per Soweto, così i dipendenti neri che stipendiava non avevano altra scelta se avessero voluto lavorare nella zona dei bianchi.
Per quanto poco li potesse pagare, era comunque di più di quanto avrebbero percepito a Soweto e la dignità di un lavoratore e di una persona poco poteva quando la famiglia non aveva di che cibarsi.
Charles si era fatto, in tal modo, tanti amici, o finti amici, nella parte alta della società, costituita dagli afrikander, ma aveva perso ogni contatto con la comunità inglese di appartenenza.
A ben vedere, era ciò a cui tutti aspiravano, ma a livello teorico e senza alcuna implicazione pratica.
Per quanto Peter potesse blaterare e sognare di integrarsi, non avrebbe mai accettato simili compromessi.
"Falliti e parassiti", così li additava Charles, includendo anche suo fratello.
Per tale motivo, John aveva preferito, di gran lunga, abbandonare le finte relazioni familiari per costruire dei solidi legami amicali, basati sulla comunanza di intenti e di visioni.
Si trovava alla perfezione con Peter e aveva avuto il medesimo ritorno da sua moglie con Elizabeth.
Quanto a sua figlia Jane, era evidente il suo legame con Margaret.
In tutto questo quadro idilliaco, vi era Andrew a rompere la simmetria.
Era un ragazzo enigmatico agli occhi degli adulti.
Studioso e posato, ma che covava dentro di sé un lato nascosto e represso.
Nessuno si era posto alcun problema e, anzi, John aveva lanciato una provocazione a sua moglie.
"Magari ha una cotta per Jane…"
La donna lo aveva fulminato con lo sguardo.

Sebbene condividesse gli ideali del marito, in fondo al suo cuore vi era sempre la speranza che la figlia avrebbe dovuto avere una vita migliore della sua.
Sposare qualcuno di importante o che avesse una solida posizione.
L'amore sarebbe arrivato di conseguenza.
Nessuna di loro, ai tempi, ci aveva fatto caso.
I sentimenti si costruiscono con il tempo, mentre la posizione e il benessere erano basi solide su cui poggiare un'unione.
Per quanto potesse andare bene uno come John Parker per la precedente generazione, le stesse madri non avrebbero affidato le loro figlie a nessun ragazzo che ripercorresse simili gesta.
Ad ogni modo, la donna avrebbe tenuto d'occhio la figlia e Andrew durante la vacanza a Città del Capo.
"Dì un po', ma come si fa a baciare?"
Margaret era stata diretta con l'amica.
Avrebbe voluto vedere e comprendere ogni segreto.
Jane si avvicinò e le prese il volto fra le mani.
"Ci si avvicina così, e poi si mettono le labbra sopra.
Si apre la bocca e si infila la lingua..."
Margaret fece uno sguardo di stupore.
"Tutta?"
L'amica sorrise.
Era proprio ingenua come ragazza e non sapeva cosa si dicessero le compagne di classe al college quando si trovavano da sole.
Si parlava di ben altro e di qualcosa di più spinto.
"Devi provare a usare le dita in questo modo..."
Margaret aveva vergogna di parlarne e di metterlo in pratica, ma Jane la spronò.
"Gli uomini amano chi sa come muoversi e chi ha già esperienza del proprio corpo.
Anche perché a loro interessa solo il proprio piacere."
Per questa parte, Jane ripeteva a menadito ciò che le era stato riportato da altre, le quali avevano sentito simili informazioni da persone terze.
Un telefono senza fili basato sul passaparola e senza alcun riscontro pratico.
Tutto questo avveniva all'insaputa delle madri, le quali erano troppo impegnate nel loro mondo fatto di piccole cose per accorgersi dell'evoluzione interiore ed esteriore delle figlie.
"Cosa metterai in valigia?"
"Quali capi sono di moda quest'anno?"

Era tutto un susseguirsi di pettegolezzi e frivolezze che riempivano i mesi e, da qui, gli anni.
Senza saperlo, si stavano trasformando nell'immagine delle loro madri di stampo post vittoriano che tanto avevano odiato quando erano giovani.
Del loro corpo e di come stava invecchiando si preoccupavano sempre meno, tranne Elizabeth che, qualche volta, ripensava ancora ai giovanotti conosciuti negli anni precedenti.
La scuola terminò senza alcuna sorpresa e Margaret fu contenta di pensare all'approdo al college.
Vi avrebbe trovato la sua amica Jane e persino la protezione di suo fratello Andrew, il quale ormai sarebbe entrato nella fatidica fascia degli ultimi due anni, quelli dove si poteva esercitare la maggiore influenza sul resto della comitiva studentesca.
Ciò non interessava il ragazzo, il quale ormai aveva compreso il suo limitato raggio di azione.
Avrebbe studiato per poi rimandare tutto all'Università, meta alla quale si era già votato anima e corpo.
Sarebbe stato il primo Smith e il primo Williams a varcare i portoni del grado più alto di istruzione, in quale facoltà era ancora tutto da vedere.
L'aeroporto di Johannesburg colpì tutti con i suoi spazi, ma soprattutto con il suo via vai.
"Possibile che tutti viaggino in questo modo?"
Vi erano destinazioni di ogni tipo e Andrew andò, con la mente, alla cartina del continente africano e al mappamondo che era conservato in una delle sale studio del college.
Di per sé, l'aereo era un mezzo di trasporto angusto e claustrofobico, con gli spazi contingentati.
Due potenti motori avrebbe dato una spinta propulsiva inimmaginabile e lo stacco dal suolo avrebbe provocato nuove sensazioni.
Vedere dall'alto la città e i panorami, provare quella sensazione di vuoto e di mancamento.
Tutte emozioni che avrebbero sovrastato la reale novità.
Dall'alto, si poteva scorgere nitidamente Soweto con le sue baracche.
Nessuno della famiglia Parker e della famiglia Smith, ad eccezione di Andrew, se ne accorse.
Era come se i loro occhi fossero sbarrati di fronte a quel pezzo di terra e filtrassero ogni immagine.
Andrew vide distintamente le strade in terra battuta e l'ammasso di lamiere.

Un brulichio enorme di persone e di esserini che, dall'alto, non apparivano né neri né bianchi ma solo puntini indistinti.
Formiche, ecco il paragone migliore.
Città del Capo si rivelò essere molto diversa da Johannesburg e non solo per il mare, anzi l'Oceano.
I Parker vi erano stati altre tre volte e si erano organizzati per alloggiare nel migliore quartiere e visitare i luoghi nelle vicinanze.
Il vento era diverso, più variegato e con più profumi.
Si sentiva che non era propriamente Oceano Indiano.
Andrew chiuse gli occhi e si immaginò le migliaia di miglia di mare, al di là delle quali vi era il continente americano.
Un mondo diverso e sconosciuto, quasi impossibile da afferrare per dei sudafricani che non erano mai usciti dai confini della loro nazione.
"La differenza principale è che qui vedrete in giro delle persone che non sono né bianche né nere…"
John Parker aveva assunto un tono da maestro e da guida turistica e ciò infastidiva Andrew.
Margaret non comprese e Jane la prese in disparte.
"Sono i coloured, la via di mezzo.
Figli di meticci tra bianchi e neri."
La ragazza fece un segno di disgusto.
Quindi, in passato, vi erano stati uomini bianchi che avevano sposato donne nere o, peggio donne bianche che erano andate con uomini neri?
Per la ragazza si trattava di qualcosa di aberrante.
L'odore, il colore della pelle, la fisionomia.
Tutto era diverso.
Margaret rabbrividì solamente alla vista di questi coloured o, peggio, dei neri e non osò pensare che delle donne si erano fatte toccare, baciare e fare tutte quelle cose che diceva la sua amica Jane.
Bisognava fermarli per tempo.
Arrestarli e condannarli.
Espellerli dal territorio sudafricano.
Avevano violato le leggi dell'apartheid e della segregazione, introdotte troppo tardi per la giovane di famiglia Smith.
Andrew ascoltò fino ad un certo punto.
Dei giudizi gli interessava poco.
Studiando su quanto gli era stato messo a disposizione, per quanto filtrato e censurato dalla Stato, si era fatto l'idea che bisognava vagliare tutto sotto la lente della ragione critica.

Il pensiero dialettico e la contestazione erano sempre stati i motori del progresso e dell'evoluzione.
Così si stava applicando non solo per le materie scolastiche, ma per la sua vita anche se non lo dava a vedere per non turbare i pensieri e le dinamiche di famiglia Smith, anzi le statiche come le definiva lui.
"Non cambia mai niente", diceva tra sé.
Alla prima giornata in cui frequentarono una spiaggia, le due famiglie si ritrovarono in abiti diversi.
Elizabeth aveva sfoggiato un costume alla moda e il suo fisico risaltava.
Fosse stata da sola, avrebbe rimorchiato sicuramente qualcuno, mentre ora era impegnata nel discorrere con la moglie di John Parker.
Peter e John mostravano qualche segno dell'età, in particolar modo per la pancetta che stava aumentando sempre di più, segno di una vita sedentaria e del tempo che passava.
Entrambi non ci avevano fatto caso, pensando di essere giovani come un tempo.
Margaret aveva notato come Jane avesse dei glutei e dei seni più prominenti dei suoi, sebbene non ancora da donna.
L'anno in più si notava.
Andrew aveva lo sguardo rivolto verso l'orizzonte e il mare e poco si interessava delle altre persone presenti in quel consesso.
Jane aveva notato il fisico di Andrew.
Qualche muscolo, ma soprattutto si comprendeva come, ogni tanto, avesse un'erezione che tentava di nascondere sdraiandosi a pancia in giù.
Forse, all'insaputa di tutti e senza essere vista, avrebbe potuto fare qualche esperienza, giusto per poi spacciare la conoscenza con le compagne come notizia di prima mano e non riportata.
Bisognava solo attendere il giorno corretto.
Il Santo Natale, ecco il momento.
Lo scambio di auguri, gli abbracci.
Avrebbe allungato una mano quando nessuno l'avrebbe vista.
Attese il momento propizio senza troppo indugiare e senza ammorbarsi.
Quando tutti furono estasiati dai brindisi e dal cibo, si avvicinò ad Andrew e mise all'opera il proprio piano.
Abbracciandolo, infilò una mano furtivamente tra le gambe e percepì il suo membro.
Andrew non disse nulla, senza scostarsi e senza ritrarsi.
La lasciò fare per qualche secondo.
Attese a sera, quando si trovarono soli per meno di un minuto.

"Cosa volevi fare prima?"
La affrontò di petto, senza mezzi termini.
"Secondo te?"
Jane voleva fare la civetta e giocare un po' ma il tempo stringeva.
Andrew era infuriato e si sentì preso in giro.
Trattato come un oggetto.
Il sangue gli salì al cervello e prese le spalle di Jane, scuotendola con violenza fino al muro che si trovava in cucina.
Con veemenza, le prese il volto e la baciò.
Infilò la lingua senza ritegno e si staccò da lei solo dopo dieci secondi.
Il loro primo bacio, per entrambi.
Un'esperienza diversa da quella che si erano immaginati.
Jane aveva percepito qualcosa di strano in Andrew, il quale, alla fine, non fu soddisfatto.
Non avrebbero più parlato tra di loro per il resto della vacanza e si sarebbero ignorati come se non si conoscessero.
Il 1970 stava per concludersi con delle amare sorprese per i due adolescenti.

V

Johannesburg, autunno-inverno 1972

"Dì un po' Smith, come è quella Parker?"
Per la prima volta da quando aveva messo piede al college, Andrew fu avvicinato da un paio di ragazzi afrikander e non per ricevere insulti o per subire angherie.
Mancavano pochi mesi alla fine del percorso scolastico e Andrew aveva già deciso di iniziare la facoltà di Legge a Johannesburg.
I suoi genitori si erano entusiasmati nel pensare ad un avvocato, magari un giudice, in famiglia.
Sarebbe stata la pietra miliare per la definitiva integrazione nella società sudafricana.
Andrew non aveva badato molto ad una simile reazione.
Non gli importava più di tanto ciò che pensavano Peter ed Elizabeth.
Aveva completato l'attraversamento dell'età adolescenziale senza alcun trauma e senza alcuna contestazione, come invece era d'uso per molti suoi coetanei, specie fuori dal Sudafrica.
La non rottura esteriore implicava, tuttavia, una completa cesura interiore.
Andrew non si riconosceva più nei valori e nei canoni della tradizione propugnata dalla sua famiglia, tant'è che si era imposto e non sarebbe andato più in vacanza con loro.
Mancando di uno stipendio, se ne sarebbe stato a casa, in preparazione alla vita universitaria e alla completa indipendenza.
Nessuno aveva avuto nulla di ridire, tanto meno sua sorella Margaret il cui approccio al college non era stato altrettanto proficuo.
Soffriva nel vedersi isolata e a ciò non giovava nemmeno avere un fratello all'ultimo anno.
In più, rispetto alla sua amica Jane, non aveva delle doti naturali che attiravano i maschi.
Aveva un seno piccolo, anche se forse si sarebbe sviluppato in seguito.

Per ora, Jane svettava in procacità e forme e ciò la rendeva una preda appetibile anche agli afrikander.
Vedendo che Jane frequentava sempre la sorella di Andrew e che, quest'ultima si interfacciava con il fratello, qualcuno aveva dedotto di poterlo per fungere da ponte di collegamento.
Andrew non possedeva un'opinione edificante di Jane Parker.
Non si erano più trovati da soli né volevano affrontare l'argomento.
Andrew l'aveva osservata col suo fare civettuolo nel dire e non dire, fare e non fare.
Non gli piacevano le persone che si impostavano in quel modo.
"Perché?"
Non si fece vedere accondiscendente con gli afrikander.
Non era uno di quelli che, dopo anni di isolamento, si scioglieva di fronte ad un cenno da parte di chi si credeva superiore.
"Dai che hai capito..."
Il ragazzo non era molto propenso a tirare per le lunghe.
"Dicono che siete andati in vacanza assieme. E' veramente tanta come sembra?"
Andrew non le aveva mai fissato alcuna parte del corpo e non seppe cosa dire.
"Se vuoi, te la presento."
Rispose piccato, giusto per togliersi di torno quel fastidioso moscone.
L'afrikander diede una pacca sulla spalla in segno amichevole e già si pregustava la successiva tappa.
All'uscita di scuola, Andrew si avvicinò alla sorella scortato dal ragazzo.
Margaret quasi svenne pensando che fosse interessato a lei, ma l'afrikander, con la sicurezza infusa da anni di superiorità inculcata, si rivolse direttamente a Jane.
"Ehi ciao, possiamo trovarci per studiare.
Io sono bravo in molte materie."
Non era vero, ma era la scusa perfetta anche di fronte ai genitori.
Chiaramente Andrew avrebbe dovuto fungere da deterrente di obiezioni, salvo poi sparire nel giro di pochi minuti e lasciare i due soli.
Margaret piantò il muso al fratello.
"Mai una volta che pensi a me..."
Era delusa in quanto vedeva allontanarsi la meta agognata.
E poi Jane non aveva di certo bisogno di incentivi.
Aveva già fatto tutto quello consentito per una sedicenne e aveva visto un paio di ragazzi nudi, soddisfacendoli usando le mani.

Si era fatta toccare più volte e aveva tratto piacere.
Margaret, invece, era stata baciata solo due volte e anche male.
Solo da ragazzi inglesi, mentre Jane aveva frequentato anche un afrikander e ora se ne sarebbe aggiunto un altro.
Andrew non ci fece troppo caso, ma alla fine sbottò.
"Quello è un deficiente.
Se sapessi che mette le mani su di te, non lo sopporterei.
Jane è sacrificabile, non conta niente e non è né intelligente né bella."
Margaret lo fissò stranita. Era forse l'unico maschio del college a pensare queste cose di Jane.
Reputò anormale il comportamento di Andrew.
Cosa era accaduto tra suo fratello e Jane?
Non ci pensò più di tanto e accettò la sconfitta temporanea, meditando una riscossa futura.
Jane non lesinò alcun dettaglio e così Margaret fu informata dell'incontro, confermato dall'uscita di suo fratello.
Andrew ricomparve a casa dopo meno di un'ora, il tempo esatto per fare andata e ritorno verso la casa di Jane e abbandonarli al primo incrocio.
Margaret si stava rodendo il fegato e avrebbe telefonato all'amica, se solo entrambe fossero state libere di parlare tra di loro senza la presenza genitoriale.
Il giorno seguente, la fissò.
Si aspettava delle novità, ma Jane era restia.
"Allora?"
L'amica la guardò e le sussurrò all'orecchio.
"Ce l'ha piccolo!"
Si misero a ridere entrambe, con Margaret che non aveva cognizione di causa e rimase sconvolta quando Jane le disse che aveva dovuto usare la bocca.
Il ragazzo non la tampinò più, in quanto aveva ottenuto quanto voleva e poi era stato deriso in privato.
Jane non era rimasta soddisfatta e glielo aveva fatto notare.
Per tutta risposta, la conseguenza peggiore venne subita da Andrew, il quale si ritrovò ancora più isolato.
Jane non osò alzare lo sguardo in sua presenza e si ricordò di qualche anno prima.
Andrew era sicuramente più dotato e, forse, sarebbe stato anche più bravo, oltre ad avere un cervello notevole e, in futuro, un lavoro di tutto rispetto se avesse finito gli studi in Legge.

Questo mondo fatto di esperienze variegate miste a quanto si addiceva ad una scuola, ossia la didattica e l'apprendimento, rimaneva del tutto sconosciuto ai genitori e alla loro generazione.
Tutti quanti avevano vissuto in un'altra epoca, seppure i pensieri fossero i medesimi, ma più sottaciuti.
Ogni genitore avrebbe visto nei costumi di questi giovani un senso di degenerazione, così come ogni coetaneo europeo o americano avrebbe considerato conservatrice la società sudafricana.
Senza cognizione di causa, Andrew e tutti gli altri studenti vivevano in un esperimento spaziotemporale la cui unicità era certa.
Come corrispettivo e contraltare vi era la società dei genitori, che cercava di resistere agli attacchi del tempo e del cambiamento.
Il rock era arrivato anche in Sudafrica e non era raro trovare qualche giovane che lo ascoltasse, purché i cantanti fossero bianchi.
Vi era una specie di selezione alla fonte, cosa che Andrew aveva notato con dispiacere, ma comunque si era abbeverato lo stesso a questa nuova vitalità.
Né suo padre né sua madre avrebbero mai compreso quelle melodie e quel ritmo così veloce.
"Troppo rumore", avrebbero detto.
Persino Margaret, nonostante la sua motivazione a rimanere fedele alla tradizione, si era fatta conquistare, soprattutto da quando Jane le aveva detto che quella musica aiutava.
"Ti lasci andare e non pensi..."
Margaret sognava ad occhi aperti nella sua stanza, mentre, con cadenza settimanale, il salotto di sua madre si popolava di quelle che, nella testa della giovane, erano "carampane".
Donne ormai fuori tempo non tanto per l'età quanto per l'abbigliamento e gli argomenti.
Sua madre Elizabeth era differente e la ragazza non comprendeva come facesse a rimanere in quel consesso.
Rimasta sola con Elizabeth, Hillary aveva sussurrato a mezza voce un pettegolezzo, come se in casa Smith ci fossero le microscopie.
"Hai saputo di Sue?"
Era il suo classico modo di porsi.
Chiedeva sempre all'interlocutrice se sapesse un dato evento quando era ovvio di no, in quanto essa stessa era la depositaria della novità e non vedeva l'ora di diffonderla.
Elizabeth scosse il capo.

Prendendo un biscotto, Hillary si guardò intorno come ad essere sicura che non ci fossero orecchie indiscrete, e sentenziò ciò che bramava da ore.
"Pare che l'abbiano pizzicata..."
Elizabeth non comprese.
A fare cosa?
"Dai, con un altro."
Ora le era tutto chiaro.
Sue aveva un amante.
L'etichetta imponeva di stamparsi una faccia sbalordita e chiedersi come fosse stato possibile.
"Uno più giovane..."
Hillary non stava nella pelle, dimenticando che anch'ella aveva tradito il marito più volte e ignorando che Elizabeth aveva fatto altrettanto.
"...un afrikander."
Elizabeth pensò che Sue avesse i suoi stessi gusti.
"Spero che almeno si sia divertita."
La frase le uscì spontanea e Hillary rimase stupita.
"Ma cosa dici?
Come ci si può divertire tradendo?"
Elizabeth fece un cenno di diniego, come a dire che non pensava realmente ciò che aveva detto.
"Scusami, è che ultimamente sono preoccupata per mia figlia.
Ormai ha quindici anni e sta iniziando a pensare a certe cose.
L'ho capito da come si guarda in giro."
Hillary ci era già passata, avendo una figlia di diciannove anni, già fidanzata e prossima alle nozze nel 1973.
Il discorso rientrò senza altre sfumature.
Nessuna era a conoscenza dell'identità del giovane, ma ciò non importava.
Quello che era fondamentale era la condivisione di un segreto, di un pettegolezzo che sarebbe rimasto nella mente di tutti anche se ignorato.
Dopo una settimana, alla presenza di Sue, quando tutte fecero come se niente fosse, ad Elizabeth balenò un pensiero lampante e tranquillizzante.
"Per fortuna che non ho mai fatto niente a Johannesburg!"
Era stata previdente.
Giovani di altre città e in luoghi dove non vi erano conoscenze comuni, cosicché nessuno poteva parlare e sparlare.
Non importava la verità, ma l'apparenza.

Il marito di Sue lavorava per una concessionaria di automobili e, probabilmente, aveva persino servito l'amante di sua moglie.
Strana sorte del destino di una città in cui tutti si conoscevano ma non si vedevano.
Peter e John Parker avevano stretto ancora più un'amicizia lavorativa visto che le banche si stavano espandendo nel settore assicurativo e le assicurazioni ricorrevano sempre di più a finanziamenti bancari.
Sembrava che i due settori andassero a convergenza.
"Sai che potremmo anche metterci in proprio?"
John era più di larghe vedute, forse spronato dal confronto con il fratello Charles, il quale aveva fatto un mucchio di soldi.
"Apriamo un'agenzia.
Io mi occupo di prendere i mandati assicurativi e tu di redigere i piani di finanziamento.
Entrambi abbiamo un portafoglio clienti di tutto rispetto.
Pensiamoci."
Peter era più restio.
Il suo carattere mite e tranquillo, il fatto di avere già quarantotto anni, tutto lo frenava, ma d'altra parte non voleva contrariare John.
"Vediamo il prossimo anno.
Quando Andrew inizierà Legge."
Il costo dell'Università non era poca cosa e la famiglia Smith aveva fatto bene i conti, ma lo stipendio di riferimento era solo quello di Peter. John aveva il vantaggio di dover mantenere solo sua figlia e non di dover badare a due.
"I figli costano", era una classica frase dei due padri.
Ormai si trovavano una volta al mese e Andrew si era scocciato; con la scusa di doversi preparare per la fine del college e per l'ammissione all'Università aveva saltato la visita a casa dei Parker.
Era normale per tutti questo atteggiamento, tranne che per Jane, la quale aveva l'impressione di essere stata snobbata.
Per ripicca, faceva ogni genere di confessioni a Margaret, suscitando invidia e frustrazione nella ragazzina che non era ancora stata approcciata da quasi nessuno.
"Devi svegliarti, Maggie...
Prendi in mano la situazione.
Guarda che i maschi non sanno resistere a ciò che abbiamo noi, si manipolano facilmente."
Margaret sorrise.
Per la sua amica era tutto semplice, con quel fisico che si ritrovava.

Viceversa, per una minuta quindicenne vi erano poche speranze, specie se proveniente dalla media borghesia di origine inglese.
Di tutt'altra natura erano i pensieri di Johanna Nkosi, separata solamente da pochi chilometri dal ritrovo domenicale dei Parker.
Sapeva che in famiglia tutti si spaccavano la schiena tranne lei e si sentiva inutile, ora che aveva già quindici anni e avrebbe potuto iniziare a lavorare.
Più i suoi familiari insistevano nel volerla spronare e più la ragazza di sentiva in colpa.
"Non è giusto che tu non hai avuto le stesse possibilità", si lamentava con suo fratello Moses, il quale non aveva mai gradito la scuola.
"Dai, Jo, non te la prendere.
A me non è mai piaciuto, lo sai.
Ho sempre preferito i lavori manuali e ora sono felice.
Adesso, poi con papà va alla perfezione."
Moses si era accorto della grande esperienza di suo padre e di come l'uomo avesse parlato direttamente con il capo.
Lo aveva affrontato senza la remora di essere arrestato.
Era un nero come lui e viveva anch'egli a Soweto.
Dopo sei mesi di duro lavoro, lo aveva preso in disparte ed era partito da lontano nel discorso.
Non avrebbe subito potuto affermare che le misure di sicurezza erano insufficienti e che i metodi antiquati, dato che il padrone lo avrebbe rispedito a calci al lavoro e, anzi, lo avrebbe allontanato.
Non volevano rogne e ciò era chiaro.
"Dì un po', ma ti accontenti di fare quattro spicci su di noi?"
Il padrone non comprese subito, anche perché fu stupito dal tono.
Nessuno si era mai rivolto a lui in quel modo.
Come osava un operaio?
"Sì, certo, sono un ex galeotto.
Ma sai perché sono finito dentro.
Ho lavorato per i bianchi per più di quindici anni e so cosa vuol dire la loro organizzazione.
Anche quelli che ti sfruttano fino al midollo, adottano metodi migliori per fare soldi.
Ad esempio, tu pensi che ognuno debba sapere fare tutto e invece no.
I bianchi adottano le specializzazioni e creano una specie di catena.
Io faccio una determinata parte di lavorazione e poi subentra un altro.
Così si produce di più e con qualità migliore.

E poi servono due o tre utensili che si possono recuperare dal rottame che arriva e sistemare.
Infine, devi organizzare come se fossimo una piramide.
Non tutti uguali."
Il padrone lo squadrò.
A certe cose ci aveva pensato, ma non le aveva mai messe in pratica, vuoi per pigrizia vuoi perché già abbastanza soddisfatto.
Se vi era una cosa che mancava nelle township, e in generale nella mentalità che accomunava zulu e xhosa, era la mancanza di programmazione.
Oggi era così e domani chissà.
Si prese del tempo, circa una settimana e poi convocò Johannes.
"Facciamo una cosa alla volta.
Se funziona, proseguiamo."
In tal modo, il padre di Moses aveva assunto sempre più prestigio all'interno della comunità di lavoratori.
La produzione era migliorata in qualità e quantità e il padrone si era messo a fare più soldi.
A quel punto, Johannes attuò il secondo passo ossia la richiesta di suddivisione dei profitti.
"Dovresti destinarne la metà a reinvestire in innovazione e ad aumentare i salari, altrimenti la gente se ne andrà.
Qui c'è tanta, troppa, rotazione.
Se si sparge la voce che elargisci stipendi migliori, sai cosa accadrà?
Che tutti vorranno venire a lavorare qui e potrai gestire più rottame e da qui ricavare più pezzi.
Finirà che persino qualcuno che lavora a Johannesburg penserà di rimanere a Soweto.
Sarà un buon affare per tutti."
Se ne andò, pensando di avere fatto molto di più per la causa del suo popolo in un anno a Soweto che non in quindici anni di ascolto di parole al vento.
Di Patrick e delle sue battaglie sindacali non aveva più saputo niente, né del Congresso e delle sue azioni.
Aveva un mezzo sospetto su suo figlio Moses, ma ci avrebbe pensato per tempo.
La prima priorità era quella di sistemare la questione lavorativa e salariale.
Nel 1972, le condizioni erano nettamente migliorate e ciò aveva reso orgoglioso Moses.

Persino Maria si era ricreduta sul marito.
"Il carcere cambia le persone...", era solito dire, non augurando a nessuno un'esperienza del genere, nemmeno ad un vero colpevole.
La moglie era ritornata affabile e gentile ed erano anche ripresi i rapporti intimi, ormai dimenticati da tempo per entrambi.
Si trattava di una nuova fase, non più intensa come quando erano giovani.
Resa tranquilla la situazione lavorativa e familiare, Johannes si era ripromesso di fare altrettanto con i figli.
Parlare a Johanna era più semplice.
La figlia nutriva un sentimento di totale adorazione per il padre e lo aveva da sempre ascoltato.
"Tu sei la più intelligente di tutti.
Devi studiare finché puoi, direi che dovresti completare il ciclo fino ai diciotto anni.
Quasi nessuna ragazza a Soweto arriva così in là.
Sai cosa significa?
Che potrai svolgere un lavoro non manuale.
Spero che rimarrai qui a Soweto senza andare nel mondo dei bianchi, visto che là non vi è niente di buono per noi."
Johanna era rimasta colpita da quelle parole che, però, non comprendevano una parte fondamentale del discorso.
Già a quindici anni ci si pensava, ma a diciotto sarebbe stato preminente.
I ragazzi, intesi come partner sentimentali e sessuali.
Come costruirsi una vita se fino ai diciotto anni non sarebbe stato possibile frequentarne uno assiduamente?
Negli ambienti della scuola non erano molti e si perdevano per strada un po' come aveva fatto Moses.
Dei più grandi, ci si fidava poco.
Vi era di tutto, tra chi prestava servizio nella zona dei bianchi e chi invece sfruttava i fratelli neri o chi era immischiato in questioni di rivendicazioni.
Johanna, volendo rimanere lontana dai guai, aveva scartato a priori tutte queste categorie anche se all'interno di esse vi era magari qualcuno che le faceva bollire il sangue e scaldare il petto.
In qualche modo, vi era in lei il triplice conflitto tra cervello e cuore, ragione e sentimento, pensiero e passione.
Teneva a bada le seconde scelte per favorire le prime, ma non era sempre facile.

A volte cedeva alla tentazione e aveva esplorato il suo corpo e si era confessata con le poche amiche a scuola.
Tutte nella stessa situazione, anche se meno dotate di lei a livello intellettivo e quindi più facilmente orientabili verso una scelta di vita canonica e classica.
Con Moses, invece, l'approccio di Johannes non era mai stato semplice.
In suo figlio, vi erano molti tratti caratteristici di se stesso da giovane ed è proprio in tali situazioni che esplode il conflitto interiore tra il sé e l'immagine di sé.
Johannes aveva intuito che avrebbe dovuto reprimere una parte del suo io che bramava ciò che Moses agognava.
Non era stupido e aveva intuito, dai discorsi di Moses, delle sue idee e di come ne avesse parlato con qualcuno.
Doveva introdurre l'argomento in modo lieve e delicato, come se si trattasse di parlare di cibo o del tempo meteorologico.
Ritornando a casa, in una prima serata di metà novembre, e camminando tra le strade secondarie in terra battuta, Johannes fissò Moses e il suo fisico.
Si stava trasformando in un uomo fatto e finito e, prima o poi, avrebbe voluto avere una donna accanto a sé.
Forse era questo il lato con cui iniziare la discussione.
"Moses, come è che non ti vedo mai con una ragazza?
Di cosa parli con i tuoi amici?"
Il ragazzo sollevò lo sguardo da terra e rimase un attimo in imbarazzo.
Non erano discorsi che si facevano tra padre e figlio, almeno non nelle sue aspettative.
Abbozzò una mezza risposta.
"Di niente. Di cosa vuoi che parliamo?
Cavolate."
Johannes sorrise.
Aveva capito di aver colto nel segno.
Una risposta diretta e precisa avrebbe rivelato la verità, ma un giro di parole come quelle nascondeva un segreto, della cui natura Johannes era già quasi a conoscenza.
"Conosco parecchie cavolate che si possono fare alla tua età, anzi a tutte le età, visto quello che mi è capitato.
Una è tradire la donna che ami, una è sedurre una giovane fanciulla senza averla prima frequentata con il consenso della famiglia…"
Lasciò volutamente del silenzio e poi riprese.

Moses non aveva reagito segno che queste cose non gli erano capitate, almeno non fino a quel momento.
"E poi ve ne sono di altra natura.
Tipo, farsi arrestare come ha fatto il sottoscritto.
È stupido perché in carcere non c'è niente di bello e ne rimani segnato per il resto della vita.
Inoltre, è inutile.
Non cambia niente, capito?
Niente.
Ho ascoltato farneticazioni per anni, ma noi lavoratori siamo sempre sfruttati e sempre lo saremo."
Tirò un lungo respiro.
Il cuore di suo figlio iniziava a battere più forte.
"Per cui, se qualcuno ti viene a dire di organizzazioni sindacali o di lotta ai bianchi, lascia perdere.
Non ne vale la pena.
E il Congresso, poi.
Sono buoni a nulla, tutti in carcere e noi qui fuori a soffrire.
Cosa hanno risolto?
Ah sì, il mondo soffre per noi e, a parole, è solidale.
Nei fatti?
I bantustan o posti come Soweto.
Restrizioni sempre maggiori.
No, non ne vale la pena.
Ciò per cui lottare è tutto in quel cubo di lamiera, mattoni e fango."
Indicò la casa che si stava avvicinando.
Moses non ebbe il coraggio di replicare.
Suo padre aveva intuito delle sue partecipazioni ai circoli clandestini contigui al Congresso, ma non sapeva di cosa realmente si parlasse.
Non si trattava di chiedere diritti.
Quella politica era già stata perseguita e non aveva portato a niente.
Si trattava di prenderseli, i diritti.
Con la forza.
Era in atto un'organizzazione che puntava al sovvertimento generale dell'apartheid.
Un piano folle, in quanto non teneva conto delle forze militari in gioco.
Johannes aveva avuto un assaggio della preparazione della Polizia bianca, senza nemmeno vedere l'Esercito e i reparti speciali.
A livello di scontri armati e di violenza, nonostante l'inferiorità dei bianchi per nove elementi contro uno, non ci sarebbe stata storia.

Il figlio fece in modo di non tornare più sull'argomento e di evitare ogni forma di comunicazione diretta, ma Johannes era troppo determinato e troppo scaltro per Moses.
Lasciò passare qualche giorno e poi lo prese con entrambe le mani poste sulle spalle.
"Non fare cazzate.
Tua madre ha sopportato la mia assenza, ma la tua sarebbe ben peggiore."
Moses sbuffò.
Suo padre era un maledetto osso duro, ecco perché i bianchi lo avevano incarcerato.
Uno che non si dava per vinto, mai.
Se solo si fosse unito alla loro causa e se lo avessero fatto tutti quanti, allora l'apartheid sarebbe stato sconfitto e i neri avrebbero governato sul novanta per cento del Sudafrica, relegando i bianchi da qualche parte.
A Città del Capo o sulla costa, lontano dal Continente che apparteneva a loro, l'unione di etnie e di tribù con la pelle scura.
Di tutto ciò, Johannes non fece cenno alla moglie.
Era inutile allarmarla e poi questo avrebbe turbato la quiete familiare.
Ci aveva messo anni per chetare le acque e non avrebbe mandato tutto all'aria per una congettura futuribile su un evento non certo.
Ciò che rimaneva intatto a casa Nkosi era la qualità del cibo e, con i maggiori introiti, Maria era riuscita ad applicare le sue doti e a trasferirle a Johanna.
Tutte le sere, dei profumini invitanti fuoriuscivano dalla loro casa e ciò faceva la differenza tra chi se la passava male e chi, invece, tirava a campare meglio.
Sicuramente non vi erano possibilità di acquisire elettrodomestici, almeno non per ora.
Un frigorifero, di quelli vecchi e malandati, da rimettere a posto sarebbe stato il primo obiettivo di Johannes.
Aveva allertato il figlio su un obiettivo comune.
"Sarebbe bello entro Natale, così facciamo un regalo alla mamma e a tutti noi."
Per il resto, vivevano come si faceva un tempo con solamente la luce elettrica a disposizione e l'acqua corrente.
Già abbastanza per chi proveniva dall'indigenza assoluta.

Tutto ciò costituiva un privilegio da difendere e qualcosa da perdere ed era per questo che Johannes aveva parlato a suo figlio Moses, il quale, incurante di tutto, seguitava a farsi istruire dai vari circoli clandestini.
Si parlava di un misto tra lotta armata, resistenza passiva e boicottaggio, mentre dai capi del Congresso all'interno delle carceri provenivano messaggi di sostegno, ma anche di calma.
Non bisognava scatenare violenze.
Era quello che i bianchi attendevano con ansia da tempo ossia un modo di regolare i conti e di trovare la scusa per la deportazione in massa nei bantustan.
Moses si tenne per sé simili notizie, mentre il padre lo osservava da lontano.
"Per lo meno, non ha incontrato qualcuno di veramente organizzato…", ciò lo consolava temporaneamente, ma si poteva solo attendere.
L'attesa era un sentimento comune per la generazione dei genitori, mentre era inviso ai giovani.
Margaret non ne poteva più di attendere il primo vero ragazzo della sua vita e Andrew, dal canto suo, stava fremendo per la fine del college.
Nessuna festa era stata indetta, come invece facevano in molti.
Si sarebbe sentito a disagio e non avrebbe avuto molti da invitare.
Peter ed Elizabeth avevano pensato ad un ritrovo ristretto, con i nonni e qualche famiglia amica, tra cui quella di Hillary, di Sue e i Parker.
Un consesso di una ventina di persone al massimo.
Già questo ad Andrew pareva pure troppo.
L'ultimo giorno del college fu abbastanza strano.
Aveva trascorso anni in cui il suo corpo era cambiato notevolmente e i suoi pensieri si erano formati e questo lo avrebbe legato per sempre a quell'edificio, di per sé vuoto di significati.
Allo stesso tempo, però, non aveva instaurato alcun tipo di legame.
Quasi nessun amico, sicuramente nessuna ragazza.
Si era limitato a baciarne due, di cui una era stata Jane Parker.
Non si era pentito di ciò, ma sentiva che una parte di sé era stata mancante.
Nessun aneddoto da riportare in futuro, nessuna dolcezza o spensieratezza.
Mentre le ragazze degli altri anni guardavano con malinconia alla sparizione di un'intera annata di afrikander, l'uscita di scena di Andrew Smith provocò solo un certo subbuglio in Jane.
In fondo, era stato l'unico ragazzo che l'aveva rifiutata e ciò non le andava a genio.

Abituata a considerarsi una regina, ammaliatrice e intrigante, come osava quell'anonimo inglese scansarla?
Ci avrebbe pensato e avrebbe osato come non mai.
I professori si congratularono con Andrew e furono contenti della sua scelta della facoltà in Legge.
"Dovrà studiare per l'ammissione."
Per tale motivo, e anche per rimanere solo senza alcuna restrizione familiare, Andrew aveva deciso di non andare in vacanza con i suoi genitori.
Peter si era immaginato che suo figlio potesse avere qualche fanciulla da portare a casa.
Poco male, in fondo tutti dovevano fare esperienza.
Elizabeth, più arguta, aveva concluso che Andrew non volesse partecipare a riti che ormai riteneva sorpassati, mentre a Margaret non sarebbe mancato troppo suo fratello.
Erano passati i tempi dei giochi assieme e della complicità.
Ora erano quasi degli estranei, se non fosse stato per il ponte costituito da Jane.
Alla festa, allestita a metà tra il salotto e il giardino antistante la dimora degli Smith, tutti sembravano fintamente interessati ad Andrew.
Qualche complimento e qualche lode assieme a discorsi triti e stantii per poi tornare, dopo pochi istanti, ai capannelli di sempre.
Uomini con altri uomini.
Donne con altre donne.
E i ragazzi da una parte.
Si trattava di un consesso di tre ragazze e due ragazzi, laddove la figura di Jane Parker risaltava.
Andrew avrebbe potuto portare parità, ma non gli andava di immischiarsi in quel gruppetto dove tutti si annoiavano.
Troppa differenza di età, con la figlia di Hillary che snobbava tutti, sebbene avesse solamente un anno più di Andrew.
Era una di quelle che aveva fatto il grande salto ossia era fidanzata e, per questo, intoccabile e inavvicinabile.
L'altro ragazzo, il figlio di Sue, era un bamboccio che forse sarebbe andato bene per Margaret, ma che la suddetta non filava.
Jane si staccò dal consesso con una scusa plausibile, così da non essere notata, ma al posto di andare da sua madre, di soppiatto infilò la porta che dava verso il retro.
Là vi era Andrew, in solitaria.
"Così diventerai avvocato…"

Non doveva dare l'idea di essere lì per altro e cercò di intavolare un discorso.
Andrew non ci fece caso.
"Forse, tra qualche anno e tanto studio."
Jane aveva indosso una camicetta di quelle leggere, visto il caldo che vi era.
Si slacciò due bottoni e Andrew intravide il seno prosperoso che vi era sotto.
"Voglio farti un regalo…"
Cercò di avvicinarsi e si strusciò, percependo il corpo di Andrew.
"Ma che fai?"
Per niente intimorita, Jane andò avanti.
"Dai che lo so…non hai mai avuto una ragazza.
Se vuoi, possiamo metterci in pari.
Andiamo di sopra e ti faccio vedere."
Andrew la respinse di nuovo.
"Cosa ti sei in messa in testa?
Sei matta?
Guarda che non mi piaci, fine della storia."
Jane si rabbuiò e si riallacciò la camicetta, rientrando in salotto senza essere vista.
Andrew fissò l'orologio.
"Ancora cinquanta minuti, più o meno".
Non vedeva l'ora che la festa finisse, non ne poteva più di quel nugolo di persone.
Persino i suoi nonni risultavano odiosi, soprattutto perché nessuno si era mai degnato di farsi vivo negli anni precedenti.
Non aveva fame e non aveva toccato nulla di quanto ordinato da sua madre.
Peter e Elizabeth, accomiatando gli ospiti, si guardarono soddisfatti.
Era andato tutto bene.
Avevano fatto una bella figura e tutto questo era servito per rinsaldare i legami familiari.
Persino al lavoro, Peter aveva ricevuto un premio in quanto Andrew aveva ottenuto il massimo dei voti.
Per un giorno, si era sentito importante quanto un afrikander, al pari del nuovo vicedirettore ossia Dirk.
Quella sera, né Margaret né Andrew né Jane riuscirono a dormire con facilità.

La prima si era chiesta cosa non andasse in lei e se, durante le successive vacanze, avrebbe potuto conoscere qualche ragazzo.
Il fratello stava pensando al suo futuro.
Come sarebbe stata l'Università?
E i professori?
Avrebbe di nuovo trovato discriminazione a livello studentesco e con le donne?
L'ultima era infuriata. Per la seconda volta era stata rifiutata dal medesimo ragazzo, uno che doveva pure essere ben dotato.
Si levò le mutande e utilizzò tutte le dita per darsi piacere, placando in parte la rabbia.
L'alba del giorno seguente sarebbe stata diversa per tutti, visti i preparativi per la partenza delle famiglie Smith e Parker.
A Durban, per godere di Sole e di Oceano.
Il primo luogo dove Elizabeth aveva tradito il marito.
Andrew si alzò nel bel mezzo del trambusto di tutti i componenti della sua famiglia.
Dal pomeriggio, sarebbe rimasto da solo a casa, per circa due settimane.
La prima volta nella sua vita.
Su cosa avrebbe fatto non ci avrebbe giurato.
Sicuramente non avrebbe seguito i ritmi e gli orari imposti da Peter e da Elizabeth.
"Forza forza forza…"
Triplici incitamenti di una madre e moglie che pensava di avere tutto sotto controllo, in primo luogo il tempo e la vita.
Tutti salutarono Andrew, il quale ritornò a letto per gustarsi il silenzio di una casa a completa disposizione.
Mentre il taxi sfrecciava verso l'aeroporto, un lento trasporto si muoveva per le strade di Soweto.
"Piano Moses, attento allo spigolo."
Johannes e suo figlio stavano traslando a mano il frigorifero che avevano sistemato alla rimessa del padrone.
Su insistenza di Johannes, alcuni pezzi erano stati messi a disposizione degli operai, i quali, dopo la giornata lavorativa, avrebbero potuto sistemarli per portarseli a casa.
Si trattava di elettrodomestici gettati via dai bianchi o di carcasse di motorini o di altro da sistemare.
Con la pazienza, il duro lavoro e la cooperazione, tutti quanti erano riusciti a riportare in vita quegli oggetti.
E tutti si portavano a casa quelle specie di regali per Natale.

In tal modo, il padrone aveva evitato di elargire altri aumenti.
Era un gesto che a lui conveniva e che faceva contenti tutti.
"Ne pensi proprio una più del diavolo", aveva detto a Johannes.
Per tale motivo, il padre di Moses aveva acquisito ancora più rispetto e ciò discendeva indirettamente persino sul ragazzo, il cui nome iniziava ad essere pronunciato dagli operai e riportato a casa.
Così sorelle degli stessi in modo diretto o padri per le loro figlie, stavano iniziando a pensare a Moses come un buon partito per la costruzione di una futura generazione.
A sua insaputa, Moses stava conquistando a priori delle ragazze senza muovere un dito ma solo per la nomea di suo padre.
"E' pesante…"
Sotto il Sole cocente era difficile trasportare quel carico e bisognava farlo a tappe.
Ciononostante, ne valeva la pena.
Maria si stava preoccupando, visto che di domenica suo padre e suo figlio tardavano.
Non aveva compreso dove fossero andati così presto.
"Ne sai qualcosa?"
Chiese a Johanna, la quale scosse la testa.
L'anno scolastico era finito e ora aveva a disposizione un po' di tempo per aiutare sua madre e la sua famiglia.
Non lavorando si sarebbe occupata di fare la spesa, cucinare e pulire.
Maria si mise di guardia subito fuori la loro baracca e iniziò a scrutare l'orizzonte e le strade vicine.
"Eccoli…ma cosa hanno per le mani?"
Non avrebbe mai immaginato ad un frigorifero.
Ne aveva visto solo qualcuno e non era avvezza a tutto questo.
Moses era madido di sudore e lo stesso si poteva dire di Johannes.
"E questo da dove arriva?"
Moses sorrise e pronunciò:
"Sorpresa.
L'abbiamo avuto dalla rimessa.
Sistemato e funzionante, è solo da provare e poi da riempire."
Maria seguì incuriosita la messa in opera.
Lo fecero entrare dalla porta di casa e lo sistemarono in cucina.
Vi era spazio e persino una presa di corrente.
Innestarono il filo e l'oggetto iniziò a rumoreggiare.
"Servirà un po' per raggiungere la temperatura, ma poi qui dentro sarà tutto fresco.

Niente più spesa tutti i giorni, potremo conservare il cibo e assaporare bevande fresche."
Johanna fu la più contenta di tutte.
Era un passo importante per la famiglia Nkosi, qualcosa che certificava la normalizzazione e il progresso.
Sarebbe stata la prima a sperimentare con successo una simile miglioria e si sentiva in vena di festeggiare.
Johannes scorse in sua moglie un'espressione di compiacimento, si avvicinò a lei e la baciò.
La donna non si ritrasse, come era solita fare fino a qualche mese prima.
Mentre la famiglia Nkosi celebrava il suo primo pasto alla presenza del nuovo ospite, Andrew Smith prese la bicicletta che teneva in rimessa e uscì per le strade.
Era un gesto che faceva di rado, ma che ora, in libertà, avrebbe potuto ripetere all'infinito senza che nessuno se ne accorgesse.
Girovagò per Johannesburg come non aveva mai fatto e intravide figure di ogni tipo.
Bianchi afrikander e non.
Coloured e neri.
Donne e uomini.
Giovani e anziani, bambini ed adulti.
Era la sua città che passava sotto i suoi occhi, un modo nuovo di considerare gli spazi e le persone.
Basta con i salotti e i barbecue, i circoli e gli uffici, i college e le scuole.
Due ruote spinte da due gambe e due braccia che, imprimendo una direzione dritta o sterzando a destra e sinistra, lo potevano portare dove volesse.
Non sentì né la fatica né il caldo.
Mentre i suoi genitori stavano per imbarcarsi dall'aeroporto, Andrew era alla scoperta di tutti quei luoghi che non aveva mai realmente veduto.
Un impeto di gioia gli risalì nel petto e gli venne voglia di salutare tutti, in barba alla segregazione e alle leggi.
Quelle leggi che avrebbe dovuto studiare e fare applicare, senza chiedersi se fossero giuste o sbagliate.
Non era compito né degli avvocati né dei magistrati né dei giudici sentenziare sulla correttezza delle leggi.
Quello era demandato alla politica e alla sensibilità morale e culturale degli elettori.

Nello stesso momento in cui l'aereo che trasportava la sua famiglia e quella dei Parker toccò il suolo di Durban, Andrew si bloccò.
Il suo girovagare lo aveva messo di fronte a qualcosa di mai visto.
Spaventosa era la visione che si apriva di fronte a sé.
Un girone dell'Inferno, uno spaccato sulla miseria.
Ammasso di baracche e di lamiere, ben diverso da quanto aveva potuto costatare dall'alto.
Era Soweto.
Un pezzo di Johannesburg a lui non noto fino a quel momento.
Dall'altra parte della strada vi erano dei neri che lo fissavano.
Sarebbe stato meglio rientrare a casa.
Elizabeth avrebbe chiamato non appena giunti in albergo, per comunicare che stavano bene e per assicurarsi che suo figlio fosse presente in quel luogo a lei noto e non si fosse cacciato nei pericoli.
Quando rincasò, Andrew aprì il frigorifero e bevve a volontà, come non aveva mai fatto prima di allora.
Rispose diligentemente al telefono che squillò una mezz'ora dopo.
Tutti stavano bene.
Anche Andrew stava bene nel respirare l'aria di libertà.

VI

Johannesburg - Pretoria, aprile-luglio 1974

"Tra una settimana compio diciassette anni e vorrei festeggiare con te."
Margaret Smith non era molto andata per il sottile.
Ormai aveva compreso come i maschi si distinguessero in due grandi categorie.
Gli spacconi, ossia quelli che pensavano di avere una marcia in più e che si proponevano alle ragazze, e i timidi, cioè gli altri, quelli che erano erosi da dubbi interiori.
Aveva scartato la prima categoria dato che, in quella, vi erano tutti quelli che la snobbavano.
Quasi tutti afrikander, si indirizzavano principalmente verso ragazze come la sua amica Jane Parker.
Una facile conquista ma anche qualcosa di fugace.
Jane era ormai famosa al college per essersi passata quasi tutti i ragazzi dell'ultimo anno, senza contare quelli che ormai lavoravano o erano iscritti all'Università, e ora si stava dirigendo verso chi aveva qualche anno meno di lei.
Le interessava la quantità, ma tutti sapevano che vi era una regola precisa che Jane Parker non aveva mai violato.
Niente sesso completo.
Margaret era maturata e si era convinta dell'inutilità nell'inseguire un sogno impossibile.
Rimanevano i timidi e, tra di essi, c'era uno sparuto gruppo di afrikander.
Aveva puntato Klaus, un giovane di diciotto anni che rientrava nei suoi canoni estetici.
Era alto e robusto, biondiccio e con carnagione lattiginosa.
Uno così non avrebbe mai dovuto essere un timido, ma Klaus balbettava e questo gli provocava un forte senso di inferiorità.
Era una patologia in cui i medici poco ci capivano e vi erano diverse teorie.

Klaus balbettava solamente quando era nervoso o sottoposto a stress emotivi.
Con le ragazze, ad esempio, o quando un professore lo interrogava e lo coglieva impreparato.
Non balbettava mai pensando a mente o leggendo, anche a voce alta, ma in solitudine o quando canticchiava.
Anzi, aveva persino una bella voce possente e intonata, di quelle che, se accompagnate da una chitarra, avrebbero potuto fare cascare ai piedi diverse donne.
Margaret lo aveva selezionato e puntato.
Non era uno con tante esperienze e doveva essere diretta ed esplicita.
Gli aveva fatto capire che, per lui, era disposta a donarsi completamente.
"Ciò che le altre non fanno, di solito."
Così si sarebbe avverato il suo sogno di abbattere le barriere tra inglesi e afrikander.
Se fosse rimasta incinta, meglio ancora.
Tanto, nel giro di tre o quattro anni, avrebbe dovuto trovarsi un fidanzato e sposarsi.
Meglio avere ora un discendente dei boeri che ripiegare a ventidue anni sul solito inglese.
Aveva analizzato tutto quanto e non vi vedeva problemi di sorta.
Ci sarebbe stato un po' di scandalo iniziale, ma niente di più.
La sua famiglia, in fin dei conti, sarebbe rimasta contenta nel vederla accasare e prolificare con la parte del Sudafrica più nobile e più rispettata.
Lo diceva anche suo fratello Andrew, il quale frequentava con successo il secondo anno di Legge.
A dire il vero, Andrew si stava accorgendo delle storture del regime dell'apartheid.
Più studiava le leggi in vigore, più si accorgeva che non avevano alcun fondamento umano.
Forse economico, ma era tutto da dimostrare che lo sviluppo separato fosse la migliore soluzione possibile.
Anche in Sudafrica si era abbattuta la crisi petrolifera del 1973, conseguenza del conflitto arabo-israeliano.
I costi dei carburanti erano schizzati alle stelle e la famiglia Smith aveva dovuto rinunciare al consueto viaggio vacanziero durante il periodo di Natale.

Vi erano stati segnali di crisi economica generalizzata e lo sviluppo separato non aveva dato prova di rispondere meglio di altri metodi di modellare la società.
Ciò che ad Andrew non andava giù era la negazione dei basilari diritti di uguaglianza, il tutto basato su presunte differenze tutte da dimostrare.
Scientificamente era ormai assodato nel mondo che non ci fosse una distinzione in razze o una propensione di un'etnia per una determinata professione o inclinazione.
Di ciò ne poteva parlare con pochi intimi, tra cui un compagno di studi, anch'esso inglese, rispondente al nome di Adam Fiennes.
Adam aveva le sue medesime visioni e possedeva una sensibilità su questi temi fuori dal comune.
Era più avanti nell'analisi della società sudafricana, ma avrebbe aspettato Andrew senza forzargli la mano.
"Pare proprio che vogliamo togliere la terra ai neri…"
Era questo il fondamento dell'apartheid?
Adam lo fissò.
"Fosse solo la terra.
Le risorse naturali ed economiche, la produzione e l'estrazione, la cultura e l'istruzione.
Vedi forse neri qui?
Pensi che non abbiano i loro intellettuali?"
Da Adam, Andrew apprese per la prima volta di ciò che aveva realmente fatto Gandhi in India.
Era un modello per molti.
"Anche per Mandela."
Andrew aveva sentito di questo capo dell'ANC incarcerato ormai da più di dieci anni.
Lo aveva sempre giudicato un terrorista e comunista, come affermava la propaganda incessante del governo.
Adam sorrise.
"Non sei ancora pronto…"
Ad Andrew ciò andava bene.
Era un lento progredire, molto simile al suo carattere di maratoneta dello studio e della vita, così si era definito.
Quelle poche volte che parlava a casa della facoltà di Legge, si era accorto che tutti recepivano in modo completamente opposto.
I suoi genitori ne ricavavano una conclusione di generale giustezza.
Per loro, l'apartheid era corretto nelle fondamenta, sebbene una minima parte di discriminazione la subissero anche loro.

Ma ciò di cui Andrew si stupiva maggiormente era la reazione di sua sorella Margaret.
Impermeabile ai mutamenti, gli pareva di trovarsi di fronte una reliquia del passato, nemmeno di stampo vittoriano.
Nella tradizione inglese non vi era mai stata quest'idea di schiavismo e di segregazione.
Margaret, una volta liberata dalla presenza del fratello, si era concessa un modo diverso di approccio al college.
Sapeva che non avrebbe mai eccelso come Andrew, per di più, in quanto donna, sarebbe stata indirizzata al lavoro.
Niente Università, ma di questo non se ne doleva.
Da questo punto di vista era molto simile alla sua amica Jane Parker e alla maggioranza delle altre ragazze.
Erano poche quelle che si sarebbero impegnate in un ulteriore ciclo di studi, soprattutto perché avrebbe voluto dire rimanere sui banchi fino a ventitré anni, e quindi rimandare di cinque anni un fidanzamento a cui sarebbe seguito un matrimonio e poi dei figli.
Si sarebbe arrivati quasi alla soglia fatidica dei trent'anni, età nella quale Margaret pensava che iniziasse già la fase di decadenza di una donna.
Non avrebbe mai rinunciato all'amore e alla famiglia per dei libri.
Così si era imposta di non terminare il college senza mai aver avuto esperienze con dei ragazzi.
Klaus faceva al caso suo.
Impacciato e timido, ma dotato di due caratteristiche fondamentali.
Maschio e afrikander.
Ormai Margaret sapeva degli uomini quanto era necessario, soprattutto grazie ai continui confronti con Jane.
Aveva sempre subito l'amica come una specie di maestra e sorella maggiore, ma si era detta che, se fosse successo qualcosa con Klaus, i ruoli si sarebbero ribaltati.
E Jane avrebbe saputo di avere una concorrente, spingendola a concedersi maggiormente.
Era facile ritagliarsi un'ora con Klaus.
A casa Smith, vi era un determinato periodo della giornata lavorativa settimanale in cui Margaret rimaneva sola in casa.
Subito dopo pranzo, mentre Peter era al lavoro e Andrew all'Università, Elizabeth usciva prendendo la seconda macchina che la famiglia Smith aveva comprato l'anno precedente.

Con la crescita di Andrew, si era posto il problema di un secondo mezzo autonomo di trasporto, visto che il figlio maggiore era anche dotato di patente di guida.
Elizabeth si recava dalle sue amiche del circolo, ormai uno sparuto gruppo di donne che erano invecchiate precocemente.
Da quel momento, Margaret sarebbe rimasta da sola in casa per almeno due ore.
Il giorno del suo compleanno, poi, dovendole organizzare una festicciola per la sera, Elizabeth sarebbe rientrata anche più tardi, quasi a ridosso dell'arrivo degli uomini di famiglia Smith.
Klaus aveva ricevuto l'indirizzo al quale recarsi.
"Allora, ti devo aspettare o no?"
Margaret lo bloccò il giorno precedente all'uscita di scuola.
Klaus annuì.
Il cuore di Margaret balzò fuori dal petto e, per tutto quel pomeriggio, non fece che pensare al fatidico evento.
Non prestò attenzioni a niente per quel giorno e i discorsi dei suoi familiari le scivolarono addosso senza lasciare alcuna traccia.
Fece fatica ad addormentarsi, ma poi si assopì di schianto.
Elettrizzata, affrontò la nuova giornata con trepidazione.
Una rapida occhiata a Klaus le fece capire di essere sulla strada giusta.
Quando Elizabeth, con il suo solito saluto, si congedò, Margaret iniziò a prepararsi.
Si lavò e si mise un completino che giudicava calzarle a pennello.
Qualche forma era cresciuta, ma Margaret sarebbe sempre rimasta una donna con fisico asciutto e slanciato.
Klaus arrivò puntuale e Margaret non cercò di perdere tempo.
Le lancette correvano all'impazzata.
Lo baciò subito e il ragazzo si trovò sorpreso.
"Abbiamo appena iniziato."
Imboccò le scale e lo trascinò nella sua stanza.
Margaret si lanciò su di lui e iniziò e spogliarlo.
Doveva incentivarlo ad agire, sapendo dai racconti di Jane che gli uomini, ad un certo punto, si accendevano.
Erano rimasti in mutande, mentre Klaus fissava i seni irrigiditi di Margaret.
"Toccali..."
Margaret rimase nuda e fece altrettanto con Klaus.
Provò a mettere in pratica quanto detto dalla sua amica e spronò Klaus a fare altrettanto.

"Dai, ora ti voglio dentro."
Il ragazzo fece finta di non capire, ma Margaret quasi lo costrinse pensando, in quell'esatto momento, di essere diventata donna e di aver superato la sua amica Jane.
Il rapporto durò dieci minuti, non oltre.
Per quanto inesperti, entrambi furono soddisfatti.
Klaus fece per baciarla, ma Margaret lo respinse.
"Che fai? Non sono tua moglie!"
Nessuno dei due aveva pensato ad eventuali precauzioni e, a Klaus, venne il dubbio solamente una volta fuori da casa Smith.
E se fosse rimasta incinta?
Margaret non si era ritratta né aveva voluto che Klaus lo facesse e non si era nemmeno lavata.
Voleva sentire dentro di sé l'avvenuto passaggio.
Si vestì normalmente come sempre e riprese a studiare.
Quella sera nessuno notò niente di diverso nella diciasettenne Margaret Smith.
La figlia e la sorella di sempre.
Archiviarono una giornata qualunque.
Margaret prima di addormentarsi allargò le narici.
Percepiva ancora l'odore di Klaus e il suo aroma intenso e sorrise.
Era stato il giorno più bello della sua vita.
Con un sorriso scintillante e due occhi che brillavano si presentò da Jane il giorno seguente.
Durante una pausa tra una lezione e l'altra vi era tempo per scambiarsi qualche battuta.
"Che ti è successo?"
Ciò che non era evidente per tutta la famiglia Smith, era lampante per Jane.
A volte si è più spontanei con gli amici rispetto ai parenti.
Margaret si avvicinò al suo orecchio e le bisbigliò:
"L'ho fatto ieri e ho festeggiato il mio compleanno.
Non sono più vergine e ti devo dire delle cose, così anche tu potrai imparare…"
Jane non ci credette.
"Ho la prova, se vuoi ti faccio vedere come è quando subisce una prima penetrazione."
A quel punto, Jane prese atto.
L'allieva aveva superato la maestra, come sempre accade.

Sorrise e ritornò nella sua aula, pensando che avrebbe dovuto, prima della fine del college, fare altrettanto.
Uno valeva l'altro e Jane Parker non aveva di certo l'imbarazzo della scelta.
In modo antitetico a quanto stavano sperimentando delle sue ragazze coetanee, Johanna Nkosi era dedita totalmente allo studio, tanto da preoccupare sua madre Maria.
La donna non era mai stata abituata a pensare che i suoi figli non fossero interessati a mettere su famiglia, per quanto ella stessa vi aveva sempre visto una specie di catena, soprattutto per le donne.
Ma ora Johanna aveva diciassette anni e Moses venti e si avvicinava, per loro, il momento delle scelte fatidiche.
Avvicinarvisi senza aver avuto esperienze era drammatico per le possibilità di errori che si potevano compiere.
Si sarebbe potuta scambiare un'infatuazione per amore o una ricerca spasmodica del piacere per sentimento.
Ciò valeva da ambo le parti, ma per Moses ci avrebbe pensato il padre.
Il cameratismo maschile si era cementato, specie per la condivisione dei medesimi spazi lavorativi.
La rimessa si stava espandendo e Johannes aveva ricevuto una proposta di tutto rilievo.
Diventare socio.
In qualche modo gli si chiedeva di dimezzarsi lo stipendio per un anno, così da poter attingere delle quote della società e, dopo di che, iniziare a partecipare alla suddivisione degli utili.
Il padrone lo aveva riferito solo ad altri due dipendenti, per un totale di una triade di persone fidate.
Le avesse portare con sé, ognuno con una quota iniziale del cinque per cento, avrebbe visto gli affari aumentare ancora.
Johannes si era consultato in casa, specie per ottenere l'avallo di sua moglie, senza il quale l'operazione sarebbe stata abortita.
Così facendo, avrebbero tirato la cinghia per il 1974, ma già dal successivo anno il tutto sarebbe migliorato.
La crisi petrolifera non aveva colpito Soweto, o almeno le conseguenze erano state limitate.
Quasi nessuno possedeva un'automobile e la famiglia Nkosi non aveva fatto eccezione.
Era aumentato il costo dell'autobus verso Johannesburg, ma ciò riguardava principalmente quei lavoratori che prestavano servizio ai bianchi.

Di conseguenza, più persone avevano deciso di rimanere a Soweto, accettando comunque una paga inferiore.
Tra queste, non vi era Patrick, i cui contatti con Johannes erano scomparsi, ma la cui perseveranza era inossidabile.
Pezzo dopo pezzo, le rivendicazioni sindacali si stavano per saldare con quelle politiche e dei diritti civili.
Il tutto non avrebbe portato a risultati immediati.
Fare discendere un aumento del salario o un miglioramento delle condizioni lavorative dalla revisione, o peggio dalla fine, dell'apartheid voleva dire correre il rischio di aspettare decenni e bruciare intere generazioni di giovani sull'altare del bene supremo.
Tali erano le direttive del Congresso.
Non accettare piccoli traguardi e miseri contentini.
Di riflesso, però, il sindacalista aveva saputo della partecipazione di Moses Nkosi ai circoli clandestini.
Non fece un grande sforzo per collegare il figlio al padre, specie quando lo vide di persona.
La muscolatura e l'impostazione fisica erano simili e persino il lavoro.
Senza rivelare la propria identità, cercò di ottenere informazioni riguardo le idee del giovane.
Era uno di quelli non ancora formati e che prendevano spezzoni di discorsi e di argomentazioni senza avere un quadro generale di insieme.
Andava anche bene per l'età che aveva, ma vi erano forti lacune.
A prima vista, poteva sembrare più rivoluzionario e determinato di loro, ma tutto era incentrato sulla possibile rivolta.
Come agire nei primi tempi, cosa fare, quali fossero i bersagli.
Non era così che funzionava.
Patrick aveva compreso solo con il tempo ciò che il Congresso aveva in mente, almeno a livello direttivo.
Creare le condizioni per il progressivo isolamento del Sudafrica a livello internazionale, restando calmi internamente.
L'opinione pubblica mondiale andava a nozze con i popoli martoriati e che subivano ingiustizie, ma si ritraeva nel momento in cui quelle stesse popolazioni imbracciavano le armi per reclamare i loro diritti.
Era successo così per la Palestina dopo l'attentato alle Olimpiadi del 1972 e lo stesso si poteva dire di tutti quei movimenti di liberazione sorti specialmente in America Latina dopo la vittoria della rivoluzione a Cuba.
Queste esperienze avevano reso evidente il percorso.
Una lenta, ma inesorabile marcia unidirezionale.

"Prima o poi saremo liberi in uno Stato libero, si tratta solo di seminare affinché altri potranno raccogliere".
Parole che Patrick aveva meditato.
Forse da vecchio avrebbe visto la costruzione di una società simile che era ben lontana sia dall'apartheid segregazionista sia dallo spirito di vendetta che era presente nei circoli clandestini e in Moses Nkosi.
Il ragazzo, all'apparenza normale e senza alcun pensiero, covava dentro di sé una rabbia repressa.
Avrebbe voluto vendicare i torti subiti da suo padre, allo stesso modo di come molti neri avevano un conto aperto con i bianchi, specie con gli afrikander.
"Ehi Moses, perché non facciamo la strada assieme?"
David Dlamini, un suo collega di un anno più giovane, lo tampinava da qualche periodo.
Ai suoi occhi, Moses era un modello.
Più grande, più forte, con un padre così ben introdotto.
Era un privilegio camminare fianco a fianco con lui e essere al suo cospetto.
Moses diede un'occhiata a suo padre e Johannes diede il via libera.
Si inventò una scusa per rimanere un'altra mezz'ora.
Stava per diventare socio e avrebbe dovuto mostrarsi maggiormente coinvolto.
In verità, Johannes avrebbe preferito che il figlio frequentasse suoi coetanei.
Così aveva fatto anch'egli alla sua età e così doveva essere.
Moses si incamminò con un buon passo.
A David non parve vero e iniziò a parlare a raffica.
Gli raccontò dei suoi studi, terminati l'anno precedente e delle difficoltà a cui avevano dovuto andare incontro.
"Mio padre lavorava per i bianchi prima della crisi."
Moses lo fissò.
Era un giovane inesperto, ma con una cultura superiore alla sua, non da arrivare ai livelli di Johanna, ma ne sapeva di più.
Il giovane si mise a descrivere la sua famiglia.
Tre fratelli, anzi per essere più precisi David era l'unico maschio.
"Ho una sorella più piccola di un anno e un'altra di quattro anni di meno."
Con il passare del tragitto, a Moses apparve sempre più chiaro il perché della richiesta di David.

Il ragazzo era interessato a combinare un incontro tra Moses e la sorella di David, quella che aveva diciotto anni.
Si trattava di un modo molto moderno per soppiantare una tradizione tanto diffusa sia tra gli zulu sia nella popolazione xhosa.
Il modo di combinare fidanzamenti e matrimoni così da legare assieme due famiglie.
Senza scomodare i padri, David si era messo in testa che Moses fosse perfetto per Abuja e viceversa.
Alla sorella aveva tessuto le lodi di Moses dal punto di vista caratteriale e di provenienza familiare, lasciando giudicare a lei l'aspetto fisico.
Ora, prendendola alla lunga, stava facendo lo stesso ma con ruoli ribaltati.
Moses aveva scoperto il secondo fine, ma lo lasciò fare.
Non sarebbe stato così scortese da rifiutare un simile gesto o da interromperlo sul nascere.
Le probabilità che si piacessero, si parlassero e si frequentassero erano minime e il caso, assieme alle loro scelte, avrebbe giocato il ruolo determinante.
"Mia sorella Abuja già lavora.
Fa la cuoca per la mensa generale.
Stando con lei, nessuno morirebbe mai di fame!"
Il cibo era, dunque, assicurato in quantità e qualità.
"E' molto carina.
Ha due occhi grandi e delle labbra carnose e i fianchi sono già da donna."
Per David queste erano le caratteristiche fisiche principali di una donna.
Sensualità e attrazione, unitamente ad un'innata dimostrazione a procreare.
Era credenza che i fianchi larghi e la carnosità rispondessero al meglio alla fertilità, dovendo accogliere tanto i maschi quanto i futuri nascituri.
Moses sorrise.
Si immaginò la scena e, difatti, poco dopo si ritrovò di fronte Abuja, come se fosse capitata lì per caso.
David, la mattina precedente, le aveva intimato di farsi trovare in quell'esatto luogo a quella precisa ora.
"Non mancare…"
In qualità di fratello maggiore, David si sentiva responsabile della futura felicità delle sue sorelle, come se fosse una specie di vice del padre naturale e legittimo.
Moses fece il primo passo e si presentò.

Aveva compreso l'imbarazzo e il pudore di Abuja.
In effetti, non era una brutta ragazza e pensò che alla mensa generale, una bellezza del genere potesse suscitare vari appetiti.
Era quasi normale tra ragazzi cercare di allungare le mani su alcune parti delle donne, ma Moses non lo aveva mai fatto.
D'altra parte, Abuja aveva subito delle sonore pacche sul sedere e anche un paio di tentativi di andare oltre, ma aveva respinto il tutto con veemenza.
Non era quello il modo giusto di trattarla.
Moses fece finta di non sapere nulla e le chiese di cosa si occupasse.
Abuja rispose e il ragazzo ebbe l'impressione che il tutto fosse preimpostato e poco naturale.
Ad ogni modo, la cultura e l'approccio di sua sorella Johanna erano di molto superiori.
Si salutarono e Moses ritornò sui propri passi per dirigersi a casa.
Iniziò a pensare a quell'incontro, ma, nel momento in cui varcò la soglia di casa, se ne dimenticò.
Al contrario, David fece il quarto grado ad Abuja.
"Come lo ha trovato?"
"Cosa gli devo riferire domani?"
La sorella era titubante.
Sicuramente Moses l'aveva colpita, ma non era scattato nulla.
Era un ragazzo che andava cercando altro, secondo il suo parere.
David non comprese, come del resto non capiscono i maschi privi di quel senso femminile di intuito.
Era evidente ad ogni donna che fosse interessata a Moses quel suo modo di sfuggire e di essere vago ed indefinito.
Quasi nessuna aveva collegato tutto ciò alla lotta contro i bianchi e alla resistenza armata, più a parole che nei fatti, visto che non lo conoscevano abbastanza.
Moses aveva alzato un muro verso gli altri molto più denso e impenetrabile di come i bianchi isolavano tutti i neri.
Nessuno chiese come mai Johannes rincasò dopo e il padre non disse nulla a Moses.
Erano cose da giovani e tali dovevano rimanere.
Per Johanna, tutto questo mondo era avulso dalla quotidianità.
Non che non avesse avuto possibilità di conoscere dei ragazzi, anche se ciò le interessava relativamente.
Dal suo punto di vista, vi erano cose più attraenti.

Più studiava e più scopriva che vi erano moltissimi altri argomenti da approfondire.
Ne aveva avuto un primo sentore alla lezione di scienze.
Quando si comprendeva un fenomeno, vi erano domande irrisolte di almeno altre tre o quattro conseguenze inspiegabili con quello stato di conoscenze.
"E' così, per quanto uno possa studiare."
Tutti i professori erano unanimi nel decretare il processo ricorsivo e senza fine della conoscenza.
A Johanna ciò aveva provocato un senso di delusione.
Avrebbe dovuto terminare l'anno successivo, ma non le andava.
Se fosse stata bianca avrebbe potuto andare all'Università.
E, forse, anche rimanendo nera ma diventando un uomo, beninteso in luoghi adibiti a soli neri.
L'abbinata tra l'essere donna e nera la condannava a terminare a diciotto anni, per giunta sapendo di essere una privilegiata.
Era frustrante.
In tutto questo, la preoccupazione maggiore di tutti era quella che trovasse un fidanzato.
"Pure mia madre che mi ha fatto tanti discorsi, pensa che a venti anni devo essere fidanzata, ossia tra tre anni", si era detta un giorno di fronte allo specchio.
Si poteva confidare con poche persone, tra cui la sua amica Bette, l'unica forse che la comprendeva.
Bette nutriva una forte avversione per i maschi.
Li considerava rozzi e volgari, brutali e senza alcuna forma di grazia.
Johanna le aveva ribattuto che, comunque, a lei i maschi piacevano e faceva certi sogni e certe fantasie su di loro, ma senza focalizzarsi su uno in particolare.
Era l'idea di maschio e di essere posseduta che la mandava in solluchero, mentre lo stesso argomento faceva infuriare Bette.
A casa Johanna vedeva solo un genere inferiore di questioni.
Cibo e denaro, quasi tutto verteva su questo.
Di conseguenza, lavoro.
Poco della situazione sociale, economica e politica, forse perché nessuno ci arrivava ad elaborare qualcosa di strutturato o forse per via del problema di suo padre con la pena detentiva scontata.
Quasi niente di amore e sentimenti.
Argomenti banditi, eppure Johanna si era detta che suo padre e sua madre un tempo si erano amati.

Di quell'amore tra Johannes e Maria rimaneva un simulacro e un ricordo nella mente dei due sposi, qualcosa di solamente accennato e ripreso di tanto in tanto.
Situazione identica a quella di Peter e Elizabeth o di John Parker e sua moglie.
Non vi era troppa differenza tra bianchi e neri o tra ricchi e poveri quando si aveva a che fare con lo scorrere incessante del tempo e con il suo lento lavorio dietro le quinte.
Anche a casa Smith, gli argomenti principali erano dati dal denaro e dalle questioni lavorative.
L'unica differenza, rispetto a quanto accadeva a Soweto, era che nessuno doveva preoccuparsi per il cibo, inteso come procurarselo e come consumarlo.
La società cosiddetta evoluta aveva completamente tolto all'uomo la principale occupazione della sua millenaria storia ossia come procacciare gli alimenti per sé e per la famiglia, sostituendo a ciò altri beni di consumo.
Le case e gli arredi, gli elettrodomestici e le automobili, il vestiario e le suppellettili.
Stava divenendo sempre di più la società del superfluo, visto che l'essenziale era dato per scontato.
Ad uno dei ritrovi consueti, mentre Andrew si trovava a Pretoria per motivi di studio, i capannelli erano ormai consolidati.
Elizabeth e la moglie di John parlavano di frivolezze da donne sposate e adulte, la cui occupazione principale era tirare sera riempendo la giornata di vacuità.
Peter e John stavano discutendo, per l'ennesima volta, di mettersi in proprio.
Peter era più accondiscendente, ma aveva messo un paletto.
"Non prima del 1976, in quanto voglio piazzare mia figlia Margaret in banca."
Senza dire nulla, Peter aveva compreso che sua figlia non avesse le doti intellettive di suo fratello Andrew e, quindi, aveva già designato un futuro per lei.
Grazie alla sua posizione da fedele impiegato, la candidatura di sua figlia sarebbe stata presa in considerazione.
Appena terminato il college, alla fine del 1975, Margaret avrebbe potuto accedere alla medesima filiale del padre in qualità di segretaria per poi ambire ad un posto di contabile del cosiddetto back-office ossia

di quella parte di corpo impiegatizio che non aveva contatti con il pubblico.
Era stata una prima concessione che gli anni Settanta avevano apportato alla componente femminile, ormai non più relegata al mero ruolo di assistenti, soprattutto per chi aveva completato un ciclo di studi superiore.
Così Peter si sarebbe sentito con la coscienza a posto nell'abbandonare il suo posto di lavoro e nell'affrontare con John l'ultima parte della sua carriera lavorativa, quella dove avrebbe messo a frutto le sue conoscenze per trarre il maggiore profitto possibile.
John fece un cenno di intesa.
Per sua figlia Jane non aveva pensato a nulla e si sentì in colpa.
Forse l'intervento di suoi fratello Charles avrebbe salvato la situazione.
D'altra parte, l'industriale dava così tanto lavoro a tutti, persino ai neri, e un posto per la sua unica nipote lo avrebbe pure trovato.
Jane non era molto arguta, ma nemmeno stupida come a volte faceva intendere ai suoi coetanei di sesso maschile.
Una birra congelata suggellò il patto tra i due, i cui sguardi andarono subito verso le donne della loro vita.
Le due ragazze si erano messe in disparte, sottolineando anche con il distanziamento fisico la totale demarcazione generazionale.
Era Jane l'interessata, in primo luogo.
Da quando aveva capito che l'amica si era concessa totalmente, era divenuta curiosa.
"Cosa hai provato?"
Margaret si sentiva al settimo cielo, più di quando aveva invitato Klaus a casa sua.
Era accaduto una volta sola, dopo la quale Klaus aveva perso di interesse agli occhi di Margaret.
Il ragazzo si era immaginato che avrebbe iniziato una relazione sentimentale, anzi si considerava già quasi il fidanzato di Margaret, ma quest'ultima lo aveva completamente ignorato.
A muso duro, lo aveva affrontato un mese e mezzo dopo, sicura di non essere rimasta incinta.
"Senti, è stato bello, ma non ho voglia di continuare con te."
Klaus ci era rimasto male, ma Margaret aveva raggiunto un triplice scopo e ora non lo vedeva più come prima.
Aveva dimostrato a se stessa e a Jane che poteva risultare più attraente e interessante dell'amica e che avrebbe potuto conquistare persino un ragazzo afrikander.

Inoltre, si era tolta di dosso per sempre il macigno di non aver avuto alcuna esperienza.
Liberata da tutto ciò, era entrata in un mondo fatato nel quale Jane, maggiore di età e di esperienze, pendeva dalle sue labbra.
La ragazza non si decideva a compiere il passo, titubante sulle conseguenze.
"E se poi rimango incinta?"
"E se quello va in giro a dire che sono una facile?"
Remore che non aveva mai avuto, ma che ora stavano affiorando in modo preponderante.
Di per sé, Margaret sapeva poco degli uomini e sua madre si sarebbe messa a ridere nel confrontarsi con lei.
Per Elizabeth, le esperienze erano state ben altre.
Vi erano dei momenti, soprattutto verso il tramonto, quando il Sole entrava di sbieco a casa Smith, nei quali si ricordava di quei giovanotti al mare e di cosa le avevano fatto.
Emozioni senza tempo e senza limiti, cose che sarebbero rimaste sopite e segrete all'interno della sua mente.
Andrew non partecipava più a quelle riunioni.
L'ambiente universitario l'aveva proiettato in un altro mondo, costituito da pensieri diversi e da tematiche completamente distaccate.
Abitava ancora dai suoi genitori, ma solo per una mera questione economica.
Alloggiare in uno dei campus avrebbe voluto dire incidere troppo sulle economie familiari.
Si concedeva delle settimane a Pretoria, specie per approfondire alcune tematiche legate al sistema amministrativo.
In effetti, in quella capitale, prettamente legata alla parte burocratica, passavano molte tematiche riguardanti l'applicazione della legge.
Era il modo in cui il potere centrale riusciva a coordinarsi a livello locale e a Pretoria vi erano rappresentati i maggiori studi legali, quelli dove fare praticantato non appena usciti dall'Università.
Era normale per gli studenti, spronati anche dai docenti, trascorrere là del tempo in caso di dibattimenti di particolare importanza o di approfondimenti circa una determinata legislazione.
Andrew si trovava in città dal lunedì e aveva deciso di rimanere nel weekend.
"A casa, mi aspetterebbe il solito consesso con i soliti amici dei miei..."

Rise mentre stava descrivendo la scena ad Adam, il quale si paventò un noiosissimo ritrovo.
Andrew, nel parlare, introdusse la figura di Jane e Adam si stupì.
"Un'amica di tua sorella che ha due anni meno di noi…e come è?"
Andrew sorrise e gliela descrisse.
Adam sembrò interessato.
"E tu stai qui al posto di godere di una simile figura?"
Il ragazzo sbottò in una risata fragorosa.
"Ma quella si concede a tutti, pensa che al college era molto nota e chiacchierata.
Ci ha provato due volte persino con me."
Adam scosse la testa.
"Le fortune capitano a chi non se le merita."
Tirarono dritto senza più indugiare.
Per Andrew, gli argomenti del college erano ormai troppo semplici e banali e non avrebbe mai fatto cambio con quanto stava vivendo ora.
Giudicava strano l'ordinamento giuridico del suo paese, ma se fosse voluto arrivare alla Laurea si sarebbe dovuto adeguare.
Studiare e passare gli esami, solo dopo avrebbe potuto concedersi il lusso di pensare e di riflettere.
"Sbrighiamoci, altrimenti perdiamo il treno."
Si erano spostati con i mezzi pubblici, nonostante entrambi possedessero una macchina.
Il costo dei carburanti era ancora elevato e si erano detti che, con il treno, avrebbero potuto fare meno fatica.
Rientrò a casa a sera inoltrata, quando ormai non vi era molto da dire.
Solamente suo padre gli chiese qualcosa, ma ordinaria amministrazione.
Della sua vita, Andrew ormai disponeva come meglio credeva e questa era l'aria di libertà di cui aveva sempre avuto bisogno.
Quell'aria che spirava solo in un verso in Sudafrica e che Johanna stava iniziando a comprendere.
Come era possibile rimanere incatenati ad una periferia e ad un sobborgo come quello di Soweto?
La mancanza di soldi e di opportunità giocava un ruolo fondamentale, ma queste erano conseguenze di una sola causa.
L'essere neri.
Da un certo punto di vista, comprendeva le lotte del Congresso, delle quali aveva sentito solamente per voci riportate.
Suo padre era stato in carcere per niente, un'inezia e una stortura.
Era giusto?

Sicuramente no.
Ma allora come è che lo aveva accettato senza battere ciglia?
Lo reputava eroico e stupido, allo stesso momento.
Un qualcosa da combattere mediante un'arma più potente delle pistole.
Lo studio e la cultura.
Solo mediante una presa di coscienza intellettuale, avrebbero risollevato le sorti degli zulu, degli xhosa e delle altre etnie.
Meditò tutto questo nel corso di varie settimane, passeggiando da e verso la scuola in completa solitudine.
Con un percorso esattamente speculare, suo fratello Moses era entrato in confidenza con David Dlamini, il quale ormai non nascondeva l'interesse nel piazzare sua sorella.
Moses, che non aveva mai realmente pensato ad una ragazza, era mutato.
Era la prima volta che una donna posava gli occhi su di lui.
Si era sempre considerato poco attraente, con un livello culturale basso e con un fisico nella norma.
Non benestante e senza ambizioni.
Insomma, uno come tanti.
Perché scegliere proprio lui?
David aveva spronato sua sorella e, in un giorno di fine giugno, per la prima volta i due si erano ritrovati da soli.
Si trattava di una domenica, di quel giorno nel quale i ritmi venivano stravolti, in teoria per rendere grazie al Signore, ma in pratica solamente per la non presenza del lavoro.
Gironzolarono a caso per Soweto.
Non vi era molto da fare con le poche risorse a disposizione.
Nulla di quello che i bianchi chiamavano corteggiamento o reciproca conoscenza.
Niente automobili, niente gite, anzi nessuna possibilità di uscire da Soweto senza dei permessi speciali.
Niente cinema o teatro, concerti o ristoranti.
I pochi che erano presenti avevano costi non accessibili alla maggioranza delle persone e, comunque, si trattava di eventi eccezionali.
Si andava una volta all'anno, se proprio si era fortunati.
Era questa la differenza che Johanna aveva potuto comprendere pur senza aver mai visto la società dei bianchi.

Lo aveva estrapolato dai libri e dalle testimonianze, con una specie di esperimento mentale possibile solo dopo aver appreso doti di astrazione e immaginazione.
Così la prima mezza giornata in solitudine tra Moses e Abuja trascorse camminando e parlando.
Avevano iniziato da argomenti generici, per rompere il ghiaccio.
La famiglia, il lavoro, la scuola, gli amici.
Come Moses aveva conosciuto David e come aveva avuto quel posto di lavoro alla rimessa.
Si erano dati appuntamento alla settimana seguente.
Era un lento lavoro, del quale solo David era a conoscenza.
Johannes aveva intuito qualcosa, ma aveva preferito non chiedere e non fare domande, né aveva avvertito sua moglie.
Era meglio tenere per sé certe informazioni e fare evolvere gli eventi.
Inutile anticipare, con il rischio di creare false aspettative.
Johanna non era interessata alle vicende del fratello, chiusa ormai nel suo mondo di pensieri.
In tal modo, Moses viveva in una specie di bolla monadica nella quale era l'unico presente.
Scelte singole e solitarie, senza potersi confrontare.
Lo stesso stava accadendo a Jane Parker.
Si era decisa e aveva stabilito che non sarebbe trascorso il mese di luglio senza un'esperienza sessuale completa.
Aveva anche individuato il ragazzo, uno dei tanti.
Uno della sua classe che aspettava da anni il proprio turno.
Uno di origine inglese.
Jane prese in mano la situazione e lo invitò a casa sua, ricalcando passo passo le orme di Margaret a livello organizzativo.
Se l'amica aveva avuto completo successo, per lei sarebbe stato un gioco da ragazzi.
Era più esperta e aveva un anno in più.
A Jane Parker, però, interessava ben altro rispetto a Margaret Smith.
Voleva avere la sua parte di piacere ed era più esigente.
Ricalcò quanto aveva imparato in quegli anni e le varie tecniche, ma il ragazzo concluse troppo in fretta per lei.
Dovette fare da sé, di fronte ad un attonito e sorpreso diciottenne.
Tutto sommato, a Jane non piacque, ma non poteva sfigurare di fronte all'amica.
A scuola le fece comprendere come avesse varcato la soglia e, al primo ritrovo domenicale, non lesinò i particolari.

Ingigantì il tutto, giusto per darsi un tono.
In qualche modo, doveva ritornare ad essere la maestra, colei che avrebbe di nuovo preso il posto che le spettava di diritto.
Margaret non si sentì scavalcata.
Sarebbe rimasta, per sempre, la pioniera tra le due.
Tre mesi di anticipo nonostante un anno in meno di età.
Si abbracciarono.
Ora erano entrambe donne, almeno così si consideravano a vicenda.
A qualche chilometro di distanza, Moses si sentì impacciato e Abuja lo comprese.
La ragazza si avvicinò quel tanto che bastava per sentire il suo respiro.
Fece gli ultimi trenta centimetri che li separavano.
Moses aveva baciato una donna, per la prima volta in vita sua.

VII

Johannesburg, maggio-dicembre 1976

Peter Smith aveva appena finito di parlare con il direttore e con l'ufficio del personale, formalizzando ciò che ormai tutti sapevano da tempo.
Dopo tre decenni di servizio, a cinquantadue anni, si era licenziato per intraprendere un'avventura con il suo amico di sempre, ed ora socio, John Parker.
Tutti nella filiale gli erano grati per quanto svolto.
Era stato un fedele impiegato che non si era mai discostato dai compiti assegnati e che non aveva mai preteso ciò che non gli sarebbe mai stato riconosciuto, ossia la dirigenza e la direzione.
Sua figlia Margaret era stata assunta a gennaio del 1976, ad appena due settimane dalla fine del college.
Per ora avrebbe svolto compiti da segretaria e lì sarebbe rimasta per almeno un anno o due, per poi iniziare a intraprendere una diversa carriera.
Era consolante per tutti sapere che la famiglia Smith sarebbe stata presente, in un modo o nell'altro.
Margaret non si era mai immaginata il posto di lavoro di suo padre e Peter non aveva fatto nulla per nasconderle la normale routine.
Non aveva né abbellito né spolverato la sua postazione e non si era discostato dai suoi normali cliché quotidiani.
Dopo trent'anni di ripetizione dei medesimi gesti, tutto entrava naturalmente nella sfaccettatura del carattere di Peter Smith al punto che nessuno avrebbe potuto discernere dove iniziava la persona e finiva l'impiegato.
A Margaret non era apparso squallido, ma normale, come era sempre stato suo padre.
La fine del college era stata presa con sollievo dalla giovane, visto che non aveva molto da spartire con quell'ambiente.

Persa la frequentazione giornaliera di Jane durante il 1975, Margaret aveva concentrato le proprie forze sul futuro lavoro.
Una volta varcata la soglia della filiale della banca, vi era un mondo tutto nuovo da scoprire.
Nuovo per lei, mentre per gli altri si trattava sempre della medesima solfa.
Giovani donne che venivano assunte e che venivano squadrate da tutti, pensieri più o meno licenziosi che sfioravano la mente degli uomini e occhi avidi di nuove conoscenze da parte delle neoarrivate.
Era una ruota che triturava tutti quanti, ivi compreso il novello direttore, che si identificava nella figura di Dirk, colui il quale aveva incrociato e superato Peter.
La presenza del padre aveva un po' limitato i normali approcci, ma tutto si sarebbe risolto in pochi mesi.
Esattamente a luglio, Peter avrebbe lasciato il lavoro e allora ogni persona si sarebbe sentita libera, in primis Margaret.
Da Jane, la cui frequentazione era continuata visti i comuni progetti lavorativi dei rispettivi padri, aveva appreso di come funzionasse il mondo del lavoro.
Nel giro di sei mesi, Jane le aveva confidato che ben due uomini l'avevano invitata fuori, ma che ella aveva accettato la corte di solo uno dei due.
"Queste li fanno impazzire…a tutte le età."
E aveva indicato il seno che ormai esplodeva sotto la prorompenza della gioventù.
Jane era una di quelle donne che sarebbe divenuta informe dopo la prima gravidanza, bruciando le tappe dall'essere desiderata all'essere ignorata in poco tempo.
Viceversa, Margaret avrebbe avuto un lento miglioramento.
La gracile ragazzina aveva già lasciato il posto ad una giovane meno spigolosa ma era con l'aumentare degli anni che la sua corporatura sarebbe risaltata e notata.
Per ora, non faceva che scrutare e selezionare.
Vi era una buona platea di afrikander, i suoi preferiti da sempre.
La sua amica Jane non aveva trovato lavoro dallo zio, i cui pensieri andavano ad altro, principalmente a fare soldi.
A dire il vero, Charles aveva fatto un favore alla nipote, anche se John non lo aveva compreso.
Fosse finita alle dipendenze dello zio, prima o poi sarebbe stata ospite ad una delle sue feste.

La sua avvenenza l'avrebbe segnata per sempre e Jane sarebbe divenuta l'amante di qualche potente.
A Charles non andava che sua nipote diventasse merce di scambio e non avrebbe mai permesso che si riducesse come una delle sue frequentazioni.
In fondo, l'uomo considerava quelle donne alla stessa stregua di prostitute, senza attuare una grande distinzione in merito.
Gli affari erano tornati ad essere fiorenti, nonostante la generale arretratezza della fabbrica.
"Prima o poi la liquido", continuava a dire, ma poi non lo faceva per via dei grandi finanziamenti pubblici che riceveva e per gli agganci che il suo lavoro gli procurava.
Di tutta questa situazione, Andrew non si interessava.
Si era volutamente escluso dalle vicende della famiglia Smith, e peggio ancora dei Parker.
Frequentava quasi esclusivamente l'ambiente universitario e aveva iniziato l'ultimo anno.
Era in procinto di trasferirsi in un appartamento vicino alla sede universitaria, che avrebbe diviso con Adam.
"Per le spese, non ci sono problemi.
Troverò qualche lavoretto."
Peter ed Elizabeth sarebbero stati pronti a dargli una mano, ma loro figlio era stato categorico.
"Posso sempre aiutare qualche ragazzo del college e farmi pagare, oppure svolgere dei compiti amministrativi in Università."
Ciò che Andrew bramava era la libertà di potersi gestire come voleva.
Gli orari, il cibo, i vestiti.
Nessuna regola di casa Smith, ma anarchia pura.
Si sentiva come in una prigione a rimanere ancora in quel luogo, laddove vi trovava solo tanta freddezza e ipocrisia.
L'ambiente perbenista era riuscito a rovinare persino Margaret, la cui indole era ancora più sotto naftalina di quella dei suoi nonni.
Inutile discutere e parlare, visto che nessuno avrebbe compreso.
"Lasciali stare, sono così.
Anche i miei genitori sono uguali."
Adam lo aveva consolato.
Non era Andrew ad essere diverso, era proprio l'impostazione tra le due generazioni a non parlarsi.
"Altrove questo scontro è già avvenuto, ma qui no.
Vedrai che accadrà con la legge che vogliono approvare."

Andrew non comprese totalmente.
Era in discussione l'uso del solo afrikaans nelle scuole al posto della doppia lingua riconosciuta, ossia anche dell'inglese.
Ciò cosa avrebbe significato?
"A volte non sei molto arguto, Andrew...scusa se te lo dico."
Adam non aveva peli sulla lingua, soprattutto con il suo amico.
"Come pensi che la prenderanno i neri?"
Andrew fece un'espressione corrucciata.
Non ci aveva mai pensato, anzi non li aveva nemmeno considerati.
Abituato ad un ambiente in cui si faceva a meno della loro presenza, non si era posto dal loro punto di vista.
"Dici che protesteranno?"
Adam fece un cenno di finta sorpresa.
"Come non potrebbe essere diversamente?"
Sarebbe stato uno shock per tutti.
Accorgersi della presenza nera proprio a Johannesburg.
Avrebbe pagato oro per vedere la faccia dei suoi genitori e dei Parker.
Un circolo chiuso senza alcuna possibilità di ammissione se non appartenere alla discendenza inglese, salvo poi fare di tutto per avvicinare gli afrikander.
Il ragazzo diede un'occhiata all'appartamento dove sarebbe andato a vivere.
Non era molto grande.
Vi erano due stanze, un bagno e un altro locale che sarebbe servito a molteplici usi.
Salotto, soggiorno, cucina e postazione da studio.
Il tutto per pochi mesi, quanto bastava a finire l'ultimo anno e poi a preparare la tesi.
Un anno al massimo da quando si sarebbe trasferito.
Dopo di che vi era il buio completo circa il futuro.
Qualche studio a Johannesburg o a Pretoria dove fare pratica per i primi due anni.
Questa la soluzione più probabile, con un necessario trasferimento nel caso si trattasse di Pretoria.
Non c'era molto da gioire, ma all'inizio era così.
"Hai presente quanti studenti ogni anno si laureano in Legge?"
Era uno stuolo enorme che solo parzialmente sarebbe stato assorbito dagli studi professionali.
Vi erano avvocati presso banche e aziende di vario tipo, ma ad Andrew ciò non interessava.

Era la strada più semplice per un veloce e rapido guadagno, quella dove l'indipendenza economica sarebbe arrivata nel giro di un anno.
Intraprendere invece la carriera di avvocato associato o indipendente richiedeva un lungo percorso di formazione.
Di solito, si diventava famosi e con una buona parcella da richiedere con almeno venti anni di esperienza, il che voleva dire aspettare circa i quarantacinque anni.
Praticamente la fine del secolo Ventesimo.
"Ma ci pensi mai al Duemila?"
Sembrava una meta lontanissima, eppure dietro l'angolo per il conteggio umano degli anni.
Adam lo fissava stranito e lo rimproverava, riportandolo alla realtà.
Nessuno a casa Smith aveva prestato attenzione ai provvedimenti del governo circa l'adozione della sola lingua afrikaans.
Non per disinteresse, ma perché nessuno reputava importante seguire la politica.
Tutti avevano avuto sempre altre priorità.
Ora Peter si stava organizzando per il proprio futuro lavorativo, mentre Elizabeth era presa dalle medesime ricorrenze di sempre.
Aveva trascorso una vita scandita dai soliti rituali e non aveva considerato ciò come uno spreco, anzi tutto era indirizzato al consolidamento della tradizione.
A parte la visione del notiziario serale e la lettura delle pagine finanziarie di qualche giornale, attività esclusivamente svolta da Peter Smith, tutto il resto del mondo non penetrava all'interno delle mura di quella casa.
Margaret aveva mutato argomenti, passando in pochi mesi dalle materie scolastiche e dai compagni del college alle mansioni impiegatizie e ai colleghi della filiale.
Tutto naturale, senza alcuno strappo.
Si trattava del perfetto esempio dell'educazione sudafricana.
Nessuna protesta, nessuna empatia verso chi stava fuori dalla propria cerchia di conoscenze.
Un inquadramento voluto dall'alto e nel quale ognuno era perfettamente incasellato senza peraltro discostarsi dalla previsione a tavolino effettuata anni prima.
I pochi ideatori dell'apartheid ne sarebbero stati fieri.
"Peccato per la presenza degli gnu...", così aveva commentato Charles Parker, uno dei pochi in grado di comprendere cosa sarebbe accaduto.

Erano sì una massa di erbivori facilmente ammaestrabili, ma anche loro avevano un punto di rottura.

Johanna Nkosi già lavorava come contabile e come redattrice di corrispondenza verso l'esterno per l'associazione che raccoglieva i vari impresari di Soweto.

Era qualcosa di recente, istituito come coordinamento generale basato su donazioni volontarie degli imprenditori.

Poca cosa, con uno stanzino e quattro dipendenti e una mole di lavoro da gestire paurosa.

Johanna stava applicando i metodi imparati a scuola per un'organizzazione metodica del lavoro e ciò stava dando i primi risultati già dopo poco più di cinque mesi.

Aveva convinto il padrone, anche se ormai socio, di suo padre a versare una quota e a portare agli altri associati.

"L'unione tra di noi farà la forza di tutti.

Dobbiamo creare delle piattaforme comuni senza farci concorrenza e guerra.

Cooperative dove trovare personale e sapere cosa richiedere alle controparti bianche."

L'idea era chiara e, in qualche modo, persino appoggiata silentemente dal Congresso.

Qualunque forma di organizzazione tra neri era vista come un primo passo verso l'autocoscienza di se stessi.

Johannes non avrebbe più potuto controllare le mosse di sua figlia, anche se ella non gli aveva dato alcun grattacapo, almeno non fino a quel momento.

Moses, d'altra parte, non aveva smesso di frequentare i circoli clandestini anche se la sua presenza si era diradata per via della frequentazione con Abuja.

Ormai era chiaro che fossero fidanzati e si erano presentati alle rispettive famiglie.

Moses aveva potuto affrontare il padre di Abuja, avendo anche l'appoggio del fratello maggiore David, mentre la ragazza aveva trovato una valida alleata in Johanna.

Ciò che Maria temeva era sparito come una nebbia mattutina, tanto temuta e potente quanto effimera e vaga.

Almeno suo figlio Moses sembrava indirizzato verso una normale vita di ogni ragazzo della sua età.

Lo studio, il lavoro, poi una moglie e una famiglia.

Maria aveva perso suo padre e lo stesso era accaduto a Johannes.

Gli uomini vivevano generalmente di meno e lasciavano vedove nel corso della loro esistenza.
Era un'esperienza comune alla quale abituarsi.
"Maledetti..."
Johanna si era infuriata per la proposta di legge, ma dovette esplicitare il tutto a cena.
A casa Nkosi poco si sapeva se prima qualcuno non riportava loro le notizie.
"Vogliono obbligare l'uso dell'afrikaans nelle scuole."
Tutti rimasero allibiti.
Sapevano come quella lingua fosse il simbolo dell'oppressione degli afrikander e dei boeri.
Forse il simbolo stesso dell'apartheid, più ancora delle varie discriminazioni supportate dalle leggi.
Era un modo per tracciare già una demarcazione tra un pezzo minoritario della popolazione e gli altri.
"Ma possono farlo?"
Moses, in fondo, era un ingenuo e tutti lo fissarono attoniti.
I bianchi potevano fare tutto, non gli era chiaro?
"Certo che sì..."
Johanna volle smontare le idee fantasiose del fratello.
Ciò che nessuno sapeva, almeno quella sera a tavola all'interno di casa Nkosi, era dato dalle direttive del Congresso.
Bisognava organizzarsi, ma non con le armi.
Dimostrazioni pacifiche.
Cortei di protesta.
E di chi?
Degli studenti.
I diretti interessati.
Giovani e disarmati, pieni di speranza e di futuro.
"Ci sarà un corteo", così venne detto alla riunione clandestina.
"Noi non dovremo esserci. Niente armi."
Moses ebbe uno strano presentimento.
I bianchi avrebbero schierato la polizia, ne era certo.
E se le parole di suo padre si fossero rivelate vere riguardo il suo arresto, non avrebbero minimamente pensato se fosse corretto o meno sparare.
Corse a casa e prese in disparte la sorella.
"Mi prometti che non ci andrai?"
Johanna fu sorpresa.

Di cosa stava parlando il fratello?
Andare dove?
Rinunciare a lavorare? Se lo poteva scordare.
"No, no cosa hai capito".
Le prese le mani come faceva quando era piccola.
Era un gesto di affetto e di protezione, qualcosa di altri tempi e Johanna quasi si commosse.
Se Moses si atteggiava in quel modo, voleva dire che la situazione era seria.
"Organizzeranno un corteo di protesta, verso Orlando.
Studenti, gente che magari conosci visto che fino a sei mesi fa eri studente anche tu.
Non andarci, ti prego."
Johanna annuì e lo promise.
Si sarebbe sentita una viscida ignava, ma le parole di suo fratello l'avevano colpita.
Era il 16 giugno 1976 e un corteo di studenti protestava contro la legge per l'imposizione della lingua afrikaans.
Poliziotti in assetto antisommossa erano sparsi un po' ovunque.
Era stato diramato un ordine.
Preciso e categorico.
Indiscutibile, come ogni ordine.
Spari e morti, colpi indirizzati per uccidere.
Bisognava abbattere gli gnu, avrebbe detto Charles Parker e i politici boeri, pur non usando questi termini, avrebbero approvato la sostanza.
Il pugno di ferro era stato mostrato.
La notizia si diffuse rapidamente a Soweto e l'orrore si fece strada tra la popolazione.
Vi erano famiglie che piangevano figli morti e altre che rimasero scioccate per il pericolo scampato.
Moses vide, per la prima volta, suo padre piangere.
Erano al lavoro e qualcuno portò la notizia prima al padrone, il quale cambiò di espressione.
Non si sarebbe lamentato del fatto che, nel giro di dieci minuti, tutti i suoi dipendenti avrebbero smesso di lavorare.
Che senso aveva continuare?
Quale possibilità di un futuro migliore se poi pochi bianchi potevano ammazzare impunemente tanti neri?
A cena, nessuno fiatò.

Nemmeno Abuja ebbe qualcosa da dire, una volta che incrociò gli occhi di suo fratello e del suo fidanzato.
Dilaniato tra l'agire e il diktat dell'ANC, Patrick se ne stava da solo nella sua casa.
Sapeva cosa avrebbero decretato i circoli clandestini nei giorni successivi.
Anzi, stavano già iniziando proprio quella sera.
"Basta essere vittime sacrificali!
Dobbiamo agire."
Chi aveva solamente parlato per anni, ora in poche ore aveva valicato soglie impensabili.
Le proteste non servivano più.
La lotta, quella sì.
Meglio se armata.
Con qualunque mezzo possibile, dai bastoni alle bottiglie incendiarie.
Moses vi trovò, il giorno seguente, una situazione irreparabile e che correva verso una soluzione univoca.
Una pallina lungo un piano inclinato che continuava a scendere, acquisendo sempre più velocità e più energia.
Prima o poi sarebbe deflagrata.
"Non ci dobbiamo concentrare su un solo obiettivo.
Dobbiamo sparpagliarci e cogliere di sorpresa.
Noi siamo tanti ed è questo il nostro vantaggio."
Ci sarebbero stati scontri violenti un po' dappertutto.
Quasi un milione di neri, ammassati a Soweto in modo inverecondo, avrebbe finito per fare sentire la propria voce.
Una voce non di pace e non di conciliazione, ma di lotta e di rivendicazione.
Odio profondo per chi, da oltre venti anni, negava loro ogni diritto, in primo luogo quello di esistere.
Moses decise di non prendere parte.
Aveva molto da perdere, ora.
Una fidanzata e futura moglie, oltre al rispetto di suo padre e al lavoro da manovale specializzato.
La famiglia Nkosi non era mai stata così bene finanziariamente e questo era un altro motivo di destabilizzazione della fiducia nella lotta.
Quando non si è disperati, non si è disposti a mettere tutto in gioco.
Purtroppo, questa non era la situazione tipica a Soweto e i circoli clandestini lo sapevano bene.

Gli scontri andavano avanti da tre giorni e i morti si contavano a centinaia.
La polizia aveva usato la mano durissima e iniziavano a levarsi proteste interne ed esterne, ma il governo aveva deciso di tirare dritto.
Nessuna esitazione e nessuna concessione.
Repressione e sangue.
Anzi, più morti possibili visto che la soluzione era quella di dare una lezione memorabile per piegare la volontà dei capi dell'ANC rinchiusi da oltre dodici anni.
Dare loro la mazzata definitiva vedendo il proprio popolo soverchiato e massacrato.
"Nessuna pietà e nessun cedimento."
Così la polizia sparava all'impazzata.
Qualcuno avvertì David e Moses all'uscita del lavoro.
Vi erano stati scontri nella zona della mensa generale.
Il pensiero di entrambi andò ad Abuja e corsero a perdifiato.
Johannes fece solo in tempo a intravedere la figura di suo figlio scomparire all'orizzonte, caratterizzata dalla tipica velocità che l'amore imprime ai giovani.
"Muoviamoci..."
Moses precedeva David, il cui passo difficilmente riusciva a sopravanzarlo.
Vi era del fumo all'orizzonte.
Odore di lacrimogeni.
Moses si bloccò.
Come trovare una persona in quel marasma?
Fermò una ragazza.
"Cosa è successo? Conosci Abuja Dlamini?"
La giovane era scioccata e non riusciva a parlare.
Indicò solamente la zona interna.
"Andiamo..."
I due si addentrarono e gli occhi iniziarono ad arrossarsi.
Serviva uno straccio e ne recuperarono uno, pur sporco e insozzato, ponendoselo sul volto.
Qualche colpo di tosse, ma per il resto si poteva proseguire.
A terra vi erano almeno una decina di corpi.
Moses fu il primo a intravedere Abuja stesa a terra e un urlo gli uscì dal petto.
Si gettò sul corpo esanime e si mise a piangere.
David restò immobile.

Sua sorella era morta con un colpo al petto, quasi fosse un'esecuzione.
Moses la prese in braccio, non l'avrebbe lasciata lì in mezzo a quello sfacelo.
Uscì dallo stabile.
La polizia era ancora in giro per rastrellare gli ultimi ribelli, così venivano definiti.
"Metti giù quello che hai in mano!"
L'ordine venne pronunciato in afrikaans e, subito dopo, ripetuto in inglese.
"E' una ragazza morta, la mia fidanzata.
La porto a casa."
La polizia non cambiò idea.
Là sotto si poteva nascondere di tutto.
Armi ed esplosivi, documenti compromettenti.
"Mettila giù."
Moses sputò per terra in segno di disappunto e di disapprovazione.
Uno dei poliziotti non ci pensò due volte e premette il grilletto, centrandolo in mezzo alla fronte e facendo schizzare fuori parte del cervello.
"E tu, cosa hai da guardare? Vattene!"
David era rimasto impietrito per qualche secondo, ma poi se la diede a gambe.
In un solo pomeriggio aveva perso una sorella e un amico, oltre che probabile futuro cognato.
Arrivò a casa trafelato e con il fiato corto.
Si gettò tra le braccia di sua madre, proprio come era suo uso fare quando era piccolo.
La famiglia rimase sotto shock, ma il padre di David concluse.
"Dobbiamo avvertire gli Nkosi."
Un piccolo corteo lugubre si incamminò.
Johanna era appena rientrata a casa, laddove vi aveva trovato i suoi genitori.
Suo padre aveva avvertito che Moses, assieme a David, erano corsi via e Johanna aveva associato il tutto agli scontri alla mensa generale.
L'attesa di Moses stava lacerando le loro anime e, quando videro arrivare la famiglia Dlamini al completo, qualcosa si aprì nei loro cuori.
Uno strano presentimento e una costatazione amara.
Vi erano due morti, tra i tanti di quei giorni, stesi a terra senza alcuna forma di sepoltura, almeno per ora.
Si trattava dei loro figli, fidanzati tra di loro.

Moses e Abuja.
Due famiglie il cui strazio si stava espandendo a macchia d'olio ed era condiviso da molte altre famiglie di Soweto.
Al notiziario serale, la famiglia Smith vide gli scontri, mentre stava consumando una porzione di arrosto.
"Non capisco cosa vogliano", sentenziò Peter.
"Distruggerci", concluse Margaret.
Negli occhi dei tre vi era una strana soddisfazione nel vedere dei neri morti e la polizia che vigilava sull'ordine da difendere.
Finita la cena, Peter spense la televisione.
Era qualcosa che avevano visto da uno schermo e che era accaduto da qualche parte nel mondo, poco importava se la distanza era di pochi chilometri.
Se fossero usciti e avessero teso le narici alla fine della loro via, forse avrebbero sentito lo strano sentore dei lacrimogeni e le sirene in lontananza.
Johannesburg era una città con un fronte interno, ma bisognava volerlo vedere.
Andrew si era trasferito già da qualche giorno, in anticipo rispetto alla tabella di marcia stabilita.
Non sopportava più l'ipocrisia che vi era in famiglia e non si sentiva più libero di esprimersi.
Con Adam poteva discutere di tutto, ivi compresi gli scontri.
"Ci saranno conseguenze.
Questa cosa non passerà liscia."
Andrew non comprese, così Adam dovette esplicitare maggiormente.
"Pensi che il mondo se ne starà lì a guardare?
Queste immagini verranno giudicate male in tutto il mondo e saremo boicottati.
Economicamente e politicamente.
Ciò si ripercuoterà in una crisi economica.
Altro che mettersi in proprio come vuole fare tuo padre!"
Andrew prese atto.
Forse così sarebbe cambiata la politica interna e avrebbero modificato le leggi sull'apartheid.
"Ma figurati!
Hai visto gli afrikander cosa fanno?
Persino con noi che siamo quasi laureati in Legge.
E solo perché abbiamo un cognome sbagliato secondo i loro canoni e non siamo biondicci.

Sono nazisti, ecco cosa sono.
Almeno se definiscono comunisti quelli dell'ANC, loro sono nazisti."
Andrew se ne stette zitto.
Non era il caso di controbattere quando gli animi erano così accesi.
Aprì un libro di testo e si mise a studiare.
Entro la fine di giugno, gli scontri diminuirono e la normale vita sociale avrebbe dovuto trionfare, almeno nella società dei bianchi.
Peter Smith stava per salutare tutti e Dirk aveva disposto una piccola festicciola all'interno della filiale.
Qualche bottiglia di vino e del cibo, spese limitate ma che avrebbero dato un'ottima impressione.
Questo era quanto si aspettava Peter, niente di più.
Nessun regalo e nessuna buonauscita.
Anche con le parole, tutto fu sobrio e non prolisso.
Margaret fu orgogliosa del padre e lo fu ancora di più quando Peter e John portarono le rispettive famiglie a visionare il loro nuovo ufficio.
"Qui sorgerà la nostra agenzia multifunzionale.
L'abbiamo denominata SP Bank Insurance Consulting".
Elizabeth e la moglie di John Parker avevano imbandito un piccolo rinfresco per loro.
"Tuo padre ne sarebbe stato orgoglioso", sussurrò Elizabeth nelle orecchie del marito.
Il nonno di Margaret ed Andrew era spirato agli inizi del 1976 e, nella visione di Peter, era stato fortunato perché non aveva assistito alla rivolta dei neri, qualcosa di ributtante e di contro natura.
L'evento dell'inaugurazione era troppo lieto per poterlo rovinare in quel modo, tanto più che era venuto anche Andrew.
Al figlio sembrò un atto doveroso.
Una specie di tributo ad un lavoratore indefesso, anche se le sue idee non erano in linea con quanto da lui sostenuto.
Non poteva mancare nemmeno Jane, il cui ruolo di assistente stava fruttando parecchio in termini di conoscenze.
Si era fidanzata in modo ufficiale e lo avrebbe riferito a tutti proprio in quel consesso.
Margaret ne fu entusiasta e l'abbracciò.
Quando anch'ella si fosse fidanzata, avrebbero costituito due coppie unite per la vita.
I rispettivi mariti si sarebbero frequentati e così i loro figli.
L'unico neo nel fidanzato di Jane Parker era dato dalla sua origine inglese e non afrikander.

"Io sarò più brava", pensò tra sé Margaret, riferendosi ad un futuribile marito boero.
In tal modo, Jane poteva starsene da sola con Andrew senza sentirsi in imbarazzo.
"Quando finisci l'Università?"
Andrew rispose solo per cortesia.
"A fine anno, poi dovrò fare la tesi.
Non so ancora l'argomento."
Jane annuì.
Lo trovò cambiato, più uomo e meno ragazzo, ma soprattutto il modo di fare era diverso.
Più gentile e delicato.
Forse si era innamorato.
"E tu, non ti fidanzi?"
Ecco lì la Jane di sempre.
Sfrontata e sfacciata, in qualche modo senza pudore, anche se ciò le accadeva solo con Andrew e pochi altri uomini.
"No, non c'è pericolo."
Jane sorrise forzatamente.
E pensare che avrebbe potuto essere lei la sua fidanzata, tanto per sposare un inglese, Smith o Johnson erano pari.
Andrew intuì un simile pensiero e si sentì rincuorato.
Una così, che si era fatta ripassare da tutto il college e che ora voleva dare l'idea della santa, non sarebbe mai cambiata.
A dire il vero, non era certo da quale tipologia di donne fosse attratto.
Non da quelle volgari e sciatte e non da chi si metteva in evidenza.
Non dalle afrikander, troppo snob e troppo portate su un vassoio di argento anche se non avevano qualità.
Nonostante il diverso approccio rispetto alla tradizione di famiglia Smith, vi erano ancora delle barriere mentali in Andrew per cui la donna della sua vita avrebbe dovuto essere bianca.
Nere e coloured non erano concepite e ciò era un retaggio di una mentalità ancora troppo ancorata all'apartheid.
In fondo, le leggi sulla non promiscuità tra etnie avevano attecchito in maniera profonda e non sarebbe bastato abolirle.
Secondo Adam Fiennes, quandanche fosse stata permessa, la vera integrazione ci sarebbe stata in venti o trent'anni e più l'apartheid sarebbe durato, più lunga sarebbe stata la transizione.
Sciolto il piccolo conciliabolo, ognuno tornò ai propri affari.

Peter Smith, dopo non aver mai introdotto alcun argomento lavorativo al di fuori della filiale della banca, non faceva che parlare dell'allestimento dell'agenzia.

Il mobilio, gli investimenti, i macchinari, il numero di telefono e i clienti.

Entro settembre, erano stati stipulati tutti gli accordi preliminari per i vari mandati assicurativi e bancari.

Peter si era trovato a trattare direttamente con Dirk e ciò gli aveva generato un forte sentimento di superiorità.

Si era sentito un afrikander o almeno al suo pari.

A quel punto, sarebbero partiti a tappeto i contatti personali e la rete di marketing.

Con estrema riluttanza, John aveva chiesto una mano a suo fratello Charles, il quale era stato ben lieto di invitarli tutti quanti, organizzando una delle sue feste per conto della nuova attività familiare.

Peter, Elizabeth e Margaret avevano varcato la soglia di quella magnificente dimora, dove scorrevano fiumi di champagne e dove Jane Parker, perfettamente vestita, non risaltava tanto in mezzo a quel parterre.

Vi erano presenti altre ragazze dai ventidue ai ventisei anni, il cui abbigliamento e portamento era qualcosa di mai visto prima dalle famiglie Parker e Smith.

Andrew aveva dovuto partecipare, ma aveva messo dei paletti ben precisi.

"Lo faccio per te, papà.

Ma non farmi parlare con quel Charles Parker".

Ironia della sorte, Andrew era stato quello più ricercato da tutti, visto che un quasi laureato in Legge faceva comodo a farabutti del genere, sempre in cerca di qualcuno che, in cambio di parcelle esorbitanti, evitasse loro processi e galera.

Andrew era stato al gioco, tanto non avrebbe più rivisto quei figuri e, ogni tanto, lanciava occhiate alla sua famiglia, sperando che suo padre ponesse le basi per future collaborazioni.

Sapeva che le opinioni di Adam erano in genere corrette e ciò lo aveva costatato nel corso del tempo.

Margaret era quella più colpita da quel mondo.

Veramente esistevano ambienti del genere?

Come si faceva a farne parte?

Charles Parker era un sudafricano di origine inglese, come lo era suo padre; quindi, non era vero che tutto era in mano agli afrikander?

Rimase quasi sempre di fianco alla sua amica Jane e ricevettero molti complimenti da parte di vari partecipanti, tutti interessati a portarle a letto, in modo più o meno velato.
La giornata si concluse con sensazioni positive e Elizabeth rivalutò la figura del marito.
Non si era mai messa in discussione e non aveva mai pensato che Peter la potesse tradire.
Eppure, di occasioni ne avrebbe avute.
Forse era troppo timido, anche se per l'agenzia si stava dando da fare come mai prima di allora.
Si sentì in colpa per averlo tradito, ma aveva ricavato delle soddisfazioni di natura fisica.
I sorrisi avevano nascosto l'ipocrisia di quella società, alla cui base stava lo sfruttamento dei neri.
Qualcuno aveva convinto Charles a diversificare e a fare qualche piccola innovazione nella sua industria meccanica, il cui fatturato ormai stagnava da anni.
Pian piano, si stava affrancando da quel business andando alla ricerca di qualcosa di più remunerativo, come il settore immobiliare.
"Ci sono anche meno gnu...", aveva chiosato con la sua risata grassa e pacchiana.
Adam aveva storto il naso quando Andrew gli aveva raccontato di quell'incontro.
Era una società che non avrebbe dovuto esistere.
"Pensiamo agli ultimi due esami."
Andrew si mise di buzzo buono e avrebbe terminato gli studi con la fine dell'anno.
Era un suo preciso obiettivo.
Questo genere di sicurezze mancava totalmente in casa Nkosi.
Dalla morte di Moses, un velo di tristezza si era posato su tutti i componenti della famiglia.
Johannes era ritornato lo spettro di molti anni prima.
Andava al lavoro tutti i giorni con la stessa ombra dentro di sé che aveva quando prestava servizio ai bianchi.
A nulla era servita la vicinanza dei colleghi e del padrone e persino le sentite condoglianze di Patrick e dell'intero Congresso.
Erano dimostrazioni di affetto che non avrebbe voluto ricevere.
A Maria si era spenta la luce negli occhi.
Suo figlio era stato il primo raggio di Sole nella sua vita e la prova vivente dell'amore che aveva ricevuto e donato.

Ora la donna si trovava a piangere quasi ogni giorno.
Johanna aveva perso un sostegno e una pietra di confronto, sebbene negli ultimi anni le loro vite fossero distanti.
Solo dopo la morte di Moses si era accorta di come ogni minimo gesto rimandasse a lui.
Johanna aveva imparato per simulazione rispetto al fratello maggiore ed era rimasta scossa da quella mancanza.
Il lavoro procedeva con qualche ostacolo, visto che gli scontri avevano ridotto la capacità di dialogo della comunità nera.
In molti si stavano indirizzando verso la lotta armata.
"Se fossimo stati armati non ci avrebbero sopraffatti in quel modo."
Era ormai opinione comune che i neri dovessero possedere pistole e fucili, saperli usare e usarli.
Andavano individuati precisi obiettivi e andavano colpiti.
"Portare la guerra nelle zone dei bianchi...", così dicevano molti, tra cui tutti quelli che avevano conosciuto Moses ai circoli clandestini.
La sofferenza di Johanna era condivisa con David Dlamini, il quale aveva perso una sorella.
Si erano ritrovati per caso, vagando per Soweto, questo girone dantesco calato sulla Terra.
I loro occhi riportavano la medesima tristezza, nonostante la giovane età.
Era qualcosa che li distingueva dal resto della loro generazione.
Sebbene fosse doloroso, avevano parlato per ore di Moses e Abuja ed era un modo per elaborare il lutto.
Ricordarli come erano stati, tramite le loro abitudini.
David si accorse della grande cultura e dei sentimenti di Johanna, una ragazza posata, tranquilla e determinata.
Johanna ebbe la conferma che persino i maschi potessero essere dolci e nutrire sentimenti quasi femminili, a dispetto di quanto aveva sempre sostenuto sua madre Maria.
Fu naturale per loro cercarsi ogni domenica e poi diventare ancora più assidui.
Era una specie di appuntamento giornaliero cui nessuno voleva mancare.
Si sentivano dipendenti uno dall'altra e, a metà novembre, entrambi iniziarono a domandarsi della giustezza di quella frequentazione.
Era corretto?
Si stavano spingendo oltre?
Cosa provavano?

Difficile da pronunciare in modo netto e nitido, senza correre il rischio di fraintendersi.
Le parole potevano creare dissidi e incomprensione ed era meglio lasciare fare all'empatia e a ciò che sentivano dentro.
Per Johanna fu normale avvicinarsi a David, il quale trovò naturale stabilire un contatto fisico.
Nessuno dei due si sentì in imbarazzo.
Con gli occhi lucidi e con le lacrime che, a stento, erano trattenute nel bulbo oculare, i due giovani si guardarono intensamente.
Si abbracciarono e poi si baciarono.
Era stata una liberazione dai fantasmi del passato.
La violenza dei bianchi non avrebbe vinto sulla forza dell'amore.
Ci sarebbe stato tempo per comunicare il tutto alle famiglie, ma quel momento era solo per loro.
La vita è composta di questi istanti particolari, spartiacque del nostro esistere.
Senza di essi, non ha senso il continuo divenire e la continua rincorsa di traguardi che hanno una sola fine, la comune morte come è chiamata da tutti.
Dopo circa un mese, quando le famiglie Nkosi e Dlamini avevano preso coscienza della loro frequentazione, un altro istante segnava la vita di Andrew Smith e Adam Fiennes.
L'ultimo esame universitario.
La fine di una parte della loro vita.
Quella sera festeggiarono al loro appartamento con altri studenti e qualche studentessa.
"E ora?"
Andrew voleva sostenere una tesi sulle leggi circa il diritto di proprietà, mentre Adam preferiva uno studio comparativo tra le legislazioni del Sudafrica dall'inizio del secolo.
Era più interessato a fare emergere il non senso dell'apartheid e del segregazionismo.
Come sempre, avrebbe aperto la strada ad Andrew, il cui pensiero era più lento a formarsi.
Era una sua caratteristica e Adam lo avrebbe aspettato.
Non c'era fretta.
Il mondo si apriva alla loro visione.
Il giorno seguente, Andrew fece visita alla sua famiglia, laddove gli affari di Peter avevano il predominio nella discussione quotidiana.

Margaret preferiva non partecipare e non dire nulla della sua situazione, in linea con quanto imparato da sua madre.

Le donne di casa Smith sapevano stare al loro posto, salvo poi piazzare tutti di fronte al fatto compiuto.

Margaret era già a conoscenza che, con la fine del 1976, sarebbe stata destinata ad altre occupazioni di stampo impiegatizio.

Il tutto grazie al lavoro di Peter e alla considerazione che Dirk, il direttore della filiale, aveva dell'operato di suo padre come socio della nuova agenzia multifunzionale.

Dalla nuova posizione lavorativa, Margaret avrebbe potuto adottare il suo piano.

Mettere gli occhi su un collega di origine afrikander, fidanzarsi, sposarsi e avere una famiglia.

La sua identità era ignota, ma non era questo l'importante.

Il fulcro centrale era l'attuazione del piano che aveva elaborato da anni e per il quale sentiva di essere venuta al mondo.

VIII

Johannesburg – Pretoria, maggio-settembre 1980

Il piccolo Moses ormai stava iniziando a parlare in modo sempre più assiduo.
A metà maggio del 1980, l'intera famiglia Dlamini si stava preparando a festeggiare il secondo compleanno del bimbo, chiamato come lo zio che era scomparso da quasi quattro anni.
Moses Dlamini era stato il primo elemento di gioia nella vita di due famiglie i cui dolori erano stati amplificati dalla morte di due giovani e della sparizione della generazione degli anziani.
Johanna e David si erano sposati durante l'estate del 1977, con una cerimonia sobria e senza fronzoli.
Maria, Johannes e i genitori di David erano ancora scossi dalla perdita dell'anno precedente e Johanna si era messa in testa di fare superare quell'impasse.
Era andati ad abitare in una casa a metà strada tra le famiglie dei genitori, dotata di pochi comfort.
Solamente la luce elettrica, l'acqua corrente e un frigorifero, ma senza forno né televisione o lavatrice.
Tutto rimandava ad una loro infanzia che pensavano di aver superato in termini di stenti economici, ma che, nella realtà, nessuno a Soweto si era scrollato di dosso.
La teoria dello sviluppo separato inchiodava la popolazione nera ad un valore di reddito e di stile di vita nettamente inferiori rispetto a quanto potevano vantare i bianchi.
Incuranti di tutto ciò, con Johanna che avrebbe dovuto lasciare il lavoro in caso fosse rimasta incinta, si erano rinchiusi in casa per fare l'amore tre volte al giorno.
Si trattava di recuperare il tempo perduto, ma anche di sfidare la società.
Tutta quanta.
L'apartheid, la segregazione, la violenza e la morte.
"Saremo felici in barba a tutto e a tutti", aveva affermato David.

Così non era stato difficile per Johanna aspettare un bambino e sul nome non vi erano mai stati dubbi.
Moses se si fosse trattato di un maschio, Abuja nel caso di una femmina.
E ciò sarebbe valso persino per il futuro.
Quando nacque il piccolo, Maria si illuminò come anni prima.
Era diventata nonna ad appena quarantaquattro anni e sua figlia Johanna era ormai considerata una donna adulta.
Aveva dovuto superare quelle soglie nella vita date dal fidanzamento, il matrimonio, la maternità e il parto.
Adesso il mondo si apriva a lei nella sua totalità.
Johannes, dopo un periodo di sbandamento nel quale aveva risentito della mancanza del figlio, si stava rimettendo in carreggiata.
Quando vide il piccolo corpicino di Moses si disse che non avrebbe mai più toccato la bottiglia, un vizio per il quale aveva sperperato gran parte dei risparmi riducendo la sua famiglia sul lastrico.
Maria aveva cercato di riprenderlo, ma aveva ottenuto il risultato opposto ossia affossare ancora di più il marito.
La produzione alla rimessa ne aveva risentito anche perché era arrivata una novità non gradita.
L'economia sudafricana aveva frenato in modo pesante sotto la spinta dei boicottaggi che, da più parti, si erano levati.
Non solo da parte sportiva, come il governo voleva fare intendere suscitando un sentimento anti-inglese.
Era ben vero che il Commonwealth aveva stabilito, a circa un anno di distanza dai fatti di Soweto, un generale isolamento del Sudafrica in ogni competizione sportiva, ma ciò non avrebbe avuto un grande impatto come invece ebbero le sanzioni economiche.
Embargo parziale da parte dei grandi paesi occidentali, unitamente ad un'avversione atavica del blocco sovietico.
Tutto questo aveva colpito fatalmente la società dei bianchi, ma in modo indiretto anche i neri.
"Che paradosso", si era limitato a sottolineare il padrone-socio di Johannes, il quale aveva visto diminuire il giro di affari.
La spirale di violenza ogni tanto si riaccendeva con operazioni mirate di polizia oppure attentati di vario tipo.
Vi era ormai un'intera generazione di giovani che concepiva solamente la lotta armata, mentre i capi dell'ANC se ne stavano da quasi venti anni in galera e stavano invecchiando dietro le sbarre.
"Ma non pensate che siamo soli!"

Patrick era diventato un'attivista del Congresso e aveva lasciato il lavoro presso l'azienda dei bianchi.
Ormai le lotte sindacali erano subordinate alla liberazione della popolazione nera e il Congresso aveva stabilito il boicottaggio generale.
La forza lavoro presso le industrie dei bianchi si erano di molto ridotte, specie per chi si era macchiato di sfruttamento e di violenza.
Patrick riceveva informazioni di prima mano provenienti da oltre le sbarre, mediante un ingegnoso meccanismo di comunicazione.
I bianchi se ne erano accorti e si erano irritati e stavano per rivedere la loro politica di detenzione.
Sembrava che l'isolamento sulle isole non fosse la migliore soluzione.
"Non hanno capito nulla.
Pensano che trattandoci male, noi ci demoralizziamo e così ci hanno unito ancora di più."
I vecchi detenuti istruivano i nuovi arrivati e, quando qualcuno smetteva di scontare la sua pena, ritornava nella società civile portando parole di speranza e di lotta.
Bastavano pochi elementi per istillare la scintilla vitale e il tutto si diffondeva a macchia d'olio.
Johanna stava aspettando la festa di suo figlio per annunciare la nuova gravidanza.
Quando vide tutti riuniti in aria di festa e due sedie vuote, destinate a ricordare Moses e Abuja, scoppiò in lacrime.
Della scuola, della conoscenza, dei libri importava poco ora che aveva una famiglia.
Tiravano avanti con il solo stipendio di David e con quanto Johanna riusciva a fare a casa.
Forse con il crescere dei bimbi sarebbe tornata al lavoro o forse avrebbe potuto insegnare.
Aveva un talento naturale per ascoltare gli altri e per indirizzare i più piccoli e se ne era accorta con suo figlio.
Moses, nel vedere la madre in lacrime si turbò, ma i nonni lo consolarono.
"Avrai un fratellino o una sorellina…"
Il bimbo fissò tutti con aria interrogativa e si grattò i capelli, un tratto che ricordava lo zio scomparso.
Gli fecero dei buffetti e tornò a sorridere.
Avrebbe imparato con il tempo cosa ciò significasse e Johanna si era detta che sarebbe stato felice.

In qualche modo, avrebbe ricalcato le orme di chi portava quel nome prima di lui.
Quel medesimo giorno, vi era festa a casa Smith.
Vestiti tirati a lucido, invitati di ogni tipo per un ingresso solenne nella società che contava.
Archiviati gli anni Settanta, il nuovo decennio si stava per aprire con una notizia formidabile, una di quelle per la quale intere generazioni di Smith e Williams avevano lottato.
Al cospetto di Peter e Elizabeth, del loro figlio Andrew accompagnato dal suo socio dello studio legale Adam Fiennes, delle amiche di sempre di Elizabeth quali Hillary e Sue, con al seguito le loro famiglie composte da mariti, figli, generi, nuore e nipoti, nonché dall'immancabile famiglia Parker, ai cui tre componenti si erano aggiunti il marito di Jane e suo figlio di un anno, Margaret Smith stava per sposarsi.
In quella giornata sarebbe convolata a nozze con un suo collega che aveva di fronte a sé un futuro roseo, essendo dotato del cognome giusto.
Van Wyk, di nome Hendrik.
Un afrikander di origine boere senza ombra di dubbio.
Alto, possente, lattiginoso e biondiccio.
Un vero portento per Margaret, la quale non aveva avuto dubbi fin dal momento in cui Hendrik era stato trasferito da un'altra filiale di campagna a quella di città.
Era lui che aveva aspettato da una vita e per conquistarlo era stata disposta a tutto.
A parlare solo in afrikaans, a passare festività cantando canzoni patriottiche, a ripudiare l'anglicanesimo per abbracciare il protestantesimo e a donarsi al marito ben prima delle nozze.
Lo aveva soddisfatto in ogni sua richiesta, ivi compreso ciò che Jane Parker definiva "un piacere solo maschile".
La famiglia di Hendrik aveva dovuto accettare una relazione del genere, sebbene fossero più propensi a fargli sposare Hellen, la campagnola figlia dei loro vicini di casa.
"E' una come noi", gli avevano rinfacciato, ma Hendrik era stato più categorico nell'affermare che Margaret era una di città.
E poi ne aveva elencato le doti.
Il padre lavorava in proprio e, anche se ultimamente non se la passava bene, il suo socio era il fratello di uno degli industriali più in vista di Johannesburg.

Uno che si era fatto le ossa nell'industria e ora stava spopolando con le società di costruzione.
Hendrik e Margaret avevano acquistato, a prezzo di favore e con tasso agevolatissimo, una recente villetta in un complesso tirato in piedi da Charles Parker e alla cui vista tutti erano andati in visibilio.
In più, il fratello di Margaret era un avvocato che esercitava in un noto studio di Pretoria.
Tutte credenziali che avrebbero sorpassato il dato di fatto di una genetica sfavorevole.
E poi Hellen sarebbe rimasta a disposizione, nel caso in cui Hendrik avesse voluto avere qualche divertimento extra.
La ragazza, con una bellezza paffuta e rotondetta, era piombata in città con tutta la famiglia per assistere al matrimonio.
Gli afrikander volevano sottolineare la loro preminenza numerica e di qualità, visto che nella loro quota si sarebbe ascritto il direttore Dirk e il fratello maggiore di Hendrik, Pieter.
A ventisettenne anni, Pieter nascondeva, sotto gli occhi di un gelido azzurro, un segreto che nemmeno la sua famiglia conosceva.
Ufficialmente, lavorava a Pretoria per il Ministero della Difesa con un ruolo amministrativo, ma in realtà era un componente delle squadre speciali di sicurezza, i servizi segreti sudafricani con missioni operative di infiltrazione in borghese.
Pieter era uno di quelli che raccoglieva informazioni sul campo affinché la polizia poi operasse gli arresti.
Erano stati i predecessori di Pieter ad incarcerare Mandela e i capi dell'ANC e si sentivano patrioti.
Chiunque avesse partecipato al matrimonio di Margaret Smith e non fosse conosciuto direttamente da Pieter, sarebbe stato passibile di indagine e schedatura.
Ignari di tutto ciò, messi da parte i problemi economici e le preoccupazioni sul futuro, abolito ogni genere di polemiche politiche o legate al passato, tutti erano lì per festeggiare.
Sorridere e commuoversi.
Mangiare e bere.
Divertirsi, cantare e ballare, augurando ogni bene alla nuova coppia.
Pieter si sarebbe intrattenuto con Hellen, a cui magari sarebbe piaciuto soddisfare entrambi i fratelli.
Jane avrebbe invidiato l'amica per la conquista definitiva dello status di afrikander dalla prossima generazione.

In altri tempi, sarebbe stata corteggiata nonostante fosse di origine inglese, ma non ora.
Dopo la nascita del figlio, la sua figura si era uniformata a quella di un tubulare.
Il seno prosperoso non era scomparso, anzi era aumentato ancora, ma il tutto si era arricchito con vita e fianchi larghi e con gambe che si erano ingrossate.
Viceversa, Margaret non era mai stata così raggiante.
Elizabeth si sentì orgogliosa della figlia, specie per il suo cammino di successo che a lei non era riuscito.
Margaret era diventata la moglie, e non l'amante, di un afrikander ed Elizabeth si paventò sua figlia a letto con i suoi vari fugaci giovanotti di un tempo.
Ora anche ella sapeva cosa si provasse a toccare il cielo con un dito, con la differenza che Elizabeth era dovuta ripiombare sulla Terra.
Andrew era sinceramente felice per la sorella e mise da parte ogni remora nel vedere così tanti afrikander.
"Mischiamoci nella popolazione...", suggerì ad Adam, il quale sorrise.
Due giovani avvocati associati erano il massimo per un convivio ufficiale ma non serioso come quello.
Ore a dover aspettare tempi morti si adattavano al massimo alle chiacchiere.
Ciò che Andrew aveva potuto toccare con mano era la scure del tempo che si era abbattuta su tutti, specie sulle donne.
Ormai delle amiche di sua madre erano delle anziane nonne, almeno nel modo di atteggiarsi e di mostrarsi e le loro figlie già delle signore.
La gioventù durava un attimo ed era più appannaggio degli uomini.
Jane Parker, che non aveva mai attirato le attenzioni di Andrew, appariva come una normale adulta e non come la vamp di un tempo al college.
Sorseggiando l'ennesimo bicchiere, Adam si avvicinò ad Andrew.
"Così avrai dei nipotini che ti saluteranno con il braccio teso.
Heil, zio Andrew!"
Era un commento fuori luogo, ma che ci stava.
Dopo quel giorno, la rottura tra ciò che pensava Andrew e quanto la sua famiglia aveva scelto sarebbe diventata definitiva e, prima o poi, sarebbe emersa senza alcun dubbio.
Mentre Jane aveva organizzato il suo viaggio di nozze lungo la costa sudafricana, Margaret aveva condiviso l'idea di Hendrik di visitare l'interno.

Così gli sposi sarebbero partiti di lì a poco, per tre settimane di relax e di intesa matrimoniale.
Hendrik ne avrebbe approfittato per ripercorrere i percorsi dei pionieri boeri e per visitare i parchi del Nord.
La cerimonia si snodò come molte altre, lasciando ricordi che sarebbero svaniti a breve, quando tutti sarebbero tornati alle loro dimore.
Di campagna per i Van Wyk e i loro vicini, di città per i parenti e gli amici della sposa.
Andrew e Adam se ne tornarono a Pretoria, stranamente la medesima città del loro antagonista Pieter.
Era strano come pezzi dell'establishment si guardassero in cagnesco, ma in fondo vi era una diversità di fondo, nonostante l'età simile, con un solo anno di scarto.
L'approccio verso le questioni fondamentali del Sudafrica era determinante.
Da un lato si vedeva il progressivo isolamento e imbarbarimento, dall'altro la tenuta della tradizione e dei principi fondanti.
"I neri sono un problema" o "vi è un problema che riguarda il trattamento della popolazione nera" erano due frasi solo a prima vista similari, ma erano i termini a fare la differenza.
Gli afrikander più convinti, tra cui tutti i Van Wyk, erano strenui difensori del radicalismo e giudicavano troppo blande le misure attuate in quegli anni.
Si parlava esplicitamente di deportazione nei bantustan.
Obbligatoria.
"Ora che hanno l'indipendenza..."
Avevano concesso del territorio ed era pure troppo.
Viceversa, Andrew e Adam stavano per prendere una decisione drastica alla fine dell'estate.
Avrebbero lasciato Pretoria per ritornare a Johannesburg, e fino a qui niente di sconvolgente.
Anzi, Peter ed Elizabeth ne sarebbero stati contenti.
Il punto nodale era il motivo di tutto ciò.
Abbandonare un affermato studio legale della capitale per aprire qualcosa di indipendente a Johannesburg?
Sì, ma solo in parte.
Ciò che i due avevano in mente era qualcosa di rivoluzionario e che li avrebbe esposti come mai prima di ora.

Avrebbero collaborato con le associazioni che richiedevano diritti civili, vivendo di donazioni provenienti dall'estero e cercando di portare in tribunale le ragioni dei dissidenti.
Sapevano a cosa andavano incontro.
Ostracismo totale, disconoscimento di amici e familiari, stipendi ridotti e periodi di magra.
Nessuna possibilità di fare carriera, anzi alta probabilità di subire le "visite" della Polizia con intimidazioni, minacce, pestaggi e materiale distrutto o disperso.
Persino l'arresto era stato contemplato.
Nonostante ciò, si erano confrontati.
Nessuno dei due avrebbe potuto continuare oltre in questa pantomima ipocrita.
"Basta, ci siamo abbeverati fin troppo alla fonte del razzismo", aveva sentenziato Adam.
Su chi potevano contare?
Su pochissimi contatti.
Forse uno o due assistenti e non di certo a Pretoria.
Ma non si erano illusi, da principio avrebbero fatto tutto loro.
Pulizie, schedari, lavori da segretaria.
Non era tanto per i neri che facevano tutto questo, o per lo meno, non solo per loro.
Anche per riscattare anni di angherie subite e, soprattutto, per due principi fondamentali.
Perché era giusto agire in quel modo e perché, quando l'apartheid sarebbe terminato, il Sudafrica avrebbe dovuto avere normali istituzioni civili per ritornare nel consesso delle nazioni rispettabili.
"Ci muoveremo in anticipo, a costo di aspettare venti anni."
Andrew era stato categorico.
Aveva necessitato di più tempo, ma si era innescato e si infervorava quando le sentenze erano così palesemente pilotate e impugnabili.
Sarebbe stato difficile, anzi impossibile.
Il diktat veniva dall'alto e nessun tribunale avrebbe dato loro ragione, ma bisognava fare sentire la propria voce.
La cosa buffa, sulla quale aveva riso molto, era che i neri di Soweto o delle altre township manco erano a conoscenza di tutto ciò e, probabilmente, i loro capi rinchiusi in carcere avrebbero appreso di queste evoluzioni solo tra anni o dopo qualche evento eclatante.
Un arresto eccellente di un bianco o, peggio, pestaggi e violenze tra bianchi.

L'apartheid avrebbe dovuto smettere di essere una questione tra bianchi e neri, ma doveva diventare il simbolo della divisione della società.
La stessa struttura che discriminava altre minoranze, di stampo religioso, sessuale e politico.
Era un modo di concepire il mondo completamente illiberale e antidemocratico, nonostante il tutto fosse basato su libere elezioni.
Gli sposi salutarono tutti e partirono, con la speranza negli occhi, ma vi era qualcosa di diverso in loro rispetto a ciò che Johanna e David nutrivano nell'aspettare il secondo figlio.
La diversità stava nelle esperienze accumulate.
Vivere a Soweto aveva significato comprimere a dismisura i propri orizzonti.
"Cosa ne dici, Jo?
Che futuro stiamo dando ai nostri figli?"
David aveva una paura atroce che non aveva rivelato a nessuno.
Vedere suo figlio Moses fare la medesima fine del suo ex collega quasi cognato.
Come se il nome portasse con sé la storia di una vita precedente e non si rigenerasse ogni volta che una persona lo indossava come simulacro esteriore.
Si erano riadattati a vivere con poco, a vedere regredire il loro benessere economico, ma non avevano rinunciato al futuro.
Non tanto loro, quanto dei figli.
A ventitré anni o poco più già pensavano alla futura generazione, alla quale auguravano di non ripetere le medesime esperienze.
Johanna era fiduciosa, nonostante tutto.
"Il bene trionferà.
Questo dice la storia e questo è scritto sui libri.
È anche quanto detto da nostro Signore."
L'altra differenza tra neri e bianchi era data dalla religione, cattolica per la maggioranza dei neri convertiti o animista per gli altri, protestante per gli afrikander.
Senza saperlo, vi era una divisione atavica che aveva insanguinato l'Europa nei secoli precedenti e che in Sudafrica assumeva una caratteristica complementare a quella etnica e sociale.
David ascoltava sempre con interesse sua moglie.
Era più acculturata e avrebbe potuto insegnare.
"Quando avrò cresciuto i bimbi.
Tra cinque anni, almeno.
A meno che non mi portino la scuola in casa".

Johanna non aveva perso un certo senso dell'umorismo, sebbene velato dalla generale situazione di Soweto e della sua famiglia in particolare.
Nelle settimane seguenti, qualcosa infervorò Soweto e non si trattava di un gesto comune.
Era trapelato un messaggio dal carcere di massima sicurezza dove vi erano rinchiusi i capi dell'ANC.
Si trattava di un appello di Nelson Mandela, in carcere da diciassette anni.
La parte centrale era stata diffusa clandestinamente e stampata su volantini di carta che sarebbero andati facilmente distrutti in poco tempo.
L'importante non era la conservazione del sapere, ma l'efficacia della comunicazione.
Il padrone di David e socio di Johannes aveva lasciato fare, in fondo anch'egli condivideva simili proclami.
Uno di quei volantini finì in mano all'uomo ormai considerato anziano ma che aveva cinquantuno anni, di cui oltre trenta di lavoro e due trascorsi in prigione.
Johannes si soffermò sulla scritta principale.
"*Unitevi! Mobilitatevi! Lottate!*
Tra l'incudine delle azioni di massa e il martello della lotta armata dobbiamo annientare l'apartheid."
Erano parole semplici e incisive.
Johannes si sedette e iniziò a riflettere.
Era sempre stato alla larga da tutto ciò e aveva spronato i suoi figli a non occuparsene.
Eppure, egli era stato in carcere e suo figlio era stato ucciso.
Allora, a cosa serviva non interessarsi del proprio futuro?
Non ci si garantiva pace e tranquillità.
La realtà era che i bianchi potevano agire come meglio credevano e che ai neri non restava che la lotta.
Per anni, si erano combattuto tra loro, xhosa contro zulu e altre etnie in modo terzo o singolare.
Cosa ne pensava sua figlia Johanna di tutto ciò?
Cosa insegnavano alle scuole?
Ad essere dei buoni animali ammaestrati?
Ma là fuori vi erano spiriti liberi, persino molto distante dal Sudafrica vi erano proteste e persone di buona volontà che si battevano per i loro diritti.

Tutto ciò si tramutava in una pressione crescente e in un'esacerbazione degli scontri.
Se persino uno come Mandela era arrivato ad osannare la lotta armata, voleva dire che si era arrivati alla resa dei conti.
Quando?
Johannes non lo avrebbe saputo dire.
Stando ai discorsi che anni prima aveva sentito da Patrick, il processo avrebbe dovuto già avere termine e invece si era ancora alla prima fase, massimo alla seconda.
Non ci pensò oltre e tornò a lavorare.
Ogni colpo e ogni lavorazione avevano il duplice significato nel rimarcare la sua esperienza e nel ricordare Moses.
Alla fine, quando un pezzo meccanico poteva dirsi pronto, Johannes rimaneva qualche secondo a fissarlo.
Vi era della perfezione in ciò, un istante di allineamento astrale difficilmente percepibile da chi non fosse del mestiere.
Questo era il segreto che lo aveva condotto ad essere ben più di un caposquadra, di un referente e di un socio.
Identicamente, sua moglie Maria faceva lo stesso con le stoffe.
Da anni si trovava immersa con le mani nei primi processi di lavaggio e poi nel riutilizzo.
Maria avrebbe potuto stilare la storia di un capo di vestiario dalla sua origine al suo abbandono.
Dove era stato prodotto, come era giunto al negozio di smercio, quale tipologia di cliente bianca lo aveva acquistato e quanto lo aveva usato.
Dove vi erano i difetti principali dell'abito e perché era stato scartato, dopo un periodo di riposo all'interno degli armadi.
Per Maria, non vi era crisi economica nella società dei bianchi, se potevano permettersi il lusso di gettare via così tanto.
Pur non avendone mai conosciuto uno in prima persona, si era fatta un'idea non troppo distante dalla realtà del loro mondo.
Il motivo di ciò era semplice, seppure non fosse evidente alle sue facoltà ed era stata Johanna a rivelarglielo.
"Mamma, questa è la società dei consumi.
Non la nostra, ma quella dei bianchi.
E tu guardi un lato di tale aspetto ed è perciò che comprendi la loro realtà.
Se fosse una società basata sulla conoscenza e sul sapere, allora io li capirei meglio di te.
Ma non è così."

Maria si sentiva orgogliosa di sua figlia, specie quando intavolava discorsi del genere.
Dove aveva appreso simili conoscenze?
Come potevano uscire dal cervello di una giovane donna e madre idee di tale sorta?
Si trattava di un potere magico, di qualcosa che né a lei né a Johannes era stato donato.
Avvertiva la voglia di stringere sua figlia a sé, come faceva quando era piccola.
Il piccolo Moses assisteva sempre incuriosito a scene del genere, aspettandosi un gesto dolce come chiosa finale.
Della lettera di Mandela poco era trapelato tra i bianchi, se non in quelle autorità che dovevano predisporre il controllo e la repressione.
Pieter Van Wyk stava analizzando quel foglio, recuperato chissà dove da un suo collega.
"Dovremmo piantargli una pallottola in testa a quel Mandela", chiosò in stretto afrikaans rivolto al compagno di ufficio.
Si trattava di un altro afrikander di origine boera, uno come lui, ma con due anni di meno.
Pieter poteva vantare già un curriculum di tutto rispetto, nonostante i ventisette anni potessero suonare come sinonimo di inesperienza e giovinezza estrema.
Subito dopo il college, era entrato nell'accademia di polizia e là aveva trascorso i due anni di specializzazione.
Era sempre stato un ottimo tiratore, visto che i nonni e i genitori lo avevano abituato sin da piccolo alle battute di caccia nella savana.
Bisognava abbattere gli animali selvatici che minacciavano la gestione degli animali della tenuta.
I Van Wyk erano sempre stati dei bravi agricoltori e allevatori e, dei quattro fratelli, solo Pieter e Hendrik si erano indirizzati alla vita cittadina.
Hans e Helga si erano trattenuti in campagna e, seppure minori degli altri due, ormai erano entrati nella normale vita dei Van Wyk, i quali non disdegnavano l'apporto della manovalanza nera, ma trattata alla stregua di schiavitù di famiglia.
I discendenti dei boeri si consideravano i successori di un'epoca coloniale e schiavista che vedeva nell'Europa continentale e negli stati secessionisti dell'America il modello esistenziale.
Niente città, niente industrie, ma solo grandi spazi con una società divisa in due.

I padroni bianchi e gli schiavi neri.
Così era stato e così doveva essere.
Pieter si era trasferito in città, ossia a Johannesburg, per seguire il corso di polizia e poi vi era rimasto, prendendo parte a missioni operative.
Voleva agire e essere utile, non scaldare una sedia in un ufficio.
Il suo vero battesimo del fuoco era stato dato dagli scontri a Soweto nel 1976, laddove si era distinto per avere abbattuto diversi ribelli facinorosi.
Dopo quell'evento, era stato contattato dai servizi segreti e, con un anno ulteriore di specializzazione, si era inurbato a Pretoria trovando la copertura di un lavoro al Ministero della Difesa.
Il suo compagno sorrise.
Sapeva che Pieter lo avrebbe fatto volentieri.
Lo aveva visto sparare e non sbagliava un colpo.
"Lo dovremmo fare a molti altri neri…"
Sorrisero.
Questo genere di battute era piuttosto frequente e i colleghi si spalleggiavano in un crescendo di azione e volontà.
Dovevano eseguire gli ordini, beninteso, ma la politica era così debole.
Al primo ministro Vorster, in carica per dodici anni, era seguito Marais Viljoen, ma non si erano viste molte differenze.
"Il nostro compito è indirizzarli al meglio…"
Così il caposezione aveva istruito tutti quanti.
Se non vi fossero state novità, sarebbero state trovate per forzare la mano ai tentennamenti dei burocrati.
"Cosa ci serve di altro come prova?"
In effetti, il manifesto diffuso tra i neri era una dichiarazione di guerra.
Bastava un ordine di evacuazione e deportazione e tutti sarebbero stati disposti ad eseguirlo.
Polizia ed esercito.
Per ora, però, niente all'orizzonte.
Pieter sbuffò.
Quando era così, doveva fare una pausa.
Pensò di chiamare suo fratello.
Compose il numero dell'ufficio della banca e si sedette con i piedi distesi.
Qualche squillo e poi dall'altra parte rispose una voce familiare.
"Quando sei tornato?"
Erano passate due settimane dalla fine del viaggio di nozze e Hendrik ormai quasi non si ricordava più nulla.

Il fratello era curioso e voleva essere informato del percorso e di cosa avessero visto.
"Leoni? Gazzelle? Elefanti?
Battute di caccia…"
Hendrik lo informò che non aveva sparato un colpo.
"Ci credo, non avrai avuto né il tempo né la forza."
Risero assieme.
Era un chiaro riferimento a quanto un marito avrebbe dovuto svolgere durante la luna di miele.
A differenza di molti, però, Hendrik aveva già fatto tutto quello possibile e immaginabile con sua moglie ben prima del matrimonio e, anzi, Margaret aveva avuto il sospetto di essere già incinta, ma non lo aveva rivelato a nessuno.
In un mondo di apparenze, si doveva tenere la maschera fino in fondo e senza mai toglierlsela.
Pieter si sentì in vena di osare.
"E rispetto ad Hellen?"
Sapeva che suo fratello era stato con la vicina, come del resto aveva fatto anche Pieter.
Era stata, per entrambi, la prima esperienza e mai se la sarebbero scordata.
Hendrik esitò.
Come paragonare sua moglie con un'afrikander?
Se avesse detto qualunque cosa per sminuire l'una o l'altra avrebbe offeso o il suo presente o il suo passato.
"Sono cose diverse. Ti dirò."
Lo liquidò con una battuta.
Ne avrebbe parlato a tu per tu, ma non al telefono.
Pieter salutò e riagganciò, scuotendo la testa.
Forse nel fine settimana sarebbe andato a trovare i suoi genitori e i suoi fratelli, ma non tanto per rivederli quanto per avere la scusa di andare da Hellen.
Gli mancava risvegliarsi tra soffici curve e possedere della carne così tenera e rotonda.
Di tutt'altra natura erano i discorsi tra Peter e John Parker.
Gli affari languivano e vi era una decisione da prendere.
John spingeva per agganciare il treno di suo fratello Charles relativamente al settore immobiliare, mentre a Peter ciò non aggradava più di tanto.
"Hai visto cosa ha fatto tua figlia con la casa?

Ha acceso un finanziamento e fatto un'assicurazione, quindi perché non sfruttare questa opportunità?
Mio fratello suggerirà a tutti i suoi acquirenti di stipulare con noi entrambi questi contratti e, se anche solo la metà di loro accetta, faremo tanti di quei soldi da fare paura."
Peter ci doveva riflettere con calma.
Da un certo punto di vista era molto simile a suo figlio Andrew, ossia necessitava di tempo per macinare le nuove situazioni e giungere alle conclusioni.
John lo sapeva ed era per questo che gliene aveva parlato.
Si era già mosso con Charles e aveva compreso che fosse tutto fattibile in poco tempo.
Charles era anche più spiccio e non vedeva l'ora di liberarsi della fabbrica, almeno a livello di gestione.
Forse avrebbe delegato qualcuno di giovane alla sua guida, richiedendo solamente una percentuale di profitti e così avrebbe avuto tempo per il suo nuovo business dell'immobiliare, ancora più lucroso e interessante.
Anche con quel tipo di affare avrebbe potuto continuare ad avere agganci potenti nel settore amministrativo e politico.
Ci volle un mese a Peter per decidersi, mediante altri due solleciti di John, ma alla fine i conti non mentivano.
Senza quell'intervento, avrebbero dovuto chiudere e Peter la prese come sconfitta del progetto iniziale.
"Non è così papà, è che il mercato cambia."
Margaret lo aveva rincuorato e aveva anche apportato una sua visione, o meglio quanto pensava Hendrik.
Frequentandosi ormai durante tutto il giorno, a casa e al lavoro, i due si erano compenetrati velocemente.
Ne aveva tratto beneficio soprattutto Margaret, la quale aveva assorbito un triplice punto di vista innovativo.
Quello di un afrikander, quello di un uomo e quello di un impiegato bancario destinato a fare carriera.
Elizabeth guardò sua figlia e la vide maturata.
Il matrimonio le aveva fatto bene e la madre ne fu oltremodo estasiata.
Vi era una novità sconvolgente, però, che Margaret stava per annunciare.
La non presenza di Andrew aveva imposto che, al fratello, era stata diffusa la notizia in anteprima.
"Ma non dire nulla, muto devi stare", lo aveva redarguito Margaret.
Andrew aveva prontamente risposto:

"Sono un avvocato, so quando parlare e quando stare zitto."
Anche la famiglia di Hendrik era stata avvisata, così gli Smith sarebbero stati gli ultimi, nonostante si sarebbero considerati dei privilegiati.
Margaret annunciò che era rimasta incinta.
Elizabeth scoppiò in lacrime.
Finalmente il sogno si era avverato.
Sua figlia aveva sposato un afrikander ed era stata fecondata dal seme della superiorità.
Vi era stato progresso nella famiglia Smith, visto che la figlia aveva raggiunto l'obiettivo impossibile per la madre.
Ora per Margaret si sarebbe aperta una nuova vita, simile a quella della madre, ma solo in parte.
Non avrebbe rinunciato al lavoro né all'educazione dei figli.
La generazione moderna poteva barcamenarsi tra le due attività senza problemi, tralasciando quella parte che a Margaret era sempre stata indigesta.
Le attività del circolo delle amiche di sua madre e la tradizione inglese dei ritrovi di mogli che non lavoravano.
Si recò in solitaria da Jane e l'amica ne fu contenta.
"Finalmente, anche tu…"
Margaret non sottolineò che, tra le due, la prima a portarsi a letto un uomo era stata lei e sempre lei era stata l'unica a sposarsi con un afrikander.
Le sembrò di dubbio gusto.
Soprattutto, ora gli uomini avevano molti più occhi per Margaret che non per Jane.
Erano bastati tre anni a ribaltare completamente la situazione e a volgerla a favore della ex ragazzina gracile.
Andrew non aveva potuto essere presente, in quanto stava completando la procedura di trasferimento a Johannesburg assieme ad Adam.
Avevano trovato l'ubicazione dell'ufficio e anche l'appartamento che avrebbero condiviso.
Nessun mobile da traslocare, visto che erano entrati in case in cui era già presente tutto e lo stesso si sarebbe detto di quanto trovato nella loro città di origine.
Non restava che comunicarlo alle famiglie, o meglio Adam lo aveva già fatto, ottenendo un generale distacco.
Erano anni che non si parlavano più, mentre Andrew non aveva ancora compiuto il salto del totale distanziamento.

Adam recepì in anticipo che quel passo avrebbe potuto tracciare un solco, ma non disse nulla.
Ognuno doveva gestire i propri fantasmi e il proprio passato come meglio credeva.
"Siamo contenti che rientri in città, ci dirai tutto."
Peter pose il telefono e annotò la notizia.
Sua moglie gli chiese delucidazioni ed egli, quasi incurante del tono titubante con il quale il figlio aveva intrattenuto la comunicazione, concluse in modo tronfio:
"Andrew ha finito la sua fase di pratica presso gli altri.
Si mette in proprio, come ho fatto io, ma molto prima.
Questi giovani bruciano le tappe, si vede che li abbiamo allevati bene."
Ora che si erano ritrovati da soli in una casa nella quale, per oltre venti anni, vi erano stati dei bambini e poi dei ragazzi, Peter ed Elizabeth erano in cerca di nuovi equilibri e l'annuncio di Margaret non avrebbe potuto essere migliore.
Elizabeth si sarebbe trovata a fare la nonna quasi in esclusiva, vista la distanza fisica della famiglia Van Wyk.
Una nuova fase che avrebbe certificato il pieno successo degli Smith e della pratica dello sviluppo separato.
Un modo di fare conciliare i migliori destini della famiglia con quelli dello stato del Sudafrica.
Andrew ritornò a Johannesburg per prendere l'automobile con la quale avrebbe effettuato il trasloco dei suoi vestiti e dei suoi libri, gli unici oggetti che avrebbe riportato da Pretoria.
Ad attenderlo vi era la sua famiglia, comprendendo in essa anche il neo cognato Hendrik.
Il giovane avvocato corse ad abbracciare la sorella, poi le pose una mano sulla pancia.
"Sarò zio!"
Non ci poteva credere e Margaret ribatté:
"Vedrai che sarai padre anche tu, quando ti stabilirai in città e avrai clienti importanti.
Abbiamo già pensato a molte cose…"
Andrew non comprese l'uso del plurale.
Chi aveva pensato a cosa?
Strinse la mano al cognato e si complimentò, trovandovi un muro di gelida freddezza.
Margaret era un fiume in piena e gli altri lasciarono a lei il compito di annunciare le novità.

"Papà e John si sono alleati con Charles Parker e stipuleranno finanziamenti e polizze ai nuovi proprietari di casa.
Tu ti potrai occupare delle questioni legali.
Di essere il garante di ambo le parti, supervisionando la correttezza e registrando i vari contratti di acquisto e vendita.
È anche in linea con quanto hai studiato."
Andrew rimase stupefatto.
Così sua sorella si era informata circa la sua tesi e comprendeva le questioni legali?
Sorrise forzatamente, visto che questo non era quanto aveva in mente.
"Dovrò parlare con il mio socio. Siamo entrambi al cinquanta per cento, nessuno può decidere in solitaria."
Peter comprese, visto che anch'egli era nella medesima situazione.
Intervenne a smorzare ogni possibile spigolatura.
"E' chiaro, ma solo un fesso non accetterebbe soldi così facili."
Andrew lo trovò cambiato.
L'impiegato Peter Smith non si sarebbe mai espresso in quel modo.
Andrew si mise a sedere.
Per quello che avrebbe dovuto dire era necessaria calma e circospezione.
"Vedete, la scelta di mettersi in proprio rispecchia una scelta a priori molto più fondamentale.
Una scelta di valori e di visioni."
Tutti annuirono.
Dei valori avevano fatto la loro bandiera per una vita.
"Ciò che io e Adam intendiamo fare è…"
Andrew deglutì e lasciò un attimo di suspense.
"…patrocinare i diritti civili che sono calpestati in Sudafrica."
Aveva studiato questa frase per almeno una settimana, smussandola ed edulcorandola, togliendo ogni riferimento ai neri e all'apartheid.
Lo avrebbero compreso con il tempo.
Nonostante ciò, la reazione immediata fu di completo stupore, come se avesse bestemmiato o se si fosse messo a dare fuori di matto.
"Cosa significa, che lavorerai gratis?"
Era stata Elizabeth a rompere il ghiaccio.
"No, mamma. Ma che non andremo alla ricerca di soldi facili calpestando o ignorando i diritti negati."
Peter comprese come avrebbero declinato la sua offerta e pensò a come avrebbe dovuto gestire la figuraccia con i fratelli Parker.

In quel frangente, poco gli importava del figlio, ma si focalizzò sulla sua immagine.
"Ma hai idea in che situazione mi hai messo?"
Il padre non riuscì a trattenere la disapprovazione.
"Ci ho messo la faccia coi Parker e il buon nome degli Smith."
Andrew si scusò, ma non più di tanto.
Non era sua intenzione mettere in imbarazzo nessuno, ma avrebbero dovuto consultarlo prima di muoversi.
Margaret, che se ne era stata zitta da quando si era seduta, intervenne.
"Cosa vuol dire diritti civili? Chi difenderai e contro chi ti metterai?
Non dirmi che abiuri il mondo in cui viviamo e che ci ha cresciuti così bene?"
Andrew cercò parole non urtanti, ma non riuscì ad evitare la questione fondamentale.
Si sarebbe messo contro le leggi sull'apartheid.
"E sono questi i valori che vuoi difendere?
Quelli che distruggono la nostra tradizione e tutto quanto abbiamo appreso?
Non pensi a me e alla situazione in cui mi trovo?
Mio marito è un afrikander e noi amiamo il Sudafrica così come è. Non c'è bisogno di diritti, come li chiami tu.
Quelli sono la fine della nostra società e del nostro mondo."
Andrew si trovò di fronte un muro invalicabile, qualcosa di non previsto e non prevedibile.
La sua famiglia si era messa da una parte della barricata e ormai lo avrebbe considerato come un estraneo.
Hendrik, uscendo da casa Smith, decise che non avrebbe rivelato niente a suo fratello Pieter e alla sua famiglia.
Non avrebbero dovuto sapere che si erano tirati un nemico in casa solo per colpa del suo matrimonio misto.

IX

Johannesburg, autunno-inverno 1984

"Quel depravato ha osato farsi vedere qui...ora lo affronto io e lo sistemo una volta per tutte."
Hendrik Van Wyk partì come un razzo e, con tutta la sua possenza, si indirizzò contro Andrew Smith, sotto lo sguardo attonito di Peter, Elizabeth e del piccolo Gert, di anni tre e mezzo, il quale sarebbe stato contento di vedere lo zio, figura a lui poco nota e che quasi stentava a riconoscere.
Andrew era stato bandito dalla frequentazione di casa Smith e ciò si sarebbe esteso persino a quell'occasione speciale.
Gli altri ospiti, nonché i pazienti e i degenti, i dottori e le infermiere, non erano pronti ad assistere ad una scena del genere.
Di solito, in ospedale non si hanno dimostrazioni di escandescenze, per rispetto ai malati in alcuni reparti o perché, in altri, tutto è pieno di gioia e contentezza.
Così avrebbe dovuto essere, dato che, al di là delle pareti riservate al personale, Margaret stava per partorire il secondo figlio, o meglio figlia, come aveva evidenziato l'ecografia.
La piccola, a cui avrebbero dato il nome di Martha, sarebbe venuta al mondo nel giro di poche ore e Andrew era accorso all'ospedale, non appena qualcuno lo aveva informato.
Non si trattava, di certo, della sua famiglia, ma di qualche infermiera che conosceva lo studio di Andrew e Adam, uno dei pochi che prestava assistenza legale gratuita agli indigenti e che si batteva per il riconoscimento dei diritti civili, anche dei più deboli ed emarginati.
Era strano a dirsi, ma persino nell'opulenta società dei bianchi che poteva godere dei benefici dell'apartheid, vi era chi se la passava male.
Ad esempio, chi si trovava improvvisamente senza lavoro, a causa della crisi o per sopraggiunti limiti di età.
O chi si ammalava.

Tra di loro, oltre ai soliti casi, vi era una novità che stava emergendo in modo preponderante e che era venuta a galla negli Stati Uniti per poi essere scovata un po' ovunque.
All'inizio non era chiaro di cosa si trattasse ed erano stati coniati vari termini, in genere legati ai gruppi dove la malattia si sviluppava con percentuale maggiore.
Ma da circa un anno la malattia aveva una causa e da due anni un nome.
La causa era un virus, denominato HIV, e il nome era AIDS.
Nonostante ciò, rimanevano molti pregiudizi sull'origine e la diffusione, specie in una società chiusa come quella sudafricana.
Tolti di mezzi i matrimoni misti, agli afrikander più riottosi non sembrò vero che il virus avesse penetrato le barriere della segregazione e quindi se l'erano presa con gli omosessuali, visto che di eroina se ne vedeva poca nel paese e che, quindi, gli eroinomani erano in numero esiguo.
Hendrik, già agli inizi del 1981, aveva parlato apertamente con suo fratello Pieter circa la situazione lavorativa del cognato, tanto prima o poi si sarebbe venuto a sapere.
Pieter aveva preso la questione di petto e aveva svolto ricerche.
Erano state installate microscopie all'interno degli uffici così da monitorare il lavoro di Adam e Andrew.
"Maiali schifosi, aiutano i neri."
Era stata la prima conclusione evidente.
Come conseguenza di ciò, avevano subito diverse intimidazioni, un paio di furti, un incendio che aveva cancellato gli archivi, dei vetri sfondati delle automobili, nonché indagini e mandati di perquisizione.
Nonostante ciò, erano andati avanti come sempre.
Si erano detti che erano più forti di quel mondo di violenza e di soprusi, senza sapere contro chi avevano a che fare.
Solamente alla fine del 1982, Pieter aveva avuto un sospetto ulteriore.
La totale assenza di relazioni femminili e la casa in comune che dividevano erano degli indizi.
Iniziarono a pedinarli e, quando furono certi che erano entrambi al lavoro, entrarono in azione.
Pieter stesso si era introdotto in casa loro, utilizzando le tecniche più sofisticate di apertura senza alcun segno di scasso.
Avevano piazzato tre microscopie con centro di ascolto ravvicinato e Pieter aveva passeggiato in casa, consultando libri di testo e dando un'occhiata agli armadi.
Tutte cose di seconda o terza scelta, adatte a chi non sa godersi la vita.

Qualcosa di squallido per chi aveva studiato così tanto e avrebbe potuto vivere nel lusso.
"Cosa nascondi ancora signor Smith?"
Non vi era niente di sospetto in quella casa e ciò lasciò l'amaro in bocca.
Bastarono due settimane di intercettazioni ambientali per svelare l'arcano.
Andrew Smith e Adam Fiennes erano una coppia.
Erano amanti e, ovviamente, omosessuali.
Per Adam, la situazione era sempre stata più chiara del previsto, visto che sapeva già dal 1975 di amare Andrew e da molto prima di essere omosessuale.
Andrew, al solito, vi era arrivato con estrema lentezza.
Una parte di sé lo aveva sempre saputo e in ciò risiedeva il motivo del rifiuto di Jane Parker, ma un'altra parte lottava contro qualcosa che gli era stato insegnato essere non normale.
Con il matrimonio di sua sorella e la nascita di Gert, Andrew comprese e la fine del 1981 gli fece anche capire per chi battesse il suo cuore.
Pieter era rimasto disgustato.
"Gli pianterei io stesso una pallottola in cranio!", aveva chiosato alla presenza di suo fratello.
Hendrik doveva sapere e il cognato l'aveva detto a sua moglie il giorno stesso.
"Non è possibile, la mia amica Jane aveva una cotta per lui.
So che si sono baciati..."
Margaret aveva cercato di allontanare una simile verità e si convinse solamente quando Hendrik ammise di aver fatto svolgere le indagini a suo fratello.
"Ne parlerò io con i miei genitori...", concluse la donna.
Hendrik fu d'accordo e provava pena per i suoceri.
Nonostante il successo economico di Peter Smith, ora questa notizia lo avrebbe messo a terra.
In una domenica di inizio 1983, i coniugi Smith si trovarono di fronte alla realtà e piansero come mai avevano fatto prima di allora.
Convocarono Andrew per chiedere spiegazioni e il figlio non seppe che dire.
Come molto tempo prima, si era trovato di fronte ad un muro.
Non lo consideravano più uno di loro e ormai era stato bandito.
"Sarà sempre così per noi...", così Adam aveva commentato.

Ora, dopo un anno e mezzo, nel quale aveva visto Margaret e Gert una sola volta, si era presentato all'ospedale.
"Cosa vuoi, schifoso?
Sei venuto qui a diffondere i tuoi virus malefici?
Depravato amico dei neri!
Se non te ne vai, ti rifaccio i connotati e ti infilo una scopa su per il culo, tanto ti dovrebbe piacere!"
Hendrik lo aveva investito con veemenza, senza dargli la possibilità di replicare.
L'avvocato si era trovato spiazzato e, onde evitare spiacevoli inconvenienti, aveva deciso di andarsene.
I suoi genitori erano rimasti fermi e impassibili, solidali con la posizione di Hendrik.
"Non ha nemmeno il buon cuore di non farvi soffrire...", bofonchiò in afrikaans.
Ora che il pericolo era stato sventato, tornò a concentrarsi sull'evento del giorno e andò in cerca di un medico.
Dopo un conciliabolo di una decina di minuti, lo informarono che il parto era in corso.
Hendrik nervosamente passeggiò per un'altra mezz'ora, prima di essere intercettato e di ricevere la lieta notizia.
"Stanno entrambi bene e la bimba pesa quasi tre chili."
Di lì a poco, tutta la famiglia si sarebbe riunita e, entro sera, persino Pieter si sarebbe visto.
L'uomo, ormai uno dei migliori agenti operativi sul campo per la ricerca di eversivi e comunisti, non si era sposato, ma intratteneva una relazione più o meno stabile con Hellen, donna già maritata e con un consorte assente spesso per lavoro.
Tali comportamenti erano accettati, anche se non dovevano emergere per non turbare la quiete familiare della società sudafricana.
Andrew rientrò allo studio sconsolato.
"Il solito?"
Adam già conosceva l'esito e si doleva nel vedere il socio amante soffrire in quel modo.
Avrebbe dovuto trarre la conclusione più logica ossia che ormai quello era il suo passato, con legami pressoché nulli e che, invece, il futuro sarebbe stato diverso.
Nuove relazioni, nuove amicizie.
"Sai che trionferemo...", gli disse abbracciandolo.

Andrew sapeva di essere nel giusto, ma tutto era maledettamente complicato.
Quando pensava a simili situazioni, rifletteva sui casi della vita.
Fosse nato nero, sarebbe stato ancora più discriminato e ne aveva avuto multiple prove nel corso di quegli anni.
Non si contavano le cause perse in partenza solo per il colore della pelle e, probabilmente, lo studio di Adam e Andrew contava la minore percentuale di vittorie legali dell'intera città di Johannesburg.
"Almeno abbiamo un record!"
L'ironia era l'unica cosa che era rimasta e non l'avrebbero persa.
L'ostracismo della famiglia Smith nei suoi confronti si era esteso anche alle sue vecchie conoscenze, ossia le amiche delle madre e le relative famiglie e, soprattutto, i Parker.
Jane era rimasta inorridita dall'essere stata invaghita di uno che poi si era rivelato così.
"Avrei potuto rimanere contagiata...", si era detta.
Non si era mai posta il problema della sua passata promiscuità sessuale, sebbene di natura completamente eterosessuale.
Su questo, era in buona compagnia, in quanto suo zio Charles continuava imperterrito nella sua collezione di donne, nonostante non fosse più un giovincello.
Tutto questo mondo terminava in modo drastico quando si varcava la zona dei bianchi.
Andrew era stato una sola volta a Soweto e si era sentito a disagio.
Tutti lo fissavano e non di certo per benevolenza.
Adam, più conscio di tutto ciò, si era offerto di tenere i contatti con la comunità nera.
Era più avvezzo ai cambiamenti e avrebbe dovuto lasciare il tempo necessario al suo collega, come sempre era accaduto.
Di certo, non avevano né visto né notato la famiglia Nkosi e nemmeno quella Dlamini.
In rapida successione, Johanna era divenuta madre di tre figli, con Daniel, l'ultimo nato da circa un anno, che aveva completato con un nuovo nome i due bimbi appellati come i fratelli morti.
A ventisette anni, Johanna si era trasformata in una perfetta madre e casalinga e stava per iniziare a seguire Moses nel suo percorso scolastico.
Sotto la spinta della madre, Moses conosceva già le lettere dell'alfabeto e aveva imparato a leggere e scrivere, nonché a riconoscere numeri e cifre.

La donna lo spronava, sapendo che ciò avrebbe fatto da traino per i suoi fratellini più piccoli, in particolare Abuja era estremamente interessata a tutto ciò che riguarda il bimbo.
Moses era per lei il punto di riferimento, allo stesso modo di come faceva Johanna da piccola.
Vi sono certi comportamenti immutabili nel genere umano, nonostante il passare delle generazioni e il cambio radicale di ambiente sociale e culturale.
David aveva accettato di assumersi più responsabilità come caposquadra e ciò compensava solo in parte la mancanza di uno stipendio in famiglia.
Maria e Johannes, al pari della famiglia Dlamini, avevano deciso di destinare la misera eredità della generazione precedente ai loro unici figli.
Né Johanna né David avevano più dei nonni, visto che la mortalità a Soweto determinava una vita media nettamente inferiore a quella dei bianchi.
Era questa la prima grande discriminante dell'apartheid.
Malnutrizione e diverso accesso alle cure portavano ad una vita media che si differenziava enormemente in base all'etnia.
"E dicono che lo sviluppo separato ha fatto bene!"
Johanna era sempre più adirata, nonostante la scomparsa della generazione dei nonni aveva permesso di vendere le loro baracche e racimolare qualche rand, con il quale avrebbero potuto vivere più dignitosamente.
Johanna si era presa la briga di razionare le spese.
"Questi soldi ci dovranno durare per altri quattro anni."
Tanta era la distanza che pensava di dover mettere prima di tornare al lavoro.
"Circa cinquanta mensilità."
David non aveva alcun diritto di toccare quei soldi, i quali venivano gestiti da Johanna con grande parsimonia.
Sua madre avrebbe voluto aiutarla maggiormente, dato che Johannes ormai guadagnava molto più del normale, ma la figlia si era opposta.
"Al massimo, puoi cucinare per i tuoi nipoti."
I figli di Johanna avevano sempre accolto con gioia la possibilità di pranzare o cenare dalla nonna, anche per le grandi doti culinarie di Maria, risapute ormai ben oltre il loro vicinato.
Persino Patrick era tornato a farsi vedere e Maria non lo aveva accolto in malo modo come un tempo.

Sapendo che non prestava più servizio per i bianchi e che Johannes non era più influenzabile come quando era più giovane, l'ex sindacalista poteva parlare liberamente.
Illustrava le mosse del Congresso e dei capi incarcerati.
"Vogliono rompere il fronte dell'unità.
Il trasferimento è servito a isolarli e ora pensano di prenderli uno ad uno.
Libertà condizionata in cambio della fine della lotta armata."
Era una condizione inaccettabile per tutti e Maria lo sapeva.
Pur non condividendo alcunché della violenza, nessun nero era disposto a rinunciare alla lotta, avendo compreso che i discorsi e le parole non sarebbero serviti.
I bianchi ascoltavano solo le rivolte e i contraccolpi economici, ma ci voleva tempo.
La politica sapeva ben manovrare le paure e vendere qualcosa di inesistente.
"Quanto tempo?"
Era la domanda pressante di Johannes, alla quale quasi nessuno era in grado di rispondere.
Ormai erano passati quasi quarant'anni dalle prime leggi segregazioniste e non si vedeva la fine di tutto ciò.
Quando scendeva il silenzio dopo una simile richiesta, Maria aveva preso l'abitudine di fissare suo marito.
Johannes stava chiedendo qualcosa di molto semplice.
Suo figlio Moses non avrebbe dovuto essere morto invano.
Dai fatti di Soweto, si era accesa la luce sull'apartheid e su quel regime così illiberale e dittatoriale.
Giustizia e verità non sarebbero state possibili, ma la consolazione di un uomo che si stava avviando all'anzianità era data dall'eliminazione dell'inutilità.
Se veramente vi era un senso nella vita, allora il sacrificio di Moses sarebbe dovuto servire ad una causa più grande.
Il socio e padrone di Johannes non aveva insistito con lui circa l'espansione delle quote societarie, visto che comprendeva dove andassero a finire i guadagni dell'uomo.
Egli stesso aveva continuato a donare la quota di partecipazione all'associazione dove Johanna aveva prestato servizio.
"E' un dovere morale di tutti."

L'arrivo della stagione calda era sempre foriero di grande vivacità per i bambini, in particolare Moses vedeva in tutto ciò la fine della scuola e la possibilità di trascorrere più ore a giocare con gli amichetti.
Nel vederlo calciare il pallone, Johanna non poteva fare a meno di pensare a suo fratello.
"Quindi io ho preso il posto di mia madre?"
Erano pensieri lancinanti, che mettevano a nudo una verità fattuale.
Il tempo era passato.
Una generazione era subentrata e ora le lancette dell'orologio sarebbero corse in avanti sempre più turbinanti.
Senza scampo.
A Johanna, pareva ieri dalla fine dei suoi studi, e invece erano trascorsi già nove anni.
Quasi una decade.
Fissò il cielo, di un azzurro terso.
Lo aveva visto migliaia di volte ed era sempre lo stesso.
Ecco cosa non mutava.
Ci crediamo così fenomenali e unici, quando siamo solo dei puntini in un Universo che sopravvive a noi e che andrebbe avanti comunque.
Che senso aveva lottare?
Perché i bianchi volevano così male a loro?
La storiella del colore della pelle poteva andare bene per il popolo, ma non per lei.
Johanna conosceva il motivo fondante.
Soldi e potere, sempre quello alla base di guerre e violenze.
Volere di più e ancora di più.
Aveva deciso di educare i suoi figli con un'altra prospettiva.
Si dovevano aiutare, sempre e comunque.
Sopperire alle carenze di uno con la forza dell'altro.
Condividere e rimanere uniti.
Se si fosse iniziato da ogni singola famiglia fin da quando i bimbi erano neonati e se la scuola avesse seguito questo esempio, forse si sarebbe cambiata la società.
Era un'utopia?
Probabile, ma Johanna preferiva l'armonia dell'amore alla distonia della sopraffazione.
Carezze, baci e abbracci erano profusi a volontà.
Così Moses faceva con Abuja e Daniel e i fratelli contraccambiavano.
E così Johanna e David si mostravano ai figli.
Senza filtri e con grande naturalezza.

Qualcosa che sfidasse le convenzioni comuni.
Ecco la vera rivoluzione dei popoli e la liberazione delle coscienze.
Tutto questo era contrario al modo di approcciarsi di Margaret e Hendrik, i quali avevano impostato Gert in altro modo.
Rapportarsi solamente con bambini di suo grado paritetico e non osare contraddire i genitori o chi aveva più della sua età, nonché limitare le dimostrazioni di affetto.
Così Gert rimaneva spesso seduto e composto, sorridendo solo raramente.
Vedendo fare così tutti, lo reputava normale.
Non avrebbe frequentato alcun tipo di asilo, visto che Elizabeth si era detta disponibile ad allevarlo.
"Che faccia un lavoro migliore rispetto al ruolo di madre", aveva esternato Hendrik, in qualche modo considerandola colpevole delle tendenze di Andrew.
Margaret non lo contraddiceva.
Suo marito era un afrikander e sarebbe divenuto dirigente della banca, forse in un futuro avrebbe preso il posto di Dirk, il quale era stato appena pensionato.
Una ventina di anni attesa per vedere coronato il sogno di una vita.
Fosse stato così, le era superiore in tutto.
Cultura, genetica, posizione sociale.
E poi era suo marito, possente e belloccio, almeno alla sua vista.
Colui il quale la prendeva come e quando voleva, a dire il vero ora meno di una volta.
Margaret doveva acconsentire e starsene al suo posto.
Questo era stato il prezzo da pagare per entrare a pieno titolo nella società sudafricana che contava.
I suoi genitori avevano intuito quanto fosse subalterna, ma lo approvavano.
Avevano speso intere generazioni per giungere sino a lì e non avrebbero permesso che tutto fosse gettato al vento per un capriccio femminile effimero.
Elizabeth le avrebbe voluto confidare delle sue avventure con quei giovanotti che ora dovevano essere degli adulti maturi e di come, il solo fatto di trovarsi a letto con un afrikander, la facesse andare in visibilio.
Già quello contava metà dell'orgasmo.
Prima o poi, forse, lo avrebbe confessato, magari quando suo marito non ci sarebbe più stato.

Peter, a sessant'anni, godeva di ottima salute e non avrebbe mai voluto smettere di lavorare.
"Perché non ti ho dato retta prima?", ripeteva almeno una volta alla settimana al suo socio John.
Si era scoperto essere molto più di un semplice impiegato, ordinato e metodico.
Aveva un fiuto per gli affari e sapeva come convincere i clienti.
Tuttavia, necessitava sempre di un apripista e John era il socio ideale.
Senza saperlo, aveva trasmesso questa sua caratteristica ad entrambi i suoi figli, in particolar modo ad Andrew.
Adam era per suo figlio il corrispettivo di John, con l'enorme differenza che i primi erano anche amanti e compagni di vita.
John, per tutta risposta, si lisciava i baffi che si era fatto crescere come vezzo da quando era diventato nonno.
Suo nipote adorava passare la manina su di essi e John non si era fatto troppi scrupoli nel mutare il suo aspetto caratteristico di sempre.
Persino i rapporti con suo fratello erano migliorati, specialmente da quando Charles si era liberato della fabbrica di produzione meccanica.
"Se Dio vuole, non dovrò mai più vedere quei brutti musi neri!"
Rozzo come sempre, era uno di quelli che avrebbe sfigurato nell'alta società, ma che tutti frequentavano per via degli affari, dei soldi e della bella vita.
Lo status di persona rispettabile si poteva comprare e Charles lo aveva fatto da tempo, senza remore e senza alcun pudore.
Ciò che non sarebbe tornata mai più era la reputazione, ma non la sua quanto quella di sua nipote e di Andrew.
Per motivi diversi, entrambi venivano snobbati.
Jane perché aveva perso la sua avvenenza e Andrew per le sue scelte di vita.
Il marito di Jane era uno di quegli uomini paciosi e bonari che mai avrebbe scavato nel passato di sua moglie e Jane stessa avrebbe potuto tradirlo quando ne avesse avuto voglia.
Il suo carattere era, però, completamente differente.
Non ci avrebbe pensato minimamente, ora che era sposata e con un figlio.
Si era tolta i suoi sfizi da giovane e ora se ne sarebbe stata buona a dedicarsi alla famiglia, oltre a portare avanti un lavoro comune e mediocre.

Nessuna ambizione ulteriore nella vita e, in ciò, era molto più simile alla generazione dei suoi genitori rispetto a Margaret, Andrew e le altre sue conoscenze.
Chi invece non si sarebbe mai accontentato era Pieter.
Si era messo in testa di fargliela pagare al cognato di suo fratello.
L'affronto che aveva osato accennare era uno di quelli che reclamava un gesto di reazione.
"Dobbiamo inventarci qualcosa di nuovo...", disse tra sé.
Non bastavano più le solite minacce e i soliti metodi.
L'ostinazione di quel genere di persone era impareggiabile.
Come fare ad incastrarlo per rendergli grama l'esistenza?
Fabbricare prove false?
Poteva essere un modo, ma Pieter non vi avrebbe visto una propria soddisfazione personale.
Necessitava di scaricare la tensione e la solita pausa con Hellen non era bastata.
La donna, attendendolo, sapeva a cosa andare incontro, ma quel giorno di fine novembre rimase stupita.
Pieter non era nemmeno passato da casa.
Lo avrebbe fatto in seguito per salutare i genitori e i fratelli.
Hans era di certo assieme alle mandrie, mentre Helga a sistemare il ranch e a conteggiare il venduto.
Posteggiò al solito posto di sempre, in un luogo appartato per non dare nell'occhio e con la macchina nascosta alla visione.
Da lì continuò a piedi.
Aveva chiamato Hellen utilizzando il loro solito canovaccio fatto di due parole in croce.
Hellen era disponibile, come sempre.
Usava precauzioni per non rimanere incinta e ciò era noto sia a Pieter sia al marito e, ad entrambi, stava bene.
Pieter non aveva tempo da perdere in chiacchiere o coccole.
Non appena entrava la baciava, la sollevava di peso e la portava a letto, togliendole violentemente i vestiti.
Ciò faceva eccitare entrambi.
"No, oggi stai così."
La costrinse a stare col viso affondato nel cuscino e abusò di lei come se si trattasse di uno stupro.
Voleva farle male e voleva vedere cosa provassero gli omosessuali, facendo subire ad Hellen la sorte peggiore.
La donna non si lamentò.

Era il ruolo che aveva scelto e non chiese nulla quando Pieter se ne andò senza parlare.
Rientrato a Pretoria, la sua mente continuava a rimuginare.
Colpire una persona era semplice e anche subire il dolore per sé, ma come avrebbe reagito qualcuno di fronte alla sofferenza dell'altro e di chi si amava?
Pieter si ridestò e un ghigno beffardo si stampò sul suo volto.
Aveva bisogno solo di due persone fidate.
Scelse un paio di reclute, che lo veneravano e lo vedevano come un maestro da seguire.
"Preparatevi che settimana prossima dovremo fare un raid non autorizzato."
Era normale gestire operazioni senza alcuna forma di ordine e per volontà diretta di qualcuno.
Di solito, si trattava di sparizioni di neri, trattenuti e torturati, qualche volta uccisi.
Qualcuno che aveva fatto troppe domande e si era messo in vista troppo, specie se frequentava la zona dei bianchi, laddove era facile prelevarlo senza alcuna forma di contrasto.
Fuori dall'ufficio, i due avevano chiesto delucidazioni.
"Andremo in trasferta.
Portate cloroformio, passamontagna, spranghe e un paio di mazze.
Niente armi da fuoco."
Pieter si bevve una birra in attesa del grande giorno.
Andò a dormire soddisfatto e quasi riconoscente verso i propri genitori che lo avevano allevato in modo corretto.
I due si presentarono puntualissimi e Pieter era già pronto.
Prese l'automobile e guidò fino a Johannesburg.
Conosceva l'indirizzo dell'ufficio e sapeva che non vi era nessuno.
"Chi vuoi che vada da quei pezzenti?"
Ma prima di ogni cosa, doveva fare tacere la stazione di ricezione.
Era semplice, bastava agitare il distintivo e chiedere una temporanea sospensione.
Era già accaduto e non sarebbe stata l'ultima volta.
Tutti sapevano cosa stesse a significare.
"Faremo loro un regalo di Natale in anticipo!"
Gli addetti spensero la registrazione, dopo aver confermato l'assoluta solitudine dei due avvocati.
"Andate avanti voi…"
Pieter sarebbe intervenuto solo in seguito.

Sapeva che le reclute erano bene addestrate e avrebbero immobilizzato le vittime, dopo averle adeguatamente neutralizzate.
Bastarono due minuti per bloccare Andrew e Adam con un paio di colpi bene assestati e un generale marasma.
"Vediamo cosa avete qui…"
"Ecco cosa fanno con i soldi che abbiano stanziato".
Doveva sembrare un assalto di teppisti o di esaltati neonazisti.
Pieter entrò con il passamontagna, le spranghe e le mazze.
"Legatelo…"
Andrew venne legato e imbavagliato.
"E ora guarda, lurido verme!"
Gli altri due tenevano fermo Adam e Pieter gli strappò i vestiti di dosso. Prese una mazza e iniziò a percuoterlo sulle gambe per poi passare alla schiena.
"Tenetelo fermo, questo verme."
Con la punta della mazza si pose in mezzo alle natiche.
Si voltò e disse a Andrew.
"Guarda come piace al tuo amichetto…"
Spinse con violenza, incurante dei lamenti di Adam e del sangue che stava scorrendo.
Gli altri sghignazzavano.
Era una festa per quegli agenti abituati alla violenza quotidiana e alla sopraffazione.
Andrew iniziò a piangere.
"Checca, ecco cosa sei!"
Quando il tempo a loro disposizione stava per scadere, colpirono al volto Andrew per intontirlo.
Se ne andarono e inforcarono la porta, per poi accendere in tutta fretta l'automobile.
Entro sera sarebbero stati a Pretoria.
Pieter si complimentò con le reclute.
"Erano due avvocati comunisti amici dei neri."
I due fecero un segno di apprezzamento.
Era loro preciso dovere compiere questi raid.
Nel frattempo, Adam cercò di riprendersi ma aveva sicuramente una costola rotta, oltre a varie ecchimosi.
"Devi andare all'ospedale…"
Andrew se la sarebbe cavata con meno, una volta liberato.
Lo caricò in macchina e si recò presso la medesima struttura che aveva visto la nascita di suo nipote.

Non dissero nulla ai medici, parlando generalmente di aggressione.
"Avvocato, è stato fortunato.
Se la caverà con tre settimane di degenza, mentre il suo collega può già uscire oggi stesso."
Andrew rimase a confabulare con Adam.
"Dobbiamo mollare, non la smetteranno mai.
Andare altrove, a Città del Capo magari."
Adam scosse la testa.
"No, non la vinceranno.
Noi rimaniamo.
Ora torna a casa e sistema il macello che hanno lasciato allo studio."
Andrew rientrò, sentendosi per la prima volta solo.
Non avrebbe potuto chiamare nessuno per condividere una simile situazione e lo sconforto conseguente.
Anzi, sarebbe stato ancora più isolato.
Nessuna forma di empatia o di solidarietà.
Si sdraiò e si addormentò, senza mangiare nulla.
Avrebbe voluto solamente chiudere gli occhi e ritrovarsi altrove o in un futuro non definito, quando l'apartheid sarebbe stato solo un ricordo del passato, un qualcosa di cui vergognarsi.
Il sentimento di vergogna, però, non albergava nel cuore di chi era convinto di agire per il bene supremo.
A tutti i livelli e con tutte le forme possibili.
L'industria che era stata di Charles stava per chiudere i battenti.
Margini troppo bassi e i nuovi proprietari avevano preferito rivendere macchinari, capannone e terreno.
Era stato lo stesso Charles a ricomprare il tutto, a meno della metà del prezzo di vendita.
"Eccolo qui, il regalo per le festività!"
Aveva brindato gioioso.
Sarebbe subentrato dopo il licenziamento di tutto il personale e avrebbe inaugurato un altro business considerato forse più lucroso dell'immobiliare.
La gestione dei rifiuti con una nuova discarica.
Smontata pezzo a pezzo la fabbrica, si sarebbe scavata una buca profonda laddove sarebbero stati stipati i rifiuti di una società consumista.
"Da rifiuti umani a rifiuti inanimati!"
Alla seconda bottiglia di champagne era su di giri e avrebbe festeggiato con una ragazza di venticinque anni, bionda e proveniente da Durban.

Una di quelle che aveva rinunciato alla stagione estiva per essere mantenuta da uno ricco e ormai anziano, al posto di condividere, come aveva sempre fatto, la casa con ragazzi che cambiava di giorno in giorno.
Di tutt'altra natura era lo spirito a Soweto.
La notizia della vendita era giunta alle orecchie di Patrick, di Johannes e del suo socio padrone.
Ognuno vi vedeva una sfaccettatura diversa.
L'inutilità delle lotte sindacali se non subordinate alla lotta armata oppure gli anni persi a servire i bianchi oppure un nuovo flusso di manodopera.
Il socio padrone convocò Johannes.
"Cosa dobbiamo fare?
Non c'è lavoro per tutti."
L'anziano consigliere non aveva la risposta pronta.
Come si poteva contrastare una decisione del genere?
Forse solamente piazzando bombe incendiarie, anche se questo non avrebbe generato introiti immediati a quelle famiglie.
"Al massimo la metà di loro potrà essere assunta qui o altrove."
Era escluso che qualcuno andasse nei bantustan.
Ormai il tamtam si era diffuso e nessuno avrebbe accettato la deportazione in ghetti nei quali la vita era persino peggiore di quella che si svolgeva a Soweto.
"Quali tormenti ti turbano marito mio?"
Maria si era riavvicinata a Johannes, soprattutto da quando erano rimasti da soli.
Era stata una riscoperta del loro rapporto che sarebbe cambiato ancora quando uno dei due, e poi entrambi, avrebbe smesso di lavorare.
Avevano trascorso una vita assieme ma vi erano state tante fasi, così da determinare una linea discontinua e non monotona.
Johannes la strinse.
Non disse nulla, tanto Maria si sarebbe accorta di tutto questo a breve.
Di diverso avviso era stato il confronto a casa Dlamini, con David che chiedeva più e più volte a sua moglie.
Johanna si sentiva quasi uno di quei professori pieni di teoria e poca pratica visto che aveva lavorato solo pochi anni e non in ambito produttivo.
"Non buttarti giù, tu hai qualcosa in più rispetto a tutti noi."
E indicò il cervello.
Johanna non si sentiva così superiore rispetto a tutti gli altri.

Aveva solo avuto la possibilità che altri non avevano potuto mettere in pratica.
Bastava solamente dare a tutti queste possibilità e non costringere le persone ad andare a lavorare a dodici o tredici anni.
Il mondo era cambiato e, nonostante la segregazione, persino a Soweto vi era stato progresso.
Limitato, ma era presente.
Soprattutto a livello intellettivo e come presa di coscienza.
Ora gli xhosa e gli zulu non si combattevano più, almeno fino a quando vi era in pista un nemico comune.
Johanna vide i suoi figli schierati per la cena.
In ordine rigorosamente cronologico, come era normale.
La donna sorrise e i figli fecero lo stesso.
"Cosa si dice?"
Iniziò Moses.
"Grazie."
E gli altri seguirono.
David, nel vedere tutto questo, gioiva.
Era quanto aveva sperato da una famiglia, molto di più del semplice amore o del sesso.
Quello si poteva trovare ovunque nel mondo, bastava pagare o fare finta.
Arte della simulazione e della corruzione, ma non sarebbe stata la medesima cosa.
In quanti potevano dirsi così fortunati?
In pochi, ma in David e in Johanna vi era una forza sconosciuta ed era data dalla spinta che entrambi avevano nel considerarsi eredi spirituali dei due fratelli scomparsi e che si sarebbero amati ancora maggiormente.
Era come se ci fossero due coppie fuse in una.
Non si misurava in rand o in oggetti materiali, ma in spirito che aleggiava in quell'abitazione, modesta come molte altre.
Johanna era preoccupata dalla situazione.
"La mancanza di lavoro crea povertà e disperazione.
Vuol dire che la lotta armata riceverà un'ulteriore accelerazione".
Tale notizia sarebbe stata accolta con gioia da Patrick, il quale ormai erano venti anni che aspettava la resa dei conti.
"A detta di mio padre, non possiamo vincere contro i bianchi a livello di organizzazione militare."

Così Johannes riportava una situazione di anni prima, forse non più valida.
Era cambiato l'approccio interno ed esterno, con il mondo che guardava il Sudafrica in modo disinteressato e come un appestato da evitare.
Sport, cultura, economia, tutto quanto era contro il governo degli afrikander.
Avrebbero ceduto, dovevano farlo.
Il giorno di Natale, le tre famiglie si ritrovarono a Soweto nella casa di Maria e Johannes.
Era un giorno di festa, nonostante tutto il dolore passato.
E la gioia era data dai bambini.
Schiamazzi e corse, scherzi e giochi.
Era quanto serviva e quanto, invece, mancava in casa Smith.
Peter ed Elizabeth erano passati qualche giorno prima, per poi andare a Durban per le vacanze, con la costante presenza di John Parker e sua moglie.
Jane e suo marito sarebbero andati dai suoceri, così come Margaret e Hendrik.
In qualche modo, i coniugi Smith si erano ritagliati un mondo con loro stessi al centro e, identicamente, stava facendo Margaret.
Prona al marito e senza considerare l'opinione di Gert né il fatto che Martha aveva solo tre mesi, avevano viaggiato fino alla tenuta dei Van Wyk.
Là vi erano Hans ed Helga, notevolmente cresciuti, con Hans quasi prossimo al matrimonio.
Le solite canzoni, i soliti riti di origine boera.
Tutto condiviso con la sola presenza estranea di Margaret che veniva ostracizzata in modo più o meno velato.
Persino Pieter era giunto per le festività.
Dai suoi occhi glaciali non traspariva nulla, nemmeno l'ardente passione che provava per Hellen.
La figlia dei vicini si era presentata con suo marito e i suoi genitori, come era da tradizione.
Pieter fissò in faccia quell'insignificante ingegnere che trascorreva la maggioranza del tempo in miniera e non vi trovò nulla di meglio della sua figura.
Hellen avrebbe dovuto sposare Pieter e non il suo attuale marito.
Una simile idea era balenata in testa a tutti i Van Wyk, in un momento o in un altro.

Di contro, Hellen si era avvicinata a Margaret e si era messa a parlare in inglese per farla sentire a suo agio, ma ella aveva risposto in afrikaans.
Aveva lottato una vita per farsi accettare dagli afrikander e il linguaggio era la prima pietra miliare.
"Quanto ha?"
Chiese la donna indicando Martha.
Margaret gliela porse da tenere in braccio.
La piccola dormiva e non si sarebbe svegliata.
"Quasi tre mesi…"
Era una domanda per rompere il ghiaccio, visto che Hellen sapeva benissimo quando fosse nata la bimba.
Era stato quando Pieter aveva fatto l'amore con lei sotto la doccia.
Nel voltarsi per cercare i figli, Hendrik vide Hellen con la bimba ed ebbe un attimo di défaillance.
Si era immaginato che Hellen fosse sua moglie.
Avrebbe potuto esserlo, ma alla fine era stato meglio così, visto che avrebbe tolto il sollazzo sessuale a suo fratello Pieter.
Anche Hendrik giudicò in malo modo il marito di Hellen, ma non avrebbe detto nulla.
Era la società del non detto, ma del fare.
Così funzionava.
Con un finto sorriso, Margaret partecipò al brindisi per Natale e pensò al suo futuro.
Lineare, semplice, senza sorprese.
Lo stesso giorno, suo fratello era in ospedale per passarlo con Adam, la cui degenza sarebbe terminata solamente con l'avvento del 1985.
"Come vanno gli affari?"
Era una domanda retorica.
Andavano sempre male.
Andrew aveva sistemato la casa e lo studio e non vi erano segni del passaggio vandalico di qualche settimana prima.
Molto più difficile era sistemare le persone, mentre le cose si aggiustavano più velocemente.
Lo spirito di Adam era rinfrancato, ma il fisico molto meno.
"Buon Natale, socio!".
Andrew gli aveva portato un regalo.
Erano rimasti da soli e si baciarono.
Un gesto rivoluzionario e non consentito in un paese che si pensava all'avanguardia ma che stava attraversando una crisi economica e sociale irreversibile.

Nelle varie carceri sparse per tutto il Sudafrica, era stato l'ennesimo Natale dietro alle sbarre per molti esponenti politici di opposizione.
Là si stava formando la futura classe dirigente, di cui tutti ancora ignoravano l'esistenza e la reale capacità di trasformare il mondo.
Da un lato, la continuità fragile, dall'altro la frattura potente.
Ci sarebbe voluto tempo e un confronto duro e senza esclusione di colpi.

X

Johannesburg, primavera - estate 1986

Per la prima volta da quando aveva aperto la società di consulenza con il suo amico di sempre Peter Smith, John Parker non si presentò in ufficio.
Era un venerdì di inizio aprile e vi era un vento che sferzava l'aria di Johannesburg.
Peter lo cercò a casa, ma inutilmente.
Pensò che si trattasse di qualcosa di grave e diede precise istruzioni alle due impiegate che avevano da tempo.
"Mi assento per un po'…rientrerò per gli appuntamenti prima di pranzo."
L'uomo salì sull'automobile che aveva cambiato da tre anni.
Si trattava di un modello potente di derivazione americana a marchio General Motors.
Doveva recarsi a casa dei Parker per comprendere.
Il traffico a Johannesburg era aumentato e la città si stava configurando come molti altri conglomerati urbani.
Rispetto a quando si era sposato con Elizabeth, il mondo era cambiato, persino in Sudafrica.
Peter si sarebbe stupito nel vedere cosa vi era al di fuori del loro paese, ma nessuno dei suoi conoscenti, nemmeno il facoltoso fratello di John, aveva mai messo piede oltre i confini.
Si trattava di una limitazione dovuta a lavori quasi completamente stanziali e locali e all'embargo che, sempre più, coinvolgeva l'apartheid, comprendendo con esso persino le persone fisiche.
Il nuovo Primo Ministro Botha aveva difeso, ancora una volta, la politica di segregazione, snocciolando dati incontrovertibili.
Il Sudafrica era la nazione più progredita del continente.
"Nonostante i neri", aveva chiosato il genero Hendrik.
"Anzi, proprio perché limitiamo i loro diritti", aveva concluso.

Ogni singola parola veniva pronunciata per rimarcare la distanza da Andrew che, sebbene non presente, era pur sempre emanazione degli Smith.
Di ciò, Margaret doveva scontare una colpa atavica a detta del marito e di tutta la famiglia Van Wyk.
Peter posteggiò di fronte casa di John, laddove era solito lasciare l'automobile quando vi si recava per i ritrovi domenicali, ormai frequentati per lo più dalle famiglie di Jane e Margaret, così da fare giocare i bambini assieme.
Gert, che ormai aveva cinque anni, si trovava bene con il figlio di Jane, superiore di un anno ma inferiore come rango sociale e la piccola Martha era spronata a bruciare le tappe per poter stare al passo con i due maschietti.
Peter scese dall'automobile e suonò il citofono.
Non sembrava esservi nessuno.
Riprovò, ma nulla.
"Dove cavolo si è cacciato?"
Si passò la mano sul mento come segno di riflessione e ritornò in macchina.
Era strana la concomitante assenza della moglie e il fatto che nessuno lo aveva avvertito.
Magari aveva telefonato in ufficio.
"Rimango qui altri dieci minuti e poi torno…", così si era detto.
Il tempo passò rapidamente e Peter concesse ancora cinque minuti, ma poi si decise a ripercorrere in senso inverso il tragitto.
Era stato via quasi un'ora senza aver risolto nulla.
"Ha chiamato John?"
Nessuna delle impiegate rispose in modo affermativo.
Ormai il tempo stringeva per gli appuntamenti e Peter si buttò a capofitto nel prepararsi.
Tra una cosa e l'altra, avrebbe rimesso la testa sull'assenza del socio solo per pranzo, sperando che si sarebbe palesato.
Accolse i clienti e, dopo un'ora e mezza, li congedò tutti.
Normale routine di lavoro, troppo semplice per uno come Peter.
Avrebbe anche potuto smettere di lavorare, ma non gli andava.
Cosa avrebbe fatto a casa?
Il pensionato?
Non aveva hobby né passioni e sua moglie Elizabeth sarebbe stata legata alla crescita dei nipotini per almeno altri cinque o sei anni, quindi

nessun viaggio esotico, magari all'estero per vedere come girava il mondo cosiddetto "libero".
Se ne andò a pranzo da solo, qualcosa di non comune.
Il solito piatto di fish and chips accompagnato da una bottiglia d'acqua e una birra di piccole dimensioni.
Quando mangiava, non vi era nulla nella testa di Peter.
Il vuoto assoluto, senza alcun pensiero.
Per lui, era sempre stato il momento migliore della giornata, quando ognuno si dimenticava del ruolo imposto e ritornava ad essere un semplice animale in cerca di cibo.
Passeggiò un poco, giusto per sgranchirsi le gambe.
Il suo fisico era rimasto abbastanza atletico, ma rispetto ad un tempo i tessuti si erano afflosciati e la figura rilassata.
I capelli si erano diradati e qualche pelo bianco si era mostrato in testa e sul corpo.
Per il resto, nessun problema fisico.
Mai un malanno o un ricovero in ospedale, né qualcosa che lo aveva turbato a livello psichico.
Vi era sempre il rammarico per suo figlio Andrew.
Per le sue idee e le sue scelte.
"Dove abbiamo sbagliato?", si era chiesto con Elizabeth, ma entrambi non avevano una risposta in merito.
Forse non avevano sbagliato per niente, forse quello diverso e sbagliato era proprio Andrew.
Una mente malata in mezzo ad una società sana.
Per fortuna, lo avevano isolato e nessuno sapeva più niente di lui.
Manco a Natale o per i compleanni si sentivano più e Johannesburg era una città abbastanza grande per non incrociarsi.
Le impiegate andavano sempre a pranzo assieme.
Una non era sposata, mentre l'altra lo era ma non aveva figli.
Entrambe sulla quarantina e con poche ambizioni se non qualche sfizio concesso loro grazie allo stipendio.
Brave e ligie, ma prive di fantasia e iniziativa.
Rispetto all'ambiente della banca, Peter aveva stabilito che, nella sua società, sarebbe stato proibito qualunque tipo di contatto tra diversi sessi e, su questo, i due soci erano stati ferrei.
Entrambi erano sempre rimasti fedeli alle loro mogli, cosa che non si poteva dire per il viceversa.

Peter non rimpiangeva gli anni in filiale, anche perché era tenuto costantemente informato da sua figlia, ora una contabile, e suo genere, già responsabile dell'area clienti.
Hendrik aveva un futuro roseo di fronte a sé e lo sapevano tutti; perciò, in casa Smith, si accettavano commenti tanto sferzanti.
Il pomeriggio passò tra pratiche e risistemare alcuni appuntamenti per la settimana successiva.
Era consuetudine che il venerdì pomeriggio si lavorasse con orario ridotto e, ormai, erano anni che al sabato tutti gli uffici e le fabbriche erano chiusi.
Alcuni diritti sindacali erano arrivati persino in Sudafrica, segno che la segregazione non andava di pari passo con la negazione tout court delle libertà individuali.
Era solo che tali libertà non venivano distribuite equamente a tutti, ma in base all'etnia, o come si diceva in Sudafrica alla razza.
"Inutile aspettare John", si disse Peter, il quale rientrò come sempre.
E, come al solito, trovò a casa sua i nipotini e sua moglie.
Gert era il più felice di vedere il nonno e giocava con lui a fare il grande, mentre Martha preferiva ancora le coccole e il solletico.
Dopo mezz'ora, sarebbero arrivati Margaret e Hendrik.
Puntuali come orologi svizzeri, si muovevano all'unisono sia alla mattina sia alla sera, utilizzando una sola automobile per minimizzare tempo e spesa.
Un'unione perfetta, secondo i canoni di Elizabeth.
Non appena la casa ritornava ad essere vuota, ossia con la presenza dei soli coniugi Smith, i due si scambiavano opinioni e notizie sulla giornata appena trascorsa.
Attaccava sempre Elizabeth, i cui argomenti di un tempo, quali il circolo delle mogli inglesi, erano scomparsi ed erano stati sostituiti da quanto concernente i nipoti e la casa.
Dopo un resoconto dettagliato, toccava a Peter, il quale era sempre molto più vago.
"Oggi John non si è visto.
Sono anche andato a casa sua, ma non ho trovato nessuno.
E non hanno chiamato."
Elizabeth registrò la notizia e, qualche attimo dopo, aggiunse:
"Nemmeno io ho sentito Liza.
Sarà successo qualcosa?"
Domanda retorica senza risposta.
Si rilassarono e poi si misero a cenare.

Senza dire una parola, Elizabeth e Peter guardavano alternativamente il piatto di fronte a sé e il viso del coniuge.
Era tradizione in casa Smith che, appena finito di cenare, si guardasse il notiziario e, subito dopo, si accendesse la radio per ascoltare della musica.
Negli ultimi anni, ciò era stato sostituito da un moderno impianto stereo con equalizzatore e dotato di moderne tecnologie, dato che Peter aveva comprato un lettore di compact disc, qualcosa considerato rivoluzionario e dal costo spropositato.
Così i pochi vecchi dischi in vinile e le musicassette, mai piaciute agli Smith, sarebbero stati sostituiti da questo oggetto simbolo stesso dell'avanguardia tecnologia e spartiacque tra chi poteva permettersi simili lussi e gli altri.
Tutto secondo la medesima routine, persino il notiziario non aveva molto da dire.
Il mondo sembrava in subbuglio, soprattutto in Europa dell'Est e in Medio Oriente, ma ciò veniva relegato in secondo piano.
Primariamente si parlava della situazione interna e degli scontri continui in tutte le città, persino a Pretoria.
Girare a Johannesburg era diventato pericoloso dopo un certo orario, ma non tanto per paura di essere derubati, quanto per trovarsi immischiati in pestaggi e risse.
"Questi neri hanno rotto...", fu il classico commento di Peter, il quale ormai si sentiva più prossimo agli afrikander che mai.
Il telefono squillò, andando ad interrompere la quiete.
Quasi nessuno chiamava casa Smith, ad eccezione di Margaret e dei Parker.
Peter si alzò e rispose.
Dall'altra parte del telefono, udì la voce del suo socio John.
"Scusa per oggi, ma abbiamo ricevuto una brutta notizia.
Domani possiamo venire da voi?"
Peter acconsentì, ma non chiese oltre.
Gli sembrava di essere inopportuno e di forzare i tempi.
Accennò qualcosa ad Elizabeth, ma non indugiò oltre.
Le ore che separarono la visita dei Parker furono insignificanti, come quasi tutto il tempo che gli Smith avevano trascorso.
Su questo, non facevano eccezione alcuna rispetto alla restante parte dell'umanità.
Peter preparò le solite birre e Elizabeth qualche stuzzichino, ma la faccia di John Parker non lasciò ben sperare.

Sembrava di assistere ad un funerale in movimento.
Elizabeth si sedette vicino alla moglie di John, mentre Peter cercò di mettere a suo agio il socio.
Si vedeva che era imbarazzato e che avrebbe dovuto dire qualcosa di sconveniente.
"Ho idea, Peter, che dovrai mandare avanti da solo la società."
Il padrone di casa rimase di sasso.
Cosa poteva aver fatto desistere John dal suo sogno di sempre?
"Ieri…è successo qualcosa a mio fratello Charles.
Devo subentrargli nel giro di qualche mese alla guida dell'immobiliare e tirerò con me Jane e suo marito.
Non riuscirò a fare entrambe le cose e, quindi, penso capirai il mio gesto."
Peter focalizzò che il problema era rivolto al fratello di John e non al suo socio.
Era per questo che si era assentato il venerdì.
"Mio fratello sta male…"
John scoppiò in lacrime.
Sua moglie lo abbracciò e i due fecero un cenno di intesa.
La donna proseguì il discorso.
"Ieri ci ha comunicato che è un malato terminale e gli rimangono pochi mesi di vita."
Peter ne fu esterrefatto.
"Ma i medici cosa dicono?
Possibile che non ci sia una cura?
Ha fatto visite approfondite?"
Le solite domande che si fanno sempre senza nemmeno focalizzarsi sulla causa principale.
Di cosa era malato Charles?
Peter ed Elizabeth si erano fatti l'idea di una malattia definita in molti modi, come cancro, tumore o brutto male.
Qualcosa che colpiva un po' tutti casualmente e non dava scampo.
Però esistevano cure coi raggi e con la chemio, oltre alla chirurgia.
"Dove lo ha il cancro?"
Fu Elizabeth a rompere gli indugi, ma la moglie di John la interruppe.
"Magari fosse un cancro, almeno ci sarebbe una cura o un percorso da attuare."
Il silenzio scese su casa Smith.
Toccava a John affermare la verità e darle un nome.
"Mio fratello è malato di AIDS."

La reazione degli Smith fu scioccata e scioccante.
Come era possibile tutto ciò?
Non era una malattia relegata ai drogati e agli omosessuali?
Charles si era sempre attorniato di belle donne e non aveva mai abusato di droghe, almeno così sapevano tutti.
Più della notizia in sé, fu la distruzione dei pregiudizi ciò che colpì gli Smith, allo stesso modo di come i Parker erano rimasti sconvolti il giorno precedente.
Sapere che persino loro, auto considerati normali, potevano essere dei soggetti a rischio era un colpo al cuore senza alcuna possibilità di reazione.
I medici avevano stabilito che Charles aveva contratto la malattia circa un anno e mezzo prima da una ragazza che aveva infettato altri cinque uomini e che lo stesso Charles era responsabile di almeno altre sei infezioni.
"Come potevano sapere?"
Era stata la domanda più comune che tutti avevano posto ai medici.
Peter congedò il suo socio.
Ora si aprivano per lui delle grandi possibilità.
Come gestire la società di consulenza da solo?
Avrebbe dovuto chiedere una mano, ma a chi?
Forse a qualcuno della banca esperto in assicurazioni, magari consigliato da suo cognato Hendrik.
Ma non lo avrebbe preso come socio.
John era stato chiaro.
Di colpo, i Parker erano diventati ricchi.
John e sua figlia Jane avrebbero ereditato beni immensi, tra cui la casa di proprietà di Charles e ogni altro possedimento.
Abituato ad una vita di medio livello, John avrebbe ceduto gratuitamente la sua metà a Peter, il quale aveva comunque stabilito di pagargli una sontuosa cena e di fargli un regalo indimenticabile.
Così persino Peter ne avrebbe giovato.
Di lì a qualche settimana la notizia si diffuse anche a Margaret.
Suo marito Hendrik iniziava a schifare questo ambiente di discendenti di inglesi, dove imperava la depravazione, ma accettò di aiutare il suocero nell'indicargli un impiegato della banca.
Un inglese che non avrebbe avuto possibilità di carriera.
Margaret andò a trovare la sua amica Jane, la quale non era per niente rassicurata dalla fortuna che le sarebbe capitata.
"Ma noi sapevamo di rischiare così tanto?"

Era stata la sua domanda a Margaret, la quale non si sentì tirata in causa. Prima di Hendrik, aveva avuto solo Klaus e sapeva che suo marito non l'aveva mai tradita e che, da giovane, aveva avuto solo una relazione con Hellen.
Viceversa, Jane si era concessa a molti e ora temeva.
"Non si sapeva e poi ora avresti già i sintomi."
Si abbracciarono e si dissero che avrebbero educati i figli in altro modo. Essere meno libertini e usare più la testa.
Ad Andrew non venne detto nulla, ma non fu difficile per uno studio di avvocati venire a sapere che uno dei più facoltosi imprenditori di Johannesburg stava per morire.
"Capita a tutti", così chiosò Adam.
I due erano ormai impegnati assiduamente nella lotta per i diritti di neri ed omosessuali, essendosi specializzati nella lotta alle discriminazioni di ogni genere.
Avevano scoperto che era meglio iniziare dal basso ossia casi di indebite pressioni lavorative e licenziamenti.
La legislazione sul lavoro era meno politicizzata di quella in generale sui diritti di voto e di libertà di movimento, in quanto si aveva a che fare con la produzione e l'economia.
Se vi era una cosa che la società basata sull'apartheid non poteva tollerare era la crisi economica e chiunque attentasse alla prosperità veniva sanzionato.
Bastava dimostrare che il dipendente, nei fatti molto diligente e preparato, fosse stato discriminato e ciò si era tradotto in un danno economico per il singolo e per la collettività e il gioco era fatto.
Con una mole di piccole sentenze in quella direzione sarebbe stato facile abbattere i mattoni che reggevano l'impalcatura.
Il loro lavoro era stato notato e sapevano di essere controllati.
"Guardali là, Tom e Jerry."
Erano i nomignoli che avevano dato a chi li pedinava.
Facilmente riconoscibili, visto che nessuno faceva nulla per nascondersi.
La polizia, l'esercito e i servizi segreti volevano fare sapere agli avvocati e ai professionisti "non allineati" che la loro libertà aveva un prezzo e che potevano mettere fine a tutto ciò in un attimo.
Adam e Andrew andavano spesso a Soweto per tenere i contatti con l'associazione degli impresari e per prendere visione di quanto era accaduto.
Ormai la maschera era stata gettata e bisognava andare avanti.

Più di quanto gli avevano fatto, vi era solo il carcere, ma il potere non sarebbe stato così stupido.
Portare degli avvocati ad autodifendersi in un tribunale sarebbe stata una platea per tutti i movimenti antisegregazionisti e la stampa estera ci sarebbe andata a nozze.
Vi era chi fremeva di agire, come il capo sezione Pieter Van Wyk, ormai un pezzo grosso della parte operativa, ma la politica aveva dato l'ordine di fermarsi.
Bisognava calmare le acque.
"Ditemi un po', ma voi vi fidate di quelli?"
Dopo che Andrew e Adam se ne erano andati da Soweto, Patrick si rivolse all'associazione di impresari.
L'uomo li vedeva come dei bianchi.
Semplicemente li giudicava per il colore della pelle e, quindi, nemici giurati di zulu e xhosa.
Praticare la lotta armata, unitamente alla sua esperienza precedente, lo aveva portato ad una simile conclusione.
Gli altri lo squadrarono male.
"Ma sai chi sono?
Sai quanti nostri fratelli hanno difeso senza pretendere un rand?
Sai cosa hanno subito?"
Patrick alzò le spalle.
Aveva fatto una semplice domanda, assolutamente lecita secondo il suo modo di pensare.
Ogni tanto all'associazione si faceva vedere anche Johanna, la quale era sempre più dedita all'istruzione dei suoi figli.
Aveva ricevuto una proposta di insegnamento ed era lì per accettare, ma ad iniziare dal 1987.
Almeno Daniel avrebbe avuto quasi quattro anni e sarebbe potuto stare dai nonni.
Johanna si fidava di alcuni bianchi.
Aveva imparato a discernere ed era una delle poche che vedeva oltre.
"Quando finirà l'apartheid, dovremo convivere con loro", diceva spesso, suscitando l'ira degli oltranzisti, i quali non vedevano altro che l'immediato.
David, suo marito, non osava contraddirla, sapendo della sua capacità di analisi superiore.
"Sarà come dici, amore mio, ma non è facile."
Johanna lo sapeva.

Non era semplice dimenticare un fratello assassinato a freddo da dei poliziotti criminali, nonostante fossero passati dieci anni.
"Proprio per onorare la loro memoria, dobbiamo costruire un paese di pace, dove ciò non sarà più tollerato."
Se la maggioranza degli uomini propendeva ormai per le idee politiche di Mandela, ancora in carcere, ma sempre più bandiera dell'ANC e della lotta armata, molte donne, tra cui Johanna e sua madre Maria, avevano trovato una guida in Desmond Tutu.
La religione attecchiva di più tra le donne e ciò era un dato di fatto, ma ciò di cui necessitava la maggioranza della popolazione di Soweto e delle altre township era la sicurezza economica.
Qualche elettrodomestico era comparso nelle varie case, ma il tutto era molto precario.
Soprattutto, lo era la vita degli anziani e dei bambini, ossia le fasce più deboli.
Johanna si era accorta che i suoi genitori avrebbero dovuto continuare a lavorare nonostante l'età che avanzava, dopo quarant'anni di servizio.
Le mani di suo padre e di sua madre raccontavano di un passato duro, di calli e piaghe, di screpolature e dita deformate dal ferro o dall'acqua.
I bambini rischiavano di rimanere analfabeti o denutriti.
Infine, le donne se fossero state in balia di mariti violenti o sperperatori di denaro.
In tutto questo, le condizioni sanitarie precarie erano state minate dal diffondersi dell'AIDS.
Lentamente, la malattia stava prendendo piede e ciò che tutti predicavano era dato dalla castità e dello stare lontano dalle droghe, con il primo punto veramente dolente.
Abituati a pensare che entro i diciotto, massimo venti anni, ci si doveva sposare, i rapporti iniziavano presto, ma il peggio veniva dopo.
Erano pochi i casi di assoluta fedeltà, visto che, di fronte all'evolversi della vita, mariti e mogli preferivano trovarsi altro fuori dal matrimonio.
Ed era in quel piccolo pertugio che si era infilata subdolamente una malattia del genere.
Tutto ciò non interessava a nessuno, al di fuori delle township.
La popolazione nera non era né rappresentata né ascoltata e, anzi, tutto il sistema era fatto per i bianchi.
Giornali e televisioni non davano notizie del novanta per cento della popolazione, salvo quando si trattava di metterla in cattiva luce.
Gli scontri di piazza erano sempre proposti, senza mostrare le violenze della polizia.

Tutto l'apparato di controllo del Sudafrica veniva dipinto come una difesa da attacchi interni.
Nulla dei raid notturni, delle sparizioni e dei massacri.
Persino quei due avvocati che Johanna sapeva fossero al loro fianco, non avevano cavato un ragno da un buco circa quei casi.
Misteri irrisolti.
Tutti sapevano che vi era di mezzo la polizia, ma nessuno lo poteva provare e, anche se lo avesse fatto, un tribunale avrebbe sentenziato in modo differente.
Il padre di Johanna continuava con il suo solito ritmo e vedeva crescere professionalmente e come uomo suo genero, del quale parlava sempre bene.
Era sempre stato un ragazzo posato e ora si era trasformato in un uomo tutto di un pezzo.
Il meglio per sua figlia Johanna.
Verso la fine di maggio, il socio e padrone chiamò l'anziano uomo e gli comunicò qualcosa che già arrovellava il suo cervello da tempo.
"Johannes, io devo passare la mano nel giro dei prossimi due anni.
Ho intenzione di trasferirmi.
Sai che non ho né moglie né figli e non voglio vivere lavorando fino a che scampo.
Mi sono procurato una buona via per andarmene da Soweto.
Vorrei vedere il mare e vorrei trasferirmi a Città del Capo.
Dicono che è un altro mondo."
Il vecchio operaio di un tempo era conscio di ciò da tempo, glielo aveva letto negli occhi.
La fatica nel tirare avanti nonostante i soprusi e senza avere un obiettivo preciso, il dover subire tutto in silenzio, sono macigni che uno di porta dentro di sé, ma che poi deflagrano con la potenza della dinamite.
Fosse stato in lui, lo avrebbe già fatto da tempo e si era chiesto come mai non se ne fosse già andato.
"Lo so, fai bene."
Sorrise e gli mise una mano sulla spalla come a rincuorarlo.
"Ma qui non deve finire.
Questo è un avamposto della resistenza contro l'apartheid ed è un simbolo di cosa può fare l'unione tra i fratelli neri.
A me non serve il denaro che mi deriverebbe dalla vendita del mio settanta per cento, visto che ho già da parte parecchio.
Non ho speso niente in questi anni.

Ho sempre vissuto modestamente.

Io vorrei che subentraste voi soci della prima ora, con qualcun altro di più giovane.

Mi piacerebbe che creaste un patto di sindacato operaio con guida condivisa.

Una specie di cooperativa."

Johannes ne condivideva i principi, ma si era comunque stupefatto dell'enorme gesto di generosità.

A conti fatti, stava rinunciando ad una bella fetta della torta e quei soldi facevano gola a tutti.

Con l'aumento delle sue quote, Johannes avrebbe potuto pensare di smettere di lavorare e di permettere anche a Maria di farlo.

Inoltre, uno degli ingressi sarebbe sicuramente stato suo genero David, garantendo così anche un migliore sostentamento per la famiglia di sua figlia e dei suoi nipoti.

"Per la parte legale, ci ho già pensato.

Ho chiesto a due avvocati bianchi, nostri alleati.

Conoscono le leggi e sanno come evitare che questo Stato ci freghi."

Johannes annuì.

In fondo, persino i bianchi servono a qualcosa.

Quanto meno, ad istruirli sui loro stessi diritti.

L'ignoranza ha questo brutto risvolto nel non permettere agli individui di conoscere i minimi requisiti fondamentali concessi.

Quando nasci schiavo, pensi da schiavo e ciò è il peggiore risultato del segregazionismo.

Nel suo piccolo, Johannes si era ribellato e aveva allevato una figlia che ragionava da persona libera.

Johanna e la sua generazione sarebbero stati il futuro del popolo nero, mentre chi era più anziano come Johannes, Maria e Patrick sarebbe servito da guida.

La cosa veramente stramba era che si additava a leader qualcuno in carcere da ventitré anni e che era ancora più vecchio.

I bianchi lo avrebbero rimesso in libertà solo quando fosse stato decrepito e innocuo, ammesso che la grazia fosse stata concessa perché di questo si sarebbe trattato.

Di una concessione e niente di più.

Johannes si congedò, ma prima ci tenne a fare sapere che il segreto sarebbe rimasto intatto.

Aveva compreso il tono confidenziale e non avrebbe messo nessuno in guardia, creando false aspettative.

Peggio di un cambio repentino di abitudini c'era solo un'illusione del cambiamento.
Johannes conosceva una sensazione simile, avendola sperimentata in carcere.
Così fece come se niente fosse e rivide il suo mondo con gli stessi occhi di sempre.
La sua casa, sua moglie e i nipoti.
Abuja era sicuramente la più avventurosa e si spingeva molto più persino del fratello maggiore.
Era una caratteristica che piaceva molto a Johannes, ma meno a Maria, la quale stravedeva per Moses.
Il piccolo Daniel era invece coccolato dai consuoceri, così ognuno dei bimbi si divideva una fetta di amore familiare, senza togliere niente agli altri.
In tutto questo, le tre famiglie facevano di tutto per non sprofondare nella condizione misera che, in genere, vi era a Soweto.
In molti si erano buttati a fare i taxisti, ma il boom passato era poi rientrato.
In generale, la situazione non era rosea.
La mortalità infantile era tripla rispetto al resto del Sudafrica e i redditi erano molto bassi.
Persino Johannes avrebbe fatto la fame nella zona dei bianchi con quei pochi rand a disposizione, ma a Soweto questo bastava.
Avevano sempre avuto la corrente elettrica e ciò era un lusso rispetto alla zona delle baraccopoli.
Là, quasi nessuno di loro aveva messo piede.
Era pericoloso persino per un nero e i due avvocati bianchi avevano dovuto rinunciare.
Anche perché vi era qualcosa che turbava l'animo di Soweto e, in generale del Congresso.
Gli swazi, un gruppo di fratelli neri che si riconosceva nelle posizioni del re dello Swaziland, avevano dato appoggio incondizionato a Botha nella caccia ai leader dell'ANC.
Questo era qualcosa di inaccettabile.
Neri che tradivano la loro causa per vendersi.
"Quanti rand hai preso?
Trenta?"
Così venivano additati i traditori, una volta presi dal servizio di sicurezza interno, un organo auto costituito all'interno delle frange di lotta armata.

Il riferimento era a Giuda e così venivano definiti questi personaggi.
Più di uno swazi era stato trucidato dai neri, in particolare dagli xhosa, l'etnia principale di Johannesburg e quella dove il Congresso vantava il maggior supporto.
Lo stesso Patrick era sempre a caccia di qualche swazi.
Nonostante, per i bianchi, i neri fossero tutti uguali, a loro bastava una semplice occhiata.
Gli zulu erano quelli che avevano mantenuto una lingua autonoma, sebbene non ufficialmente riconosciuta.
Uno swazi non sarebbe sopravvissuto passeggiando per Soweto, specie nella zona della baraccopoli.
Così era e Johanna se ne sarebbe dovuta fare una ragione.
I suoi propositi di costruire una società di pace si stavano infrangendo prima ancora della fine dell'apartheid, visto che una resa dei conti tra le varie etnie si sarebbe dovuta svolgere.
Doveva prevalere una sola linea direttiva.
Collaborare con i bianchi o no?
Collaborare con l'apartheid o no?
Farci uno Stato assieme o no?
Erano domande irrisolte, fino a che i capi del Congresso fossero stati in carcere senza libertà alcuna di movimento e di azione.
Per ora, Johanna aveva altre preoccupazioni e tutte legate ai figli.
È indubbio che la loro nascita aveva proiettato la donna su un'altra dimensione.
Non era più lei, né suo marito, al centro dell'attenzione.
"Mamma, oggi la maestra ci ha spiegato una cosa che tu mi avevi già fatto vedere."
Moses si confrontava sempre con sua madre, dato che aveva compreso come potesse ricavare informazioni preziose.
"Fa vedere."
Il bimbo aprì l'unico quaderno che avevano in dotazione e le mostrò le operazioni di sottrazione a due cifre.
Abuja era seduta di fianco e, alla sua età, sapeva solo riconoscere le cifre e i numeri.
Moses ripeté la lezione e il calcolo, ricevendo un buffetto da sua madre, la quale fece lo stesso agli altri.
Ognuno aspettava il proprio turno e, tra di loro, regnava l'armonia, almeno in quei frangenti.
Come tutti i bimbi, vi erano momenti di esuberanza e di litigio, ma il tutto veniva sempre suggellato da un abbraccio pacificatore.

Vi sono poche cose al mondo che crescono con una rapidità impressionante come i bambini.
È un processo irreversibile e senza sosta.
Non arginabile.
Lottare contro il tempo che avanza è da sempre una sconfitta a priori, ma tutti cerchiamo di congelare gli attimi.
Stava accadendo lo stesso, ma per altri motivi, a Charles Parker.
Ormai il suo fisico era debilitato.
Ogni singolo raffreddore diveniva qualcosa di pesante e che lasciava strascichi a non finire.
Magrezza estrema, mancanza di appetito, macchie sul corpo.
Tutto sembrava decadere molto più della sua età.
E, soprattutto, si era ritrovato da solo.
Nessuna delle sue precedenti conoscenze si faceva più viva a casa sua.
Né un politico, né un amministratore, né un ufficiale dell'esercito o della polizia.
Nemmeno le donne.
Neanche una delle sue tantissime conquiste.
A cosa servivano il potere e il denaro allora?
Si trattava di mere illusioni.
Charles oscillava tra sentimenti di patetica auto commiserazione a finta esaltazione di una vita vissuta al massimo.
"Me la sono goduta", si diceva tra sé, senza considerare che era stato proprio il suo approccio all'esistenza a consumarlo e a distruggerlo.
Soprattutto, non aveva mai pensato alle altre donne che aveva contagiato.
Nessun accenno nella sua mente e nessuna empatia.
Si stava comportando esattamente come gli altri facevano con lui.
Gli unici ad essere presenti erano suo fratello, la nipote e suo marito.
Tutti interessati più alle proprietà e agli affari.
La società immobiliare e quella di gestione dei rifiuti e poi la casa.
"Qui vorrei che venisse ad abitare Jane con la sua famiglia..."
Nemmeno simili frasi provocavano una manifestazione di gioia e affetto.
Il pregiudizio era molto e nessuno lo abbracciava, senza sapere che il virus non si trasmetteva in quel modo.
Parimenti, tutti si lavavano accuratamente una volta rientrati a casa.
Precauzioni tanto inutili quanto superflue.

John non avrebbe mai pensato che le fortune di suo fratello fossero così immense, nonostante quanto aveva sperperato per condurre una vita dissoluta.
Si potevano veramente fare tanti soldi, bastava ingegnarsi e avere le giuste conoscenze.
"Non so per quanto potrò ancora darvi delle dritte."
Così aveva chiosato agli inizi dell'estate.
Era il periodo più freddo, nel quale un malanno sarebbe bastato a farlo ricoverare.
Charles aveva predisposto tutto quanto, consultando già gli avvocati per il passaggio di proprietà e per l'eredità.
A nessuno venne in mente di andare da Andrew Smith.
Era una persona semplicemente da depennare per via della sua vita e delle sue scelte, anzi lo ritenevano personalmente responsabile perché, in quanto omosessuale, aveva contribuito a diffondere il virus.
Il suo socio Adam aveva provato a canzonarlo non appena saputa la decisione di Charles Parker.
"Pensa che ora avresti potuto essere miliardario, ma invece fai la fame in uno studio con cause come questa" e, nel dirlo, gli aveva lanciato un fascicolo di una donna che era stata licenziata solo perché la sorella era stata vista parlare con un nero.
Andrew lo aveva squadrato malamente.
Di Jane Parker non aveva dei bei ricordi, anche quando la donna era una ragazza avvenente.
Ora, le sue fonti dicevano che fosse divenuta oltremodo grassa nonostante l'unica gravidanza.
Sua sorella Margaret, almeno per quanto ne sapeva, era rimasta in forma smagliante a confronto.
In tutto questo, Andrew soffriva per Charles Parker, pur sapendolo un ex schiavista di neri e un donnaiolo incallito.
Nessuno meritava di fare una fine del genere.
"Piuttosto, non mi hai detto la notizia più importante."
L'occhio di Andrew era cascato sul fascicolo in questione.
"Hai visto l'indirizzo del datore di lavoro?"
Adam fece la faccia stupita.
Si trattava di una filiale della medesima banca in cui lavoravano Margaret ed Hendrik.
"Ah no, non ci avevo fatto caso."
Andrew si tenne la cartella.
"Ora passa a me."

Adam si alzò e cercò di rimproverarlo.
"Non ci pensare nemmeno.
Sai che se scoprono la parentela, è una scusa per farci perdere.
Già vinciamo così poco…"
Andrew concluse che, come sempre, il suo socio aveva ragione.
Avrebbe agito da esterno, ma ai dibattimenti ci sarebbe andato Adam.
"Tu prendi il caso di eredità…"
Vi era un nuovo caso dovuto ad un'eredità contesa tra due fratelli, uno dei quali apertamente a favore dei movimenti antisegregazionisti e, suo giudizio, discriminato per questo motivo.
Si mise a leggere e a prendere appunti.
Il giorno seguente, entrambi si presero una pausa lavorativa.
Vi erano poche cose che un discendente degli inglesi adorava in modo incontestabile e una di esse era il calcio.
Si sarebbe svolta la partita tra Argentina e Inghilterra.
"E' troppo forte, non vedi come si muove…"
Adam era convinto che l'Inghilterra avrebbe perso.
Vi era un giocatore argentino che, in campo, faceva quello che voleva.
Dribblava, saltava, correva, veniva picchiato e si rialzava.
"Dai, ma ha segnato di mano…"
Andrew contestò il primo goal dell'Argentina.
Era stata una palese cantonata dell'arbitro.
"Ora vedrai che pareggiamo…"
Disse convintamente.
Adam aveva visto l'azione di prima e aveva notato come Andrew si fosse concentrato solo sulla parte finale irregolare, ma nulla aveva recepito del genio iniziale.
Era uno spettacolo vedere un funambolo del genere che, si arrotava in mezzo al campo, ne dribblava due, poi correva e incedeva senza indugio, da solo convergeva e saltava gli avversari come birilli per poi scartare il portiere.
Un silenzio irreale si sparse nell'abitazione di Andrew e Adam.
A cosa avevano assistito?
Alla discesa di Dio sulla Terra.
Nessuno disse alcunché ed archiviarono la sconfitta con onore.
"Dici che vedremo mai i Mondiali qui in Sudafrica?"
Andrew scosse la testa.
"Ma figurati, con il boicottaggio per l'apartheid.
Né calcio né rugby."

Ripresero in mano i fascicoli e si prepararono ai vari dibattimenti, ai quali sarebbero stati pronti entro la fine mese del giugno.
Mentre si apprestavano a preparare documenti e arringhe, una macchina stava sfrecciando da Pretoria in direzione delle zone rurali.
Pieter Van Wyk era stato avvisato da una telefonata personale e non aveva esitato un attimo.
Si trattava di Hellen.
Era rimasta incinta, e non certo del marito.
Arrivò in tutta fretta e si incontrarono fuori dal villaggio.
"Ma come è successo?"
L'uomo voleva essere rassicurato, ma Hellen non aveva risposte.
Il dispositivo era sempre rimasto al suo posto, ma si vede che non aveva funzionato a dovere.
La statistica si era presa la rivincita, cancellando la falsa idea dell'evento certo.
"Io non lo voglio, devi abortire."
Pieter era stato categorico.
Non voleva né scandali né responsabilità.
Hellen non disse nulla, cercò un abbraccio che non trovò e ritornò a casa, laddove si mise a piangere e si scolò mezza bottiglia di whisky.
Pieter fece capolino a casa, giusto per rivedere i suoi genitori e i suoi fratelli.
Hans si era sposato e la moglie era incinta, mentre Helga era in procinto di fidanzarsi.
Pensò che la sua famiglia stesse bene in un mondo che ignorava completamente l'evoluzione della società.
Prima di sera era di ritorno a Pretoria e convocò una riunione straordinaria da tenersi agli inizi di agosto.
Scopo era la massimizzazione degli arresti.
"Non mi interessa con che metodi, ma dovete convincere la polizia ad agire.
Non se ne può più."
Invidiava chi poteva ancora sparare e randellare le persone, cosa proibite ad un capo sezione, il quale doveva organizzare e pianificare.
Scrutando il cielo carico di nuvole e di pioggia, si mise a dormire, mentre altrove vi era chi vegliava.
Hellen in primo luogo.
Cosa avrebbe dovuto fare?
Non lo sapeva.

Un aborto in campagna non era facile da nascondere e, in città, aveva poche conoscenze.
Scappare, forse.
Andare a Città del Capo.
Lasciare tutto e tutti.
Sollevò il telefono, ma non compose alcun numero.
Anche il socio padrone di Johannes, costatando che non avrebbe dormito per il rumore della fitta pioggia, decise che era arrivato il momento di avviare il passaggio di consegne.
Sapeva chi contattare.
L'associazione degli impresari, con una telefonata.
Le impiegate avrebbero, a loro volta, chiamato gli avvocati dei bianchi e si sarebbe potuta iniziare la pratica.
Non vi era fretta, ma un punto di partenza andava stabilito.
Nel cuore della notte, il telefono di casa Parker squillò.
Era l'ospedale.
Charles era stato ricoverato per insufficienza respiratoria, ma era giunto in condizioni critiche ed era morto anzitempo.
"Almeno ha finito di soffrire", sentenziò suo fratello John.
Ora la sua famiglia sarebbe subentrata e sarebbe divenuta ricca.
In un modo o nell'altro, sia gli Smith sia i Parker erano entrati nella società sudafricana che contava, dopo generazioni e con un tempismo che, a loro, era sembrato perfetto, quando in realtà era tardivo e persino controproducente.
Il futuro avrebbe decretato la propria sentenza.

XI

Johannesburg, luglio - settembre 1988

"*Well Jo'anna she runs a country*
She runs in Durban and the Transvaal
She makes a few of her people happy, oh
She don't care about the rest at all
She's got a system they call apartheid
It keeps a brother in a subjection
But maybe pressure can make Jo'anna see
How everybody could a live as one."
Nonostante la proibizione del governo centrale, la canzone di Eddy Grant era sentita in quasi ogni casa di Soweto.
Era un motivo orecchiabile e di grande impatto emotivo.
L'intero mondo la stava ballando, al ritmo reggae tipico dei Caraibi, in particolare della zona continentale della Guyana, laddove vi erano molti neri di chiara discendenza africana, eredi di quegli schiavi deportati in massa dagli spagnoli o dai portoghesi.
Ora tutti sapevano cosa accadeva da anni in Sudafrica, ma soprattutto a Johannesburg.
La canzone aveva un preciso riferimento a quella città e David era estasiato dall'avere una moglie che si chiamasse esattamente in quel modo.
Johanna era una persona che dava speranza, proprio come richiamato in quei versi.
I suoi figli sorridevano nel sentire il nome della loro mamma sulla bocca di tutti, soprattutto Daniel che non comprendeva il senso delle parole.
L'unico ad avere una piccola parte di coscienza era Moses, il quale non aveva mai visto cosa vi fosse fuori da Soweto, come del resto i suoi fratelli.
Il mondo finiva nella township, anche perché là fuori non sarebbero stati al sicuro.

"E' proprio quando sono deboli che scaglieranno le ultime frecciate", aveva sentenziato Johanna, con la benedizione di suo padre e di Patrick, divenuto un membro anziano dei servizi di sicurezza clandestini del Congresso.
Da sindacalista e lavoratore si era trasformato in qualcuno che dava ordini e disponeva.
L'anello di congiunzione tra il pensiero di chi era in carcere e l'azione di chi era libero di muoversi e di compiere violenze.
Pur non condividendo i suoi metodi, Johanna sapeva che ciò era oltremodo necessario.
Una canzone durava lo spazio di un'estate, mentre i problemi dell'apartheid rimanevano.
A detta di molti si era ad un punto di svolta, ma ormai erano passati gli anni e in pochi ci credevano.
"La crisi è sempre più forte e, prima o poi, cederanno", così Johannes aveva chiosato.
Era subentrato, assieme ad altri, alla proprietà della fabbrica e si era detto che, tra la fine del 1989 e l'inizio del 1990, si sarebbe ritirato definitivamente dal lavoro.
Sessant'anni gli parevano un'età sufficiente per smettere di lavorare il ferro e dedicarsi un po' a sua moglie.
Si erano sposati giovani ed erano invecchiati assieme, sopravvivendo a tutti i pericoli di Soweto, su tutti le malattie che falcidiavano, a tornate, intere fasce di popolazione.
Adesso era il momento di David e Johanna, non più della sua generazione.
Toccava a loro mettere le basi per il futuro, sperando che la lotta armata e la resistenza civile fossero serviti a qualcosa.
L'ex socio e padrone era partito due mesi prima e si era diretto a Città del Capo.
"Andrò a vivere in un quartiere per neri, che non è una township."
Proprio lui, che non si era mai spostato da Soweto, aveva preso un treno e aveva attraversato tutto il paese, per finire a guardare l'Oceano.
Era rimasto tre giorni a fissarlo da mattina a sera.
Immenso e fragoroso.
Spumeggiante e salmastro.
Simbolo stesso di libertà.
Aveva scritto una lettera, dopo aver telefonato all'associazione degli impresari.
"Chi vede il mare, non può rimanere incatenato."

Ora quel motto era stato appeso all'interno della sala di attesa dell'associazione.
"Mamma, quando potremo vedere il mare?"
Johanna aveva dovuto spiegare a Abuja il perché non si poteva uscire da Soweto senza dei permessi speciali.
"Ma i bianchi vengono qui…"
La piccola era arguta e osservava ogni cosa.
"Non tutti, figlia mia. Non tutti."
Dentro di sé, Johanna concluse la frase con un "per fortuna", ma avrebbe voluto dire "purtroppo."
Era ben conscia dell'inimicizia ormai atavica tra i neri e gli afrikander e si chiedeva cosa sarebbe successo se avessero liberato i capi dell'ANC.
Dopo un regime così, era facile esigere vendetta.
Ne avrebbero avuto tutti i diritti.
Quindi era una fortuna che i bianchi se ne stessero tra di loro.
Ma ciò era anche il motivo principale dell'apartheid.
Persone che non volevano vedere e non volevano sentire.
Come era possibile che vi fossero milioni di bianchi residenti a Johannesburg e nelle vicinanze che non avessero mai visto Soweto?
Non era così invisibile quel posto.
Era il purtroppo che non avrebbe permesso di cambiare le cose.
Le sicurezze nelle quali ognuno di noi si barrica sperando di non mutare nulla della propria vita, quando è il tempo stesso a chiederci di divenire.
Ecco il segreto del tempo.
Non essere mai statici, ma transire.
I suoi figli erano ancora troppo piccoli per arrivare a concetti simili, ma Johanna sperava che, un giorno, avessero i mezzi intellettivi per superarla.
Tale sarebbe stato il progresso e la conferma di aver speso bene la propria esistenza.
Con l'avvento del nuovo patto di sindacato, David aveva visto crescere la propria posizione ed era riuscito a rimpinguare le misere riserve familiari.
Così Johanna aveva potuto iniziare ad insegnare, attività per la quale tutti la consideravano portata fin da piccola.
Avrebbe subito cominciato con l'istruzione superiore, col formare quell'élite assolutamente minoritaria, ma che serviva come il pane al popolo nero.

Vi era di tutto, anche figli di ricchi, perché a Soweto vi erano pochissimi che se la passavano persino bene.
Per ora, nessuno osava toccarli, ma sarebbe arrivata la resa dei conti e coloro i quali avevano lucrato assieme ai bianchi l'avrebbero pagata cara.
Così andava dicendo Patrick, e non solo.
Quasi tutti gli xhosa erano schierati su posizioni oltranziste, mentre gli zulu erano più moderati.
Il fatto era che gli xhosa potevano godere degli indubbi vantaggi a livello direttivo del Congresso.
"Avete visto che Botha ha comunque dovuto concedere qualcosa ai coloured e agli asiatici.
Un allentamento delle restrizioni per tenerli buoni.
E poi ha fatto la mossa con gli swazi."
Si cercava di analizzare la politica, di per sé complessa, con ragionamenti semplici e lineari, nei quali il governo era sempre il nemico da abbattere.
Chi fosse il Primo Ministro poco importava e persino le discussioni all'interno della società dei bianchi non interessavano.
Se il popolo nero avesse avuto l'orecchio teso si sarebbe accorto del malcontento che cresceva in alcuni strati della popolazione bianca.
I mirabolanti effetti dello sviluppo separato erano, in gran parte, pura propaganda e ormai in tanti si chiedevano se fosse veramente il caso di perseguire una politica isolazionista.
Persino gli Stati Uniti erano arrivati a togliere l'appoggio al Sudafrica.
Era una cosa inaudita e mai vista.
Il Presidente Reagan stava per mettere termine al suo secondo mandato e il favorito era il suo vice, George Bush.
Repubblicani che, per anni, avevano strizzato l'occhio ad un Sudafrica anticomunista, ma che poi avevano ripudiato di colpo l'apartheid.
"Come se loro avessero fatto di meglio", era il commento comune che si sentiva per le strade del Sudafrica.
In qualche modo, gli americani erano invisi a tutti.
Ai neri perché avevano sostenuto il regime segregazionista fino a non molto tempo prima e ai bianchi perché avevano tolto quel sostegno.
La non consapevolezza del popolo circa le fratture della società bianca non era condivisa agli alti vertici.
Seppure in carcere, le pareti di quegli edifici funzionavano da spugna e assorbivano ogni notizia dall'interno facendola uscire per osmosi e dall'esterno permettendo un ingresso per passaparola.

Paradossalmente chi era privato della libertà vedeva meglio di chi frequentava ogni giorno le strade e i posti di lavoro.
E ciò era valido tanto per i neri, i quali non comprendevano quanto fosse a portata di mano il risultato agognato, quanto per i bianchi, convinti dell'inamovibilità del sistema.
Si trattava di una diretta conseguenza del sistema dello sviluppo separato.
Ognuno veniva rinchiuso in un gruppo dove le idee divenivano autoreferenziali e non comprendeva ciò che accadeva all'esterno, semplicemente perché lo ignorava.
Così era accaduto ai Van Wyk di campagna.
Intere generazioni ad allevare mandrie e a vivere con tradizioni che ormai nemmeno in Olanda avevano più da oltre quarant'anni.
Erano attaccati a qualcosa del secolo scorso, pensando di essere puri in qualcosa.
Hans ed Helga avevano messo su famiglia e il primo era divenuto anche padre, mentre la seconda stava provando a rimanere incinta.
In quell'ambiente, non circolavano mai nuove idee, nemmeno quando facevano visita gli altri due figli che si erano trasferiti in città.
Pieter si vedeva meno.
Aveva giustificato il tutto con un lavoro di più responsabilità a Pretoria, con frequenti trasferte a Johannesburg e Durban.
"Coordinamento interministeriale", così aveva detto per coprire l'incarico di referente degli arresti politici per il Sudafrica orientale.
Città del Capo non era nella sua giurisdizione, rispondendo ad un'altra sezione dei servizi di sicurezza interna.
Là vi avrebbe trovato Hellen, l'unica ad avere il coraggio di staccarsi dalla sua famiglia e dal suo ambiente.
La donna era stata spinta da una potente molla.
Si era decisa a non abortire, ma anche a non proseguire in quella farsa con suo marito.
Divorziarono in pochi mesi, senza che nemmeno il marito la vedesse dal vivo, così non si accorse del suo stato di gravidanza.
Probabilmente, non le era mai interessato di lei.
E allora perché se l'era sposata?
Per convenzione.
Perché così facevano tutti e sembrava bello pensare di avere qualcuno a casa che ti aspettasse.
Il marito di Hellen aveva sempre amato solo una cosa.
Il suo lavoro.

Ma non per diventare ricco o per essere qualcuno.
Dries era uno di quegli uomini che trovava compiacimento solo nel mettere in pratica quanto aveva appreso a livello professionale.
Era un ingegnere minerario, di quelli che si esaltavano a parlare di scavi e filoni, percentuali di purezza e processi di raffinazione.
Era diventato direttore di una delle principali miniere d'oro e non si sarebbe mai schiodato da quel luogo.
La sua casa era la miniera.
I suoi vicini erano gli operai e gli impiegati.
Nessun hobbies, nessuna possibilità di distrarsi.
In tal modo, Hellen, aiutata dalla sua famiglia che non voleva vedere uno scandalo scoppiare, se ne era andata a Città del Capo.
Là viveva in un appartamento ed era nato suo figlio, al quale aveva dato il nome di Lars.
Come cognome era riportato il suo, così Pieter non sarebbe risultato in alcun documento.
L'uomo, a dire il vero, avrebbe potuto rintracciarla facilmente, sguinzagliando sue conoscenze, ma si era ben veduto dal farlo.
In fondo, non amava Hellen.
Era solo uno sfogo sessuale, soprattutto quando le cose non andavano bene a livello lavorativo.
Parimenti ai Van Wyk, persino gli Smith e i Parker non avevano notato alcun cambiamento nel mondo che li circondava.
Anch'essi rinchiusi in piccoli circoli formati dalle loro famiglie e dalle loro attività.
John, Jane e suo marito ormai lavoravano assiduamente nelle varie società costituite dal defunto Charles.
John si era trasformato in un impresario nato, come se ciò gli scorresse nelle vene da sempre, mentre sua figlia e suo genero si erano trasferiti nel villone dello zio.
L'unica differenza era che non venivano date più alcun tipo di feste, tranne la presenza costante degli Smith ormai tutti i fine settimana.
Il gruppo era ben contento di ritrovarsi.
John e Peter si scambiavano informazioni utili, con il primo interessato al suo ex impiego e il secondo allietato dalle notizie delle miriadi di rand che entravano nelle tasche dei Parker.
La bella vita, quella che non avevano mai avuto, si stava paventando quando ormai avevano oltre la sessantina.
Troppo tardi per pensieri realmente felici.
E così i due preferivano sognare.

Su come sarebbe stato se quella fortuna fosse capitata venti o trent'anni prima.
Forse avrebbero divorziato per andare in cerca di giovani donzelle.
E ciò proveniva dalla mente di chi non aveva mai minimamente flirtato con nessuna, se non con la rispettiva moglie.
Elizabeth, sorseggiando champagne, si diceva sempre che non fosse finita male.
Se avesse lasciato suo marito per uno di quei giovanotti, ora non sarebbe stata così ricca.
Si era tolta le sue soddisfazioni e aveva fatto epoca.
Jane e Margaret avevano rinsaldato la loro amicizia, ben diversa da quella spensierata del college.
Entrambe poco più che trentenni, si erano calate nel ruolo delle madri e i loro discorsi vertevano solo sui figli.
"Guarda come è cresciuto Gert…"
"Che amore che è Martha".
Complimenti reciproci, quasi mai realmente pensati.
Era un modo per perpetrare di nuovo l'apparenza e l'illusione di una società che, ormai, era perduta.
"Devo dire che tuo genero ha proprio fatto un bel lavoro."
John si congratulò con Peter, per via di quanto messo in pratica da Hendrik.
Aveva convinto due impiegati della banca a lasciare il posto e a ricollocarsi presso le aziende dei Parker, dopo aver sperimentato il grande successo nell'aver trovato una prima persona per il suocero.
Ciò che né John né Peter potevano sapere era la reale motivazione.
Certamente, un primo aspetto era per accondiscendere qualcuno di importante e ricco, ma vi era una spiegazione più profonda e veritiera.
Hendrik voleva rimuove dalla filiale tutti gli impiegati di origine inglese.
Nella sua testa, quel luogo doveva divenire simbolo stesso del suprematismo afrikander.
Solo bianchi di origini boere e, al massimo, le loro mogli o amanti.
Una donna, per il fatto di finire a letto con uno di loro, trasmutava le proprie caratteristiche genetiche e si avvicinava alla perfezione che, nella mente di Hendrik, era data dalla sua famiglia.
Peccato se il suo fisico non fosse più quello di un tempo e che era ingrassato e si era inflaccidito molto prima del previsto o se le sue prestazioni sessuali non fossero paragonabili a quanto mostrato anni prima.

La genetica aveva questo vantaggio enorme di non doversi piegare al tempo e alle sue modifiche.
O si è così o non lo si è.
Dentro o fuori, accesso o spento.
Un mondo manicheo fatto di bianco e nero, senza concepire nessuna sfumatura di grigio.
Le poche eccezioni a questi circoli ristretti venivano viste come malattie da eliminare, ma ormai, i virus, erano diventati resistenti ai farmaci.
Andrew e Adam non facevano più caso alle minacce e alle intimidazioni né alla presenza costante di Tom e Jerry, i due custodi dei servizi di sicurezza che tracciavano ogni loro attività, né al centro di ascolto del quale avevano sempre ignorato l'esistenza.
Ormai si erano ritagliati un ruolo e dovevano perseguirlo, anche difendendosi in tribunale.
Erano stati trascinati un paio di volte con svariate accuse, tutte poi decadute, ma Adam aveva centrato il punto.
"Sono azioni di disturbo.
Vogliono piegare la nostra volontà e sviarci dal percorso."
Era qualcosa di ovvio, se ci si pensava.
Una gara ad eliminazione, nella quale ogni partecipante era sottoposto ad una serie di prove.
"E dopo ogni prova, una piccola fetta si ritira."
Così lavoravano ai fianchi la massa per ridurre ad uno sparuto numero coloro i quali avrebbero tagliato il traguardo.
Tuttavia, una volta immunizzati, era impossibile fermare quei pochi.
Il loro studio era ormai il centro di una serie di attività ritenute illecite, ma che vedevano come obiettivo comune una sola soluzione finale possibile.
La fine dell'apartheid e del segregazionismo.
Avevano aiutato persone di Soweto a titolo gratuito e nulla era valsa la pubblicità denigratoria messa in giro dalla Polizia che minava a screditarli di fronte ai bianchi.
"A voi chiedono i soldi, ai neri no."
Era un concetto semplice e veloce da fare passare.
Vi stanno fregando i soldi.
Un modo come un altro di fare leva sull'egoismo monetario di ognuno di noi.
Andrew, molto più riflessivo, aveva sentenziato che ciò era un bene sul lungo periodo.

"Che se ne parli male o bene, ma basta che se ne parli."
Nel suo contorto modo di pensare, continuando a denigrarli e attaccarli, li avevano eretti a simbolo stesso della lotta legale.
Ora, a Johannesburg, chiunque pensasse ad uno studio di avvocati specializzato nella tutela dei diritti civili, associava subito i nomi di Smith e Fiennes.
Accanto alle solite battaglie, stavano portando avanti anche quella dei malati di AIDS, ingiustamente discriminati dagli altri lavoratori e dalle associazione di vario tipo.
Non si poteva licenziare o isolare una persona solo perché malata e ciò valeva per qualunque tipo di malattia.
Loro malgrado, erano diventati famosi.
Di tutta la famiglia Smith, era Andrew quello che era stato intervistato varie volte dai giornali e, persino dalla televisione, apparendo per qualche secondo in un notiziario nazionale.
Peter ne era rimasto sciocccato.
Non vedeva suo figlio da anni e lo trovò invecchiato.
Hendrik aveva spento la televisione, contrariato.
"Ora permettono a tutti di parlare.
Pure ad un frocio amico dei negri."
Le sue parole erano diventate più sprezzanti e più volgari, anche in presenza dei bambini.
Margaret aveva esternato qualche rimostranza in privato, ma Hendrik aveva sbottato.
"Non osare dirmi come devo allevare i miei figli.
Nella mia famiglia, siamo tutti cresciuti normali e sani, a differenza della tua."
Margaret aveva incassato senza ribattere.
In fondo, suo marito aveva sempre ragione.
Era così sul lavoro e, quindi, il tutto si doveva trasferire automaticamente al resto.
"Sarà pure famoso, soprattutto all'estero, ma non ha i soldi per andarci."
Jane aveva chiosato in tal modo ciò che si diceva sul fratello della sua migliore amica.
Con le fortune ereditate da zio Charles, ormai tutta la famiglia Parker, in compagnia della famiglia Smith, poteva permettersi ogni genere di viaggio.
Avevano deciso che, per la fine del 1988, si sarebbero presi tre settimane di totale svago, girando l'intero Sudafrica.

Era pur sempre il loro paese, il migliore al mondo.
Per l'anno seguente, forse sarebbero andati all'estero, ma lì vi erano opinioni contrastanti.
In quale luogo?
Primariamente in Europa, ma a fine dicembre e inizio gennaio faceva freddo.
E poi tutti sarebbero voluti andare in Inghilterra, ma non Hendrik, il quale avrebbe preferito l'Olanda e la Germania.
In qualche modo, tutti erano accomunati alle origini del secolo scorso e sarebbero rimasti delusi nel costatare delle società multietniche, con Londra e Amburgo piene di immigrati di ogni tipo e senza alcun tipo di segregazione tra le diverse etnie.
A tutti, veniva il ribrezzo condividere gli spazi comuni con i neri.
Per lo stesso motivo, gli Stati Uniti erano banditi.
"Dovremmo trovare un posto abitato da soli bianchi, che sia al caldo in quella stagione."
Voleva dire rimanere nell'emisfero australe.
Argentina e Australia erano le mete preferite.
"Così vedremo come giocano a rugby".
Si trattava di due nazionali tra le più forti al mondo e il boicottaggio degli Springbok durava ormai da oltre un decennio.
Ad ogni modo, non vi era consenso e la decisione era stata rimandata.
Si trattava solamente di mettere tutti d'accordo, visto che non vi erano problemi economici alla base.
"Così Martha avrà anche un anno in più", aveva sottolineato Elizabeth in qualità di nonna.
Quattro anni era un'età troppo bassa per poter pensare ad uno spostamento del genere, anche se la frase era stata detta più per allontanare un possibile disturbo per lei che non per una reale empatia nei confronti della nipotina.
Tutti erano parte integrante e al cospetto di una società ipocrita e che aveva una maschera sempre calata sul volto.
La verità non voleva essere né vista né udita né comunicata da nessuno.
La verità faceva male e non si poteva permettere di distruggere la società in nome della verità.
Tali problemi non riguardavano le persone di Soweto, impossibilitate economicamente e materialmente a spostarsi.
Servivano ancora visti e permessi per uscire dalle township e vi erano generazioni di persone che non avevano mai visto il mare o il centro della zona bianca di Johannesburg.

In più, mancavano i mezzi di trasporto.
In pochi avevano un'automobile e, persino per le tasche di Johannes Nkosi, risultava un oggetto troppo dispendioso.
"E per andare dove?" era la domanda retorica di sua moglie Maria.
In effetti, dovendo rimanere confinati a Soweto senza l'emissione di permessi speciali, diveniva una spesa inutile.
"Non ci terranno in prigione ancora per molto", era solito rispondere Patrick, ormai diventato un membro anziano da rispettare.
Vi erano degli status che si acquisivano solo con l'età e che nessun giovane avrebbe mai messo in discussione.
Soprattutto uno come Patrick era anche temuto.
Si sapeva della sua risolutezza nel condurre una campagna sistematica di ricerca dei collaborazionisti, la peggiore delle accuse per un nero.
Così si inficiavano anni di lotta armata e di resistenza civile, solo per beneficiare di temporanei vantaggi.
Semmai era utile portare quanti più bianchi possibile dalla loro parte.
All'inizio, Patrick era titubante.
Ne faceva una questione di assoluti, come se un bianco, solo per il colore della sua pelle, non potesse ragionare diversamente dal governo in carica.
Avrebbe dovuto vedere esempi concreti, non solo di stranieri.
Per chi non era sudafricano, era normale considerare xhosa e zulu come le loro popolazioni dalla carnagione chiara.
"Non riguarda la loro nazione…"
Solo dopo qualche tempo, Patrick si era accorto di ragione come gli afrikander.
Si stava mettendo nell'ottica dello scontro frontale, senza possibilità di conciliazione.
Poi, però, aveva dovuto costatare la realtà.
Non si trattava solo dei due avvocati ormai noti a tutti, ma anche di altri.
Persino delle donne bianche li aiutavano.
Quasi tutti di origine inglese o cattolici.
"Vi è un movimento antisegregazionista anche da voi?"
Ciò che udì verso la fine di agosto del 1988 lo fece rimanere di stucco.
Non solo esistevano, ma erano più attivi che mai.
Ma perché un bianco avrebbe dovuto rinunciare ai privilegi per condividerli?
"Non sono privilegi, sono diritti", gli era stato risposto.
"E i diritti sono universali.

Non importa chi vi è dall'altra parte, potrebbe anche avere idee opposte alla mia."
Patrick aveva subito queste conclusioni.
Per qualche giorno, non era uscito di casa e non si era recato ad alcuna riunione.
Né politica, né militare, né di organizzazione logistica.
È difficile scoprire che il nemico, colui il quale si è compreso essere tale per azioni di ostilità nei tuoi confronti, non è completamente un monolite da condannare.
Bisognava fare i distinguo, adottare una politica della differenziazione.
La lotta armata mal si adattava a ciò.
Significava ammettere che vi erano degli obiettivi da non toccare, anzi da salvare.
"Vorrebbe dire che potrei dover salvare un bianco per favorire la causa dei neri?"
Si faceva simili domande di fronte allo specchio, prima di radersi.
Era un cambio epocale nel suo cervello.
Una rivoluzione.
Forse era questo che meditavano le alte menti dell'ANC.
Lotta armata e boicottaggio per indebolire il sistema, abbattendolo come un totem, ma poi recuperando i rapporti con i singoli.
Se fosse stato così, qualche frangia estrema andava tamponata e, prima o poi, ci sarebbe stata una resa dei conti tra neri.
"Oh no, non può essere."
Patrick non era molto istruito, non di certo ai livelli dei capi rinchiusi in carcere.
Si recò a piedi a casa Dlamini, per incontrare Johanna.
Era a conoscenza della sua capacità non comune di analisi e delle sue doti intellettive.
Si trattava di qualcosa di poco consueto.
Un anziano che chiedeva consigli ad una giovane, per di più un uomo che si "abbassava" a farsi indicare la strada della logica da una donna.
Patrick aveva concluso che, se si fosse voluto abbattere il regime, simili sottigliezze non avrebbero dovuto contare.
"Dobbiamo essere i primi ad abbattere i muri che ci sono nelle nostre teste."
Senza dire nulla a nessuno, si era presentato fuori dalla baracca e se ne stava in attesa.
Vide David uscire e fermarsi.
L'uomo pensò che si trattasse di conferire con lui.

"No, ragazzo. Ho bisogno di un consiglio da Johanna."
Patrick appellava ragazzo ogni uomo che avrebbe potuto essere suo figlio come età anagrafica e David non se ne dolse.
Non vi era cattiveria né tentativo di sminuirlo.
Salutò e si diresse al lavoro.
Poco dopo, uscirono i tre bambini, capeggiati da Moses, con in mezzo Daniel e, a chiudere, Abuja.
I tre salutarono e passarono oltre.
Indi fu la volta di Johanna, la quale si preoccupò nel vedere l'ex sindacalista.
Si ricordava di come fosse stato quell'uomo a portarle la notizia dell'arresto di suo padre.
"E' successo qualcosa?"
Patrick ci tenne e tranquillizzarla.
"E' che ho una serie di dubbi."
La donna si chiese come mai un uomo così anziano e rispettato venisse da lei a cercare risposte e fece un cenno come di proseguire.
"Possiamo parlarne mentre camminiamo…"
Patrick iniziò ad esporre.
"Vorrei capire cosa è successo nella storia passata, ma non del Sudafrica, ma del mondo…"
A Johanna si diradarono un po' le nebbie.
Patrick era venuto lì a porre delle questioni ad una persona da lui avvicinabile, ma considerata di cultura superiore e con un ruolo istituzionale da docente.
"…ad esempio, come sono finiti i vari regimi che opprimevano le libertà?"
Johanna analizzò i casi passati e conclusi, con sentenza definitiva della Storia già emessa.
"Prima o poi, sono tutti crollati. In generale, per mancanza di successori dei dittatori o perché i tempi erano cambiati."
L'uomo sembrò soddisfatto.
La Storia aveva, dunque, decretato la fine dell'apartheid, bastava attendere.
"Ma allora, se sono crollati, perché li hanno messi in piedi?"
Johanna sorrise beffardamente.
Era una domanda da rivolgere a costoro e non a lei.
"Immagino per le solite due motivazioni di sempre.
Soldi e potere."
Patrick annuì.

Erano seduttori potenti il denaro e il potere.
Sapevano corrompere l'animo e il fisico di molti, anche i meglio intenzionati.
Vi era una sola altra domanda che l'anziano uomo voleva sottoporre alla giovane docente.
"E chi ha fatto la rivoluzione contro questi regimi, è sempre andato d'accordo?"
Johanna si bloccò.
Aveva compreso dove volesse andare a parare Patrick.
"No, mi spiace dirtelo.
Quasi sempre i rivoluzionari si sono scannati tra di loro sia prima sia dopo aver abbattuto il regime di turno.
Anzi, alcune volte hanno preso il posto del vecchio regime."
Era una lezione che la Storia insegnava.
Non vi era mai completa ragione da una parte e completo torto dall'altra, ma vi erano macchie un po' dappertutto.
Patrick ringraziò e ritornò sui propri passi.
Era realmente così?
Ci sarebbero stati fratelli neri contro altri fratelli neri?
E qualcuno avrebbe pure voluto sostituirsi agli afrikander?
"Questo mai", si era detto, ma poi sapeva quali poteri avessero i due grandi seduttori ricordati.
Forse qualche capo rivoluzionario avrebbe sfruttato le rendite dei bianchi, semplicemente sostituendosi ad essi.
Era meglio non pensare a queste cose e ributtarsi nel mondo reale e fattuale, laddove il problema principale era tirare alla fine della giornata.
Patrick si sarebbe stupito di come gli uomini avrebbero descritto la realtà sotto i loro occhi.
Siamo abituati a pensare che la realtà sia unica, ma non è così.
Ognuno ha la sua e se la ritaglia su misura.
La realtà di Johannes e Maria era l'agognata fine del lavoro, mentre quella di Johanna e David era la perfetta unione familiare.
I loro figli, invece, avevano una realtà fatta di giochi e scuola, e anche il modo di trovare cibo.
Non grandi pensieri e non grandi aspirazioni, ma resistere alla furia di un regime che stava decomponendo.
Questa certezza non l'aveva nessuno, ma forse il più indicato per comprendere lo sfacelo che stava abbattendosi era Pieter Van Wyk.
"Guardate qui.

La metà degli arresti dell'anno scorso e il 1987 era già stato uno dei più bassi in termini di attività antipolitica."
Era furibondo e stava mostrando i risultati della ricerca ai suoi sottoposti.
"Vuol dire che tutto va bene per questo governo!
A voi sembra che tutto è a posto?"
I due scossero la testa.
Non solo non avrebbero mai contraddetto il loro capo, ma erano d'accordo con la sua analisi.
"Manca la volontà.
Si sono rammolliti tutti.
Eppure, abbiamo la potenza militare e la supremazia tattica e strategica.
Quei negracci hanno solo tante braccia, ma poche teste.
Puntano ad alzare il livello di tensione, ma noi non subiamo perdite, loro sì."
Il problema non era il Primo Ministro e nemmeno il suo governo o i partiti.
Tutto stava alla base.
"E' che ci sono bianchi che hanno tradito la causa.
Gente che pensa alle riforme!
Ci rendiamo conto, le riforme!"
Era una parola che Pieter odiava.
Riforma faceva venire in mente riformatorio ed era là che avrebbe sbattuto i figli di questi traditori.
"Per essere rieducati..."
Doveva, però, trovare una soluzione.
Come fare per invertire il trend?
"Dobbiamo organizzare qualcosa..."
Si arrovellò.
Forse un omicidio simbolico o una rapina.
Una donna bianca insidiata da un uomo nero.
Sì certamente, un bel quadretto di quel tipo.
Cose per cui la stampa governativa sarebbe andata a nozze per stroncare la parte riformista.
Pieter se ne andò dall'ufficio e si rinchiuse in casa.
Tutto doveva accadere a Johannesburg, meglio se in centro.
Con la scusa di recarsi da suo fratello Hendrik, organizzò una trasferta in quella città.
"Allora, come vanno le cose?"

Pieter voleva notizie di prima mano, ma Hendrik gli riportò solo di qualche suo ex collega piazzato dagli Smith e dai Parker.
"Dì un po' fratellino, ma da te non ci sono impiegate o segretarie inglesi?"
C'era ovviamente Margaret.
Pieter si accorse della mezza gaffe e si corresse:
"Oltre a tua moglie…"
Hendrik non aveva compreso a cosa servisse un'informazione del genere al Ministero della Difesa, ma fece due nomi.
Pieter se li appuntò e se ne andò, senza nemmeno salutare Margaret o i nipoti.
Dal giorno seguente prese a pedinarle, una volta individuate.
Bastava una minima crepa nella loro vita e uno addestrato come lui si sarebbe infilato di soppiatto.
Erano occasioni che andavano sfruttate.
Dalla prima non ricavò nulla, mentre la seconda risultava più interessante.
Aveva una sorella minore, di circa diciotto anni.
"Perfetto, così coinvolgo pure l'ambiente scolastico."
Il terzo giorno, Pieter prese a pedinare la sorella.
Solita routine da studentessa.
Casa, scuola, in giro con le amiche, poi ancora casa.
Dopo una settimana, Pieter rientrò a Pretoria per comprendere il modo con cui avrebbe agito.
Doveva trovare un alibi perfetto e collocarsi a Pretoria, ma si sarebbe trovato a Johannesburg in quel lasso temporale, senza lasciare traccia alcuna di pagamenti o spostamenti.
Impossibile risalire a lui.
E poi tendere l'agguato.
Fare in modo di collocare un nero, facilmente descrivibile e riconoscibile.
Non poteva delegare il compito a nessun altro e doveva svolgerlo egli stesso.
Da ciò dipendevano le sorti del Sudafrica e del governo.
Scaricata la colpa dell'omicidio su questo uomo nero, allora i giornali avrebbero ricevuto l'imbeccata e una persona qualunque che stava bazzicando quella via a quell'orario sarebbe stata incastrata, beninteso se fosse stata nera.
A quel punto, l'ondata di indignazione e il processo, la cui sentenza avrebbe tracciato un solco nella nuova divisione tra bianchi e neri.

Se fosse stata di condanna, ciò avrebbe scatenato una protesta dei neri, se di assoluzione, un'indignazione senza fine nei bianchi.
Ad ogni modo, il processo di riforma si sarebbe fermato.
Forse quella ragazza avrebbe servito più la causa del Sudafrica di quanto nessun'altra persona prima di allora.
Pieter aveva studiato tutto alla perfezione.
Non avrebbe sbagliato, visto che si trattava di un capo sezione dei servizi di sicurezza dello Stato, con un passato da operativo e, prima ancora, da poliziotto destinato alla repressione delle sommosse e delle rivolte.
Un certificato medico avrebbe testimoniato l'impossibilità a recarsi al lavoro e Pieter fece un paio di telefonate, simulando un attacco influenzale.
"Dovrò starmene a riposo per tre giorni..."
L'alibi era la malattia a casa.
Senza essere visto, prese la macchina dal box e uscì trafelato da Pretoria percorrendo strade secondarie.
La lentezza era un pegno da pagare alla segretezza.
Lo sapeva bene e avrebbe accettato l'altra faccia della medaglia.
Arrivò a Johannesburg in orario.
Dagli appostamenti, sapeva che la vittima era molto metodica, con degli eventi prefissati seguendo l'agenda di una studentessa.
Era una ragazza di chiare origini inglesi e, per questo, inferiore nella scala gerarchica di Pieter.
Sacrificabile per la causa.
Minuta e con collo piccolo, l'ideale.
"Eccoti lì..."
Parcheggiò senza dare nell'occhio e la seguì.
La distanza tra i due andava diminuendo sempre di più e Pieter le fu quasi addosso.
Rallentò il passo per non superarla.
Era troppo facile per uno come lui, visto che sapeva dove era diretta.
Dall'altra parte della strada, vi era il marciapiede dei neri, in una delle zone più frequentate ad uso promiscuo.
Pieter aveva studiato il terreno.
Era una delle regole principali per un agente come lui.
Addestrati a scegliere vittima e terreno prima dello scontro.
"Solo così si può vincere", e ciò che voleva Pieter era solo la vittoria, niente di meno.
Vittoria schiacciante e senza alcun appello.

Tale risultato passava per una serie di mosse perfette.
Cento passi mancavano al momento fatidico e Pieter iniziò a contarli mentalmente.
"Meno novanta" e controllò le tasche per assicurarsi che fossero vuote tranne le chiavi della macchina.
"Meno ottanta" e si raffigurò di come sarebbe rientrato a Pretoria immediatamente seguendo la medesima via dell'andata.
"Meno settanta" e pensò ai due giorni ulteriori in cui avrebbe dovuto stare barricato in casa e, nei quali, avrebbe compreso se la sua strategia avesse funzionato.
"Meno sessanta" e comprese come avrebbe dovuto dileguarsi velocemente dalla strada per andare a riprendere l'auto parcheggiata.
"Meno cinquanta" e pensò a quale nero sarebbe stato incolpato.
"Meno quaranta" e riflettè su quali prove sarebbero state ricavate a suo a carico e quale sarebbe stato il movente.
"Meno trenta" e immaginò la reazione della scuola e della banca nel sapere di una morte del genere.
"Meno venti" e fantasticò sul nuovo Sudafrica che sarebbe rinato dopo quel suo gesto patriottico.
"Meno dieci" e si vide con una medaglia al petto, trionfante e dominatore.
"Meno cinque", ecco la vittima.
"Meno uno", ecco il vicolo.
"Zero".
Azione.
Due mani coperte da guanti avvinghiarono il minuto collo della giovane ragazza diciottenne, la quale esalò un ultimo respiro.
Sotto la pressione della forza a tenaglia che Pieter aveva messo in pratica, si era spezzato l'osso del collo e l'afflusso sanguigno era terminato.
La ragazza morì in dieci secondi, tanto bastò per vederla cadere e fare cinque passi per buttarsi nella penombra del vicolo.
Camminando velocemente per attuare il suo piano, sentì le prime urla di spavento.
Nella mente di Pieter, vi era solo il motivetto, giudicato stupido, insulso e antipatriottico, che aveva spopolato.
"I hear she make all the golden money
To buy new weapons, any shape of guns
While every mother in black Soweto fears
The killing of another son

Sneakin' across all the neighbors' borders
Now and again having little fun
She doesn't care if the fun and games she play
Is dangerous to everyone".
Pieter sorrise.
"Cantate pure, stupidi traditori del vostro paese.
Siete pericolosi e vi sistemeremo".
Aveva dato una speranza a Johannesburg e all'intero Sudafrica.

XII

Johannesburg, agosto-novembre 1989

"Siamo messi male".
John Parker scosse la testa e non riuscì a comprendere come, in pochi mesi, tutto sembrava crollare con velocità inaudita.
Da anni aveva sostenuto il Partito Nazionale, il principale schieramento conservatore che era stato al potere ininterrottamente e che aveva sostenuto l'apartheid e lo sviluppo separato.
Lo stesso si poteva di Peter Smith e della sua famiglia.
Tutti convinti sostenitori del Partito, lasciando perdere le derive a destra del Partito Conservatore o dello schieramento degli afrikander, cosa che invece aggradava i Van Wyk.
Tuttavia, nel 1989, vi era nell'aria qualcosa di differente.
Sembrava che il mondo fosse impazzito, anche in politica estera.
I pochi riferimenti che avevano mandato avanti l'intero globo si stavano sgretolando e le notizie provenienti dall'Europa dell'Est erano giunte sino all'estremità meridionale del Sudafrica.
Ciò che sconvolgeva John e Peter era dato dal cambio repentino di de Klerk, uno dei massimi esponenti del Partito Nazionale.
"Deve essere impazzito...", così chiosò Peter.
De Klerk si era messo a capo dei "verligte", le autodefinite forze illuminate (ma poi illuminate da chi o da cosa?) che sostenevano una politica di riforme.
A febbraio aveva esautorato Botha come leader del partito, pur facendolo rimanere in carica come Primo Ministro.
Ora, però, la novità era un'altra.
Botha si sarebbe dimesso il giorno seguente e de Klerk avrebbe assunto la presidenza ad interim in attesa di nuove elezioni nel giro di massimo tre settimane.
Seduti di fronte alla piscina non utilizzata di Jane Parker, i due ex soci fissavano il vuoto riflesso e distorto da dei calici di vetro smerigliato,

dai quali avevano appena finito di degustare del vino autoctono d'annata.
A sessantacinque anni, ormai con la testa proiettata alla fine del lavoro, non se lo aspettavano.
Per cosa avevano lottato?
Per cosa avevano speso la loro vita?
Quel giorno, Margaret e Hendrik non avevano partecipato alla consueta riunione.
Avevano preferito starsene da soli, con la scusa di un finto malanno di Martha.
La realtà era che Hendrik si era assentato, per andare a trovare la sua famiglia.
I Van Wyk avevano indetto una riunione consiliare, qualcosa nella quale erano ammessi solo i membri stessi della famiglia, senza la presenza di mogli e figli.
I quattro fratelli al cospetto dei genitori.
Pieter era giunto per primo e aveva stretto a sé Hans e Helga, entrambi divenuti genitori.
Si considerava l'unico a non aver figliato, non essendo a conoscenza della fine che avesse fatto Hellen e di come stesse allevando il suo erede non riconosciuto.
Nessun Van Wyk si era più interessato a lei e alla sua famiglia, che, anzi, veniva vista con sospetto.
Il tagliare i ponti con la tradizione era visto come segnale di tradimento e tutti gli afrikander più intransigenti erano in cerca di chi avesse compiuto il voltafaccia più vergognoso della storia.
Il piano di Pieter si era rivelato errato nei calcoli.
Vi era stata una prima risposta sciocccata della comunità di Johannesburg, seguita da un arresto di un sospettato di Soweto, il cui colore scuro della pelle non lasciava adito a dubbi.
Tuttavia, la reazione della popolazione era stata diversa da quanto prospettato.
Non era scattata una caccia al nero e una richiesta di maggiori segregazioni, ma si era verificata una spaccatura all'interno della società dei bianchi.
Vi erano due partiti che si fronteggiavano.
Gli innocentisti e i colpevolisti.
I primi, fomentati dai movimenti antisegregazionisti e che vedevano nello studio legale di Andrew e Adam la punta di diamante,

sottolineavano le frettolose indagini della Polizia e le prove assurde raccolte.
I secondi, in minoranza, si appellavano al dolore della famiglia e alle leggi dello Stato.
Come contraltare, l'intera comunità nera di Soweto era compatta e aveva ordito degli scioperi organizzati che avevano paralizzato la città.
I due avvocati, di cui uno era il cognato di Hendrik, erano diventati delle celebrità e venivano intervistati di continuo.
Pieter schiumava di rabbia ogni volta che li vedeva e non si capacitava di come il mondo avesse preso una piega del genere.
"Bisogna fermarli", aveva ordito il capostipite dei Van Wyk.
La riunione consiliare si basava proprio su questo.
Gli affari della famiglia non erano in pericolo, ma vi era qualcosa di peggio.
Hendrik fu l'ultimo a presentarsi, ma era scusato.
Doveva divincolarsi da un peso a Johannesburg dato dalla famiglia della moglie.
Nonostante tutti sapessero dei beni accumulati dagli Smith e dai Parker e le loro idee politiche, serviva un richiamo alle origini.
"Figli miei.
Il nostro paese è in pericolo."
Così iniziò il discorso del padre, considerato ancora il capo famiglia.
"I valori tradizionali sono messi sotto accusa e sotto attacco da chi credevamo essere un nostro alleato.
De Klerk si è macchiato di infamia e tradimento.
Le riforme non servono alla causa degli afrikander ed è per questo che ho deciso di candidarmi per il Partito Weerstandsbeweging di Eugène Terre'Blanche.
Magari non sarò eletto, ma faremo sentire la nostra voce.
A voi il compito di diffondere le nostri grandi idee.
Tu Pieter al Ministero cerca di contattare colleghi e famiglie e tu Hendrik fai pressione agli Smith e ai Parker.
Dobbiamo rimanere uniti ed impedire il colpo di Stato che vogliono mettere in atto."
Tutti brindarono.
Vi era troppa importanza, in quanto sarebbe accaduto di lì a poco, per perdersi in chiacchiere.
Bisognava agire.
Si salutarono e ognuno ripartì per la propria destinazione.

Pieter rientrò a Pretoria con il bollore nel sangue e si sarebbe volentieri concesso una sessione con Hellen, se la donna non fosse scomparsa a Città del Capo, luogo troppo distante per raggiungerlo senza prendersi dei giorni di riposo dal lavoro.
"Non ho tempo", si era detto.
Travalicando il proprio lavoro, avrebbe indetto una riunione informale per saggiare le idee politiche e indirizzarle.
Non solo dei suoi sottoposti, ma di tutte le loro famiglie e dei loro contatti.
Doveva crearsi una rete, simile a quella che avevano messo in campo i movimenti antisegregazionisti.
Come era possibile che potessero attingere a fondi così cospicui provenienti dall'estero?
Un mondo che si era sempre visto come chiuso in se stesso e senza alcun tipo di legame, ora cercava di abbattere i muri interni e di crearsi delle connessioni.
Troppo tardi, avrebbe decretato un sociologo e con persone poco avvezze alle relazioni.
Come crescere in un ambiente chiuso e volere, d'improvviso, essere pronti per una società aperta?
Mancano le idee e l'allenamento.
Ciò che Pieter avrebbe potuto implementare erano solo direttive e ordini, non consigli e opinioni.
Più facile era il compito di Hendrik.
Aveva due ambienti nei quali seminare ed entrambi erano già pronti ad accogliere il suo verbo.
La famiglia e il posto di lavoro.
Vi erano fondati motivi per ritenere che tutto si sarebbe indirizzato per il meglio.
Gli Smith e i Parker avrebbero recepito il pericolo, avendolo già fiutato, e avrebbero voltato le spalle a de Klerk.
Margaret era totalmente manipolabile, ma persino i suoceri di Hendrik e i loro pochi amici.
Quando si ha molto da perdere, si teme molto il cambiamento e questo era quanto stavano sperimentando i due.
Peter Smith aveva trovato la soluzione ottimale per risolvere i suoi problemi economici in modo definitivo.
Costatato che né la figlia né il genero gli sarebbero subentrati, aveva deciso di vendere e aveva trovato un paio di compratori.

Il tutto era stabilito per gli inizi del 1990 per una cifra che nessuno, in famiglia Smith, avrebbe mai immaginato.
Con quei soldi, sarebbe stato a posto per il resto della vita e avrebbe iniziato a girare per il mondo.
Anche John aveva deciso di ritirarsi, ma per lui era molto più lineare la scelta.
Non avrebbe venduto, ma avrebbe fatto subentrare sua figlia e suo genero, mantenendo così prospero il lavoro di suo fratello Charles.
Tutti questi piani avrebbero funzionato solamente in un'ottica più ampia ossia se il sistema fosse rimasto in piedi così come era.
Per tale motivo, Hendrik trovò terreno fertile per le proprie idee.
"De Klerk si è ammattito", così aveva iniziato il proprio discorso di fronte al consesso che la settimana prima aveva abbandonato.
La parola dei Van Wyk si sarebbe diffusa a macchia d'olio e, se così avessero agito tutti, il Partito Nazionale non avrebbe avuto la maggioranza per governare.
"Dobbiamo fare comprendere come conviene agire.
Niente deve cambiare.
Lo facciamo per loro…"
Hendrik prese tra le braccia Gert e Martha e così convinse tutti quanti.
John e Peter avrebbero fatto proseliti tra i clienti e i dipendenti, mentre i due coniugi Van Wyk tra i colleghi della banca.
Di tutt'altro avviso era l'unico assente da anni a questi ritrovi.
Andrew Smith, dopo anni di lotte e di soprusi, forse si stava convincendo che il sistema era pronto per crollare.
"E' colpa della crisi economica, non credere".
Adam lo aveva subito smontato.
De Klerk non era diventato un moderato riformista, ma solo uno che aveva analizzato in anticipo la situazione.
Il modello isolazionista sarebbe andato a sbattere e non avrebbe avuto futuro, generando problemi ancora maggiori.
"Si vuole salvare".
Andrew condivideva solo in parte.
Non importava se quel politico pensasse a sé, se ciò avesse significato un balzo in avanti per tutto il Sudafrica.
Ora l'avvocato era convinto che avrebbero potuto vincere la causa.
La più importante da quando avevano aperto lo studio.
Era la difesa del giovane accusato della morte, avvenuta per strangolamento, di una diciottenne bianca.

Nigel Mbutu, così si chiamava il ventiduenne, si trovava nel posto sbagliato al momento sbagliato ed era stato l'unico a risalire il vicolo, avvicinandosi al cadavere della giovane.
Quando la folla se ne accorse, lo vide che stava gironzolando attorno al corpo esanime.
Vi erano testimoni oculari, ma non vi erano tracce del suo DNA sulla vittima, né sulle mani del presunto colpevole.
La Polizia lo aveva arrestato e malmenato per estorcergli una confessione, prima dell'incontro con gli avvocati.
Adam e Andrew si erano subito appassionati al caso e la loro nomea li aveva preceduti.
A Soweto si sarebbero fidati solo di loro due ed erano arrivate elargizioni per perorare la causa.
L'accusa, rappresentata dai legali del Procuratore di Johannesburg, non aveva risparmiato colpi bassi e sotterfugi.
Andrew e Adam avevano montato un caso mediatico, foraggiando la stampa con particolari per scagionare il proprio assistito.
Tutto era divenuto uno spettacolo e questo era quanto si voleva.
"Il nostro processo andrà di pari passo con le elezioni…"
Andrew ne era convinto.
In qualche modo, aveva superato Adam nell'anticipare le varie tappe.
"La notizia del subentro di de Klerk è il massimo."
Se veramente il mondo politico si fosse voluto salvare dalla tempesta che sarebbe arrivata, i giudici avrebbero fatto lo stesso.
Tale clima di attesa avrebbe finito per logorare gli animi, ma non quelli di chi era sempre stato sfruttato.
"E' sempre un bianco", così Patrick aveva commentato ciò che Johannes gli stava dicendo.
I due ormai non lavoravano più e avevano di fronte l'intera giornata per parlare e svolgere attività di supporto.
Johannes per sua moglie e la famiglia di sua figlia, Patrick per la causa dell'ANC.
Dei politici bianchi non si fidava nessuno a Soweto, su questo vi era una base comune.
"Quei due avvocati sono anche loro bianchi, eppure…"
Johannes era rimasto colpito dal loro agire e aveva compreso il tutto dalle parole di sua figlia.
Criptiche parole di speranza che non venivano comprese fin da subito.
Johanna riponeva molta fiducia in loro e nella conseguente sentenza.
"E' innocente, qui lo sanno tutti."

Lavora in centro a Johannesburg e aveva i permessi.
È un infermiere e, per questo, è accorso."
Erano dati incontrovertibili, ai quali però mancava la controdeduzione logica.
Chi era stato ad uccidere la vittima?
Possibile che Nigel non avesse visto nulla?
Il processo veniva seguito tramite le cronache radiofoniche e, per chi l'aveva, la televisione.
Gli stessi canali dai quali passava la lotta politica per il potere.
Si diceva di una trattativa segreta tra de Klerk e i capi dell'ANC ancora in carcere, ma tutto questo veniva smentito da ogni parte.
"Parole messe in giro dagli afrikander", si diceva dalla parte dei bianchi.
"Discorsi che fanno i cosiddetti moderati", si sentenziava nelle township.
Chi redige accordi è sempre visto malamente dagli estremisti.
A undici anni, il piccolo Moses aveva assunto una corporatura non più da bambino e anche la mente iniziava ad elaborare qualcosa di più complesso.
Si era accorto che vi erano dei cambiamenti.
Più movimento e più interesse in Soweto, persino più estranei bianchi.
Tra poco, forse anch'egli avrebbe potuto mettere piede fuori dalla township.
Sapeva che suo nonno Johannes aveva lavorato per i bianchi ed era stato in carcere e lo considerava un eroe per questo.
"Non hai avuto degli avvocati?"
Johannes sorrise.
"Sì certo, ma non avevo soldi.
E allora nessuno pensava a sfidare il regime."
Abuja si avvicinava al nonno e lo abbracciava, sperando in un buffetto e lo stesso faceva Daniel.
Moses era l'unico a distaccarsi da quel mondo fanciullesco e ad iniziare a guardare l'orizzonte con occhi diversi.
Aveva compreso che a settembre qualcosa sarebbe successo.
Nel bene o nel male.
"Mamma, quando ci libereranno?"
Per Moses, l'azione era univoca dai potenti verso il popolo.
Johanna, che ormai era rientrata in pianta stabile nel corpo insegnante, ripeteva a suo figlio le stesse idee che portava avanti in aula.
"Nessuno ci dona la libertà.

La libertà è qualcosa di innato, un diritto che nessuno può toglierti e, se lo fanno, te la devi riprendere.
Come?
Con la lotta e la resistenza, l'esempio e la rettitudine."
Moses fece un cenno.
Avrebbe ripetuto questo ai suoi compagni e ai suoi fratelli, anche se alcune parole e concetti erano per lui ancora oscuri.
Con il progressivo coinvolgimento di David nella fabbrica gli introiti erano aumentati, nonostante la diminuzione degli affari e l'aumento dei costi.
La popolazione non se la passava bene, ma sia i Dlamini sia gli Nkosi erano stati categorici.
I soldi si guadagnavano in modo pulito e onesto.
Niente sfruttamenti e niente furbizie.
Era una via difficile e più complessa, ma l'unica che tutti reputavano quella sana.
"Cosa ne dici Patrick di queste elezioni?"
L'uomo scuoteva la testa.
La democrazia non era nelle sue corde, almeno non dopo quello che aveva vissuto in prima persona.
Era difficile mantenere le convinzioni sui diritti quando si vede ogni cosa calpestata.
Innocenti marcivano in galera da anni senza alcuna possibilità di ravvedimento dell'ingiusta condanna.
Di fronte a questo, avevano preso le armi e avevano istituito la lotta armata, sebbene uno degli organizzatori dell'ANC avesse avvertito.
"E' più complicato smettere che iniziare."
Patrick non ci aveva creduto, ma ora aveva compreso.
La sua mente non riusciva a distogliersi da agguati e rappresaglie.
Il giorno clou era arrivato e si respirava una tensione senza precedenti.
In pochi credevano che quelle elezioni fossero identiche a tutte le altre, visto che de Klerk aveva giocato la carta dell'apertura ad un programma riformista.
Tutti erano pronti a festeggiare o a ricorrere alle armi.
Bastava un cenno e i botti dei tappi di champagne che si aprivano potevano diventare spari di pistola o di fucile.
Pieter attendeva a Pretoria, così come i Van Wyk erano asserragliati nella loro tenuta.
I Parker e gli Smith si trovavano a casa di Jane, mentre Andrew e Adam nella loro casa.

Erano i bianchi ad attendere, non certo i neri.
I risultati furono variegati e lasciarono quasi tutti sia estasiati sia scontenti.
Nessuna maggioranza assoluta per de Klerk, ma nessuna sconfitta per il Partito Nazionale.
L'opposizione a destra era cresciuta, ma non aveva sfondato.
Il capo famiglia dei Van Wyk non era stato eletto e nessuno avvertì Pieter o qualche altro suo collega di organizzare delle squadre per mobilitare polizia ed esercito.
Il tanto atteso evento si trasformò in una normale giornata politica.
Solamente Andrew e Adam compresero il futuro.
"Si alleerà con il Partito Democratico."
Adam annuì e prese una bottiglia per brindare.
"Fine del segregazionismo, magari non subito.
Potremo dire di avere vinto".
Andrew fu più cauto.
"Vediamo di vincere la causa."
Era previsto l'ultimo dibattimento per la settimana successiva, dopo di che difesa ed accusa avrebbero dovuto depositare le arringhe finali.
Il giudizio sarebbe arrivato ai primi di ottobre, massimo entro la metà del mese.
Il doppio filo che legava il paese ai destini del loro assistito si sarebbe spezzato?
Era tutto da vedere, ancora una partita da giocare.
Le ultime mosse, ma quelle più determinanti.
Adam era più bravo alla fase di dibattimento, ma l'arringa l'avrebbe scritta e pronunciata Andrew.
In parallelo, i sentimenti di delusione e rabbia si fecero strada in Hendrik Van Wyk.
Aveva bisogno di sfogarsi, ma non sapeva come.
O almeno lo sapeva, ma non voleva farlo.
La sua segretaria Carol, una di origine inglese, lo aveva adocchiato più volte, pur sapendolo sposato con un'impiegata contabile.
Hendrik non resistette più e quel giorno uscì a pranzo, seguendola.
Sapeva che Carol mangiava sempre un panino e poi gironzolava da sola.
Era molto strana per essere giovane.
La tampinò e si fece riconoscere.
Si infilò in un hotel qualunque, prese una stanza e consumò un rapporto animalesco.

La volle punire per tutte le colpe dei bianchi traditori, specialmente quelli di origine inglese.
"Sistemati, non puoi presentarti così."
La trattò in malo modo, dopo essersi soddisfatto.
Carol si ricompose e, quando rimase da sola, si mise a piangere.
Forse se ne sarebbe andata da quel lavoro, rassegnando le dimissioni nel giro di una settimana.
Hendrik non la prese bene quando il venti settembre Carol se ne andò e de Klerk divenne presidente con l'appoggio dei democratici.
"Quel maiale, ci ha traditi.
Ha consegnato il paese ai neri."
Non riusciva a capacitarsi e telefonò a suo padre e a suo fratello Pieter.
I due cercarono di confortarlo, ma non vi era verso.
Tutti sapevano dove il Sudafrica era diretto.
Verso la fine e l'abisso.
Quel giorno, Andrew si preparò come sempre.
Sapeva a memoria l'arringa difensiva per il suo assistito Nigel.
Così come aveva impostato tutta la strategia processuale, avrebbe rimarcato tre evidenti fatti.
Nessuna prova scientifica che validasse il contatto fisico tra Nigel e la vittima.
Nessun testimone oculare che avesse visto la scena dell'assassinio.
Referto medico non compatibile con l'altezza di Nigel, visto che i segni di strangolamento dovevano provenire da un uomo più alto di almeno quindici centimetri e con una corporatura più robusta, oltre al fatto che l'assassino doveva essere mancino, mentre Nigel era destrorso.
A fronte di ciò, vi erano accuse basate solo su testimonianze oculari successive al delitto e vizi nell'occultamento delle prove a discarico da parte della polizia.
Se l'imputato fosse stato bianco, sarebbe già stato assolto.
Su questo, Andrew e Adam condividevano l'approccio.
Tutto doveva ruotare attorno al pregiudizio di colpevolezza in quanto Nigel era nero.
Alla fine della sua arringa, Adam scrutò i giudici.
Ci sarebbe stato un duro dibattito, ma avrebbero ceduto di fronte all'evidenza.
Il mondo stava cambiando e si sarebbero dovuti adeguare.
Andrew ricevette i complimenti degli emissari dei movimenti antisegregazionisti.

Fuori dal Tribunale, vi erano appostati giornalisti e fotografi che richiedevano dichiarazioni.
La pubblica accusa era sempre rimasta in silenzio, mentre i due avvocati difensori si erano dati da fare, sapendo come utilizzare i media e volgerli a loro favore.
"Dovevo ucciderlo…", così commentò Pieter nel vederlo al notiziario.
La sua strategia non aveva funzionato, anzi si era rivelata un boomerang.
A Soweto ormai campeggiavano striscioni inneggianti la liberazione di Nigel e dell'intera comunità nera.
I due avvocati si recarono presso la famiglia di Nigel per portare conforto.
Più che non ricevere onorario, non potevano fare.
D'altra parte, la grande pubblicità ricevuta era sinonimo di futuri introiti, tant'è che lo studio si poteva permettere persino un primo avvocato diverso dai due soci fondatori, oltre che una segretaria e un factotum per il reperimento di contatti e informazioni, nella figura di Michael Farad, un giovanotto intraprendente e che ne sapeva una più del diavolo.
Mentre Andrew e Adam si trovavano a Soweto, per arrecare le ultime notizie ad una famiglia molto provata, Michael aveva raccolto una deposizione scioccante.
Si stava fiondando a tutta velocità verso Soweto, inconscio del pericolo al quale si sarebbe potuto trovare di fronte.
"Spostati coglione…"
Non vi era minuto da perdere.
Giunse nella township e, senza fermarsi, proseguì come se niente fosse.
"Ma guarda quello…"
Johanna scostò i suoi figli che, per poco, non vennero travolti dall'automobile.
Se fosse andato avanti così, Michael sarebbe stato fermato con le brutte maniere e picchiato a dovere, oltre a subire la distruzione del mezzo.
La notizia che doveva riportare era troppo importante.
Con un fracasso di pneumatici stridenti, giunse di fronte alla casa di Nigel e vide parcheggiata l'automobile dei due avvocati.
"Signor Smith, signor Fiennes…"
Urlò a perdifiato, rispettando il diktat informale dello studio.
Nessun titolo di avvocato o di dottore o di altro tra i dipendenti.
Nessuna apparenza.
Erano tutti uguali, là dentro.

"Ma che diamine…"
Adam si stupì che il giovane fosse arrivato da loro sano e salvo.
"Ho qualcosa da dirvi, dovete subito rientrare allo studio."
Lo guardarono in modo strano, ma il ragazzo fece intendere di dover parlare in separata sede.
"Scusateci."
I due avvocati uscirono sulla strada.
"Cosa c'è Michael?"
Il ragazzo aveva ancora il fiatone e parlava in modo sconnesso.
"Pensavo che…una confessione come le altre, ma no."
Lo calmarono.
"Spiegaci cosa è successo".
Andrew fu il più fermo e risoluto.
Michael respirò profondamente e mise in fila i pensieri.
"Oggi allo studio è venuta una donna che voleva denunciare una violenza subita due settimane fa al lavoro, per la quale si era licenziata. Pensavo la solita storia di avances e di sesso, peraltro consumato, ma poi, quando mi ha detto l'identità, sono rimasto sconvolto."
I due lo fissarono in attesa della confessione.
"Si chiama Carol ed è la sorella della vittima del processo di Nigel."
Adam sbarrò gli occhi.
Era un evento in qualche modo collegato al processo?
Violentare e fare licenziare la sorella di una vittima così illustre in un processo che sarebbe passato alla storia non poteva essere solo una coincidenza.
"E poi…"
Fissò Andrew.
"…lavora nella stessa filiale di sua sorella Margaret e l'uomo che l'avrebbe violentata è suo cognato Hendrik."
Ad Andrew si gelò il sangue.
Sperava e pensava di avere chiuso con quella famiglia, ma il passato sembrava tornare sempre di più.
Adam colse la palla al balzo.
"Ci vado io".
Sapeva che Andrew non avrebbe potuto seguire l'eventuale causa.
Prese le chiavi dell'automobile e le passò al compagno e socio.
"Torna quando vuoi, mi raccomando.
Concentrato sull'obiettivo."
Andrew ci mise un po' a riprendersi e lo fece solo su sollecitazione da parte dei genitori di Nigel, i quali riponevano in lui una totale fiducia.

"Ora dobbiamo attendere.
I giudici si riuniranno in camera di consiglio e decideranno."
Si trattava di poche settimane, niente rispetto al calvario che avevano subito fino a quel momento.
"Se lo condannano, ricorreremo in appello.
Non è ancora detta l'ultima parola."
Andrew rimase ancora un poco e poi tornò in ufficio, ma non riuscì a non fare una deviazione.
Sembrava che la macchina si fosse indirizzata da sola verso casa di sua sorella Margaret.
Non c'era ancora nessuno, e lo sapeva, ma si sentiva in dovere di vedere i luoghi dell'altro Sudafrica, di quella parte di società dalla quale si era volutamente allontanato.
Rientrò da Adam, il quale lo stava aspettando.
Senza nemmeno attendere, iniziò.
"Sarà difficile come causa.
Non ci sono testimoni, i segni di violenza ormai sono sorpassati dalle due settimane trascorse, esiste un referto medico fatto oggi ma è molto vago.
Sarà la sua parola contro quella di un afrikander, quasi dirigenti di banca che vanta conoscenze altolocate.
C'è solo il portiere dell'hotel che potrà confermare l'avvenuto pagamento di una stanza, ma la difesa punterà sulla consensualità."
Andrew focalizzò la situazione.
Era una scelta difficile da compiere.
Suo cognato aveva tradito sua sorella, ma ciò non aveva niente a che fare con la giustizia.
Si trattava di morale e di etica, o al massimo di un giustificato motivo per la separazione, ma non per un'accusa di violenza carnale.
Soprattutto, anche sporgendo denuncia, non era detto che la polizia avrebbe dato seguito alla faccenda.
"E le connessioni con il nostro processo?"
Era una strana coincidenza.
Adam scosse la testa.
"Nessuna a quanto pare.
Pura casualità."
Se ci fossero state, avrebbe voluto dire che qualcuno aveva ordinato ad Hendrik di violentare la sorella della vittima, ma a che pro?
Non vi era stato alcun ricatto o minaccia.
Una spedizione punitiva?

E perché?
Ora lo studio Smith & Fiennes era molto più potente dei primi anni di vita e non era così facile farli retrocedere.
A nessuno dei due venne in mente l'imponderabile verità ossia che l'omicida fosse Pieter, fratello di Hendrik, il quale aveva spifferato il nome di Carol all'agente dei servizi di sicurezza.
Come si poteva immaginare la verità?
Si sarebbe dovuto conoscere la vera professione di Pieter Van Wyk e collocarlo nel luogo del delitto, per poi comprendere come fosse risalito all'identità della vittima.
Soprattutto, bisognava entrare nella contorta teoria di un afrikander convinto di poter suscitare un movimento per la continuazione dell'apartheid a seguito di un omicidio preparato ad arte.
Tutto troppo fumoso e senza prove.
"Meglio che ne stati fuori. Lo seguo io."
Andrew acconsentì, non doveva saperne nulla di tutto ciò.
Si sarebbe scolato una birra e poi se ne sarebbe andato a dormire, giusto per non fare emergere i fantasmi del passato.
Quella sera, a casa dei genitori di Nigel, sarebbe sfilata mezza Soweto.
Patrick portò il sostegno del Congresso e dei membri della lotta armata.
"Siamo pronti a mettere Johannesburg a ferro e fuoco."
Era stato stabilito che, in caso di condanna, l'intera popolazione di Soweto si sarebbe sollevata, anche per tastare le reali intenzioni di de Klerk.
Riformista vero o opportunista?
Era tutto da dimostrare coi fatti.
Johannes e Maria si strinsero a qualcuno che stava vivendo un dramma simile al loro.
Nigel aveva un'età simile a quella di Moses, quando era morto.
In più, Johannes sapeva cosa voleva dire vivere nelle prigioni dei bianchi.
Discriminazioni e pestaggi, isolamento e maltrattamenti.
Infine, arrivò Johanna con tutta la sua famiglia.
Era un insegnante di cui tutti parlavano bene, in particolare Kamala, la sorella di Nigel.
Kamala aveva diciotto anni e avrebbe finito il ciclo di studi nel giro di due mesi.
Era una delle studentesse più brillanti che Johanna avesse avuto e si era potuta permettere gli studi proprio perché il fratello lavorava dai bianchi, recependo uno stipendio maggiore.

Per tale motivo, a Johanna era stata molto a cuore la vicenda, fin dai primi sviluppi.
E su questo si fondava la certezza dell'innocenza.
"Sono persone che conosco", aveva detto a suo marito David, il quale, stando un passo indietro, aveva accompagnato la moglie.
Vi erano anche i figli, con Moses ad aprire il corteo.
Si doveva portare rispetto e rimanere composti.
Patrick, visionando da fuori questo scorrere del popolo di Soweto, ebbe un'illuminazione fulminante.
Si era già ottenuto uno scopo.
I bianchi erano riusciti a compattare tutti i fratelli neri, senza distinzione di etnia.
Perciò, avrebbero perso.
Magari non con quella sentenza, ma con la prossima.
Il giorno terminò e ne seguirono degli altri, nei quali la routine sembrava avere il sopravvento.
È un'eterna lotta tra abitudini e novità e la vita si articola tra queste due visioni antitetiche.
Così solo i diretti interessati si accorgono del cambiamento mentre gli altri trascorrono un'esistenza come sempre.
Andrew si era calmato e non aveva più richiesto nulla ad Adam, sapendo le tempistiche legali.
La denuncia doveva essere stata depositata e tra poco sarebbe arrivata la notifica.
A quel punto, ci si poteva aspettare di tutto.
La tempesta o la bonaccia.
Insulti o indifferenza.
Meglio era pensare alla sentenza.
Ai primi di ottobre, si seppe che si sarebbe dovuto attendere fino all'undici del mese.
"Ancora una settimana…questa attesa mi logora".
Andrew cercò di trovare altro cui pensare.
Aveva preso l'abitudine di correre per tenersi in forma ed era dimagrito quasi come un tempo.
Per quel giorno, comunicò che avrebbe tardato.
Uscì di casa e si mise a correre per non pensare ad altro.
Svuotare la mente e il corpo.
Essere un tutt'uno con la strada.
Simile alle gazzelle che fuggono per rimanere in vita.
In parallelo, una telefonata partì da Johannesburg verso Pretoria.

"Stavolta lo ammazzo…"
Pieter non riuscì a trattenere lo sdegno per quanto gli stava comunicando suo fratello Hendrik.
"Uno amico dei neri e depravato, che sta contribuendo a distruggere il Sudafrica, per di più discendente dagli inglesi, osa minacciare un vero boero padre di famiglia?"
Hendrik cercò di calmarlo.
"Ti ho chiamato non perché facessi qualcosa, ma perché sei l'unico a cui potevo dirlo.
Vedrò che carte hanno in mano e, al massimo, proporrò una transazione economica.
Niente processo.
In queste condizioni, nulla è sicuro."
Bisognava attendere tempi migliori, non vi era dubbio.
Hendrik tenne celato l'invito a comparire di fronte ad un giudice e la denuncia acquisita dalla Polizia.
Almeno Margaret e la sua famiglia non dovevano sapere nulla, anche se avrebbe dovuto accennare qualcosa alla banca.
Contattò Dirk, l'ex-direttore ormai in pensione.
"E' una faccenda delicata, si deve muovere con discrezione.
Le procuro io un avvocato e farò in modo che ciò non abbia ripercussioni sulla sua carriera.
Va da sé che deve starsene zitto."
Le origini di sangue erano le stesse, così come le idee e le scelte passate.
Era facile per Dirk rivedere se stesso in Hendrik, con molti anni di meno.
Adam stava giostrando la faccenda tenendo all'oscuro Andrew e aveva compreso che Hendrik non avesse detto alcunché.
Era certo che, se lo avesse fatto, l'intera famiglia Smith si sarebbe scagliata contro il suo socio.
Vestiti di tutto punto, i due avvocati si presentarono il giorno della lettura della sentenza.
Era un mercoledì che sarebbe passato alla storia, in un modo o nell'altro.
Grande ressa di giornalisti e di telecamere, almeno da copertura nazionale.
Forse uno spezzone dei vari servizi sarebbe stato visto persino a Città del Capo.
La tensione era palpabile e Andrew lanciò un'occhiata agli avvocati dell'ufficio del Procuratore.

Un'assoluzione avrebbe scatenato qualche ripercussione all'interno di quell'istituzione, con qualche testa da far cadere, anche se le responsabilità maggiori erano in capo alla Polizia, superficiale e con atteggiamento di spocchiosa arroganza.
Tuttavia, un processo alla Polizia sarebbe stato impensabile, persino sotto la nuova egida del governo de Klerk, riformatore per quanto si era prospettato.
La pomposità era sottolineata dall'ambiente raffinato, con mobili antichi e intarsiati e con i vestiti dei giudici che ricordavano il secolo passato.
"Visti gli articoli…"
Ecco la sfilza delle premesse legali.
"Questa Corte dichiara l'imputato…"
Elenco delle generalità di Nigel.
"…non colpevole per tutti i capi di accusa per insufficienza di prove.
Si dispone, pertanto, il rilascio immediato dello stesso.
La Corte è aggiornata e la seduta è tolta."
Due diversi sentimenti si levarono dall'aula.
Un boato di sorpresa per chi voleva sottolineare le ragioni dell'accusa, quasi un applauso per gli innocentisti.
Andrew e Adam si abbracciarono.
Una ressa si strinse attorno a loro e tutti cercavano di stringere le mani.
"Nigel, Nigel…"
L'imputato, ormai scagionato, era stato liberato dalle manette ed era libero di andare dove voleva.
I suoi genitori, in lacrime, non avrebbero potuto abbracciarlo in quanto separati fisicamente nell'aula.
Adam abbracciò il ragazzo, mentre Andrew si recò al piano superiore, dove stavano i neri.
"Grazie…", fu l'unica parola che i genitori di Nigel riuscirono a pronunciare.
Fuori dal Tribunale vi era un caos indescrivibile e tutti aspettavano i due contendenti.
Per prima uscì l'accusa, con passo insicuro e trafelato.
"Oggi non c'è stata giustizia. C'è una vittima morta e nessun assassino. Andate a dirlo ai familiari della vittima."
Era un modo come un altro per distogliere l'attenzione sul vero fatto del giorno.
Andrew, Adam e Nigel uscirono assieme, con il ragazzo in mezzo ai due avvocati.

I giornalisti iniziarono a schiamazzare tutti assieme e a fare domande disparate.
Andrew prese la parola.
"Abbiamo affermato un grande diritto. Nessuno può essere ritenuto colpevole se ci sono prove a discarico e nessuna a carico.
È una banale deduzione logica che si impara al primo anno di Legge.
L'ufficio del Procuratore e la Polizia avrebbero dovuto perseguire il vero assassino, che è ancora là fuori e si fa beffe di tutti noi.
Questo ragazzo, da oggi, è libero."
Era una dichiarazione in parte di soddisfazione e in parte di delusione perché il meccanismo della giustizia non aveva funzionato a dovere.
Per un anno tutti si erano concentrati nell'accusare un innocente, mentre il colpevole si era fatto beffe del sistema.
Nigel, evidentemente commosso, non riuscì a dire nulla.
Rientrarono tutti a Soweto, accolti da un boato e da una grande festa, come se tutti avessero acquisito la libertà.
Nessuno stava pensando al futuro ossia al fatto che Nigel non avrebbe più avuto il posto da infermiere nella zona dei bianchi.
Sua sorella Kamala lo strinse forte e gli sussurrò:
"Sei il mio eroe..."
Johanna e la sua famiglia erano presenti e suo padre non riuscì a trattenere le lacrime.
Per molto meno era stato incarcerato senza un giusto processo e un'adeguata difesa.
Che le cose stessero veramente cambiando?
Rinchiusi nelle loro dimore, i Van Wyk, gli Smith e i Parker subirono l'onta della sconfitta.
A casa di Peter, nessuno dei coniugi fiatò.
Era stato loro figlio a tradire la causa dei bianchi e a fare assolvere dei neri.
Hendrik rivolse un commento sprezzante a sua moglie, colpevole solo di essere la sorella di quel depravato.
A otto anni, Gert comprese che lo zio non era una brava persona, almeno stando alle parole di suo padre, considerato il vero modello di vita.
Con quella sentenza, lo studio Smith & Fiennes divenne il fulcro del nuovo programma riformatore del Sudafrica.
Un primo barlume per vedere se la politica di de Klerk avrebbe attecchito dopo oltre quarant'anni di segregazione.
"Siamo famosi, ma sai che è stata una sentenza politica?"

Adam ne era convinto.
Fosse stato al governo ancora Botha, ci sarebbe stata una condanna, in barba alle leggi, alle prove e alla giustizia.
Andrew non ci voleva pensare.
Piuttosto la sua idea era quella di trovare il vero assassino.
"Lo dobbiamo a quella famiglia.
Sguinzagliamo Michael e un nuovo assistente.
Indagheremo come farebbe un'agenzia di investigazione."
Era un suo preciso dovere, per poter tornare a guardare negli occhi la famiglia della vittima.
Non chiese nulla del procedimento di Carol, si doveva solo attendere.
Quattro settimane per la precisione.
Adam lo ragguagliò in modo definitivo.
"Ha deciso di transire.
Una proposta economica per il risarcimento del danno morale e del licenziamento.
Pagherà la banca, in parte."
Andrew scosse la testa.
I potenti credono che coi soldi si compri tutto, ma da avvocato avrebbe accettato la proposta.
Il processo sarebbe stato basato su prove troppo labili per sperare in una condanna.
Accesero il televisore e appresero che i berlinesi stavano abbattendo il Muro.
Se anche la Cortina di Ferro era crollata, allora l'apartheid poteva avere i giorni contati.

XIII

Città del Capo - Johannesburg, febbraio-maggio 1990

In mezzo ad una folla oceanica, ed era proprio il caso di dirlo vista la collocazione fisica in una città precisa, l'ex socio e padrone di Johannes Nkosi fissò il palazzo del Municipio di Città del Capo.
Tutti erano in attesa di vedere un uomo affacciarsi da quel balcone.
Un uomo che era stato liberato, come primo gesto di pacificazione e di ripresa del dialogo in un Sudafrica che, in pochi mesi, sembrava essere cambiato come non mai.
Il primo vero fatto tangibile del riformismo di de Klerk.
Quell'uomo era Nelson Mandela, indiscusso leader dell'ANC, incarcerato da ventisette anni, ormai anziano, visto che di anni ne aveva settantuno.
Aveva trascorso tutta la sua maturità in carcere, isolato dal resto del mondo, ma quel mondo lo aveva eletto a simbolo della resistenza.
Se fosse stato libero, forse, avrebbe fatto meno danni al regime dell'apartheid.
Gli strenui sostenitori di quel modello sociale ancora in essere si erano dovuti ricredere e avevano sentenziato che l'errore era stato farlo configurare come martire.
"O morto o libero", era il giudizio che Pieter Van Wyk aveva stabilito nella sua testa, senza considerare la via di mezzo, ossia il compromesso del carcere.
Chi si riconosceva in un estremo non vedeva altro se non gli errori della mediazione, persino passata.
Adesso, quel pezzo di società dei bianchi si considerava tradito e sconfitto.
A casa dei Van Wyk fu esposta la bandiera a lutto, mentre Pieter boicottò i servizi informativi che avrebbero parlato dell'evento.
Gli occhi dell'intero paese, e in parte del mondo, erano convergenti su quella piazza e sulle parole che Mandela avrebbe pronunciato.
Di fronte a lui vi era la Storia, in quale modo avrebbe voluto entrarvi?

Cosa poteva pronunciare dopo tutto quel tempo rinchiuso?
"Amici miei, compagni e concittadini sudafricani, vi saluto tutti in nome della pace, della democrazia e della libertà per tutti.
Sono qui davanti a voi non come un profeta, ma come un umile servitore di voi tutti, il popolo."
Si trattava di un incipit dimesso e umile, ma che stabiliva fin da subito i capisaldi del pensiero.
Pace, democrazia e libertà, proprio come voleva Johanna e l'ex socio e padrone di suo padre.
E poi, il richiamo al popolo, così evidente per Patrick e per gli altri membri del Congresso in libertà.
"I vostri instancabili ed eroici sacrifici mi hanno permesso di essere qui oggi. Pertanto, metto nelle vostri mani gli anni rimanenti della mia vita."
Maria si rivide in quelle parole.
Che sacrificio aveva compiuto per tutta la vita?
Duro lavoro e perdita di un figlio.
"In questo giorno del mio rilascio, estendo la mia sincera e più calorosa gratitudine ai milioni di miei compatrioti e a coloro che in ogni angolo del globo hanno fatto una campagna instancabile per la mia liberazione."
Non erano soli, né chi stava ascoltando quel discorso a Città del Capo, né i cittadini di Soweto e delle altre township e nemmeno chi si era trasferito, volontariamente o meno, nei vari bantustan.
Lo percepirono Andrew e Adam, fautori di una visione in tempi in cui tutti li avevano considerati dei pazzi furiosi nel gettare al vento una carriera così promettente.
E, altrettanto, si poteva dire dei vari sostenitori dei movimenti antisegregazionisti, bianchi che volevano una società più equa.
"Rivolgo un saluto speciale alla gente di Città del Capo, la città in cui è stata la mia casa per tre decenni. Le vostre marce di massa e altre forme di lotta sono state una costante fonte di forza per tutti i prigionieri politici."
Arrivarono i ringraziamenti del leader.
Una sequela infinita.
Per tutti.
Senza distinzione di appartenenza.
Il Congresso e i partiti, gli attivisti e chi aveva sostenuto la lotta armata, i giovani e gli anziani.

"Rendo omaggio alle madri, alle mogli e alle sorelle della nostra nazione.
Siete il fondamento duro della nostra lotta.
L'apartheid vi ha inflitto più dolore che a chiunque altro.
In questa occasione, ringraziamo il mondo – ringraziamo la comunità mondiale per il suo grande contributo alla lotta contro l'apartheid. Senza il vostro sostegno la nostra lotta non avrebbe raggiunto questo stadio avanzato."
Johannes si sentì coinvolto in modo diretto.
Anch'egli aveva contribuito alla liberazione di quell'uomo.
Nigel pianse nel pensare a come sarebbe stato se lo avessero condannato.
Maria quasi non riuscì a rimanere in piedi.
"Oggi la maggioranza dei sudafricani, bianchi e neri, riconosce che l'apartheid non ha futuro."
Il punto centrale, ciò al quale non si poteva sfuggire.
Quel regime era stato fallimentare nel passato e doveva essere sorpassato.
Peter e Elizabeth scossero la testa.
Non era possibile che il loro mondo finisse in quel modo.
"Pensavo di morire prima di tutto ciò", disse il marito ad una moglie completamente allibita.
Come era stato attuabile?
Come sarebbe stato il futuro dei suoi nipoti?
Condiviso con i neri?
Ebbe un fremito.
A suo tempo, era andata a letto con superiori afrikander e non con etnie inferiori.
Il discorso, però, non era terminato, anzi.
"A questo dobbiamo porre fine con le nostre azioni di massa decisive per costruire la pace e la sicurezza.
Le campagne di lotta di massa e altre azioni delle nostre organizzazioni e del nostro popolo possono solo culminare nella creazione della democrazia."
Per Margaret e Hendrik un passaggio del genere era sufficiente per condannarlo di nuovo.
Non era forse cospirazione?
Ribellione? Sedizione?
Tentativo di rivoluzione?
Era una dichiarazione vergognosa e inaccettabile.

Qualcosa invece di estatico per tutti quelli presenti in piazza e per chi stava ascoltando simili parole a Soweto.
David riconobbe i pensieri di sua moglie e ne fu contento.
Tutto questo era per Abuja e Moses, i fratelli morti, ma anche per i suoi figli, due dei quali avevano il medesimo nome.
Continuità nella differenza, ciò serviva per il Sudafrica.
"*La distruzione causata dall'apartheid nel nostro subcontinente è incalcolabile.*
Il tessuto della vita familiare di milioni della mia gente è stato frantumato. Milioni di persone sono senzatetto e disoccupate."
Persone che i bianchi non avevano visto né voluto vedere.
Eppure, vivevano accanto.
Nelle medesime aree urbane, ma in posti appartati e divisi.
A Soweto, vi erano zone molto degradate e persone che vivevano per strada, di questo tutti i componenti della famiglia Dlamini ne erano consci, ivi compresi i bimbi.
"*La necessità di unire le persone del nostro Paese è un compito importante ora come lo è sempre stato.*
Nessun leader individuale è in grado di affrontare da solo tutti questi enormi compiti.
È nostro compito come leader di mettere le nostre opinioni davanti alla nostra organizzazione e consentire alle strutture democratiche di decidere sulla via da seguire."
Vi era un forte richiamo alla comunità e ai sentimenti condivisi, non solo ai pensieri e alle azioni.
"*La nostra economia è in rovina e il nostro popolo è coinvolto in conflitti politici.*"
John Parker si alzò dal divano.
"Non è vero", affermò.
"Dice falsità."
Dall'alto della sua condizione di ricco acquisito poteva permettersi di vedere un solo angolo di mondo, il suo.
Jane Parker stava nella sua villa e si stava godendo un bagno ristoratore in piscina con suo figlio di quasi dieci anni.
In costume intero, le sue forme strabordavano nonostante il regime di dieta che si era messa in testa di seguire.
Non voleva dare peso a quel giorno.
Uno come tanti, con suo marito dedito ad altro.
Forse la tradiva, ma questo non le importava più di tanto.

I soldi li aveva lei, essendo la prima intestataria della casa e della società e avrebbe potuto cacciarlo quando e come voleva.
"Il nostro ricorso alla lotta armata nel 1960 con la formazione dell'ala militare dell'A.N.C., Umkonto We Sizwe, fu un'azione puramente difensiva contro la violenza dell'apartheid."
Patrick si sentì rinfrancato.
Era sempre stata legittima difesa.
Sempre e comunque.
La polizia di Johannesburg e i servizi di sicurezza avrebbe avuto qualcosa da ridire, ma non erano interpellati quel giorno.
"Ribadisco la nostra richiesta, tra l'altro, della fine immediata dello stato di emergenza e della liberazione di tutti, e non solo di alcuni, prigionieri politici."
I punti fondamentali per Andrew e Adam.
Aprire ad una nuova fase, di libertà e di liberazione, mentre altri non la vedevano in tal modo.
"Tutti liberi i criminali…questo è un pazzo."
Hendrik schiumava di rabbia.
A causa di quel clima di riforme aveva dovuto transire economicamente e farsi decurtare lo stipendio per rientrare dall'esposizione della banca.
Il tutto era stato messo a tacere per non fare trapelare nulla a Margaret, la quale era l'unica in filiale a non sapere del tradimento del marito e ad ignorare le conseguenze di quel gesto.
Si sarebbe chiesta il perché delle tardive promozioni di Hendrik e del rallentamento della sua carriera.
Era comunque il male minore rispetto ad un processo, visto che le aule dei tribunali non erano più il luogo così perfetto che gli afrikander si erano sempre immaginati e che avevano sempre costatato.
"I negoziati sullo smantellamento dell'apartheid dovranno affrontare la schiacciante richiesta del nostro popolo di un Sudafrica democratico, non razziale e unitario."
Johanna si aspettava questo passaggio.
Unitario, ossia non diviso per tribù o etnie, non separato.
Una società unica e non razzista.
Sarebbe stato possibile?
Sembrava di no, ma anche fino a qualche mese prima nessuno avrebbe scommesso sulla liberazione di Mandela.
"Ci deve essere una fine al monopolio bianco sul potere politico."
Il punto fondamentale del discorso.
I neri volevano poter partecipare alla gestione del potere politico.

"Ecco qui gettata la maschera", affermò Peter scuotendo la testa come gesto di disapprovazione.
"I neri vogliono essere considerati come noi, ma non lo sono!!"
Questa era la verità che i bianchi sostenitori dell'apartheid avevano sempre portato avanti.
Differenze dovute a disuguaglianze fattuali.
Nessuno era uguale all'altro, specie i neri non lo erano con i bianchi.
"E una ristrutturazione fondamentale dei nostri sistemi politici ed economici per assicurare che le disuguaglianze dell'apartheid siano affrontate e la nostra società completamente democratizzata."
Johannes sapeva cosa ciò avrebbe comportato.
Non bastava farsi eleggere in Parlamento o nelle amministrazioni locali.
Bisognava penetrare l'intera società sudafricana.
Scuole, università, sanità, esercito, polizia, impresa, tribunali, amministratori.
Ci doveva essere una penetrazione graduale a tutti i livelli, ma chi di loro sarebbe stato in grado nel prendere simili posti?
Non di certo gente come lui o sua moglie.
Una come Johanna, invece sì.
Con i suoi studenti e le sue studentesse.
E alcuni lavoratori o persone specializzate.
Uno come Patrick sarebbe potuto divenire un ottimo organizzatore di servizi di sicurezza e protezione e uno come David un ottimo gestore dei lavoratori produttivi.
"Chiediamo ai nostri compatrioti bianchi di unirsi a noi nella formazione di un nuovo Sudafrica.
Il movimento per la libertà è una casa politica anche per voi."
Andrew e Adam si fissarono.
Erano pronti.
Avevano lavorato per anni alfine di arrivare ad un risultato del genere.
Non avrebbero mancato l'appuntamento con la storia.
"Traditori", erano stati definiti dagli Smith, dai Parker e dai Van Wyk.
"Mai con gente come loro", avevano concluso.
Il popolo in piazza del municipio a Città del Capo era in visibilio, nessuno si aspettava così tanto.
"Chiediamo alla comunità internazionale di continuare la campagna per isolare il regime dell'apartheid."
Serviva ancora pressione sul regime, in fondo ci si fidava poco di de Klerk.

"Il suffragio universale su una lista di elettori comuni in un Sudafrica unito, democratico e non razziale è l'unico modo per la pace e l'armonia razziale."
Era un concetto talmente importante da dover essere ribadito con forza e con costanza.
"In conclusione, desidero tornare alle mie stesse parole durante il mio processo nel 1964. Sono vere oggi come lo erano allora."
Un richiamo alle vicissitudini processuali che accumunavano Nigel e Johannes, ma anche Andrew e Adam.
Quattro uomini, due bianchi e due neri, che avevano dovuto scontrarsi con il regime e con le sue prepotenze, ma che non si erano piegati né avevano alzato bandiera bianca.
"Ho scritto: ho combattuto contro la dominazione bianca, e ho combattuto contro la dominazione nera.
Ho coltivato l'idea di una società democratica e libera in cui tutte le persone convivono in armonia e con pari opportunità."
Johanna si sentì pienamente soddisfatta.
No alla vendetta, no alla distruzione totale, no alla lotta interna.
Posizioni estremamente convergenti con quelle di Desmond Tutu.
Forse, per la prima volta da quando era nata, si poteva pensare ad un futuro di pace e prosperità.
"È un ideale per il quale spero di vivere e che spero di realizzare. Ma se necessario, è un ideale per il quale sono pronto a morire."
Maria si strinse al marito.
Entrambi stavano pensando a Moses, morto per un proiettile dopo aver visto la sua amata stesa a terra esanime.
Anch'egli era pronto a morire e lo aveva fatto.
La donna scoppiò in lacrime e Johannes la baciò.
"Amici miei, non ho parole di eloquenza da offrire oggi se non per dire che i restanti giorni della mia vita sono nelle vostre mani.
Spero che vi disperderete con disciplina.
E nessuno di voi dovrebbe fare qualcosa che induca le altre persone a dire che non siamo in grado di controllare la nostra gente."
Le ultime parole erano per la folla presente e per i posteri.
No alla violenza indiscriminata.
Rimanere calmi e non dare pretesti ai bianchi per scatenare una repressione generale o per rimangiarsi quel piccolo passo.
L'ex socio e padrone di Johannes si trovava in mezzo ad altri fratelli neri che erano emozionati e coinvolti come lui.

Applausi e speranza negli occhi, quello che l'apartheid non aveva mai dato loro.
In ordine, si dispersero.
Vi erano anche dei bianchi, in piccola minoranza.
Alcuni sudafricani, altri stranieri.
Erano presenti giornalisti di tutto il mondo, catapultati in tutta fretta a Città del Capo in quel giorno di inizio febbraio del 1990.
Nessuno poteva perdersi un evento atteso da un trentennio, periodo nel quale erano passate generazioni di professionisti della carta stampata e della televisione.
Erano pochi quelli che avevano assistito all'incarcerazione di Mandela e ancora meno quelli che avevano memoria dell'origine del regime di segregazione.
Una donna quasi cinquantenne si aggirava tra la folla cercando di intervistare qualcuno.
Voleva scrivere un pezzo unendo le parole di Mandela con quanto la folla avesse recepito e percepito.
Uomini e donne che le stavano dando un'informativa generale.
"Lei cosa ci fa qui?"
La giornalista aveva fermato una donna bianca sudafricana.
"Sono venuta ad ascoltare come potrebbe essere il mio futuro e quello di mio figlio."
La giornalista chiese se potesse scrivere di lei e la donna acconsentì.
"Ma non metta il mio nome.
Sono un afrikander, di una famiglia tradizionalista e mi sono trasferita anni fa a Città del Capo."
La giornalista sorrise e le pose una mano sulla spalla.
"Non si preoccupi…"
Era stata in parecchi luoghi dove la libertà veniva calpestata e dove i diritti erano un privilegio per pochi.
Sapeva cosa rischiavano donne come lei a sfidare il potere.
Quella donna era Hellen, la vicina dei Van Wyk, l'amante fugace dei fratelli Hendrik e Pieter, la madre del figlio di quest'ultimo.
Vivendo a Città del Capo, aveva potuto apprendere un diverso modo di pensare, più aperto al mondo e meno legato alle tradizioni.
Aveva imparato a cucinare piatti indiani e asiatici, della tradizione zulu e inglese.
Si era "contaminata", ma in questo termine non vi era senso del disprezzo, ma solo pura realtà.

Abbattere i muri che la sua famiglia aveva costruito attorno a lei e ai suoi fratelli.
Aveva trovato un lavoro da impiegata, modesto ma che le bastava per tirare avanti e allevare suo figlio, al quale avrebbe detto che il padre era morto.
Meglio una figura non presente che Pieter Van Wyk, un freddo individuo che cercava solo il suo piacere.
Aveva conservato le foto del suo ex marito e avrebbe mostrato quelle a suo figlio.
Tanto l'ingegnere minerario stava sicuramente lavorando anche quel giorno, indifferente a ciò che accadeva al di fuori del suo mondo, fatto di cunicoli e di laverie, di macine industriali e di forni di raffinazione.
La giornalista proseguì e bloccò un uomo nero palesemente emozionato.
"Posso chiederle cosa prova?"
L'ex socio e padrone di Johannes iniziò a parlare senza sosta.
"E' tutta una vita che aspetto questa giornata.
Non sa cosa vuol dire essere nato e cresciuto a Soweto e poter essere qui.
Me ne sono andato anni fa dalla township, lasciando amici e conoscenze, ma adesso potremo rivederci.
Liberi, capisce?
Senza permessi e senza limitazioni."
La giornalista segnò tutto, ma poi chiese:
"Dove è Soweto?"
L'uomo sorrise.
"Lei non è di qui.
Soweto è a Johannesburg.
Vengo da là.
Se vuole vedere la vera Sudafrica, deve andare in quel luogo. Se vuole posso fare qualche telefonata per lei."
La giornalista acconsentì e si fece da parte per evitare la ressa.
"Mi chiamo Olga Martinez e scrivo per un giornale messicano.
Potrei comprare un biglietto del treno e visitare Johannesburg.
Devo capire dalla mia redazione cosa dicono."
L'uomo le diede un paio di contatti.
"Johannes Nkosi. Lo potrà trovare a questo numero. Chieda di lui e dica che la mando io.
E poi si faccia presentare sua figlia."
Olga ringraziò e se ne andò da lì.

La giornata particolare stava per concludersi e doveva preparare l'articolo, oltre a chiedere se fosse possibile proseguire per Johannesburg.
Alla redazione furono titubanti e si presero un paio di giorni, ma poi le diedero un consenso generalizzato.
"Servono due articoli.
Come hanno reagito i bianchi e i neri."
Alla stazione di Città del Capo, Olga vide ancora un mondo diviso, qualcosa che non corrispondeva alle parole di Mandela.
Erano più desideri che non verità attuali.
Visioni di un futuro possibile.
Questo devono fare i veri leader.
Si stupì dell'enormità di quel paese e degli straordinari paesaggi.
Colori caldi e ammalianti.
Come era possibile che, dietro a ciò, vi fosse un generale disprezzo degli elementari diritti della persona?
Trovò Johannesburg più caotica e meno solare di Città del Capo.
Quando chiese ad un taxista di portarla a Soweto, quello la guardò male, giudicandola matta.
"Io mi fermo qui, poi vada a piedi, ma stia attenta."
Olga aveva ricevuto precise istruzioni su quale parte della township evitare e dove dirigersi.
Per quanto potesse essere preparata e per quanto avesse già visto buona parte del mondo con situazioni veramente drammatiche, rimase costernata nel costatare lo stato di fatto di Soweto.
Venne fissata direttamente un paio di volte.
Si recò all'associazione degli impresari laddove aveva chiamato una settimana prima.
"Si accomodi, le chiamo Johannes Nkosi. Dovrà attendere un po'."
Johannes si presentò dopo circa mezz'ora.
La donna fu scortata dapprima a casa sua, facendo conoscenza con Maria e poi alla fabbrica.
"Qui è dove lavoravamo con la persona che ha conosciuto a Città del Capo."
Olga riportò le sue condizioni di salute.
"Sembra stare bene e si è augurato di rivedervi."
Johannes sorrise.
"Sa che qui a Soweto quasi nessuno ha visto il mare e in pochi hanno visto Johannesburg?"
Olga sembrò incuriosita e si appuntò tutto.

Le fu presentato il genero di Johannes.
David la scortò a scuola, laddove insegnava sua moglie Johanna.
Olga entrò in classe.
L'anno scolastico era appena iniziato.
Fece qualche domanda e trovò un buono stato di preparazione.
Attese la fine delle lezioni per parlare con Johanna.
"Quello che ha visto è un'eccezione, ma è un bene che se ne parli.
Qui la situazione è drammatica."
Olga comprese come Johanna avesse un linguaggio superiore e un'intelligenza di altro livello.
"Venga…"
Le presentarono Nigel.
Il ragazzo parlò benissimo degli avvocati bianchi e, in generale dei movimenti antisegregazionisti di Johannesburg.
"Se deve scrivere un pezzo, li contatti."
Ad Olga piaceva questo passaparola.
Era un metodo antico ma efficace in un regime che aveva voluto compartimentare le persone e le idee.
E aveva fallito, perché la Storia non perdona.
Così come l'Europa dell'Est aveva sgretolato velocemente il comunismo, sembrava che lo stesso poteva avvenire in Sudafrica con l'apartheid.
Olga se ne andò per sera e dall'hotel prese contatto con lo studio degli avvocati.
Rispose una segretaria che appuntò il contatto.
"Si presenti domattina.
Uno dei due la riceverà."
Di solito, la parte di relazioni con la stampa era sempre stata derubricata ad Andrew.
Dei due era il comunicatore perfetto per chi non possedeva una formazione giuridica e per impressionare il pubblico.
Olga, ligia al ruolo, si presentò dai due il giorno seguente.
Si stupì nel vedere due avvocati giovani, trentaseienni.
Chissà perché si era immaginata suoi coetanei.
"Abbiamo iniziato da zero e abbiamo subito tante violenze."
Andrew raccontò i vari episodi.
"Mai un'indagine aperta per questi avvenimenti e mai un colpevole.
Fino a qualche mese fa, eravamo seguiti passo passo da alcuni agenti di sicurezza.
Ci spiavano."

Olga raccolse la testimonianza circa il processo di Nigel.
"Era evidentemente innocente, anzi stiamo svolgendo delle indagini per comprendere chi abbia ucciso quella ragazza."
Adam entrò nello studio.
"Perché non viene a pranzo con noi?
Offre Andrew…"
I tre si diressero ad un ristorante lì vicino.
"Ditemi, non potreste indirizzarmi verso chi non la pensa come voi? Insomma, vedere chi sosteneva e sostiene ancora il regime."
Adam comprese lo sguardo di Andrew e lo anticipò.
"Signora Martinez, qui è pieno.
Noi siamo una minoranza, lo sa?
Anzi, una minoranza nella minoranza…capisce come ci hanno trattati in quanto omosessuali e con il problema dell'AIDS che sta esplodendo anno dopo anno?"
Olga prese quella frase come un rifiuto, ma Adam proseguì.
"Le nostre famiglie, ad esempio.
Siamo stati cacciati.
Io non vedo i miei genitori e mio fratello da otto anni e lo stesso per Andrew.
Potremmo indirizzarla alle nostre famiglie e ai loro amici, ma ci troveremmo troppo esposti.
Ciò che le possiamo dire è che può contattare quattro o cinque circoli che qui riuniscono i contrari alle riforme.
Le sbatteranno la porta in faccia, ma forse qualcuno parlerà."
Olga prese nota e ringraziò.
Per ora, aveva un pezzo pronto, quello relativo a Soweto e un altro si stava componendo sotto le sue mani.
La divisione della società dei bianchi con una minoranza della quale aveva inquadrato motivazioni e visioni, ma con una maggioranza ancora sfuggente.
Ancora qualche giorno, giusto per ricevere tre rifiuti consecutivi.
"Possibile che nessuno di voi voglia rilasciare una dichiarazione?
Sono una giornalista messicana, quindi i miei lettori non sono sudafricani.
Pubblicherò lo stesso gli articoli, ma mancherebbe il vostro punto di vista.
Siete così ottusi dal non capire che dovete apparire e non rinchiudervi?"
Dall'altra parte del telefono, trovò qualcuno leggermente più ragionevole.

"Venga qui domani e vedremo cosa possiamo fare."
Olga si sentì rinfrancata e si mise di buzzo buono a redigere una serie di domande.
Le motivazioni di fondo del perché sostenevano un regime del genere e del perché si opponevano alle riforme.
Si vestì in modo classico, senza dare adito a possibili rimostranze.
Si era fatta l'idea che questi circoli conservatori fossero misogini e tradizionalisti, ma si trovò di fronte una donna.
Era Jane Parker, la quale era stata inviata da suo padre per svolgere una faccenda secondaria.
"Quelli dell'associazione del potere bianco mi hanno chiesto un intervento per parlare con una giornalista.
Jane, fai tu, se non ti dispiace."
La figlia aveva accettato di buon grado.
L'avrebbe introdotta alla loro vita, per mostrarle le grandi conquiste dei bianchi e degli afrikander.
Una visita alla villa, alla fabbrica del padre e alla banca dove lavorava la sua migliore amica con suo marito.
Olga si presentò e squadrò Jane, molto generosa in forme.
"Sono una madre e una moglie."
Così ci tenne a presentarsi.
Olga non era né l'una né l'altra, ma non si sentì sminuita.
"Venga, andiamo da me."
Jane aveva fatto preparare un piccolo rinfresco, pensando di colpire la giornalista, ma Olga aveva visto il mondo troppe volte per farsi attrarre da simili banalità.
"Quindi lei pensa che sia giusto separare le etnie?"
Jane non era preparata per l'incontro e rispose con ovvietà, facendo più la parte della riccona agiata che non della portavoce delle ragioni dei bianchi oltranzisti.
Olga ne trasse la conclusione di un mondo abituato a vivere al chiuso, all'interno delle proprietà, cercando sicurezza.
Poca empatia, poche persone.
Piccoli circoli elitari.
John Parker non le fece alcuna impressione, né il lustro di tutti i suoi beni.
Infine, la filiale della banca, laddove un raggiante Hendrik l'accolse, con Margaret di fianco.
Olga fissò la donna e comprese come fosse totalmente subordinata al marito, il primo vero afrikander che incontrava la giornalista.

"Vede, lei è abituata a ragionare in uno stato dove, per vostra fortuna, non ci sono i neri.
Creano solo problemi.
Sono poveri e pieni di malattie, criminali e sporchi.
Diciamocelo, non sono uguali a noi."
Olga scrisse tutto senza ribattere.
Era inutile tenere testa ad un arrogante e ignorante giovanotto che pensava di essere l'immagine di Dio sulla Terra, senza comprendere che il suo mondo era finito e sarebbe stato spazzato via in poco tempo.
Olga si congedò e se ne andò da Johannesburg, non senza aver mandato i suoi pezzi.
Avrebbe spedito agli avvocati e a Soweto due copie del giornale con gli articoli in spagnolo, ai quali avrebbe allegato una traduzione di suo pugno.
"Così ora siamo famosi anche fuori dal paese.
In Messico!"
Andrew e Adam accolsero con benevolenza il dono, mentre Johannes appese il ritaglio all'ingresso di casa sua.
"Pensa che ha conosciuto tua sorella e tuo cognato…
Che figura da fesso che ha fatto."
Adam sottolineò la pochezza di Hendrik Van Wyk, già costatata ai tempi della denuncia di Carol.
Un finto uomo.
Uno di quelli che nascondeva la propria inadeguatezza dietro al paravento di una finta superiorità genetica.
Teorie false che avevano distrutto un paese e una comunità, a cui si era messo finalmente una data di scadenza.
Andrew scrollò le spalle.
Non gli interessava più quanto accadeva in quella famiglia.
Non lo avevano più considerato e Andrew stava meglio da allora.
Viceversa, era molto più consapevole della propria posizione e si era detto che bisognava passare alle azioni concrete.
Da un lato, aiutare la popolazione di Soweto.
Ora che Mandela era libero, bisognava accelerare i tempi.
Come fare?
Semplicemente, trovando loro del lavoro con paghe dignitose.
Promuovere un'istruzione di livello e qualifiche professionali.
E come testimonial, uno come Nigel.
L'infermiere ingiustamente accusato.

Avrebbe condotto una battaglia in questo senso, fuori dagli orari lavorativi e all'insaputa di Adam.
Ognuno di loro aveva diritto ai propri spazi e alle proprie libertà.
L'associazione degli impresari di Soweto, per quanto dotata di pochi mezzi economici, sarebbe servita al caso di Andrew.
Dimostrare coi fatti che si poteva andare oltre l'apartheid prima ancora di attendere i risvolti politici.
Preparare il terreno, visto che mancavano i mattoni da mettere alla base delle pareti da costruire.
Prima di questo, però, doveva mettere un punto fermo sulle indagini.
Convocò Michael e l'assistente dando loro un mese di tempo ulteriore, così agli inizi di aprile poterono ritrovarsi.
"Fatemi una panoramica."
Andrew necessitava di comprendere il quadro generale.
Prese la parola l'assistente.
"La scena del delitto è quella strada dove hanno trovato il cadavere e nella quale si stava dirigendo il nostro Nigel.
Era una strada frequentata tutti i giorni dalla vittima, seguendo un percorso metodico.
Non vi è alcuna traccia di qualcuno che la molestasse o che la seguisse o che fosse stato segnalato.
Inoltre, nessuno quel giorno notò nulla, fino a quando qualche passante non vide Nigel.
Nessuno vide l'assassino né una persona sospetta allontanarsi né la vittima cadere a terra."
Un bell'enigma, analizzato più volte.
"Cosa ci sfugge?"
Andrew aveva rivisto quelle carte cento volte e, per ora, non vi era nulla di nuovo.
Michael proseguì col suo solito fare spigliato.
Si era preso la briga di analizzare il lato medico.
"La vittima è morta per strangolamento, ma aveva anche l'osso del collo spezzato.
Ho chiesto di fare un po' di prove ad alcuni miei contatti, considerando la taglia minuta della ragazza e la dimensione del collo.
Servono mani potenti.
Di un uomo adulto e allenato.
Corpulento, in grado di sviluppare una potenza devastante in pochi istanti.

Per di più, dai segni sul collo, sappiamo che è mancino e, novità, che portava dei guanti."
Andrew si appuntò questo particolare.
"Dobbiamo puntare sui guanti.
Ci sono referti presenti agli atti?"
Qualcosa c'era, ma si trattava di avere permessi speciali per visionare le prove.
"Ci penso io..." disse l'assistente.
"Se riusciamo ad avere un brandello, forse sapremo il colore, la tipologia e il modello di guanto."
Una flebile speranza, ma meglio di niente.
"Non abbiamo un identikit dell'assassino, ma sappiamo alcuni dettagli.
Uomo, bianco, mancino, alto almeno un metro e ottanta cinque, con una forza notevole."
Michael introdusse un ulteriore dettaglio.
"La vittima non aveva altri segni..."
Andrew non comprese.
"Sì, nessun segno di caduta.
L'assassino l'ha accompagnata a terra di modo che non sbattesse."
Perché riservare questa attenzione a chi si era appena ammazzato?
L'assistente guardò fuori dalla finestra.
"Cosa c'è Kevin?"
Il ragazzo espose la teoria.
"Non c'è movente.
Non l'ha rapinata né violentata.
L'ha vista lì e l'ha uccisa in dieci secondi, senza essere visto.
E non l'ha fatta cadere perché non facesse rumore.
È un professionista, non uno qualunque che passava per strada."
Andrew pensò alla vittima.
Una ragazza qualunque, se non fosse la sorella di Carol.
"Devo andare a parlare con lei."
Uscì in tutta fretta.
Conosceva il suo indirizzo e l'avrebbe aspettata sotto casa.
Carol aveva trovato un altro impiego, dove vi erano in maggioranza donne.
Non guadagnava più quanto prima, ma era contenta e si stava dimenticando dell'accaduto.
Fece per scansare Andrew, visto che avrebbe voluto mettere una pietra sopra a tutto.
"Non sono qui per lei, ma per sua sorella."

Carol si bloccò.
Era la sua sorellina che le avevano portato via.
"Sto cercando di trovare l'assassino, ma mi serve il suo aiuto."
Carol fece un cenno.
"Salga, abito da sola."
Andrew si introdusse in quel modesto appartamento, ritagliato sulle esigenze di una giovane che viveva da sola e che voleva stare da sola.
Si sentì in imbarazzo, ma doveva proseguire con la sua indagine.
"Non riesco a trovare qualche appiglio.
Sappiamo molte cose dell'assassino, ma poco della vittima.
Perché ha scelto lei?
C'è una connessione con la sua figura?
Lei ne ha mai parlato a qualcuno?
Ha accennato di avere una sorella con qualche persona al lavoro o in altro luogo?"
Carol cercò di fare mente locale.
"Sì, come tutti.
Ma non ero una che andava in giro a sbandierare le relazioni familiari."
Andrew si congedò.
Era un gioco ad esclusione.
Bisognava sondare ogni minima connessione e così avrebbe fatto.
"Michael, a tempo perso puoi fare un dossier tra tutti i dipendenti della filiale di Carol?
E poi servirebbero tutti i compagni di scuola della sorella e gli amici.
Si tratterà di un centinaio di persone in totale."
Il ragazzo fece una faccia stranita.
Anche lavorando a pieno regime, ci sarebbe voluto un anno, figurarsi farlo a tempo perso.
Ad ogni modo, avrebbe eseguito il compito, in primo luogo perché gli interessava farlo.
Era spinto da un'immane curiosità e da un voler scoprire ogni minimo dettaglio.
In fondo, era molto simile ad Andrew.
Ad entrambi, rodeva che un colpevole l'avesse fatta franca.
Posto che salvare un innocente era stato il lavoro principale, ora bisognava completare l'opera.
La polizia e la procura non lo avrebbero mai fatto, specie ora.
"Dì un po', per quanto ancora me lo avresti tenuto segreto?"
Adam aveva fatto finta di non vedere.
Andrew fece un cenno di diniego e di lasciare perdere.

"Sono stanco."
Il compagno si avvicinò e lo strinse.
"Non preoccuparti, sono d'accordo con te.
Dobbiamo inchiodarlo quel figlio di puttana."
Incuranti di quanto stava accadendo, quasi tutti erano tornati alle vite di prima, facendo trascorrere i minuti, le ore, i giorni, le settimane, fino a che il calendario non cambiò di mese.
Moses a dodici anni continuava a studiare e, per la prima volta da quando era nato, aveva notato una ragazzina.
Una sua coetanea per la quale provava qualcosa di diverso.
Non indifferenza, come per il resto delle ragazzine e non un sentimento come quello che lo legava ad Abuja.
Voleva bene a sua sorella, ma qui si trattava di altro.
Attrattiva e paura, timore e batticuore.
Era così anche per lei?
Non lo sapeva.
E si era detto che non ne avrebbe parlato con nessuno, men che meno con i suoi genitori.
A sua memoria, era il primo segreto che teneva con David e Johanna, un passo che avrebbe decretato la fine di una certa fase della sua fanciullezza.
Nessuno se ne era accorto, in quanto tutti erano abituati a vederlo nel medesimo modo di sempre.
Per i suoi nonni, era sempre il nipote maggiore.
Per i suoi genitori, un figlio.
Per gli insegnanti, un alunno.
Per gli altri studenti, un compagno.
Per Abuja e Daniel, un fratello.
Per la comunità di Soweto, un quasi adolescente.
Per il Sudafrica che stava tramontando, un nero di etnia xhosa.
Per il Sudafrica che stava nascendo, un nuovo cittadino.
Ma solo Moses Dlamini era conscio di essere una persona diversa da quella del giorno prima.
Dovremmo esserlo tutti, ogni giorno, ma poi pensiamo che il tempo si possa fermare e congelare.
Rimanere eternamente identici ad uno stato considerato perfetto, quando non esiste alcuna forma di immanenza né di perfezione.
È che il tempo edulcora ogni cosa, rendendola melliflua e melensa, mentre la realtà è difficile da accettare come è.
Per tale motivo, si odia il presente.

E chi non è in grado di concepire il futuro, si rifugia nel passato.
Un passato che, in Sudafrica, non sarebbe più tornato ora che le lancette della Storia avrebbero preso a correre, allo stesso modo di come fanno le gazzelle ogni mattina.
Per istinto, per scelta o per volontà, non è dato sapere.
Intanto, corrono.

XIV

Johannesburg- Città del Capo, estate - autunno 1991

Peter Smith uscì di casa e se ne andò in giardino, rimanendovi dieci minuti immobile a fissare l'orizzonte.
Fino ad un certo punto della sua vita, tutto era filato per il meglio.
Le tradizioni, la famiglia, la felicità.
Poi qualcosa si era incrinato.
La strada sbagliata che aveva preso suo figlio Andrew e la disgregazione del tessuto sociale e politico del Sudafrica.
Era stato un progressivo decadimento dei tempi, mentre le sue fortune erano aumentate.
Avrebbe potuto gioire con lussi mai considerati prima di allora, ma si trovava ad essere sempre più deluso.
Non era bastata la liberazione degli eversivi neri dell'ANC né la rinuncia all'Africa sudoccidentale, che ora si chiamava Namibia e nemmeno la revoca dello stato di emergenza.
Ora erano intaccate le leggi stesse dello Stato.
Erano stati aboliti tutti quegli atti che limitavano la proprietà fondiaria e, soprattutto, dividevano le aree per etnia.
Così non vi era più distinzione tra bianchi e neri.
Tutti potevano andare ovunque.
Frequentare gli stessi luoghi senza bisogno di permessi.
Era la fine di un sogno.
Quello dello sviluppo separato che tanto bene aveva fatto al Sudafrica.
Elizabeth lo raggiunse.
"Non fare così."
Sapeva che non sarebbero vissuti ancora a lungo.
Dieci, massimo venti anni.
La parte terminale della vecchiaia.
Peter era angosciato, però, da quanto stavano per lasciare a Margaret e ai suoi nipoti.

Sua figlia aveva solamente trentaquattro anni, con una prospettiva potenziale di vita di mezzo secolo.
E i suoi nipoti?
Martha aveva solo sette anni e, di questo passo, si sarebbe trovata a condividere la scuola con dei neri.
Inaccettabile.
Peter si sentì inutile.
Un'esistenza spesa per niente.
Perdente e senza alcun onore.
La cosa sconvolgente era che il mondo credeva che fossero quelli come Peter a sbagliare e ad essere retrogradi.
Non vi era più giustizia e rispetto.
Nel mentre, rientrando dal lavoro che, come consuetudine si svolgeva con la macchina del marito, Hendrik indicava i neri in giro per Johannesburg.
"Guardali lì, i barbari.
Ma cosa dico…le scimmie.
Ecco cosa sono.
Vengono per derubarci di quello che è nostro. E sporcano e insozzano.
Che schifo.
Chiedi a quel depravato di tuo fratello e al suo amichetto…magari sono contenti di ricevere nuova carne da provare."
L'uomo era furioso.
Non gli andava che quel clima avesse intaccato persino i suoi propositi di carriera.
La banca aveva emanato una direttiva interna in cui tutte le promozioni erano sospese.
L'istituto di credito, come del resto molte altre imprese, stava prendendo le misure al nuovo andazzo del governo de Klerk.
Nessuna discriminazione e nessun privilegio.
Prima o poi, all'interno di ogni filiale, sarebbe comparso un impiegato nero, magari non subito, ma nel giro di qualche anno certamente.
Era il miglior modo per adattarsi al nuovo corso e sopravvivere.
In pochi credevano nell'assoluta tranquillità della transizione.
Vi erano all'orizzonte dense nubi di guerriglia, sebbene l'ANC avesse revocato la lotta armata come strumento di contrasto.
Ora si trattava e non vi era argomento alcuno che fosse considerato tabù.
Margaret se ne stava zitta a fianco di suo marito.
Lo vedeva nervoso, ben oltre la soglia accettabile.

Si sarebbe dovuto dare una calmata, ma tutti i Van Wyk condividevano il suo atteggiamento, specie suo fratello Pieter.
Chissà come doveva essere il lavoro al Ministero ora che vi erano nuove direttive.
A dire il vero, se avessero saputo del suo reale impiego, sarebbero rimasti ancora più sconcertati.
In quei servizi di sicurezza vi erano i principali responsabili delle sparizioni e dei massacri e qualcuno stava già pensando a saltare il fosso.
Dimissioni a raffica per trovare lavori più sedentari e meno compromettenti.
In tutto questo, le attività classiche di spionaggio interno e di repressione erano quasi del tutto scomparso.
Così Pieter si vide la sua sezione esautorata da poteri effettivi e con un organico in costante diminuzione.
Persino i colleghi ora facevano fatica a salutarlo e, se avesse avuto qualche amico, gli avrebbe consigliato di cambiare aria.
Non era più tempo di gente come lui, con quelle idee.
Quando crolla un regime, il tempismo nel lasciare la barca che affonda è una caratteristica dei furbi, ma non dei coerenti.
Pieter, come tutti i membri della sua famiglia, non avrebbe mai abiurato l'apartheid, nemmeno se si fossero trovati di fronte al plotone di esecuzione.
"Meglio che andiamo a prendere i ragazzi."
Gert e Martha stavano dai nonni, ma ormai erano completamente indipendenti e indirizzati a rispettare le regole.
Studiavano e poi davano una mano.
Niente schiamazzi e pochi giochi.
L'esatto contrario di quanto stava avvenendo per i componenti della famiglia Dlamini.
Per la prima volta, varcarono i confini di Soweto.
Utilizzando un autobus, si fecero lasciare in città.
Guidava la fila Johannes, affiancato da Maria e dai consuoceri.
Indi, vi era Johanna con suo marito David.
E poi Moses, tredicenne, con a fianco Abuja e Daniel.
Per tutti, a parte Johannes, era la prima visita al centro di Johannesburg.
Stupore nel vedere la bellezza e l'eleganza, la pulizia e l'ordine, il numero di automobili e i bei vestiti.
Era quello il mondo dei bianchi?

"Ricordatevi che dietro c'è sempre stato lo sfruttamento di noi neri, ma che ora non dobbiamo farci rivalere, ma solamente pretendere uguali diritti."
Era Johanna ad istruire tutti, grandi e piccini.
Si recarono allo studio Smith & Fiennes, che ormai aveva cambiato sede e si era trasferito in una zona più centrale.
Durante il trasloco erano emerse le microscopie, lasciando Andrew e Adam stupefatti.
Dopo una denuncia, le cercarono anche a casa loro e le trovarono.
Seguì una seconda denuncia.
"Qualcuno ci spiava da anni.
Chi? I servizi segreti. Tom e Jerry non erano lì per caso."
Fecero gli esposti del caso e chiesero di indagare, ma in pochi avrebbero preso sul serio un compito del genere.
Troppo rischio e troppi potenti a cui pestare i piedi.
Forse, più in là nel tempo.
Quando, dopo qualche anno, l'intero processo di riforme si fosse sedimentato in una forma stabile.
Per ora, si doveva navigare a vista, dato che nessuno conosceva ancora il porto di approdo.
Andrew iniziò a pensare in modo diverso alle aggressioni subite e a quanto svolto.
"Davamo così fastidio?
Chi c'è dietro?"
Non riusciva a trovare un filo conduttore e questo era una cosa in comune con il caso dell'omicidio della sorella di Carol.
Michael aveva schedato un gran numero di persone, ma non vi era nulla nel loro passato e nei loro contatti.
Questi misteri rischiavano di trascinarsi per anni senza alcuna soluzione e Andrew ormai si era messo il cuore in pace.
Forse non tutta la verità sarebbe emersa e la giustizia non avrebbe trionfato in ogni angolo del Sudafrica.
L'intera famiglia Nkosi – Dlamini giunse a destinazione, trovandovi un altro consenso già precostituito.
Vi era Nigel Mbutu e parte dell'associazione degli impresari di Soweto.
Lo studio legale aveva offerto un piccolo banchetto, per festeggiare la fine dell'apartheid.
"Ma la strada è ancora lunga e i diritti civili da difendere sempre di più", così Andrew Smith aveva accolto tutti quanti.
I ragazzi, ad iniziare da Moses, si gettarono sul cibo.

Non avevano mai visto un'abbondanza del genere in vita loro e non si sarebbero tirati indietro.
"Assaggia questo Abuja…"
Daniel era il più vorace e ricevette un'occhiataccia da parte di sua madre Johanna.
La donna si era avvicinata alla sua ex studentessa Kamala.
"Mi servirebbe una come te, se va in porto la mia idea."
Kamala nutriva una completa adorazione verso la ex insegnante trentaquattrenne e si sarebbe prestata ad ogni tipo di lavoro.
Le diede una disponibilità di massima e Johanna la strinse a sé.
Il Congresso l'aveva contattata, ma per un compito ben diverso da quello della lotta armata, ormai deposta.
Seguendo le direttive di Mandela, bisognava prepararsi.
L'avevano istruita circa il percorso probabile che si sarebbe snodato.
"Le trattative con de Klerk porteranno all'abolizione delle leggi sull'apartheid, a cui seguirà sicuramente un referendum."
Johanna aveva compreso come non si potesse forzare la mano sull'abolizione del sistema segregazionista, senza chiedere il consenso posteriore della popolazione.
"Ma chi voterà a questo referendum?", aveva chiesto la donna.
I referenti del Congresso erano imbarazzati, ma dovettero ammettere.
"Pare solo i bianchi. I nostri leader hanno accettato questa impostazione."
Johanna si era un po' rabbuiata.
Sarebbe stato difficile che la maggioranza dei bianchi approvasse un cambio di regolamentazione che andava ad inficiare tutti i loro privilegi, rimasti tali per quasi cinquant'anni.
Era il pegno che si doveva pagare nelle trattative.
Accettare la buona fede della controparte e sperare.
"E la polizia? E l'esercito? E la giustizia?"
Tutte domande legittime, alle quali però si sarebbe potuto rispondere solo in seguito.
"Vedi Johanna, queste cose arriveranno.
Ma prima dobbiamo prepararci alle elezioni.
Se tutto va per il verso giusto, nel 1994 ci saranno le elezioni per la carica di Primo Ministro e per il rinnovo del Parlamento.
Ci serviranno candidati, perché è nostra intenzione candidarci.
È un percorso di due anni e mezzo, ma dobbiamo prepararci ora."

Johanna non comprese dove volessero arrivare, ma il membro del Congresso che se ne era stato zitto fino a quel momento, si alzò e prese la parola.

"Abbiamo individuato la tua figura come rappresentante della parte femminile di Soweto.

Se eletta, potrai contribuire alle riforme necessarie per risollevare le township, partendo dall'istruzione con i relativi fondi da stanziare."

In qualche modo, veniva chiesta a Johanna una generale disponibilità a prendere parte al processo di selezione della classe dirigente dell'ANC per poi, sperabilmente, trovare un posto a Città del Capo dal 1994.

Significava discuterne con David per pianificare il futuro.

"Vorrà dire che ci dovremo trasferire da Soweto.

Tutti quanti.

Siamo pronti? Potremo farlo?

Per i nostri figli come sarà?

E i nostri genitori?"

Erano domande che si dovevano porre, visto che per tutta la loro vita erano stati costretti a rimanere rinchiusi in pochi chilometri quadrati, senza possibilità alcuna di spostarsi.

La libertà poteva dare le vertigini se non adeguatamente assorbita e controllata.

Per tale motivo, il primo passaggio necessario era prendere conoscenza di Johannesburg.

Andrew faceva gli onori di casa ed era completamente in visibilio nel costatare gli occhi stupefatti non solo dei bambini, ma anche degli adulti.

Fece cenno al responsabile dell'associazione degli impresari di prendere la parola e, quest'ultimo, non si fece pregare.

"A breve, ci sarà una possibilità per tutti voi, o almeno per chi vuole.

L'ex socio di Johannes e David ritornerà da Città del Capo e si è detto disponibile a collocare almeno una decina di giovani di Soweto in altrettante attività a Città del Capo."

Un applauso fragoroso accompagnò la proposta.

Sembrava tutto troppo perfetto per essere vero.

La piccola comitiva si sciolse e ognuno rientrò nelle proprie case, con un evidente senso di liberazione.

Diverso fu l'atteggiamento di chi, quel giorno, si era barricato all'interno dei possedimenti.

Tra di essi, vi era Jane Parker che teneva stretto a sé suo figlio, nonostante il fanciullo di undici anni reclamasse ormai spazi di autonomia sempre maggiori.
A differenza di Margaret, dotata di un carattere indifferente trasmutato dal marito, Jane era divenuta morbosamente protettiva nei confronti di suo figlio.
Non potendo più accedere alla vita di una volta, si sentiva triste e svuotata di significato, nonostante le enormi ricchezze accumulate.
Per quell'anno, aveva stabilito di visitare l'Australia assieme a suo marito e suo figlio, o almeno un pezzo solo di quell'enorme continente.
Ci sarebbe andata senza la presenza di suo padre John e dei loro amici di sempre.
Era la prima cesura che si poneva in essere dopo anni di totale condivisione.
Necessaria per la costruzione di una propria intimità, ma completamente non prevista.
John Parker, ritiratosi ormai dall'attività, avrebbe preferito tornare in Inghilterra, alla ricerca delle proprie origini.
Precisamente a Manchester vi erano dei suoi remotissimi parenti, pronipoti di cugini di suo bisnonno, il quale era nato in Sudafrica, dopo che la sua famiglia si era trasferita in quel luogo ormai nel lontano 1840.
Peter Smith e Elizabeth se ne sarebbero rimasti a casa, completamente rintronati da quanto stava accadendo, mentre Margaret ed Hendrik si sarebbero recati presso la tenuta dei Van Wyk, laddove si sarebbe delineato un avamposto della resistenza al nuovo sistema riformista.
Posto che diveniva impossibile fermare de Klerk con le sue pazzie, l'ultima battaglia sarebbe stata quella referendaria.
Convincere quante più persone possibili a votare no.
Non riconoscere questo disgregamento e questo disfacimento della società e dei valori.
È incredibile come si possa continuare ad essere ciechi persino di fronte all'evidenza del cambiamento, ma i Van Wyk non erano dotati di adeguati parametri di confronto.
Solamente distaccandosi dalla loro realtà si sarebbero scontrati con quanto di tumultuoso stava avvenendo.
Il centro di tutto era sicuramente Città del Capo, ormai promossa a capitale politica e culturale dell'intero Sudafrica.
Era là che si sperimentavano le vere avanguardie del domani.
In quel contesto, Hellen era riuscita a ritagliarsi un ruolo indipendente.
Da madre e da donna libera, senza più le convenzioni di un tempo.

Forse, con il crescere di suo figlio, avrebbe persino potuto pensare a trovare un altro uomo.
Era una donna piacente e la sua figura non passava indifferente.
Camminava senza problemi respirando la brezza dell'Oceano, che a volte diveniva un vento poderoso.
Aveva incrociato molte persone di colore sul medesimo marciapiede, cosa non consentita fino a pochi mesi prima.
Tra di esse, vi era l'ex socio e padrone di Johannes, il quale non vedeva l'ora di ritornare a Soweto.
Riabbracciare i vecchi amici e portare via qualche ragazzo.
A Città del Capo vi erano più possibilità nel ricominciare una nuova vita.
Senza bisogno di permessi speciali, prese il treno, a ritroso rispetto a quanto aveva fatto anni prima.
Arrivò a Johannesburg, gironzolando tra le vie del centro e vedendo la nuova locazione dell'ufficio Smith & Fiennes.
Ne avevano fatta di strada i due avvocati.
Preferì non incontrarli e proseguire verso Soweto.
Rispetto a quanto era stato abituato negli ultimi anni, si respirava un'aria più pesante, non solo a livello climatico.
C'erano ancora incrostazioni da rimuovere, più di quelle presenti a Città del Capo.
Soweto era rimasta tale, anzi forse era pure peggiorata.
Meno ricchezza e più disoccupazione.
Si presentò alla fabbrica, trovandola identica ai suoi ricordi.
David e gli altri soci del patto gli si avvicinarono e lo portarono nel suo vecchio ufficio.
"E' rimasto tutto come allora..."
Avrebbe preferito che gli avessero mostrato segni di innovazione, ma la tradizione imperava ancora nelle menti di chi era sempre stato abituato a condurre una vita sempre identica a se stessa.
Misera, miserevole e miserabile.
A loro discolpa, vi era da dire che nessuno aveva scelto quel sistema che era stato imposto da altri.
Ora, però, serviva cambiare passo.
Fare entrare aria nuova.
Paradossalmente, lo avrebbe fatto un anziano rispetto a quei giovanotti, ma non contava molto l'età anagrafica.
Mandela aveva passato la settantina ma stava stupendo tutti con la lucida analisi calata sulla modernità attuale.

Non era rimasto ancorato al 1963, sebbene non avesse potuto vedere con i propri occhi come il mondo era mutato.
Le case e gli elettrodomestici, le macchine e il vestiario, i mezzi di comunicazione e il modo di esprimersi o atteggiarsi.
Johannes accolse il suo ex socio in casa sua.
Lo avrebbe ospitato nella camera che, una volta, era di Moses e Johanna.
Per quanto avrebbe fatto per lui, era il minimo,
Maria si dilettò in sua delle sue evoluzioni culinarie.
"Queste non si trovano a Città del Capo…"
Era la prima positività di Soweto che l'uomo aveva trovato.
Verdure stufate con carne che solo in pochi sapevano cucinare.
Johannes non aveva badato a spese, d'altra parte il suo ex socio si sarebbe fatto carico del viaggio e li avrebbe ospitati.
Dopo oltre sessant'anni dalla loro nascita, i coniugi Nkosi avrebbero visto il loro paese dal treno, fino ad approdare a Città del Capo.
L'Oceano era lì ad attenderli.
Passarono a salutare tutti quanti, ad iniziare dai nipoti.
Tutti e tre avrebbero voluto seguire i nonni, ma sapevano che avrebbero dovuto attendere.
"Verrà il vostro momento", così era stato detto loro.
Avevano imparato a rispettare i turni e i ruoli.
Johanna si era impegnata su questo fronte e non voleva che i suoi figli prendessero delle cattive consuetudini, sempre più diffuse a Soweto.
La libertà avrebbe anche potuto dare alla testa e fare emergere qualche strana voglia di rivalsa e di vendetta, e non solo verso i bianchi.
Caricati sul treno, gli occhi di Maria e di Johannes ritornarono quelli di un tempo.
Bambini di fronte alla Natura.
Mostruosamente minuti di fronte alla vastità della terra e del cielo.
Orizzonti vermigli e aria tremolante.
Savana e deserti, boscaglia e pianure, montagne e laghi.
Tutto vi era all'interno del Sudafrica.
Tutto tenuto segregato e non alla portata dei neri.
Che aberrazione, considerando la storia e l'origine delle varie etnie.
Johannes si era quasi ammutolito di fronte a tale spettacolo e il suo vecchio socio aveva compreso quali sentimenti vi fossero nel suo cuore.
Gli era capitato lo stesso anni prima.
A Maria erano persino diventati lucidi gli occhi.
Città del Capo era in vista.

Non appena scesero da quel viaggio interminabile, i giovani che avevano seguito l'ex socio si gettarono fuori a velocità impressionante.
Per loro si apriva un nuovo mondo, fatto di speranza e di lavoro.
Volevano bruciare le tappe e correre a perdifiato per dimostrare cosa si poteva fare una volta acquisita la libertà.
Johannes e Maria se la presero comoda.
L'età non consentiva una rapidità di movimenti, attutiti anche dal lavoro svolto in passato.
Schiena, mani, piedi e altre articolazioni erano stati segnati dallo scorrere del tempo.
Un'aria umida li investì.
Portava con sé odori e fragranze del tutto particolari, unici alle narici di chi era abituato a Soweto.
L'ex socio fece strada, mentre gli occhi di tutti si sgranavano di fronte alla vitalità di una comunità molto più variegata.
I giovani furono indirizzati a dimore temporanee, messe a disposizione da membri locali dell'ANC.
"Domani inizierete a lavorare.
Tra qualche mese, riuscirete a permettervi appartamenti in comune.
Quattro per appartamento.
Forse tra un anno potrete ulteriormente dividervi in coppie."
Era un percorso lento, ma meglio del nulla di Soweto.
Johannes e Maria si introdussero in casa dell'ex socio.
Era un appartamento moderno, in muratura.
Niente baracche o lamiere.
In una zona comunque povera per gli standard di Città del Capo, ma dignitosa.
"Riposatevi e domani andremo a vedere l'Oceano."
I due si guardarono intensamente.
Era la prima notte che trascorrevano assieme al di fuori della loro abitazione, in una casa differente.
Si addormentarono in un attimo e furono trasportati in mondi onirici popolati di acqua.
L'incontro con l'Oceano si rivelò ancora migliore di ogni previsione possibile.
Mai avrebbero pensato a qualcosa di così vasto.
Non si vedeva la fine e pensarono alla fortuna che avevano i marinai nel poterlo solcare senza alcuna barriera.
Là non vi erano limitazioni di spostamenti né permessi da esibire.
L'Oceano era di tutti, senza distinzione di etnia.

Nella mente di Johannes ci fu una piccola rivoluzione.
"Sei una minuscola particella e la vita è immensa".
Questa idea non lo avrebbe più abbandonato.
Senza parlare, si incamminarono.
Videro una donna bianca con un bambino e il sorriso di Maria incrociò quello della giovane.
Si salutarono.
"Come ti chiami?"
Il bimbo di quattro anni, per nulla intimorito, rispose:
"Klaus."
Maria gli fece un buffetto e Hellen la ringraziò.
Fino a pochi anni prima, un contatto con dei neri era proibito nella sua mente, ma ora era cambiato tutto.
Klaus stava crescendo ed era stato abituato a considerare tutte le persone identiche.
Johannes, Maria e l'ex socio si stupirono, in quanto avevano compreso che quella donna fosse un afrikander di origine boera.
A Johannesburg sarebbe stato molto più complicato assistere ad una scena del genere.
I giorni scorrevano lieti e fugaci e i coniugi Nkosi considerarono quel periodo come una luna di miele molto posticipata.
Era stato un regalo inaspettato, così come l'avvenuta libertà.
Nel rientrare a Soweto, avrebbero portato nelle loro anime il grande senso di quiete e di tranquillità e lo avrebbero trasmesso ai loro cari.
"Nonno…"
Abuja fu la prima a riceverli con un grande abbraccio.
Voleva sapere tutto.
Come era il treno e il mare.
"Ci sono altri bambini?"
Chiese Daniel.
A Soweto non era cambiato nulla, tutto immutabile come sempre, nonostante il mondo fuori si stesse trasformando in modo deciso.
Bisognava immettere degli acceleratori di eventi, così venivano definite da Andrew le azioni in grado di scatenare una rivoluzione pacifica dal basso.
Non solo decisioni politiche o sentenze, ma la popolazione che si mobilitava.
Il referendum era solo un primo passo.
Considerato il minimo indispensabile, avrebbe dovuto oltrepassare ben oltre la metà dei consensi per essere incisivo.

Relegare ad una minoranza sotto un terzo chi si opponeva alle riforme.
Era possibile?
Forse sì, se tutti si fossero mobilitati.
Accanto a questi grandi temi, sicuramente fondamentali per la ricostruzione del Sudafrica, Andrew non si era dimenticato della promessa che aveva fatto a Carol e alla sua famiglia.
L'indagine portata avanti da Michael era ad un punto morto.
Fascicoli e carte, ma nulla di sospetto o di rilevante.
Pareva che indagare tra le conoscenze e i colleghi non fosse la pista corretta.
L'avvocato ormai si era portato a casa quell'immane mole di faldoni e, a tempo perso, guardava distrattamente i documenti.
"Magda Kuipers, vediamo cosa faceva."
Una compagna di classe della vittima.
Niente da segnalare.
Era così per tutti i documenti, già visionati da Michael e rivisti molte volte.
L'assistente aveva trovato tracce di pelle e l'assassino indossava dei guanti di pelle nera di un modello di moda una decina di anni prima.
Quindi si trattava di qualcuno che non aveva acquistato quegli oggetti per l'occasione.
Erano guanti leggeri che non servivano per proteggersi dal freddo o dal vento, ma solo per eliminare le tracce, o per lasciarne il meno possibile.
Adam rientrò e trovò il suo compagno assorto nella lettura.
Non lo avrebbe redarguito, visto che si trattava del tempo libero e che non sottraeva risorse al lavoro.
Era che così avrebbe finito per impazzire.
Senza alcun risultato evidente, prima o poi una persona normale avrebbe desistito, ma conosceva molto bene Andrew.
Il suo socio non avrebbe mai mollato.
Si chinò sui documenti come a voler dare una mano, ma in realtà cercava l'origine di tutto ciò.
Vi era un faldone dedicato a Margaret e Hendrik.
Schedati come tutti, dalle carte emergeva una vita monotona.
Sempre lo stesso tragitto in automobile, lo stesso posto di lavoro, gli stessi luoghi frequentati, le stesse persone incontrate.
Una vita fatta di piccole cose e di mondi chiusi.
Castelli nei quali era difficile entrare e quasi impossibile uscire.
Le loro conoscenze identiche ai coniugi Smith.

I genitori di Andrew erano dei normali borghesi conservatori divenuti reazionari nel corso degli anni, così come John Parker e sua moglie.
Jane Parker veniva inquadrata come persona a latere, senza alcuna iniziativa e prospettiva.
Da persone così non si poteva avere paura.
"E' peggio di quello che pensi", controbatté Andrew.
"Sono talmente normali da essere completamente manipolabili e convincibili.
Il male è banale."
Il socio richiuse il faldone prima che Adam potesse visionare i dati della famiglia di Hendrik.
Se solo avesse gettato gli occhi su di essi, si sarebbe accorto che Pieter Van Wyk aveva un'altezza, un peso e un'età compatibili con l'identikit dell'assassino.
Con una piccola indagine o con anche dei ricordi di Andrew, avrebbero stabilito che Pieter era mancino.
A quel punto, l'arguzia avrebbe potuto svolgere il suo compito.
Ma non erano ancora maturi i tempi, o almeno le coincidenze non si erano ancora disposte in modo favorevole.
Decifrare un omicidio senza logica era una mera questione di casualità, o meglio di fortuna.
Si prepararono un filetto e cenarono.
Le loro vite non dovevano dipendere da simili congetture, visto che vi erano altre cause da portare avanti.
Paradossalmente, ma forse non troppo, ora che il regime era saltato, le richieste di risarcimento per violazione dei diritti erano fioccate da ogni parte.
Avevano dovuto assumere un altro assistente e così l'ufficio legale ora si componeva di cinque avvocati e altri quattro impiegati.
Si erano dotati anche di moderni metodi di comunicazione, quali il fax e personal computer collegati a stampanti, con i quali il lavoro si era notevolmente velocizzato.
Di pari passo, Hendrik si consultava telefonicamente con la sua famiglia quasi ogni giorno.
Pieter e Hans erano i vertici di un triangolo perfetto, nel quale gli eredi maschi dovevano sostenere il capofamiglia, uscito provato dalla non elezione e dalla sconfitta elettorale di due anni prima.
"Dobbiamo continuare così."
Ripose il telefono sghignazzando.
Suo fratello Pieter era un grande uomo e un vero patriota.

Si stavano fomentando le divisioni tra neri.
Non solo gli swazi, ma pure gli zulu non condividevano questo clima di apertura.
Avevano paura di perdere il controllo dei bantustan.
"Non ci avevo mai pensato che pure quei neri vogliono difendere il poco potere che hanno", commentò rivolgendosi ad un'indifferente Margaret.
La moglie, con estrema lentezza, aveva compreso che si vociferava qualcosa alla filiale circa la sua situazione coniugale.
Gli sguardi e i bisbigli erano inequivocabili.
Di solito, si faceva così quando vi era un pettegolezzo di tradimento.
Così Margaret aveva iniziato a sospettare del marito e aveva connesso tutto ciò alle dimissioni di Carol e anche ai mancati progressi di carriera di Hendrik.
Non aveva il coraggio di affrontarlo, anche perché avrebbe voluto dire mettere fine al suo matrimonio.
Conosceva come Hendrik fosse permaloso e suscettibile e questa cosa lo avrebbe fatto imbufalire, soprattutto ora che vedeva il suo mondo crollare di schianto.
In più, la donna aveva paura che le portassero via i figli.
Sapeva quanto fosse introdotto suo cognato Pieter nel mondo dell'amministrazione burocratica e non ci si metteva contro una famiglia ancora così potente.
Se ne sarebbe stata zitta per un po', fino a che gli eventi non si fossero calmati.
Hendrik aveva continuato nel suo discorso, completamente inascoltato dal resto della famiglia.
Per suo figlio Gert, quelle parole erano troppo astruse.
"Gli zulu vogliono mantenere il controllo dei bantustan e hanno paura che la proposta dell'ANC tolga loro certi privilegi.
Ci sarà una guerra tra neri.
Anzi, speriamo che avvenga in modo violento e con tanto spargimento di sangue, così i bianchi come noi capiranno che non bisogna dare la libertà a certi individui."
Sarebbe stato il massimo per loro.
Vedere naufragare i propositi di Mandela per colpa stessa del suo popolo e non per mano dei bianchi.
Così il mondo si sarebbe accorto del perché era stato giusto sostenere l'apartheid e lo sviluppo separato per così tanto tempo.
Patrick era stato messo in preallarme e si era stupito di ciò.

"Ma da chi dovremo essere attaccati?"
Si era meravigliato quando gli avevano detto che gli zulu avrebbero potuto compiere dei raid, ora che vi era libertà di movimento.
Bisognava allertare le persone.
Fortunatamente, il passaparola funzionava ancora a meraviglia a Soweto.
Abituati ad anni di clandestinità, le abitudini non si sarebbero disperse in così poco tempo.
"State attenti e non girate mai da soli."
Johanna scosse la testa.
Non era possibile innescare una spirale di violenze ora che si aveva appena riassaporato un minimo di libertà.
Ci dovevano essere in giro delle teste matte.
"Non capiscono che i bianchi possono fare saltare il tavolo dell'accordo quando vogliono se vedono un incremento della violenza e della criminalità?"
Mise in guardia i suoi figli, in particolare Moses.
"Sei il più grande e devi controllare i tuoi fratelli.
Niente litigi e niente risse.
Si viaggia sempre in gruppo e mai da soli o in due.
Se vedete qualcosa che non va, scappate e riferitelo agli adulti."
Moses annuì.
Sua madre si poteva fidare di lui, si sentiva pronto ad assumersi responsabilità crescenti.
I suoi fratelli stettero in silenzio.
In assenza dei genitori, avrebbero dovuto ubbidire a Moses senza troppi indugi o capricci.
Avevano visto come fosse duro sopravvivere a Soweto e non si sarebbero cacciati nei pasticci proprio ora.
Johannes incrociò lo sguardo di Maria e i due si compresero in un attimo.
Il sogno non si sarebbe spezzato per pochi facinorosi.
Era compito di tutti mantenere la calma e informare i loro amici che vi erano nella popolazione bianca.
Nigel era il corriere perfetto.
Sapeva come muoversi a Johannesburg ed era pratico del centro.
"Portati dietro tua sorella e un amico."
Il ragazzo eseguì senza battere ciglio e si mosse il giorno seguente.
Andrew e Adam recepirono il tutto con estrema preoccupazione.
Erano gli ultimi colpi di coda di cinquant'anni di segregazionismo.

Bisognava favorire le forze che si parlavano senza ricorrere alle armi, quindi il Partito Nazionale di de Klerk e l'ANC di Mandela.
Entrambi avrebbero dovuto lottare con le rispettive frange estreme.
Così come vi erano i portatori di pace e chi stava lavorando per un futuro di prosperità, vi era anche chi vedeva nella lotta l'unico mezzo possibile di soluzione.
Erano coloro i quali non credevano all'integrazione e, in modo quasi stupefacente, in questo insieme vi era chi stava peggio di tutti ossia gli abitanti dei bantustan.
A dire il vero, non erano stati consultati e il tutto si basava sul volere dei loro leader.
Erano i capi degli zulu a non voler perdere i propri privilegi, sfruttando buona parte del loro popolo.
Su simili divisioni avrebbe fondato l'intera campagna elettorale il fronte del no all'abolizione del regime di apartheid.
I partiti conservatori e di destra nei quali si riconoscevano tutti i Van Wyk e gli Smith.
Già vi erano differenze nella visione dei Parker, specie in quella del marito di Jane, sempre stato succube della moglie per via della doppia dipendenza del denaro e delle concessioni sessuali.
Margaret, per ora, era schierata per il no, ma nella sua testa vi erano altri problemi molto più cogenti.
Aveva deciso di andare fino in fondo e di parlare con Carol.
Sapeva dove trovarla, visto che anni prima aveva accennato ad una precisa via di Johannesburg.
Se non avesse cambiato casa, sarebbe bastato leggere le intestazioni dei citofoni posti all'esterno.
La via non era molto lunga, ma ci avrebbe messo almeno due weekend per battere ogni possibile soluzione.
Doveva farlo forzatamente nei giorni di pausa lavorativa, trovando una scusa per recarsi in città e prendere la macchina.
"Speriamo che debba andare una volta sola", pensò il venerdì precedente la prima visita.
Hendrik era troppo preso da altro per notare qualche differenza in sua moglie e non avrebbe mai immaginato che la donna fosse venuta a conoscenza dell'accaduto.
Margaret parcheggiò e si mise di buona lena.
Dopo circa un'ora, giunse ad un portone nel quale vi erano una trentina di citofoni e notò immediatamente il nome di Carol.
Che fare?

Suonare o andarsene?
Fece per tornare alla macchina, ma poi un raptus la fece girare su se stessa e si fiondò sul citofono, premendo il pulsante con tutta la forza possibile.
Aspettò un paio di secondi.
"Chi è?"
Le tremarono le gambe e, con un filo di voce, rispose.
"Margaret Smith, la tua ex collega, la moglie di Hendrik Van Wyk."
Lo aveva detto.
Ora cosa avrebbe fatto Carol?
La mossa spettava a lei.
In fondo, aveva sempre saputo che sarebbe arrivato quel momento.
Il confronto con la donna che era stata tradita e che, forse, non conosceva la verità.
Aprì.
Era un modo come un altro per togliersi un peso.
"Terzo piano, a sinistra."
La scelta ora passava a Margaret.
Entrare? Salire? Andarsene?
Teoria del piano inclinato secondo cui una pallina non può che rotolare verso il basso.
Di fronte alla porta di casa di Carol, altra scelta.
Imboccare le scale a ritroso o suonare il campanello di casa?
"Entri pure."
Carol aveva impostato l'incontro con un atteggiamento di distacco, quasi dovesse giocare in difesa.
Non avrebbe rivelato nulla se non fosse stata costretta.
Margaret squadrò l'ambiente, qualcosa di ordinario, ma ben tenuto.
Chiese il permesso di sedersi.
"Perché te ne sei andata dalla filiale? Ora cosa fai?"
Carol rimase sul vago, ma delineò le sue attuali mansioni.
Margaret non aveva fatto tutta quella strada per niente.
"Ha a che fare con una relazione che avevi con mio marito?"
La ex segretaria comprese come fosse arrivato il punto cruciale.
"Come ha fatto a saperlo? Chi glielo ha detto?"
Margaret era piccata e tagliò corto.
"Nessuno. L'ho intuito. Ti pare una cosa corretta da fare? Eh? Guardami!"
Carol aveva gli occhi bassi e non riuscì a trattenere le lacrime, ma Margaret non si fece impressionare.

Continuò a martellarla.
"Pensavi di ottenere una promozione? Sai che mio marito, da allora, non ha più visto un aumento né altro?
Lo hai rovinato."
Ci teneva a sottolineare che Hendrik non aveva un nome preciso, ma fosse identificabile con la dizione "mio marito".
Carol si voltò.
"E' accaduto una sola volta. In un hotel."
Margaret non si sentì soddisfatta.
"E ti è piaciuto, sgualdrina?"
Carol si girò con uno sguardo incattivito e si diresse verso un cassetto preciso della scrivania.
Tirò fuori i referti medici e glieli gettò in faccia a Margaret.
"Leggi qui. Mi ha violentata."
Margaret vide il documento e non ci credette.
Suo marito non era capace di violentare qualcuno, era persino troppo molle a letto, da anni ormai.
"E allora perché non lo hai denunciato?"
Carol si doveva calmare e prese un bicchiere d'acqua.
Lo bevve e poi continuò.
"E' sicura che lo vuole sapere?"
Margaret non aveva dubbi in merito.
"Io l'ho denunciato e Hendrik ha transito economicamente per farmi ritirare la denuncia e non andare in tribunale.
E io ho accettato i soldi.
Ero una semplice segretaria di origine inglese, cosa avrei potuto fare contro un dirigente afrikander?"
Margaret rimase sconvolta.
Come era stato possibile tutto ciò?
Perché suo marito non le aveva mai detto nulla?
Per di più, non vi era stato alcun ammanco dal loro conto corrente.
Chi aveva pagato?
Ovviamente la banca, ecco il motivo della mancanza di promozioni e di aumenti.
Si alzò come per andare, ma l'occhio cascò sull'intestazione delle carte legali.
Il marchio era indelebile e riconoscibile.
Lo studio Smith & Fiennes, quello dove lavorava suo fratello come socio fondatore.
Nemmeno lui le aveva mai detto nulla.

D'altronde, non si vedevano da anni, dalla nascita di Martha.
Rientrando a casa, dopo una batosta del genere, Margaret si fermò di fronte allo studio legale, senza però entrarvi.
Era tutto chiuso e non vi era nessuno.
Cosa stava facendo ora Andrew?
Come era la sua vita?
Possibile che le scelte ci allontanino così tanto?
Riprese il tragitto conosciuto.
"Sei stata via così tanto e non hai comprato nulla?"
Hendrik aveva di che lamentarsi.
Sua moglie lo fissò con uno sguardo di compatimento misto a disgusto, come non aveva mai fatto prima di allora.

XV

Johannesburg – Città del Capo, marzo - agosto 1992

"E' favorevole a continuare il negoziato avviato dal Capo dello Stato il 2 febbraio 1990, che ha come scopo la redazione di una nuova Costituzione, attraverso il dialogo?"
Una semplice domanda con una risposta altrettanto semplice.
Sì o no.
Nessun'altra possibilità era consentita.
Vi era l'astensione come estremo tentativo di protesta, ma il voto sarebbe stato ritenuto valido al netto degli astenuti.
Gli appelli per il sì e per il no si erano sprecati in ogni direzione.
Chiunque, all'interno dei circa tre milioni di votanti sudafricani bianchi, si era battuto per difendere le proprie idee.
Quasi sempre pacificamente, visto che non erano stati ammessi sgarri a livello di sicurezza.
Gli scontri erano avvenuti tra zulu e xhosa, ossia all'interno della fazione nera.
Episodi di violenza diffusa un po' dappertutto e che avevano lasciato morti e feriti sul campo.
Tra questi vi era il padre di David Dlamini, il suocero di Johanna e nonno dei suoi figli.
Non avrebbe visto il futuro del Sudafrica e avrebbe lasciato sua moglie, già privata anni prima di una figlia per mezzo dei soprusi dei bianchi, sola in una casa che le avrebbe sempre richiamato la doppia sofferenza.
Due morti, due diverse sopraffazioni.
Da bianchi e da neri.
Non importava il colore di chi avesse sparato, i morti rimanevano tali.
L'intera comunità di Soweto era stata scossa e Patrick aveva reagito con mano ferma.
Come ai tempi dei collaborazionisti swazi, anche gli zulu vennero messi a tacere in modo sbrigativo.

Erano stati quelli che avevano minato il cammino del dialogo e avevano dato adito agli afrikander di poter sollevare dubbi sulla sicurezza futura del paese.
"Stiamo consegnando la nostra terra al caos totale", in tal modo i Van Wyk avevano martellato per mesi tutte le loro conoscenze.
Pieter era certo che la gran parte dei suoi colleghi avrebbe votato compattamente per il no e lo stesso poteva dirsi di Hans e Helga e di tutti i vicini della tenuta dei Van Wyk.
Più variegata era la situazione a Johannesburg, città nella quale si stava risvegliando un sentimento di speranza.
La battaglia referendaria si combatteva principalmente nelle cinque città principali, laddove si concentravano la maggioranza degli abitanti e degli elettori.
Era scontato che a Città del Capo avrebbe vinto il sì, ma non si sapeva ancora in quale misura, mentre tutto il resto era indecifrabile.
I sondaggi erano abbastanza disomogenei e puntavano a convincere i vari gruppi a votare in un modo o nell'altro.
Così il governo presieduto da de Klerk e spalleggiato dal Partito Nazionale e dal Partito Democratico fomentava notizie secondo le quali non ci sarebbe stata competizione, mentre i partiti di opposizione inneggiavano ad una portentosa rimonta dell'ultimo istante.
Peter ed Elizabeth erano orientati per il no, come del resto Hendrik e John Parker.
La moglie di quest'ultimo, invece, aveva parlato con sua figlia.
Jane si era fatta convincere da suo marito a votare sì, ma per puri interessi economici.
Pareva che gli affari andassero molto meglio da quando il regime dell'apartheid era caduto ed erano state tolte le sanzioni internazionali.
Vi era fermento e in molti stranieri stavano pensando di investire in Sudafrica, anche se qualcuno era ancora frenato proprio dall'incertezza futura circa l'esito delle riforme.
Ne avevano avuto una prova certa quando avevano visitato la parte orientale dell'Australia, partendo da Melbourne e arrivando fino a Brisbane.
Tutti solari e aperti al mondo.
E quasi tutti entusiasti nel vedere il Sudafrica di nuovo nel Commonwealth, desiderosi di battersi contro gli Springbok.
I due avevano maturato una decisione di apertura e avevano trascinato persino la madre di Jane.
"Non dire niente a papà, non capirebbe."

Era meglio non farlo allarmare e non metterlo sul chi va là.
Tanto se avesse vinto il sì, avrebbe dovuto adeguarsi di conseguenza visto che la capacità di incidere della borghesia bianca era veramente minima in termini decisionali, a parte il voto finale.
Una divisione, analoga, sebbene molto più sottaciuta, vi era tra Hendrik, strenuo sostenitore del no e sua moglie Margaret, che avrebbe votato sì solamente per ripicca al marito.
Più il potere degli afrikander si fosse indebolito e più la donna si sarebbe sentita forte nell'affrontare Hendrik, rinfacciandogli il tradimento e l'accusa di violenza.
Prima o poi, avrebbe chiarito tutto, ma doveva attendere.
Chi invece non aveva alcun dubbio era Andrew, il cui studio legale era stato coinvolto a pieno titolo nella campagna elettorale sostenendo apertamente il sì.
Era una conseguenza ovvia delle loro azioni e delle loro decisioni di sempre.
Lo stesso poteva dirsi di Hellen a Città del Capo, laddove la donna continuava a vivere e a lavorare.
Si trattava di un'attesa spasmodica del voto, durante le giornate precedenti e persino nello svolgersi di quel giorno, un martedì qualunque di metà marzo.
I destini del Sudafrica passavano da quel risultato.
Affluenza elevata, oltre l'ottanta per cento degli aventi diritto al voto.
Vittoria dei sì e non risicata.
"Il sessantotto percento e spicci!"
Adam aprì una bottiglia di champagne.
Vi era di che festeggiare.
La stragrande maggioranza dei bianchi approvava le riforme, la trattativa, l'integrazione e la modifica della Costituzione.
Magari per mere ragioni economiche, ma il consenso si era spostato in pochissimi anni.
Nel giro di un triennio, tutto era mutato.
Johanna ne era rimasta stupefatta e così tutta la sua famiglia.
Abituati a pensare ai bianchi come dei nemici, ora la maggioranza di loro si era espressa per la pace e l'integrazione.
La donna pianse.
Di gioia e di rabbia nel pensare alla morte di suo fratello Moses e di Abuja.
"Perché? Che senso ha avuto?"

La vittoria della libertà aveva dovuto pagare un prezzo di sangue in passato e non si comprendeva il motivo di ciò.
Violenze gratuite senza che avessero raggiunto lo scopo.
L'apartheid non sarebbe più tornato.
Stesse lacrime, ma di diversa natura tra i Van Wyk.
Costernazione e incredulità.
"Porci schifosi", commentò Pieter, mentre Hendrik si accorse, per la prima volta, di fare parte di una minoranza che non contava più così tanto.
Erano divenuti umani tutti in un colpo.
Non più Dei o esseri superiori, ma uomini, tra l'altro considerati persino criminali o conniventi del crimine.
Tutti gli sforzi spesi per generazioni si erano vanificati e il Sudafrica si sarebbe diretto verso qualcosa di poco chiaro e poco noto.
A casa dei Van Wyk ci furono parole di sdegno e di rassegnazione.
"Potremmo anche andarcene...", così il capofamiglia aveva sentenziato.
Hans ed Helga, con figli ancora piccoli, si sarebbero adattati ad una nuova situazione?
I loro rispettivi mariti e mogli cosa ne avrebbero detto?
E poi, andare dove?
In Europa non sarebbe stato possibile divenire degli allevatori di mandrie.
Australia o Argentina.
Ecco le soluzioni.
Per ora, si trattava di semplici battute, ma non tutti erano così allo stato primordiale dell'analisi.
Vi era già un buon flusso di partenti, pochi e selezionati ma in alcune precise professioni.
La maggioranza di queste persone sfruttava canali coltivati da anni, in base a chi non aveva avuto remore a fare affari nonostante il regime di sanzioni.
Pieter non avrebbe mai potuto lasciare il Sudafrica, non ne sarebbe stato capace.
Andare dove?
Per fare cosa?
Aveva messo tutto se stesso per servire una patria che lo aveva tradito.
Non era male un trenta percento di no, soprattutto perché concentrati nella parte alta della dirigenza.
Se avessero voluto, si sarebbe potuto ordire un colpo di Stato.
"Non illudiamoci.

Hanno ancora in mano tutto il potere politico, economico e militare.
Non sarà possibile una transizione veloce."
Così Johanna era stata istruita a dovere dai dirigenti dell'ANC che la stavano preparando.
Vi era un piccolo pertugio fatto di mediazioni e compromessi, riforme e mancanza di giustizia e là ci si doveva introdurre.
Fare buon viso a cattivo gioco fino a quando non ci sarebbero state nuove elezioni.
"Due anni, ecco il traguardo".
Intanto gli zulu erano stati sistemati e bisognava evitare l'aumento delle recrudescenze.
Concedere loro ampia autonomia all'interno della riforma costituzionale e organizzativa del paese, ma cancellare i bantustan come espressioni di una segregazione non più accettata né accettabile.
Era un complesso meccanismo di ridefinizione dell'intero quadro sociale e amministrativo, prima delle elezioni del 1994.
A quel punto, era pacifico che l'ANC avrebbe candidato Mandela e il Partito Nazionale de Klerk.
I due principali fautori della politica di riconciliazione si sarebbero trovati divisi nella campagna elettorale.
"E' molto meglio sfidarsi con i voti che con le armi", aveva chiosato Johanna alla presenza di suo marito e della sua famiglia.
Tutti avevano in mente altro.
E la giustizia?
I crimini perpetrati dai bianchi per quarant'anni sarebbero rimasti impuniti?
Vi erano dei precisi simboli inaccettabili per la maggioranza nera.
La polizia, l'esercito, i servizi di sicurezza, i tribunali, la lingua afrikaans, gli Springbok.
Tutte affermazioni della supremazia bianca che li aveva schiacciati.
"Calma, ci vorrà tempo.
Non dobbiamo dare adito a colpi controrivoluzionari."
Patrick, il vecchio leone della lotta armata, aveva recepito quanto l'ANC aveva stabilito.
Basta violenza, se non come sistema di mantenimento dell'ordine.
Vi erano compiti molto più alti, tra cui fare rientrare il Sudafrica nel novero delle nazioni.
Tolte le sanzioni, andavano ricostruiti i rapporti bilaterali e andava incentivata l'economia.

La crisi picchiava duro e, quando non si ha pane, si ragiona in modo estremista.
Da un lato, i neri non stavano vedendo miglioramenti di sorta.
David se ne era accorto.
La produzione languiva e anche i margini.
"Serve innovazione e servono capitali", così aveva esposto lo stato di fatto all'associazione degli impresari.
Era stato contattato lo studio legale Smith & Fiennes, ma Andrew e Adam ne sapevano poco di economia e di industria.
Sarebbe servita la competenza dei Parker, ma Andrew non se la sentiva di riallacciare rapporti con quella famiglia che, indirettamente, era stata accanto a sua sorella e ai suoi genitori.
Vi erano altri imprenditori illuminati e non compromessi con lo sfruttamento dei neri.
Tutti sapevano come aveva fatto i soldi Charles Parker e non sarebbe stata accolta con benevolenza una proposta da parte di suoi parenti che gli erano subentrati.
Verso la metà di aprile, un primo rapporto venne stilato da alcuni economisti al soldo delle imprese.
Adam lo lesse.
"Sarà devastante.
I metodi usati a Soweto e nelle altre township sono antiquati.
Servono macchinari che però genereranno disoccupazione e la popolazione si dividerà in pochi che avranno dei lavori molto più pagati di adesso e molti che non avranno niente."
Andrew scosse la testa.
Non erano pronti per un salto del genere.
Bisognava introdurre gradualità.
Come?
Istruendo il personale prima ancora che la transizione avvenisse.
Fece filtrare all'associazione degli impresari di Soweto solamente una parte del rapporto con l'estrema raccomandazione di investire in formazione.
Non servivano soldi, ma tempo.
"Bisogna fare in modo che le informazioni girino tra il personale.
Abbiamo una lista di aziende di Johannesburg che sono pronte per trasmettere competenze.
Saranno gli stessi che ora lavorano per loro e abitano a Soweto a fare da maestri agli altri."

Così una piccola selezione di personale si sarebbe sobbarcata due ore al giorno di maggior lavoro non retribuito per imparare i metodi moderni.
Vedere i macchinari che venivano utilizzati e le procedure.
Tra questi, vi era anche David Dlamini, il quale ne palò con Johanna e la moglie lo spronò.
"E' l'unico modo che abbiamo per pensare di sopravvivere, altrimenti il cambiamento ci travolgerà e lo malediremo".
Si appuntò che una delle prime direttive da fare approvare a livello governativo era lo stanziamento di fondi strutturali per la riqualificazione del personale.
"Molto bene, ma i soldi saranno un problema", le fu risposto.
In effetti, l'intero regime dell'apartheid era crollato più per una questione economica e finanziaria che non per le problematiche interne. Anni e anni di isolamento aveva tagliato fuori il Sudafrica dal sistema innovativo dell'Occidente.
L'automazione, i servizi, l'informatica avevano preso il posto della produzione di massa e tutto sembrava accelerato grazie al sistema bancario e finanziario.
A confronto, la stessa banca per cui prestava servizio Hendrik o la società che Peter aveva fondato e poi venduto, erano arretrate e marginali nel nuovo mondo globalizzato.
Tale aggettivo iniziava a circolare anche tra le élite illuminate del Sudafrica come simbolo stesso del contrasto all'isolazionismo.
Accanto a simili problemi che sembravano insormontabili, vi erano delle altre notizie positive.
"Saremo riammessi alle Olimpiadi", così Andrew aveva sottolineato il fatto che il Sudafrica avrebbe finalmente rivisto la propria partecipazione alle competizioni più importanti di sempre.
A Barcellona, laddove si sarebbe stabilita una storica re-introduzione.
"Non sarebbe stato possibile senza i meeting che si sono svolti."
A Johannesburg erano arrivati atleti africani da ogni dove.
Adam pensò che fosse un gesto particolare comprare un po' di biglietti.
Li distribuì ad Andrew e agli altri dipendenti dello studio, riservandone una decina anche per la popolazione di Soweto.
I figli di Johanna, accompagnati da David, facevano parte del pubblico.
Era la prima volta che entravano in uno stadio e non si sarebbero persi nessuna competizione.
Salti, lanci, corsa.
Boati e cori.
Incitamenti.

Era un modo per distoglierli dalla povertà e della dura realtà di sempre.
Daniel era stupefatto nel vedere così tante persone, mentre Abuja era più attirata dai colori e dai suoni.
Moses scrutava gli atleti.
Perfetti fisicamente.
Potenti e agili, veloci e determinati.
"Come si fa a diventare uno di loro?", aveva chiesto a suo padre.
David aveva cercato di rispondere.
"Devi essere portato.
Correre veloce o saltare o fare altro.
E poi tanto allenamento.
Fatica e sudore."
Moses accettò la spiegazione senza ribattere.
Non si raggiungeva alcun risultato senza fare fatica e senza lottare, questo lo aveva capito.
La cosa stupefacente era che in maggioranza erano neri.
L'Africa era nera nel cuore e ciò che era accaduto in Sudafrica rappresentava un'eccezione.
Andrew si era divertito un mondo, quasi non si ricordava un giorno in cui era stato più spensierato.
Niente cause, niente processi.
Nessun problema e nessuna discriminazione.
Dallo stadio di Johannesburg si levava un sentimento che, oltrepassando le barriere dello stesso, si stava librando sopra il mondo.
Era una connessione labile che si poteva spezzare in un attimo, ma che stabiliva un primo ponte verso le Olimpiadi.
Di tutto questo, la famiglia Van Wyk era schifata.
"Hanno contaminato la nostra città, bisogna andarsene", così Hendrik aveva concluso.
Sua moglie lo aveva guardato preoccupata.
Non si sarebbe fatta trascinare fuori dal suo paese da un marito che sentiva di non amare più.
Nessuna empatia e nessun sentimento.
Hendrik si era rivelato un uomo di poca sostanza.
Irrilevante, vendicativo e non amorevole.
Nemmeno con i figli, per i quali spendeva pochissimo tempo.
Profondamente infelice, la donna aveva compreso che non avrebbe avuto alcuna comprensione da parte dei suoi genitori e, quindi, si rifugiò nella sua unica amicizia.

Jane Parker era generalmente svogliata, con un modo di fare abbastanza lascivo e disinibito.
Era sempre stata così, ma ora la ricchezza le aveva permesso di assurgere a ruoli più preminenti.
Aveva i soldi e il marito si dava da fare, in quanto si considerava un fortunato.
In tal modo, Jane aveva quasi abbandonato il lavoro prendendosi spazi di libertà a casa sua.
Nella stagione calda, se ne stava quasi sempre in piscina, mentre suo figlio di dodici anni era a scuola o studiava.
Margaret era andata a trovarla in modo regolare e i loro discorsi si erano via via affrancati dai figli per ritornare a incentrarsi sulla loro vita.
Vacuità e apparenza, senza gettare la maschera.
Trentacinquenni che apparivano già come signore attempate, sebbene dentro si sentissero ancora giovani.
"Dì un po', come va con tuo marito?"
Era stata Margaret a cercare di introdurre l'argomento.
Jane si era scostata gli occhiali da sole e l'aveva fissata.
Cosa voleva sapere?
"E come vuoi che vada? Lavora, il solito.
Ogni tanto ci amiamo, ma sempre meno."
Margaret si scostò i capelli di lato.
Alla fine, comprese come fossero entrambi infelici.
Sarebbero state meglio se avessero sposato altri uomini o tutto era insito nella natura stessa del matrimonio?
Era in vena di confidenze.
"Con Hendrik non va proprio.
Se ne vuole andare dal paese, ma io non ci penso nemmeno."
Jane non prese sul serio quel commento.
In tanti stavano dicendo che se ne sarebbero andati, ma poi in pochi lo facevano realmente.
Era la normale reazione al cambiamento.
"Noi staremo sempre bene, riforme o no.
Cosa vuoi che facciano i neri?
Magari prenderanno il potere politico, ma le nostre ricchezze, il nostro lavoro e la nostra indipendenza non ce le toglierà nessuno."
Jane si sentì di rassicurare l'amica, senza considerare che Margaret non era straricca come la sua famiglia.
"Non è questo.

Anche io penso che noi ci adatteremo, per questo ho votato sì, in barba a quanto pensava Hendrik, la sua famiglia e i miei genitori.
È che non abbiamo più intimità."
Jane si fece prossima.
Le interessavano questi discorsi.
Si sentiva ancora la regina di un tempo, quando tutto il college, almeno per la parte maschile, pendeva dalle sue labbra.
"Anche io non scopo più come una volta!", commentò Jane.
Margaret sorrise forzatamente.
Non era questo che voleva dire.
"Hendrik mi ha tradita."
Jane fece finta di essere stupita.
Non aveva mai indagato circa suo marito, ma era certa che tutti, prima o poi, tradivano.
"Con quante?"
Margaret si bloccò.
"Con una e una volta sola!"
Voleva essere categorica.
Jane fece un cenno con la mano, come ad indicare che non fosse importante.
"Ma allora, di cosa stiamo parlando? Dai, una volta.
Non dirmi che tu non ha mai pensato di farlo."
No, Margaret non lo aveva mai pensato.
Era una di quelle donne devote al marito in tutto e per tutto, ma che ora si sentiva inutile.
Una vita spesa per niente.
"Il peggio è che l'ha violentata.
L'ho conosciuta qualche mese fa, era un'ex segretaria della filiale.
Capisci che ha dovuto licenziarsi?
Che mondo è questo se una donna è discriminata anche quando subisce violenza?"
La padrona di casa non era particolarmente interessata a questi discorsi.
Il pettegolezzo era una cosa, le implicazioni morali e legali un'altra.
Margaret non aveva finito di confessarsi e si vedeva.
"Ed è stato lo studio di mio fratello a difenderla.
Capisci che mio fratello sa da anni che sono stata tradita e non mi ha detto niente?
Non si è nemmeno fatto vedere…"
Jane pensò che fosse giusto così.

Lo avevano escluso dal loro circolo e, ora, Andrew Smith, l'avvocato sotto i quarant'anni più famoso di tutta Johannesburg, difensore dei neri, delle donne violentate e degli omosessuali, nonché diverso egli stesso, si stava prendendo la vendetta.
Una vendetta ben strana e silenziosa.
Più potente di ogni parola e meglio di ogni minaccia.
Pura indifferenza.
Il dire a tutto quel mondo:
"Voi non esistete.
Non siete nessuno e io vivo bene lo stesso."
Jane si avvicinò e la strinse.
Percepì il suo corpo spigoloso, di donna senza grasso e senza forme.
Margaret sentì la molle carne dell'amica comprimersi e adattarsi alla sua figura.
"Dai non buttarti giù."
Le amiche si congedarono, ma i loro incontri si sarebbero susseguiti con più regolarità, senza la presenza dei mariti.
Hendrik non chiedeva nulla a riguardo, visto che non era interessato a incontrare "marmaglia inglese".
Era sempre più in contatto con i suoi parenti e con i propositi di andarsene dal Sudafrica.
L'unico che resisteva era Pieter.
Non avrebbe mai abbandonato i servizi di sicurezza e avrebbe sempre portato con sé le grandi idee del segregazionismo.
Ignaro di come si sarebbe svolto il percorso del Sudafrica e le implicazioni a livello amministrativo, si ostinava a parlare in afrikaans e ad ostentare i simboli dei discendenti dei boeri.
Quel giorno, Johannes interrogò i suoi nipoti.
"Allora come è stato andare allo stadio?"
Tutti e tre furono entusiasti nel descrivere, ma solo Moses sottolineò un particolare.
"C'era anche lui.
Madiba."
Così, da sempre, era chiamato Nelson Mandela a Soweto.
La sua casa era nota a tutti.
E tutti vi erano passati almeno una volta, soprattutto da quando era stato liberato.
Era diventato una specie di pellegrinaggio per rinsaldare i legami dell'etnia xhosa, uscita vincitrice dal referendum che spianava la strada per la prosecuzione delle riforme e dei relativi accordi.

Johanna drizzò le orecchie.
Come mai il loro leader partecipava anche a queste cose?
Suo padre intuì il dubbio e la precedette.
"Quando stai in carcere, poi vuoi vivere sempre di più.
Non perderti nulla.
Io ci sono stato solo due anni e chiedi a tua madre come sono cambiato.
Madiba ha fatto ventisette anni di fila.
Qualcosa di inumano."
Johanna si strinse a suo padre.
Era un uomo che le aveva insegnato tutto quello che era fondamentale nella vita e che nessun libro avrebbe mai potuto contenere.
Il rispetto, i valori, l'amore familiare, il calore di una persona che tiene a te, l'etica del lavoro.
Non importava se i soldi erano pochi e si viveva sempre alla giornata, quando vi erano queste cose.
Osservando la società dei bianchi, Johanna si era fatta l'idea di un coacervo di opulenza e di spreco per mascherare la carenza di rapporti umani.
Cosa se ne sarebbe fatta di una casa enorme e lussuosa senza avere l'amore di suo marito?
E cosa di miriadi di oggetti e vestiti senza la presenza e la vicinanza dei suoi figli?
Niente.
Vuoto assoluto.
Ed era quello che permeava l'esistenza di molti bianchi.
Si era detta che uno degli obiettivi principali sarebbe stato quello di non prendere i lati negativi di quella società.
Integrarsi, mantenendo le proprie tradizioni e peculiarità.
Era una sfida difficile, ma che avrebbe dovuto perseguire con tutte le sue forze.
Intanto si sarebbe dovuta recare a Città del Capo per una settimana.
Anch'ella avrebbe attraversato il paese e visto l'Oceano e i consigli di suo padre sarebbero divenuti utili.
Lo stesso stupore e gli stessi occhi che già avevano accompagnato Johannes e Maria, i quali avrebbero dovuto badare ai nipoti per quel periodo e dare una mano a David, la cui madre stava peggiorando a livello cognitivo.
Sembrava una donna che si era lasciata andare, senza più alcuna voglia di vivere.

Era difficile recuperare persone così, specie a Soweto laddove la mancanza di un uomo che lavorasse o che si occupasse della casa poteva significare la differenza tra sopravvivere e affogare.
Johanna fu accolta dai dirigenti dell'ANC che avevano stabilito il loro quartier generale in quella città.
La donna fu travolta dalle novità.
Il treno, il traffico, gli aerei che sorvolavano i cieli.
I palazzi e le riunioni.
E poi l'Oceano.
Lo vedeva per la prima volta.
"Dovrò portare i miei figli", pensò immediatamente.
Si sarebbe sentita male a non fare condividere loro una sensazione del genere.
Qualcosa di indescrivibile e di emozionante, in grado di sconvolgere le persone.
A lei era capitato a trentacinque anni, molto prima di quanto era stato permesso ai suoi genitori, ma i suoi tre figli non avrebbero dovuto tardare.
Così si misurava il vero progresso.
Entro quando una persona avrebbe potuto rimirare il mare.
Non con i soldi o con i beni, ma con le emozioni.
Nel visionarlo, così sconfinato e senza limite, rifletté sulla vita.
Nessuno avrebbe dovuto scontrarsi con gli altri.
In che modo erano stati uccisi suo fratello e suo suocero?
Chi aveva avuto il coraggio di premere il grilletto era qualcuno che non aveva mai visto il mare con gli occhi di Johanna in quel momento.
"Caino non sapeva cosa fosse l'Oceano", concluse.
Si era data appuntamento con l'ex socio-padrone di suo padre e lì l'uomo la trovò.
Esattamente nel punto dove aveva visto Johannes bloccarsi.
Sembrava di assistere ad un déjà-vu traslato nel tempo ma non nello spazio.
Si abbracciarono.
L'uomo rimase fermo ad attendere i tempi di Johanna.
"Mi hanno detto che diventerai un pezzo grosso".
La donna sorrise.
Per ora, era un'insegnante e tanto le bastava.
Non si sarebbe mai considerata altro, se non donna, moglie, madre, insegnante.

Quello che sarebbe arrivato in futuro era tutto un regalo, una volta riacquistata la libertà collettiva.
Volle visionare i ragazzi che da Soweto erano partiti alla volta di una nuova vita.
Seppure la crisi vi fosse dappertutto, era indubbio che a Città del Capo si sentisse di meno.
"E' Soweto l'eccezione negativa in questo, come le altre township. Dobbiamo dare opportunità identiche a tutti."
Era un discorso ben oltre il puro programma propagandistico di qualche slogan politico.
Come Johanna, vi erano altre centinaia di persone che stavano prestando parte del loro tempo per essere istruiti dall'ANC.
Nessuna ideologia politica, almeno non nel senso degli anni Sessanta.
Il comunismo stava crollando dappertutto e l'economia seguiva altre vie principali.
Il Sudafrica veniva visto in modo interessante per la grande produzione mineraria e per gli spazi immensi.
Turismo, sport, allevamento.
Tutto questo sarebbe servito da traino al commercio e, unitamente all'industria, avrebbe messo le basi per aumentare il credito e l'edilizia.
Da ciò, lo Stato avrebbe tratto risorse per finanziare la scuola e la sanità, oltre alle infrastrutture necessarie.
Con più persone che si spostavano, diveniva fondamentale aumentare i trasporti stradali, ferroviari e aerei, senza dimenticare i porti.
Tutto questo si doveva aprire a tutte le etnie, attingendo manovalanza di basso profilo ma anche tecnici specializzati un po' ovunque.
Solo così ci sarebbe stata l'effettiva uguaglianza.
"In quanto tempo?"
Era difficile da pronosticare, ma nessuno pensava che si potesse attuare in meno di un decennio.
Tempi lunghi per chi attendeva da mezzo secolo, ma comunque più rapidi di quanto gli afrikander pensassero.
"Serve una scossa", concluse Johanna prima di tornare a casa sua e riabbracciare la sua famiglia.
"Solo una?", rispose l'ex socio di suo padre.
In effetti, ne servivano molte.
Come non farsi travolgere da tutto ciò?
Come creare un sogno collettivo per una popolazione che era difficile si riconoscesse in un'unica nazionalità?
Chi si definiva sudafricano?

In pochi.
Quasi tutti anteponevano l'etnia.
Xhosa, zulu, swazi, afrikander, boeri e inglesi.
Nemmeno la lingua e gli inni erano comuni.
Non vi era intesa su quasi nulla, eppure le trattative continuavano a ritmi serrati.
"Te lo dico io come andremo a finire.
Come la Jugoslavia!"
Hendrik aveva redarguito sua moglie Margaret.
Aveva appreso questa frase da ambienti afrikander e dalle varie associazioni di conservatori.
Era qualcosa che tutti ripetevano senza comprenderne il senso.
Cosa stava accadendo in Jugoslavia era poco noto a chi era abituato a guardare solo al proprio interno, ma la frase ad effetto serviva per sottolineare qualcosa di netto.
La convivenza non era possibile.
L'integrazione men che meno.
Accelerare verso una soluzione del genere significava mettere le basi per una futura guerra civile.
In parte, era quanto volevano evocare gli afrikander.
Sapevano di avere in mano ancora tutti gli organi di controllo e repressione e tutto ciò era un disperato appello ad agire.
"Bastano due pallottole.
Una per Mandela e una per de Klerk", aveva affermato il capofamiglia dei Van Wyk.
Ma allora perché nessuno agiva?
Se lo chiedeva in continuazione Pieter, il quale si sentiva bloccato e persino braccato.
Aveva notato gli sguardi di disapprovazione di fronte a certe sue battute, le stesse che anni prima ricevevano fragorosi applausi e sorrisi di compiacimento.
Un suo collega più anziano lo aveva preso da parte.
"Calmati, finirai per metterci tutti nei guai."
Pieter non ne poteva più e sbottò.
"Così tu pensi che non sia giusto quanto abbiamo fatto?
Che dobbiamo pensare che sia stata tutta una mistificazione?
Io rifarei tutto e, se mi dessero gli uomini e i mezzi, raderei al suolo questi neri bastardi."
Il collega scosse la testa.

Non avrebbe più speso una parola per salvare chi era destinato a soccombere.
Il punto non era se fosse ritenuto giusto o no per il singolo, ma che la comunità ora aveva cambiato opinione.
E bisognava assecondare la comunità, pena il ritrovarsi isolati e soli.
Senza più supporto.
E un agente dei servizi di sicurezza da solo sarebbe diventato il capro espiatorio perfetto.
In molti avevano compreso che i politici e i dirigenti avrebbero cercato di lavarsi la coscienza e di presentarsi immacolati, semplicemente additando le colpe a poche "mele marce".
Non si poteva mettere in discussione un sistema di gestione del potere e quindi si sarebbero colpiti i singoli.
Nessuna giustizia prima, nessuna giustizia dopo.
Ecco la continuità per la quale i furbi si salvavano.
Giustizia, un termine che avrebbe dovuto trionfare nella società e nelle aule di tribunale, ma che si sapeva essere solo un paravento parziale.
Di giustizia non rispettata ne avrebbero potuto parlare all'infinito Johannes e Maria, Johanna e David, Nigel e Kamala, ma anche Carol, Andrew e Adam.
Dallo studio degli avvocati era passato di tutto e pendevano ancora tante denunce senza alcun seguito.
Quelle relative a minacce e aggressioni da loro subite e quelle sulle microscopie ritrovate, tanto per citarne qualcuna.
Vi era ancora da fare per andare a fondo su questi argomenti e tutti lo sapevano.
"Arriveremo mai ad un punto nel quale saremo tutti uguali?" era una domanda che Johannes aveva chiesto a sua figlia, senza ricevere alcuna risposta.
Sarebbe dovuto già essere così da tempo, ma un conto era la speranza, un altro la realtà.
Così passavano i mesi, senza quasi nessun cambiamento percettibile, anche se tutti sapevano che era la somma di piccoli passi a costituire la base per una maratona.
Andrew si sdraiò sul divano e si stiracchiò.
Allungò una mano e iniziò a leggere.
Poco dopo, giunse Adam che, scocciato, sbottò prontamente:
"Ancora con questi documenti?
Guarda che non voglio perdermi la cerimonia di apertura!"

Si stava per aprire l'Olimpiade, sulle note della canzone composta da Freddie Mercury, scomparso poco tempo prima per AIDS.
Nell'assistere alla cerimonia, John Parker si commosse pensando a suo fratello e lo stesso fece Jane.
Se non fosse stato per suo zio, ora non sarebbe così ricca.
A dispetto di quanto si diceva da una parte e dall'altra, i ragazzi avevano un mito comune.
Sia Gert sia il figlio di Jane, entrambi bianchi, ma anche Moses, tutti quanti stavano aspettando solo una cosa da quell'Olimpiade.
Vedere il cosiddetto "dream team", la squadra dei sogni.
Magic Johnson, Michael Jordan, Scottie Pippen, Karl Malone, Charles Barkley, Larry Bird, Patrick Ewing erano le punte di diamante di una squadra fenomenale e irripetibile.
L'oro agli Stati Uniti d'America era scontato per la disciplina della pallacanestro maschile, ma tutti volevano assistere allo spettacolo del loro gioco.
Campioni e campionissimi, quasi tutti neri, ma anche con la presenza di bianchi.
A dispetto di come erano stati cresciuti, persino i ragazzini bianchi del Sudafrica andavano in visibilio per questi personaggi, nonostante il basket non fosse lo sport nazionale e il Sudafrica non brillasse in tale disciplina.
Era stata la potenza dei mezzi di comunicazione mondiale a diffondere quel messaggio, penetrando ogni censura e ogni barriera.
Ciò che non poteva la politica, lo potevano le onde elettromagnetiche trasmesse dalle televisioni.
In ogni schermo del pianeta sarebbero arrivate le gesta di questi moderni eroi.
Era così che si combatteva il razzismo, molto meglio di direttive e di leggi.
Lo sport era un messaggio potentissimo ed era per questo che Mandela si sarebbe recato a Barcellona.
Adam gettò via i faldoni e Andrew li dovette raccogliere.
"Guarda qui cosa hai fatto…"
"Spostati che oscuri la cerimonia."
Andrew impilò tutto sul tavolo e il suo occhio cadde sulla riga stampata.
Vide un'altezza e un peso.
Erano numeri su un foglio.
Identici a molti altri.

Solo che erano dei numeri particolari, quelli che si era sognato essere coincidenti con le caratteristiche di un assassino che stava cercando da anni.
Incuriosito si avvicinò e lesse il nome a cui erano associati.
Pieter Van Wyk, il fratello di suo cognato.
Una figura che gli aveva sempre suscitato indignazione e disgusto.
Un freddo viscido bastardo e senza cuore.
Occhi di ghiaccio inanimati.
Ripensò a lui e un'immagine si stagliò nella sua mente.
Pieter che stava scrivendo un bigliettino di auguri per suo fratello.
E con che mano scriveva?
Con la sinistra.
Pieter Van Wyk era mancino, altra caratteristica dell'assassino.
Andrew fu scosso e non sentì la domanda di Adam.
Dovette ritornare in sé, ma quella sera non si gustò lo spettacolo.
Vi era un tarlo in lui che aveva iniziato a lavorare.
Pian piano avrebbe scavato e il pensiero non lo avrebbe più abbandonato.
Mentre il dream team iniziava ad inanellare una vittoria dietro l'altra, schiacciando i propri avversari, e mentre altre imprese sportive venivano compiute di fronte al mondo, Andrew convocò Michael e gli chiese di indagare su Pieter Van Wyk.
"Sta a Pretoria, per cui ci andrai nel fine settimana.
Ti pagheremo lo straordinario.
Ma stai attento, è un funzionario del Ministero della Difesa.
Non farti beccare, è uno tosto."
Michael non si sarebbe tirato indietro.
Più era alta la posta in gioco, meglio si trovava e i pezzi grossi erano per lui delle sfide intriganti.
Il giorno in cui Mandela si presentò allo stadio a Barcellona, Hendrik spense la televisione.
"Che schifo".
Non voleva assistere ad uno spettacolo del genere.
A Soweto, invece, chiunque possedesse un televisore era sintonizzato sul canale che trasmetteva i giochi olimpici e gli altri si erano assiepati nelle loro case o nelle immediate vicinanze.
Tutti avevano tenuto il volume al massimo.
Sapevano cosa sarebbe successo.
Un inno venne intonato.

Non quello del Sudafrica, ma quello dell'ANC, il simbolo stesso della lotta all'apartheid.
"*Nkosi, sikelel' iAfrika,*
Maluphakam' uphondo lwayo,
Yiva nemithandazo yethu,
Usisikelele, usisikelele.
Yihla Moya, yihla Moya,
Yihla Moya Oyingcwele."
Signore, benedici l'Africa.
Un rivolo di lacrime scese dal volto di Johannes Nkosi, mentre sua moglie si stringeva a lui e sua figlia faceva lo stesso con i nipoti.

XVI

Johannesburg, luglio-ottobre 1993

"*Il nuovo Presidente degli Stati Uniti, Bill Clinton, entrato in carica all'inizio del 1993 ha ricevuto oggi, quattro luglio, giorno in cui si festeggia l'indipendenza americana, il leader dell'ANC Nelson Mandela.*"
Johanna spense il televisore e si rimise a studiare il discorso.
Era la sua prima uscita pubblica a Soweto.
Aveva deciso di giocare in casa per la sua prima vera apparizione come futura candidata per l'ANC.
D'altra parte, avrebbe implementato la strategia che l'aveva sempre contraddistinta.
Iniziare dalle cose semplici.
Fare un passo alla volta verso la meta finale.
Non vi sarebbe stato alcun bianco e questo era uno scoglio in meno.
Non sapeva perché, ma si sentiva ancora in soggezione alla loro presenza, come se la giudicassero non per quanto stava dicendo, ma per come si mostrava.
Il suo aspetto e i suoi tratti somatici.
Per di più, di Soweto conosceva ogni minimo dettaglio.
Avrebbe avuto molto pubblico dalla propria parte e gli incitamenti non sarebbero mancati.
Nella sua famiglia, si erano mobilitati tutti.
Suo padre e sua madre avevano sparso la voce tra i loro ex colleghi, Patrick avrebbe dato il supporto di chi faceva parte dei gruppi resistenti e di lotta armata sia per la sicurezza dell'evento sia per l'aiuto morale e psicologico.
D'altro canto, suo marito e le sue colleghe avrebbero riempito il parterre di persone conosciute e anche Moses, a quindici anni, si era dato da fare con i compagni di scuola.

Il ragazzo era molto posato e studioso, come lo era stata sua madre, e aveva ereditato le doti di riflessione che erano presenti in ogni membro antecedente della sua famiglia.
Per contro, era timido.
Forse troppo.
Al contrario, Abuja era molto più sveglia a dodici anni e aveva già una specie di fidanzatino, sebbene fosse a conoscenza di quello che non avrebbe mai dovuto fare, non per questioni morali, ma per evitare la diffusione della malattia che stava piegando Soweto e le altre township.
L'AIDS era una delle piaghe della questione sanitaria e Johanna non si era dimenticata di ciò nel suo discorso.
Accanto a scuola, sanità e lavoro, avrebbe introdotto la questione della rappresentatività femminile.
Un argomento delicato, visto il clima patriarcale che imperava tra gli xhosa.
Forse, l'unica costante tra la società dei neri e quella dei bianchi era data dalla subordinazione della donna, a tutte le età e a tutti i livelli.
Le più sfruttate, le peggio pagate, le più esposte alle malattie e alle violenze, erano le donne.
L'altra questione spinosa era la giustizia, o meglio la richiesta di giustizia che proveniva da Soweto.
Praticamente ogni famiglia aveva avuto un lutto o un arresto o un sopruso.
Su questo, Johanna era inattaccabile.
Un fratello, una quasi cognata e un suocero morti, una suocera deceduta per consunzione a seguito dei lutti, un padre incarcerato ingiustamente.
In più, seduta sul palco due passi indietro rispetto a Johanna vi sarebbe stata Kamala, la sorella di Nigel Mbutu, colui il quale aveva rischiato l'ergastolo pur essendo innocente.
Il passaggio relativo alla giustizia era stato rivisto dai dirigenti dell'ANC.
Nessuno voleva che si fomentassero inutili violenze e recriminazioni, proprio ora che si era in dirittura di arrivo.
Le elezioni si sarebbero svolte tra meno di un anno e le lancette della Storia si stavano accelerando sempre di più.
Il compito di Johanna, e di molti altri candidati come lei, era quello di convincere le persone ad andare a votare, possibilmente per l'ANC e sperabilmente sostenendo il comiziante di turno.

Tutti sapevano che l'analfabetismo e il fatto di non essere mai stati consultati prima di quel momento, erano motivi sufficienti per disertare il voto.
"Ma se non partecipiamo, non potremo mai fare sentire la nostra voce!", così Johanna, nonostante la sua figura minuta, tuonava dal palco.
I suoi genitori la videro trasformata.
Aveva cambiato il tono di voce e l'atteggiamento, mutandosi in una specie di leonessa a dispetto della gazzella leggiadra che era sempre stata.
Vi era in lei una sicurezza tale da tranquillizzare chi la ascoltava e David fu orgoglioso di avere una moglie così.
Poco importava se fosse più intelligente di lui e, probabilmente, sarebbe arrivata a guadagnare più di lui.
Non bisognava dare adito a voci maligne e tradizionaliste nel senso più becero del termine.
Moses, per la prima volta, capì dove potevano portare gli studi e la preparazione.
Mettere in fila i concetti, saper parlare, essere di ispirazione per gli altri.
Questo era quanto bramava, ma vi era anche qualcosa di più.
Salire su un palco e parlare era diverso.
Voleva dire esporsi.
Avere su di sé gli occhi di tutti.
Johanna era stata, in parte, abituata a scuola.
Una classe di studenti ti fissa in modo costante ed è pronta a redarguirti per ogni minimo errore e ogni minima sbavatura.
Con quell'allenamento alle spalle, cambiava solo il numero.
Non venti o trenta persone, ma qualche migliaio e andando avanti molti di più.
Moses concluse che, fosse stato sul palco, si sarebbe bloccato per paura di sbagliare e di apparire inadeguato.
Sua madre possedeva una dose di sfrontatezza che solo Abuja aveva ereditato, con la differenza che la fanciulla lo aveva palesato fin da piccina, mentre Johanna aveva tenuto tutto nascosto per anni.
Alla fine del comizio, un lungo applauso sancì il trionfo verbale di Johanna, la quale, stremata, si gettò tra le braccia del marito e pianse.
Era la tensione che si scaricava.
"Come sono andata?"
Daniel si avvicinò e non ebbe alcun dubbio.
"Sei stata perfetta."

Maria fissò la sua bimba di un tempo, ormai donna completamente matura e ne fu fiera.
Ora che aveva superato il primo scoglio, il resto si sarebbe evoluto in modo quasi automatico.
Ci sarebbe stato il primo comizio a Johannesburg, il primo di fronte ai bianchi, il primo fuori dalla città dove era vissuta, in un continuo crescendo fino alla fine della campagna elettorale.
Ora Johanna avrebbe avuto tempo per riprendersi e per tornare al suo lavoro.
Per ora, il posto da insegnante le serviva.
David era stato coinvolto nel programma di miglioramento delle competenze di base e ne era uscito soddisfatto.
"Qualcosa riusciamo a fare anche senza spendere soldi, in tal modo la fabbrica potrà continuare."
Era un tentativo di evitare la chiusura.
I margini erano sempre più risicati, ma il patto di sindacato reggeva.
Per ora, nessuno aveva rotto l'unità della popolazione di Soweto, anche se David si era dovuto accontentare del solo stipendio, rinunciando alla parte relativa alle quote di partecipazione, ormai infruttifere.
Non avrebbero avuto respiro ancora per molto tempo, un anno o forse due, ma poi servivano interventi di riqualificazione e investimenti notevoli.
Altri se ne erano andati da Soweto in direzione di Johannesburg o di Città del Capo.
"Dobbiamo contenere la possibile rabbia per la disoccupazione", avevano riferito dal comitato direttivo dell'ANC.
Per quanto ci fossero stati passi in avanti, la situazione economica era drammatica.
Anni di sanzioni avevano lasciato incrostazioni profonde e bisognava rimettervi mano.
I più strenui difensori del regime dell'apartheid sottolineavano come, da quando de Klerk avesse preso in mano la situazione cambiando la politica generale del paese, i risultati economici andavano via via peggiorando.
Era difficile dare loro torto se si fosse seguito un ragionamento lineare, quando invece la realtà soffriva di un livello di complessità tale da impedire ogni consequenzialità logica.
Lo spartiacque era dato proprio da un'impostazione di tale fatta.
Slogan semplici contro discorsi articolati.

Per fortuna, la maggioranza delle persone era convinta della necessità del cambiamento.
Tra di loro, ormai in modo sempre più convinto vi erano i coniugi Parker, con il marito di Jane a fare da apripista.
Ormai aveva quasi completato la transizione verso un modello lavorativo aperto ed era stato uno dei primi imprenditori ad assumere personale di colore anche a livello impiegatizio e dirigenziale.
Così uno degli imperi immobiliari e di gestione dei rifiuti che era sorto grazie ai sussidi statali del regime dell'apartheid e allo sfruttamento dei neri era diventato un avamposto di avanguardia nell'integrazione.
Nessuna ideologia e nessuna convinzione politica alla base, ma puro calcolo economico.
Andrew si stupì nel vedere la foto del marito di Jane, con accanto una moglie che stentava a riconoscere, su un giornale progressista con tanto di articolo elogiativo nei loro confronti.
"Questa non è la tua amica?"
Ad Hendrik era stato segnalato quel giornale, che considerava mera spazzatura, e si era rivolto a sua moglie.
Sapeva che Margaret frequentava la casa dei Parker.
La moglie annuì.
"Bell'amicizia.
Traditori e depravati, come tuo fratello."
I figli erano nelle loro stanze a studiare e Margaret non riuscì a trattenersi.
"Senti chi parla!
Che coraggio che hai. Sei un vile ipocrita."
Hendrik si stupì.
Sua moglie non aveva mai parlato in quel modo, cosa le era successo?
Stava impazzendo pure lei?
"Ma cosa stai dicendo Maggie?"
Usava il diminutivo solamente quando aveva bisogno di qualcosa.
"Dai, non fare finta di non avere capito.
Tradimento e violenza, non ti dice nulla?"
Hendrik aveva la mente vuota da ogni idea e non si capacitava a cosa si riferisse sua moglie.
La donna fece per andarsene, ma il marito la bloccò.
"No, ora tu parli.
Non lanci accuse a caso contro di me."
La migliore difesa è l'attacco, o no?
Margaret levò la sua mano dal braccio.

"L'ex segretaria della banca Carol e il vostro rapporto all'hotel."
Hendrik aveva rimosso ogni cosa.
Era come se non fosse mai esistito nulla di tutto ciò, un sogno di un'altra vita e, persino, non sua.
In un altro tempo e in un altro continente.
Sentire quel nome lo aveva ridestato.
Era successo realmente e da lì erano scaturiti tutti i mali: la denuncia, il pagamento economico, la fine degli aumenti e delle promozioni.
Tutto per colpa di una persona soltanto.
Il fratello depravato di sua moglie.
Comprese come non avrebbe dovuto attaccare visto che l'avversario conosceva già tutte le mosse, così distolse l'attenzione.
"Te lo ha detto quel malato di tuo fratello, vero?"
Margaret si sentì offesa.
Nella sua intelligenza e nella sua dignità, come donna che aveva studiato e che aveva un impiego.
"No, l'ho scoperto da sola.
Per come ci guardano in ufficio. Lo sanno tutti, vero? Tranne la sottoscritta.
Ma non preoccuparti, so reggere la maschera. La reggo da una vita."
Hendrik fece una faccia contrariata.
Andò in salotto e si versò un goccio di whisky.
Se sua moglie sapeva da tempo, perché non aveva chiesto il divorzio?
Perché aveva tenuto segreto tutto questo?
Forse per paura delle conseguenze.
Era un'egoista, in fondo.
Per se stessa e la sua famiglia, già provata da uno scandalo così evidente.
A Hendrik non balenò l'idea che Margaret lo avesse fatto per i suoi figli, con un dodicenne Gert all'inizio del suo percorso di preadolescenza e Martha che stava abbandonando l'età dell'ultima infanzia.
Risultava difficile per un Van Wyk ragionare in modo empatico e ciò era una caratteristica comune a tutta la famiglia, anche se era stata diluita con il tempo.
Helga, la minore, era certamente più simile al temperamento di Margaret o di Jane Parker, mentre all'opposto vi era Pieter.
Inconsapevole di essere pedinato, trascorreva ormai una vita monotona da ufficio.

Compiti che si stavano via via esaurendo e attività che venivano trasferite ad altre sezioni, quasi tutte collocate a Città del Capo, il nuovo centro operativo dei servizi di sicurezza.
Là risiedeva il Presidente e là vi sarebbe stato il comando, mentre a Pretoria sarebbe rimasto un piccolo distaccamento.
Non era più il tempo di schedare le persone né di compiere raid né di prelevare e interrogare.
Erano venute meno le direttive per le quali si necessitava di uno come Pieter Van Wyk, le cui idee e il cui dossier erano tali da escluderlo da ogni tipologia di promozione.
Ormai si cercavano elementi operativi e di coordinamento che fossero in grado di lavorare a stretto contatto con altre etnie, e non solo con la pelle bianca.
Uno dei capisaldi delle trattative era dato dal progressivo smantellamento dei reparti di lotta armata dell'ANC, ma di quel grande patrimonio di conoscenza del territorio e di attività considerate illegali fino a qualche anno prima, non si poteva fare a meno.
Prima o poi, una squadra di servizi di sicurezza mista tra bianchi e neri sarebbe stata la normalità e Pieter Van Wyk non vi avrebbe mai preso parte, in primo luogo perché contrario egli stesso al principio.
Così aveva abbassato la guardia e Michael era riuscito a pedinarlo.
A dire il vero, le prime volte non aveva compreso molto.
Si trattava dei fine settimana e non aveva registrato alcunché.
Una vita regolare e monotona, senza contatti.
Nessun amico, nessuna donna, nessuno svago.
Pieter sembrava la persona più anonima e sola sulla faccia di questo pianeta.
Ogni tanto si recava fuori città e Michael aveva compreso il luogo dove si recava ossia la tenuta dei Van Wyk, laddove incontrava la sua famiglia quasi per intero.
Solamente quando ebbe il beneplacito di Andrew, suo titolare effettivo, Michael si prese la briga di tenerlo d'occhio durante i giorni lavorativi.
La solfa non cambiava, con abitudini da metronomo.
"Sembra un orologio, non un uomo", tanto era regolare nelle sue faccende.
Prevedibile, persino troppo.
La sorpresa era arrivata dal luogo di lavoro.
"Il fratello di suo cognato non presta servizio per il Ministero della Difesa", aveva sentenziato con ostentata sicurezza Michael.

Andrew sapeva che quel pallone gonfiato aveva sempre avuto arie di superiorità.
Si era considerato un Dio e invece era una nullità.
Il factotum aveva raccolto alcuni dati.
"Sembra che abbia un lavoro qualsiasi, in una società di sicurezza, ma poi indagando ho scoperto che è una copertura.
Si tratta di servizi di sicurezza."
Andrew non comprese subito.
Cosa voleva dire?
Michael intuì dallo sguardo del suo principale e dovette essere più esplicito.
"Servizi segreti."
A quel punto, l'avvocato sbarrò gli occhi.
Pieter Van Wyk era un agente dei servizi segreti sudafricani?
E con che ruolo?
Quale titolo e quali specializzazioni?
"Non so molto di più, qui rischiamo di farci scoprire".
Andrew comprese e diede una pacca sulla spalla a Michael.
"Sempre ottimo lavoro."
Chiamò il suo socio, il quale si trovava nel suo studio per preparare un'arringa su una causa di risarcimento.
"Arrivo tra qualche minuto."
Adam finì di leggere la pagina della trascrizione, pose un segno con la matita per ricordarsi da dove riprendere e si fiondò nell'ufficio di Andrew.
I due locali erano arredati in modo diverso, seguendo il gusto personale di ognuno.
Molto minimale e con pochi arredi quello di Andrew, completamente barocco e ridondante quello di Adam.
Ognuno si trovava a proprio agio circondato da un ambiente particolare e solo così esprimevano al meglio le loro potenzialità.
Andrew cercò di essere sintetico.
"Ho fatto svolgere delle indagini da Michael circa il mio caso preferito", con quella locuzione Adam comprendeva come si trattasse dei famosi faldoni sull'omicidio della sorella di Carol.
"ed è uscito qualcosa di sconvolgente.
Altezza, peso, età e persino l'uso della mano sinistra.
Sarà un caso, ma tutto coincide con la figura del fratello di mio cognato che lavora a Pretoria.

Il nostro Michael ha fiutato la preda e ne ha seguito le tracce come un segugio.
È emerso che è un agente dei servizi segreti."
Adam si mise a riflettere.
Dove voleva arrivare il suo compagno?
Quali connessioni pensava di aver stabilito?
Andrew iniziò a pensare a ruota libera.
"Quelle persone sono addestrate ad uccidere, vero?
Oppure è solo una fantasia per aver visto troppi film di James Bond.
Andrebbe dimostrato che Pieter possa avere la tecnica e la forza per strangolare una persona."
Adam alzò le sopracciglia.
Erano congetture, nulla di più.
"Tu lo hai mai visto compiere gesti di forza?"
Andrew avrebbe dovuto scavare nella sua mente, ma non aveva abbastanza elementi di ricordo.
Lo aveva visto poche volte e poi la sua frequentazione era stata troncata da parte della sua famiglia.
Scosse la testa.
"Tua sorella potrebbe..."
Andrew fissò il suo socio.
Era fuori discussione che si prendessero contatti dopo quello che era successo.
"Se vuoi risolvere il tuo caso, devi superare le tue convinzioni e il tuo orgoglio, almeno così pare.
Non potremo indagare oltre su quell'uomo senza essere scoperti."
I due avvocati trovarono una soluzione comune.
Erano giunti ad un vicolo cieco nel quale ormai contava solamente la volontà e la scelta di Andrew.
Contattare sua sorella per chiederle un'informazione così particolare?
E perché?
Con quale motivazione si sarebbe fatto vivo dopo anni?
Non era una scelta facile, non lo è mai ad un certo punto della vita, quando le decisioni paiono irrevocabili.
In mezzo a questo scambio, Michael se era stato in silenzio, ma il suo cervello aveva continuato a funzionare.
"Forse ci sarebbe un'altra implicazione."
I due furono distolti dai loro ragionamenti.
Quando il loro factotum predisponeva un discorso in tal maniera, vi era sempre qualcosa di interessante.

"Le microspie.
Vi siete fossilizzati sull'omicidio, ma quale è la funzione principale dei servizi segreti?
Spiare.
Chi ha messo quelle microscopie nel vecchio studio e a casa vostra?
Nessuno lo sa e l'unica cosa che quel poliziotto ci ha detto anni fa era che erano oggetti all'avanguardia, probabilmente destinate ad uso militare.
Quindi…"
Era un'altra prospettiva.
Forse Pieter non era coinvolto nell'omicidio, ma nel posizionamento delle microspie.
O magari in tutti e due.
"E qui come facciamo a capire?"
Michael gettò le braccia a penzoloni come in segno di resa.
"Ci saranno state sicuramente procedure e direttive, ordini e operazioni. Solo che tutto è classificato.
E non lo sapremo mai fino a quando rimarrà un muro impenetrabile."
Purtroppo, era tutto vero.
Chi avrebbe indagato su ciò?
Nessuno.
Il potere era ancora in mano agli stessi di prima, nonostante le riforme.
"Quindi, forza Mandela", concluse Adam saltando alle conclusioni.
Se l'ANC avesse vinto le elezioni del 1994 e Mandela fosse diventato Presidente, magari avrebbero iniziato ad indagare sui soprusi compiuti.
Sorrisero.
Andrew assegnò Michael ad altri compiti più ordinari e si prese in carico la decisione di parlare con sua sorella.
Ogni giorno trovava una scusa per rimandare.
Come si sarebbe presentato?
Con quali parole?
Quando era in preda a simili dubbi, se ne usciva a correre.
Ormai aveva un allenamento tale da poter competere a livello amatoriale ed era stato felicissimo di aver assistito al meeting di atletica a Johannesburg l'anno precedente.
Verso i primi di settembre, lo studio Smith & Fiennes ospitò un dibattito tra due possibili candidati di Johannesburg per le prossime elezioni.
Si trattava di Johanna Nkosi per l'ANC e di Lionel Kaffee per il Partito Nazionale.

Entrambi erano insegnanti, la prima in una scuola superiore a Soweto e il secondo nel centro di Johannesburg, ma ad un ciclo inferiore di istruzione.
Il dibattito verteva sull'approccio comune all'istruzione da dover implementare dalla prossima legislatura.
Vi erano presenti tanto bianchi quanto neri, mescolati all'interno della sala convegni posta al primo piano dello stabile che ospitava lo studio.
Era stato un preciso volere di Andrew e Adam partire dalle basi fondanti per tutti, ossia dalla scuola.
Introducendo il dibattito, coordinato da un giornalista progressista, Andrew aveva assicurato che non facevano tutto ciò per beneficenza.
"…ma perché speriamo che da quelle scuole usciranno i futuri assistenti che tanto ci servono!"
Tra il pubblico, vi era la famiglia di Johanna e Nigel Mbutu con sua sorella Kamala, mentre il signor Kaffee aveva portato con sé alcuni suoi studenti con le loro famiglie.
Per la maggioranza delle posizioni, Johanna e Lionel condividono il programma, ma vi era una cosa che divideva i due ed era data dalle priorità.
Secondo Lionel, la priorità doveva essere l'eccellenza, secondo Johanna l'uniformità di una conoscenza di base.
Ognuno portava una propria visione, derivata dall'esperienza personale e quello che doveva fare la politica era trovare un accordo e una sintesi, dopo aver ascoltato le rispettive opinioni.
Si scambiarono delle strette di mano e Johannes rimase stupefatto nel vedere dei bianchi che li trattavano da pari.
Sul palco vi era sua figlia, la quale aveva avuto la medesima dose di tempo e di importanza, e persino di domande che puntavano a metterla in difficoltà.
Il ruolo del giornalista era chiarissimo ed era quello del guastafeste per fare emergere i lati oscuri, ma Johanna se l'era cavata alla grande.
Al suo primo test tra i bianchi di una certa levatura, non aveva sfigurato, anzi ne era uscita molto bene.
Lionel Kaffee si complimentò con lei e, vedendo i suoi figli, si rivolse a loro.
"Dovete seguire le orme di vostra madre. Avete capito?"
I tre avevano fissato, per tutto il tempo, qualcosa di più interessante di Johanna e persino del banchetto che era stato predisposto.
Si trattava degli altri fanciulli bianchi.

I loro vestiti erano perfetti e la loro tenuta era distinta, ben diverso da come dovevano apparire i ragazzi di Soweto.
Abuja aveva notato che le fanciulle e le ragazzine bianche avevano tratti più delicati ed erano più leggiadre.
Moses aveva compreso come quei ragazzi avessero più grazia, ma meno possenza muscolare.
Per il resto, si muovevano in modo diverso.
Sfidando le convenzioni, Abuja si era avvicinata ad una fanciulla bianca sua coetanea portandosi dietro Daniel.
Le due si guardarono senza scambiare una parola.
Fu Daniel a rompere l'incantesimo magico.
"Che classe fai?"
La fanciulla rispose composta, in inglese, visto che la domanda era stata fatta in quella lingua.
Entrambi conoscevano degli idiomi diversi, lo xhosa per i figli di Johanna, l'afrikaans per la ragazzina bianca, ma avevano trovato una piattaforma comune nella lingua degli ex colonizzatori.
"Questo non mi piace, lo puoi prendere."
La ragazzina porse ad Abuja una tartina sulla quale vi era del pesce.
Senza pensarci due volte, la figlia di Johanna la ingerì e poi ringraziò.
A Soweto non si badava molto ai gusti, quando un pasto era offerto e in quell'abbondanza.
Non era da tutti godere di simili privilegi.
Dall'altra parte della sala convegni, Lionel si avvicinò ad Andrew.
"Ho portato un po' di studenti, con le loro famiglie" e indicò la platea che si stava mischiando.
"Sa che insegno a suo nipote Gert?"
Come aveva fatto quell'uomo a ricostruire i legami di parentela?
Meglio non indagare, si disse Andrew.
"Ci sarebbe stato anche lui qui, ma poi ho capito che il padre non era molto in accordo.
Suo nipote è molto intelligente, ma molto introverso.
Ha bisogno di un incentivo che non trova in famiglia.
Avrebbe bisogno di uno zio come lei..."
Andrew sorrise, senza dire molto altro.
Lionel non poteva sapere cosa si celasse dietro al reciproco allontanamento tra Andrew e la sua famiglia.
Però una domanda avrebbe potuto farla.
"Non li frequento molto, come trova mia sorella?"
Era una semplice curiosità.

Da anni ormai non sapeva più nulla di Margaret, sebbene si ricordasse i momenti spensierati della prima infanzia, quando la vedeva crescere e giocava assieme in modo totale.
"Direi bene a livello di salute, almeno per quanto ho potuto vedere.
Forse sarebbe il caso che vi parlaste.
Ho avuto l'impressione che la signora Smith sarebbe venuta volentieri oggi, ma magari mi sbaglio."
Adam, intanto, stava introducendo Johanna alle sue conoscenze di Johannesburg.
Ciò che si sarebbe dovuto evitare nel futuro del Sudafrica era la divisione sociale e politica.
I neri che votavano altri neri e i bianchi che facevano lo stesso.
Se una persona era valida, perché non ottenere un consenso trasversale?
Forse che gli uomini votavano solo gli uomini?
O gli avvocati solo gli avvocati?
Se si era capaci di trascendere la professione, il ceto, il sesso, l'età e la città di nascita o residenza, perché non sarebbe stato possibile per il colore della pelle e l'etnia?
In futuro, poi, con l'abolizione del divieto di matrimoni misti, ci sarebbe stata sempre più una mescolanza e un popolo definitivamente meticcio, come forse avrebbe avuto senso in Sudafrica.
La giornata si chiuse in modo positivo e con soddisfazione.
Lionel invitò Johanna nella sua scuola per una lezione congiunta e lo stesso fece la donna.
"Così vedrà Soweto", aggiunse.
Era pazzesco come vi fossero moltissimi cittadini di Johannesburg che non avessero mai messo piede nella township.
Ora non vigeva più alcun divieto o segregazione ed erano passati due anni e mezzo.
Non vi erano più scuse, se non la diffidenza e la paura.
Persino a Soweto si faceva sempre meno caso alla presenza di bianchi.
Vi erano associazioni che avevano preso sede in pianta stabile, soprattutto per alleviare problemi di prima necessità.
Vaccinazioni, medicine, cure di vario tipo, vestiario, cibo.
Era un dramma troppo sottaciuto nel quale migliaia di persone di buona volontà cercavano di mettere una pezza.
Sempre poco a confronto di quello che sarebbe stato necessario, ma meglio di niente.
Da questi piccoli mattoni si sarebbe costruito il nuovo edificio chiamato Sudafrica.

Lionel fu il primo a mantenere l'impegno.
Si presentò a Soweto e Johanna andò a prenderlo, illustrandogli la situazione.
L'insegnante rimase sconvolto.
Come era stato possibile tutto ciò?
Come avevano potuto tollerarlo per anni?
Entrò in classe, in uno stabile fatiscente e sgangherato, ma vi trovò un'estrema attenzione.
Pur senza strumenti basilari per la didattica, era stato colpito dagli occhi di quegli studenti.
Occhi bianchi e profondi che lo fissavano.
Occhi bramosi di sapere e di riscatto sociale.
Occhi di chi aveva fame, ma non di cibo, quanto di rappresentanza e di sapere.
Rientrando a casa, da sua moglie, ammise candidamente.
"Siamo destinati a perdere le elezioni.
Vinceremo come società e come paese, ma noi perderemo e staremo sempre all'opposizione o in posizione subalterna.
Sono troppi e troppo determinati."
La moglie lo rincuorò.
Cosa era importante per Lionel Kaffee?
Il suo successo personale o il bene di tutti?
Cosa aveva insegnato per anni agli studenti?
Non aveva dubbi che fosse meglio perdere personalmente ma vincere come comunità rispetto al contrario.
La settimana seguente, Johanna ricambiò la visita.
Nel vedere una professoressa di colore, qualche studente trasalì.
Johanna rimase colpita dal grado di preparazione e dalla profondità delle domande.
Molti di loro avrebbero potuto frequentare già le scuole superiori di Soweto in termini di conoscenze.
A suo marito David, una volta andati a letto e rimasti soli, riuscì a confessare ciò che non era stata capace di dire di fronte a Moses e agli altri suoi figli.
"Per quanto noi siamo superiori di numero, anche se vincessimo le elezioni, saremmo sempre subordinati a loro.
Sono più preparati di noi e con un sistema molto migliore di selezione e di apprendimento.
Avranno in mano ancora per decenni i posti chiave e il controllo di questo Stato."

David la strinse a sé.
Una tale costatazione avrebbe potuto piegare chiunque, specie chi si era battuto per anni nelle fila dell'ANC e del suo braccio armato, ma non sua moglie.
Conosceva lo spirito guerriero che albergava in Johanna e, soprattutto, l'idea del bene supremo.
Per Johanna, ciò sarebbe stato un motivo ulteriore di miglioramento verso vette più alte.
Non avrebbe mai chiesto una limitazione di quei metodi, ma un loro generale adattamento a tutti.
Solo così, elevando ognuno ai massimi livelli, si sarebbe potuti giungere alla soluzione tango agognata.
Gert aveva riferito a casa sia del convegno sia della presenza di quell'insegnante e sua madre non aveva reagito.
Vi erano miriadi di segnali che indicavano a Margaret un possibile appiglio per rivedere suo fratello, ma la donna era titubante.
La sua frequentazione con Jane Parker le aveva sistemato la coscienza in termini di idee generali, circa la giustezza di sostenere il Partito Nazionale e le riforme, ma per ciò che concerneva le questioni di famiglia vi era ancora una barriera da abbattere.
Viceversa, Hendrik ne fu scioccato.
"Guardami Gert.
Quelli sono nostri nemici, hai capito?
Sono il pericolo che ci porterà via la casa, il lavoro, la tua scuola e i tuoi amici."
Il figlio annuì.
Pur non condividendo granché le idee del padre, aveva imparato a non contraddirlo.
Si sarebbe tenuto per sé le opinioni che gli frullavano in testa, senza creare ulteriori screzi.
Per quanto Hendrik fosse contrario a tutto questo, non poteva opporsi al volere degli insegnanti, visto che la scuola di Gert era considerata una delle migliori.
Soprattutto, non avrebbe sopportato una questione con Margaret.
Ormai i due si ignoravano sia nell'intimità sia nella normale vita.
Andavano sempre a lavorare assieme, ma senza parlare più o, se lo facevano, gli argomenti erano futili.
Il tempo atmosferico, le spese da fare, le scadenze, cosa avrebbero fatto nel fine settimana, la salute dei figli e dei rispettivi genitori.
Niente di serio e di importante.

Nessun programma per il futuro, nemmeno per le vacanze.
Nessun accenno alla proposta di Jane Parker di visitare l'Argentina, né di quella dei Van Wyk di andare nel medesimo paese, ma non da turisti, bensì per sondare la possibilità di inurbarsi in quei luoghi.
Una volta varcata la soglia della filiale della banca, ognuno prendeva la propria strada e non ci si incontrava nemmeno per la pausa pranzo.
Ci si ignorava fino a sera, laddove avrebbero svolto il medesimo tragitto a ritroso.
Così trascorrevano le giornate dei due coniugi, ma nelle loro teste vi era ben altro.
Hendrik, sballottato tra continue richieste di Hans, Helga e dei suoi genitori per unirsi al trasferimento collettivo e le paturnie di Pieter, il quale, da fratello maggiore, si era trasformato in anonimo petulante.
Pieter ormai si lamentava di ogni cosa, persino della mensa aziendale.
Soprattutto, si sentiva vuoto e svuotato.
Senza più nessun vero ruolo.
Nessuna missione e nessun sottoposto.
Una sezione completamente inutile.
"Che degrado, fratello mio."
A Pieter, veniva in mente sempre più Hellen.
Dove era andata?
Cosa stava facendo?
Era stata la donna della sua vita, ma non aveva mai saputo cogliere l'attimo.
Non si chiedeva mai cosa l'avesse spinta ad andarsene, in quanto tutto il fulcro della sua vita era se stesso.
Nessun altro.
Non era l'unico in preda a dubbi.
L'intera fase di transizione generava più domande che risposte e in pochi si trovavano bene.
David era angosciato dal futuro della fabbrica, mentre Johannes e Maria, pur rimanendo fiduciosi, si erano detti di aver vissuto in tempi sbagliati.
Un'intera esistenza spesa a subire e ora che si intravedeva la luce, erano diventati vecchi.
Lo stesso si poteva dire di Peter ed Elizabeth, sebbene i due coniugi fossero per lo più afflitti.
Peter, ormai prossimo al traguardo dei settant'anni, era invecchiato di colpo e dimostrava tutta la sua età.
Era sempre stato identico a se stesso, non giovanile nemmeno da giovane, ma ora Andrew avrebbe stentato a riconoscerlo.

È che non gli andava di vivere in quel nuovo Sudafrica.
Elizabeth, dismessi i panni di madre e persino di nonna, visto che Gert e Martha erano sempre più autonomi, si era ritrovata sola con un marito che non amava da decenni.
Erano finiti i tempi spensierati delle loro fughe d'amore e persino dei tradimenti.
Ora Elizabeth non avrebbe trovato alcun uomo disposto a corteggiarla e, tanto meno, a portarla a letto.
Così Margaret, accorsa da loro per sondare nel proprio passato, non ebbe alcun tipo di conforto.
I suoi genitori, per la prima volta, non divenivano più dei pilastri con cui confrontarsi, ma delle specie di reliquie.
L'animo della donna era dibattuto.
Incontrare o meno suo fratello dopo tutto quel tempo?
Per dirgli cosa poi?
Per chiedergli di Carol?
O del perché non fosse mai accorso ad avvertirla del tradimento del marito?
"Fossi in te, lascerei perdere.
Rischi solo di rivangare vecchie ferite."
Jane Parker era stata l'unica a cui si sarebbe potuta rivolgere, ma l'amica vedeva in Andrew ancora quel ragazzo che l'aveva rifiutata due volte, un'onta che Jane non aveva mai subito da nessuno.
Nonostante fossero passati anni, l'immagine dell'adolescenza non riusciva a schiodarsi dalla mente di chi si era conosciuto in quel periodo e ciò rispecchiava una normale natura umana.
Ognuno di noi porta con sé l'immagine residua dell'altro, colta in un particolare momento.
Una fotografia, quando invece la vita è un cinema in movimento spaziotemporale.
Da qui, nasce la dicotomia tra speranza e realtà, illusione e fatti, pensieri e parole.
Poco prima di metà ottobre, Margaret si era decisa.
Dopo mesi di titubanze, aveva inscenato una finta malattia.
"Non mi sento bene, oggi sto a casa."
Era l'unico modo che aveva per smarcarsi dall'asfissiante routine imposta da suo marito.
Quando tutti furono usciti di casa, Margaret si vestì e andò dal dottore, facendosi prescrivere due giorni di riposo.

Salì in macchina e, al posto di tornare a casa, si diresse in centro, parcheggiando non molto distante dallo studio Smith & Fiennes.
Si fermò ad osservare la sigla.
Era strano vedere scritto il proprio cognome, sebbene molto comune.
Sapeva che dietro ad esso vi era suo fratello.
Varcò la soglia e seguì le indicazioni che davano lo studio al terzo piano dell'edificio.
Entrò e si trovò di fronte un bancone di accettazione con dietro una segretaria.
"Ha un appuntamento?"
Margaret scosse la testa.
"Per cosa è qui? Consulto, causa in corso, pratiche amministrative e monetarie?"
Con calma, rispose che si trattava di un consulto.
Si sedette.
Solamente costatando il via vai, comprese come avesse una percentuale minima di capitare da suo fratello.
Si avvicinò e, garbatamente, puntualizzò alla segretaria.
"Anche se dovrò aspettare di più, preferirei vedere l'avvocato Smith."
Le sembrò strano appellare Andrew in quel modo.
La segretaria appuntò e, dopo aver consultato l'agenda, le disse.
"In questo caso, almeno mezz'ora."
Margaret si sedette.
Scrutò attorno.
Era tutto pulito ed efficiente.
Adam passò di fronte a lei, ma non la riconobbe, mentre Margaret comprese che fosse il compagno e socio di suo fratello.
Lo scrutò.
In fondo, era persino un bell'uomo.
Uno di quelli che sarebbe stato adocchiato da Jane Parker e da molte altre, se non fosse che...
Non riusciva a pensare a quella parola.
Soprattutto ai fatti conseguenti.
Immaginarsi Andrew a letto con quell'uomo era disdicevole.
"Prego, chi devo annunciare?"
Margaret ebbe un sussulto.
"Dica solo Smith."
La segretaria disse qualcosa al telefono, indi lo ripose e indirizzò Margaret.
"Ultimo ufficio sulla sinistra."

Margaret si incamminò e, man mano che si avvicinava all'ufficio di suo fratello rallentò il passo.
Aveva timore di ciò che avrebbe visto e di quello che si sarebbero detti.
"Venga signora Smith."
La voce era quella di sempre.
Margaret aprì la porta e entrò.
Vide Andrew.
Era cambiato, anche rispetto a quanto si vedeva in televisione.
Era più magro e atletico.
Andrew rimase sciocccato.
Aveva di fronte sua sorella Margaret, invecchiata di colpo, ormai donna matura che, a tratti ricordava sua madre Elizabeth nei ricordi che aveva di quando era piccolo.
Furono secondi interminabili nei quali nessuno dei due riuscì a parlare.
Nessun ciao, o come va o perché sei venuta qui.
Niente.
Solo sguardi.
Adam aprì la porta di botto, spezzando l'incantesimo.
Era troppo importante quello che stava per dire.
"Hanno conferito il Premio Nobel per la pace a Mandela e de Klerk per gli sforzi che hanno compiuto nell'abbattere l'apartheid."
Andrew sorrise.
Adam fissò la donna presente e comprese chi fosse.
Il mondo era definitivamente cambiato e, forse, lo sarebbero state persino le loro esistenze.

XVII

Johannesburg – Città del Capo, febbraio-aprile 1994

Alla tenuta dei Van Wyk, era stata indetta una riunione plenaria alla quale Margaret aveva voluto partecipare, portandosi dietro i suoi figli.
Aveva trovato una scusa qualunque con suo marito Hendrik, legata principalmente al rapporto tra nipoti e nonni.
Hendrik aveva acconsentito senza troppo indugiare.
Ciò che faceva sua moglie ormai lo interessava sempre meno e questo sentimento era contraccambiato.
All'esterno, non avevano dato nulla a vedere, ma in quella casa ormai regnava il gelo assoluto.
Margaret si era confessata con Jane e le aveva chiesto se fosse il caso di divorziare.
"No, Maggie.
Brutto affare. Lascia perdere, fatti un amante anche tu oppure pensa ad altro."
Margaret giudicava la sua amica superficiale, ma in fondo Jane non sapeva molto dell'intera vicenda, avendo ricevuto notizie limitate al solo tradimento.
L'incontro con Andrew era stato una sorpresa, in tutti i sensi.
Andata in quello studio per chiedere il motivo del silenzio circa il tradimento di Hendrik, Andrew aveva liquidato il tutto come normale amministrazione e come decisione relativa all'isolamento imposto dalla famiglia nei suoi confronti.
Viceversa, Andrew le aveva fatto delle domande precise e molto particolari e, di fronte alle rimostranze di forma di Margaret, aveva dovuto vuotare il sacco.
Vi erano delle strane coincidenze nel passato di Andrew.
Microspie e agguati, minacce e intimidazioni.
Solo in quel momento, Margaret si era accorta di cosa avesse dovuto subire suo fratello per il fatto di voler difendere i diritti civili di tutti e per via della sua inclinazione sessuale.

Giudicò che, se fosse capitato a lei, avrebbe già rinunciato da un pezzo.
"Sei molto più forte di quello che pensassi", gli aveva detto, ma suo fratello aveva citato il caso di Nigel Mbutu.
"Loro sì che sono forti, non io, cresciuto con tutti i privilegi e senza alcun tipo di problema."
Ciò che Margaret aveva saputo di suo cognato l'aveva colpita in modo profondo.
Pieter un agente operativo dei servizi segreti?
E quelle strane richieste di Andrew per cosa servivano?
Certo che lo aveva visto più volte dimostrare la propria forza.
Pieter era sempre stato uno spaccone e, ogni volta, voleva dimostrare ai nipoti quanto fosse forte.
"Ricordo che una volta ha spezzato un mattone con le mani e si è sempre vantato di aver soffocato una pecora malata a mani nude."
Erano due buoni indizi, ma ad Andrew serviva qualcosa di più.
"Ha per caso dei guanti neri?"
Margaret aveva cercato tra gli album di famiglia e aveva scartabellato tra i ricordi di Hendrik, fino a trovare un paio di foto dove Pieter, in inverno, indossava simili guanti, seppure non necessari per ripararsi da un freddo inesistente.
Aveva anche domandato a Hendrik, il quale aveva sottolineato.
"Sono un regalo di Hellen, ecco perché li indossa."
L'informazione era alquanto preziosa, ma nessuno sapeva dove si fosse cacciata quella donna.
"Ci sarà qualcuno alla tenuta che lo sa.
La sua famiglia abita sempre lì vicino o no?"
A Margaret pareva di sì.
Qualcuno doveva essere rimasto.
Da ciò era discesa la voglia di recarsi a casa Van Wyk.
Là, con una scusa qualunque, si sarebbe allontanata per fare una sgambata e avrebbe cercato di intavolare il discorso.
Le serviva solamente un indirizzo, o almeno una città.
Ciò che doveva essere discusso a casa Van Wyk era fondamentale per le sorti della famiglia.
In caso di vittoria dell'ANC, avevano stabilito di vendere tutto e di trasferirsi in Argentina.
Durante le vacanze precedenti, Hans e Helga, con le rispettive famiglie, avevano fatto una ricognizione.
"Il paese è ottimo.

Al nord, clima perfetto per l'allevamento, senza nemmeno la presenza di animali selvatici.
Tanti pascoli e costo del terreno relativamente basso.
In più, moneta debole ed economia non certo fiorente.
Si compra bene e, con quello che ricaviamo qui, ci facciamo un terreno enorme.
Possibilità di coltivare uva e di fare il vino e, udite udite, niente neri.
Niente di niente."
Sembrava tutto perfetto.
Mendoza era stata la città individuata come principale centro da cui spostarsi.
Il capofamiglia e la moglie avrebbero seguito i due figli minori, in quanto per loro si trattava solamente di passare serenamente gli ultimi anni della loro vita, mentre per Hans e Helga voleva dire un nuovo futuro, specialmente per i bambini che avevano.
Avrebbero mantenuto la tradizione boera nella lingua e avrebbero imparato lo spagnolo, sostituendolo all'odiato inglese.
"Porci traditori, ma se sperano che rimaniamo sono dei fessi!".
Se tutti avessero fatto come loro, il Sudafrica sarebbe sprofondato come il resto delle nazioni africane con governi completamente in mano ai neri.
Pieter si era detto contrario.
Non avrebbe voluto un rand dalla vendita della proprietà, ma non avrebbe seguito nessuno in Argentina o altrove.
"Il mio posto è qui."
Tutti compresero.
Rimaneva solo Hendrik, il quale si sentiva più simile al fratello maggiore.
Non voleva rischiare.
Gli era sempre piaciuta la vita tranquilla di città, il lavoro di ufficio.
E poi tutti sapevano che aveva una palla al piede costituita dalla moglie Margaret.
"A proposito, dove è?"
Gert intervenne dicendo che era andata in giro a farsi una passeggiata.
Scossero la testa.
Per chi stava in campagna e già camminava tutto il giorno, non aveva senso un comportamento del genere.
Giunta alla tenuta dei genitori di Hellen, vi si avvicinò.
Aveva una sola possibilità.

Se non vi fosse stato nessuno a casa o se l'avessero rimbalzata, tutto il piano sarebbe stato abortito per sempre.
Rimase in attesa, dopo aver suonato.
Non era come in città, laddove tutto doveva essere immediato.
In campagna, il ritmo era più lento per definizione.
Qualcuno si affacciò.
Doveva essere la madre di Hellen, vista l'età.
Era un bene che fosse una donna, visto che si sarebbero intese con uno sguardo.
Margaret si presentò e notò una certa tensione quando pronunciò il nome dei Van Wyk.
Si accorse che stava perdendo la possibilità.
Iniziò a parlare in inglese, come a rimarcare la sua origine, fingendo di giustificarsi:
"L'afrikaans non mi è molto noto.
Sono di origine inglese."
Forse così avrebbe avuto una possibilità.
La madre era, però, restia a rispondere circa sua figlia.
"La mandano i Van Wyk?"
Margaret prese le mani della donna, rattrappite e rugose dal duro lavoro dell'allevamento.
"No, non sanno nemmeno che sono qui e non lo devono sapere."
La madre di Hellen sentì, a quel punto, di potersi fidare.
Era qualcosa di inspiegabile, ma di spontaneo.
"Deve sapere che mia figlia è divorziata e vive da sola con suo figlio.
Sta a Città del Capo."
Un primo punto era stato stabilito.
Ora doveva chiedere la residenza o il luogo di lavoro.
"Se la volessi rintracciare?"
La madre entrò in casa.
Fino a quel momento erano rimaste all'esterno.
"Attenda qui."
Tornò dopo due minuti.
"Questo è il suo numero di telefono.
Non lo faccia vedere a nessuno, specie a quelli."
Margaret ebbe un sussulto e ringraziò.
Si rimise a camminare di buona lena e arrivò sudata alla tenuta dei suoceri.
"Ma dove ti sei cacciata?
Sai che dobbiamo tornare?

Ora dovrai aspettare a farti una doccia."
La donna si scusò.
"Non mi ero accorta del tempo che passava, qui è tutto così diverso."
Preferiva fare la figura della svampita di città che rivelare la verità.
Intanto aveva recuperato un'informazione chiave e l'avrebbe recapitata a suo fratello.
"Segnati il numero".
Andrew prese un post-it e ci scrisse sopra con un pennarello a punta sottile.
Era una vittoria parziale.
Un altro tassello nel suo mosaico.
Se Hellen si fosse ricordata il modello di guanti e se fossero stati ancora in commercio, avrebbe chiesto a Michael di fare eseguire un confronto con i pezzi che erano stati rinvenuti a suo tempo.
A quel punto si avrebbe avuto un altro piccolo passo in avanti.
Altezza, corporatura, peso, l'essere mancini, il tipo di guanto, la forza necessaria.
A tutto ciò sarebbe mancata la collocazione spaziotemporale.
Se il giorno del delitto fosse stato possibile dimostrare che Pieter non si trovava a Pretoria o se, meglio, qualcuno lo avesse visto a Johannesburg, allora si sarebbe potuto imbeccare un poliziotto affinché portasse tutto questo come indagine preliminare da sottoporre all'ufficio del procuratore.
Era una strada difficile, persino se l'ANC avesse vinto le elezioni, ma il cerchio si sarebbe chiuso, prima o poi.
Il modello di automobile di Pieter era noto e persino la targa e, da Margaret, si sapeva che non l'aveva cambiato negli ultimi cinque anni.
"Allora, quando farai quella telefonata?"
Adam era impaziente e comprendeva al volo i pensieri del suo socio e del suo compagno.
Ormai aveva intuito che si era quasi riappacificato con sua sorella e che questo era un primo passo verso la normalizzazione.
Il tutto, però, sarebbe passato per uno scontro familiare e una divisione ulteriore.
Come l'avrebbe presa Hendrik quando il gioco fosse venuto allo scoperto?
E come Peter ed Elizabeth?
Di tutto quanto era accaduto, Andrew soffriva maggiormente nell'aver perduto il rapporto con i genitori.

Erano stati per lui le pietre miliari dell'insegnamento e del cammino educativo, salvo poi scoprire che erano degli ottusi retrogradi.

Favorevoli all'apartheid, nonostante il regime li avesse relegati in posizione subalterna agli afrikander, si erano spostati su posizioni razziste di estrema destra, cosa che non era nelle corde della tradizione inglese.

In pochi dei discendenti della corona avevano seguito questa strada.

Sempre da Margaret, Andrew era venuto a conoscenza che i Parker erano su posizioni quasi riformiste e che persino John si era ravveduto.

Un po' per limitare la predominanza dell'ANC, l'anziano impresario aveva capito che i bianchi dovevano stare compatti sull'unico partito che aveva qualche speranza di farcela, ossia quello di de Klerk.

Pur contrario alle riforme, l'obiettivo era quello di non fare raggiungere all'ANC i due terzi di voti, soglia oltre la quale avrebbe potuto cambiare la Costituzione da solo.

Di fronte alla costatazione della sconfitta, almeno non bisognava tramutarla in disfatta.

Così aveva ragionato John Parker e aveva cercato di fare comprendere il tutto anche a Peter Smith, ma il suo amico era rimasto irremovibile.

"Non tradisco le scelte di una vita per mero opportunismo politico."

John aveva scosso la testa e se ne era andato contrariato.

Si vedeva che Peter non aveva mai diretto un'azienda di grandi dimensioni, altrimenti avrebbe cambiato idea molto prima.

In tal modo, i Parker si compattarono e Jane ricevette sempre di più la visita dei suoi genitori.

Ormai isolati nella loro casa, gli Smith si chiedevano cosa non avesse funzionato del loro modello.

"Prima Andrew, ora i Parker.

Ci manca Maggie e poi abbiamo perso tutto".

Peter era sconsolato, senza nemmeno essere a conoscenza della ritrovata fiducia tra i suoi due figli.

Se lo avesse saputo, avrebbe brindato alla sua totale abdicazione e all'inutilità del suo esempio.

D'altra parte, Elizabeth non controbatteva mai.

Era stata abituata a rimanere al suo posto e così avrebbe fatto per il resto dei suoi giorni.

Andrew attuò numerosi tentativi prima di trovare il coraggio di parlare con Hellen.

Componeva il numero e lo interrompeva a metà.

Poi lo rifaceva e chiudeva la comunicazione prima che il telefono squillasse.
Erano già passate due settimane e non si era ancora deciso a contattarla.
"O oggi o mai più."
Prese coraggio e arrivò fino in fondo.
Il telefono squillò e, dopo poco, rispose una voce femminile.
"Buonasera, sono l'avvocato Andrew Smith dello studio Smith & Fiennes di Johannesburg."
Hellen rimase titubante.
Cosa voleva un avvocato da lei?
Andrew cercò di rassicurarla.
"Non si preoccupi, non è niente di grave.
La chiamavo solo per un'informazione.
Sono il fratello di Margaret Smith che è la moglie di Hendrik Van Wyk, immagino che lo conosca."
La donna annuì, ma non disse molto.
"Mi scusi, ma può sembrare una domanda sciocca e che non c'entra nulla.
Lei ha regalato tempo fa dei guanti a Pieter Van Wyk?"
Hellen fu sorpresa.
Cosa interessava ad un avvocato una domanda del genere?
Rispose per cortesia.
"Sì."
Andrew cercò di andare al punto.
"Si ricorda quando? Di che colore e modello erano?"
Hellen non se li era mai dimenticati.
Era stato per una visita di Pieter durante il mese di luglio del 1985.
Lo comunicò all'avvocato, unitamente ad altre informazioni.
"Neri, di quelli con il bottoncino al polso e con la pelle un po' ruvida.
Li avevo presi ad un negozio che penso esista ancora a Rustenburg."
Andrew ringraziò infinitamente, mentre Hellen si chiese il senso di tutto questo.
Si sarebbe dimenticata della telefonata nel giro di una settimana, tempo entro il quale Michael si era recato a Rustenburg in quel negozio e aveva chiesto un paio di guanti di un modello di anni prima, neri, con bottoncino al polso e pelle ruvida.
"E' fortunato.
Questo è l'ultimo esemplare presente nei fondi di magazzino, ma non è della sua taglia."
Il factotum se l'era cavata con una battuta.

"Non è per me, è per un regalo."
Ritornato a Johannesburg aveva già allertato un paio di suoi contatti.
Analisi chimica e al microscopio.
"Capo, i reperti coincidono al cento per cento."
Andrew sorrise.
"Bingo!"
Nella sua mente si stagliò la figura di Pieter che strangolava la sorella di Carol.
Mancava ancora il movente.
Per quale motivo avrebbe dovuto compiere quel gesto così sconsiderato?
E poi la connessione con il resto delle supposizioni circa le microspie e le aggressioni.
Mancava ancora molto per scoprire la verità, ma ora lo studio avrebbe dovuto fare altro.
Dare mandato a Michael per imbeccare un poliziotto, uno di quelli giovani che voleva fare carriera nel nuovo Sudafrica.
E quale migliore modo per inchiodare i responsabili dei crimini passati?
Intanto Adam si era dato da fare su altri fronti.
Aveva assunto un giovane che era un fanatico di computer e questa persona stava rivoluzionando l'intero studio.
Ora Smith & Fiennes possedeva un dominio di posta elettronica e i computer erano connessi ad una rete mediante dei modem, la cui velocità era modesta, ma il cui costo era paragonabile a quello di una chiamata urbana.
"Dovete connettervi solamente tre o quattro volte al giorno, su chiamata precisa."
Così si limitavano i costi.
"Speriamo che il prossimo governo investa in queste infrastrutture altrimenti rimaniamo al palo e indietro rispetto al resto del mondo.
Se potenziasse la rete telefonica e introducesse un abbonamento fisso mensile, allora potrei programmare un sito Web."
Né Adam né Andrew capivano quel linguaggio astruso, ma si erano convinti che ciò avrebbe giovato all'immagine e al marketing.
Addirittura, il giovane si era spinto a dire che solo quel passo avrebbe permesso allo studio di aprire una sede in un'altra città, ad esempio a Città del Capo.
Di tutt'altra natura erano state le tematiche portate avanti da Johanna Nkosi, sempre assistita in modo egregio da Kamala Mbutu.

L'insegnante aveva compreso che, se eletta, si sarebbe trasferita a Città del Capo con tutta la sua famiglia, tranne i suoi genitori, almeno per il momento, e aveva chiesto a Kamala cosa intendesse fare.
La ragazza non aveva avuto dubbi.
L'avrebbe seguita.
"Così magari potrò iscrivermi all'Università."
Suo fratello Nigel si stava per sposare e avrebbe volentieri accettato un trasferimento laddove la professione di infermiere sarebbe stata ben pagata.
Così il destino di molte persone dipendeva dalla capacità oratoria e di convincimento di Johanna, la quale non si era mai fermata dall'inizio del 1994.
A volte pensava che emergessero tanti di quei problemi da preferire che fosse qualcun altro a risolverli.
Perché prendersi carico di errori del passato che avevano lasciato solamente una rovina e una devastazione immensa?
Poi, però, guardando i suoi figli trovava la risposta.
Per loro.
Per garantire alle future generazioni più possibilità.
Moses, che aveva ormai sedici anni, non manifestava ancora alcun tipo di interesse amoroso.
Schivo e timido, preferiva rifugiarsi nei libri.
Aveva una naturale propensione alle materie scientifiche e Johanna già si immaginava un suo futuro a Città del Capo.
Forse sarebbe stato il primo discendente dei Nkosi e dei Dlamini a potersi iscrivere all'Università.
Abuja, dal canto suo, nonostante minore di tre anni, era sempre stata più intraprendente.
Così molti amici di Moses lo tampinavano giusto per poter vedere la sorella.
"Tanto sai che non mi piacciono", chiosava sempre Abuja, con un fare civettuolo e, allo stesso tempo, con un tono sereno per non indurre preoccupazione in Moses.
Era ben conscia dei pericoli che vi erano a bruciare le tappe.
Non era più come al tempo dei suoi genitori.
Ora a tutti i ragazzi venivano spiegati i problemi derivanti dalla diffusione del virus HIV e di come combattere questa piaga che stava flagellando Soweto e le altre township.
Ciò che Johanna non era riuscita a fare era stata abbattere la barriera dei bantustan.

Aveva scosso il capo e si era rivolta a suo marito David.
"Capisci amore?
Sono riuscita a parlare, senza essere contestata e ricevendo molti plausi, ad una platea di quasi soli bianchi persino di un'altra città, ma non ho potuto recarmi in un bantustan zulu per via di problemi di sicurezza e incolumità.
C'è ancora molto da fare."
Volenti o nolenti, i bantustan sarebbero scomparsi.
Che vincesse l'ANC o il Partito Nazionale, ciò era stato concordato ben prima delle elezioni e gli altri schieramenti non avevano la benché minima speranza di farcela a formare un governo.
Così gli zulu, usciti sconfitti dal confronto interno del popolo nero, si sarebbero accontentati di autonomia amministrativa e di un concentramento delle province autonome, ma non di certo con lo stesso grado di separazione che era stato previsto in passato.
La società dallo sviluppo separato andava archiviata per sempre.
L'altra grande carica che aveva ricevuto Johanna era stata data dal comizio che Mandela aveva tenuto a Johannesburg.
Vedere quell'uomo di settantacinque anni, anzi quasi sulla soglia dei settantasei, mostrare una grinta senza pari dopo aver trascorso quasi tre decenni in carcere era fenomenale.
Mai nessuna parola di vendetta e di odio.
"Fratelli sudafricani", appellava i bianchi, persino gli afrikander, persino i suoi stessi carcerieri.
Quale forma di volontà superiore albergava in lui?
"Madiba ci sprona a fare meglio", era l'assunto chiave che ogni sostenitore dell'ANC metteva in campo.
Forse era questa la vera paura dei bianchi.
Non tanto la vendetta, in quanto l'avrebbero compresa, ma quel fare civile e democratico.
Semplicemente, non ci credevano.
In molti si aspettavano una differenza enorme tra la campagna elettorale e il governo successivo.
"Fanno tutti così, promettono una cosa e poi ne fanno un'altra", questo era il commento più diffuso tra i bianchi.
Identicamente, i neri non avrebbero accettato una soluzione così pacifica.
Nella loro testa, vi era la convinzione che, preso il potere, si sarebbe agito più speditamente e senza compromessi.

Johanna non era di questo avviso e ciò la differenziava dal resto della sua famiglia.
I suoi genitori avevano vissuto un'altra epoca e avevano dovuto subire soprusi di ogni tipo.
Sfruttamento, carcere e la morte del loro figlio primogenito.
Invece Johanna aveva sperimentato ben altro.
Si era accorta che i bianchi erano come loro, con gli stessi pensieri e le stesse preoccupazioni.
La maggioranza era pacifica e democratica e non aveva mai torto un capello a nessuno.
"Solo che stanno molto meglio di noi e hanno tutto.
Scuole e ospedali perfetti, con macchinari e aule all'avanguardia.
Automobili di prim'ordine, lavori ben retribuiti, poca disoccupazione e ogni tipo di lusso.
Mobili, vestiti, elettrodomestici e oggetti elettronici."
David aveva analizzato a fondo la loro società e aveva compreso che il divario era abissale.
"Qui a Soweto, ci sono zone ancora senza luce elettrica o senza acqua corrente."
Per David andava attuato un enorme esproprio di risorse, dirottandole da chi le aveva a chi non le aveva.
Johanna non la pensava a quel modo.
"Un conto sono i servizi e su questo ti do ragione.
Aggiungi a scuole e ospedali anche i trasporti.
Quelli locali sono terribili, mentre la rete nazionale è buona.
Ma per il resto pensi che tutti quei beni portino la felicità?
Noi dobbiamo farcela da soli e, soprattutto, non dobbiamo chiedere l'elemosina.
Dobbiamo pretendere pari diritti fattuali alla partenza e poi chi sarà bravo emergerà più degli altri.
E dobbiamo correre tutti assieme, senza lasciare indietro nessuno.
Questo è il compito della politica.
Non arraffare denaro.
Altrimenti sai cosa accadrà?
Che pochi furbi neri si sostituiranno ai bianchi nello sfruttare e non cambierà niente.
Pensi che ad un poveraccio di Soweto importi se chi lo sfrutta è bianco o nero?
Gli importa di non essere sfruttato.
Quello è l'obiettivo finale."

Johanna era imbattibile nel confronto verbale e lo avevano appurato tutti.
Per questo era stata dirottata in vari dibattiti.
Una leonessa da combattimento che non lasciava spazio a fraintendimenti, ma nemmeno a possibili ribattute.
Quando finiva di parlare, la platea si sentiva rinfrancata e a qualche bianco venne il dubbio che, nonostante tutte le disparità, i neri erano riusciti a cavare fuori delle eccellenze.
Come era stato possibile?
Margaret assistette assieme a suo fratello ad uno di questi comizi e ne parlò a Jane Parker.
"Vada come vada, io voterò Partito Nazionale.
Non me la sento di dare la mia preferenza ai neri."
Vi era un fondo di razzismo in quel ragionamento, ma non si può pretendere che le idee si ribaltino in pochi anni.
Sicuramente ciò avrebbe intaccato meno la futura generazione, in quanto non avvezza ad ascoltare per anni discorsi circa il segregazionismo.
Hendrik si era ritirato nel suo guscio e lo stesso avevano fatto Peter ed Elizabeth, così Gert aveva potuto abbeverarsi solamente a quanto sentiva a scuola o da sua madre.
Nel camminare per le strade di Johannesburg, recandosi a scuola dalla fermata dell'autobus, si fermava spesso a fissare i ragazzi neri che ormai giravano liberamente in città.
A prima vista così diversi, ma in fondo così uguali.
A tredici anni, alla fine del ciclo primario, tutti erano avvolti dai medesimi tormenti.
Troppo piccoli per essere considerati adulti o adolescenti, troppo grandi per essere considerati bambini.
Grande differenza tra maschi, di solito più bonaccioni e giocherelloni, e femmine, alcune delle quali già cresciute e con la testa ai ragazzi del college.
Poca comunicazione tra i sessi e grande diffidenza.
Era così per tutti.
E allora perché combattersi?
Perché ignorarsi?
Martha, invece, non si poneva ancora domande del genere.
Nella sua testa vi era grande confusione e aveva percepito la fine di un mondo e l'inizio di un altro, dove però nessuno aveva stabilito ancora confini e regole.

A differenza del fratello, necessitava enormemente di una guida e di un percorso tracciato.
Senza sapere cosa avrebbe dovuto fare, si sarebbe sentita persa.
In qualche modo, il carattere di Martha era molto più simile a quello di Moses Dlamini che non a quello di Gert, così come quest'ultimo condivideva con Abuja non solo l'età, ma la voglia di esplorare.
La differenza era data dal contesto.
Gert era sempre stato frenato.
Doveva stare composto e silenzioso, rispettoso e posato.
Abuja era sempre stata incentivata a sperimentare.
Da suo nonno, da sua madre e dall'intero ambiente di Soweto, in cui i ragazzi crescevano in fretta.
Era una situazione dura e difficile, che non faceva sconti a nessuno.
Moses si barcamenava grazie alla sua intelligenza e perspicacia, altrimenti sarebbe stato soverchiato.
Con tutti questi propositi e con differenti retroterra, tutti quanti si stavano preparando alle elezioni.
Le prime nelle quali i neri erano ammessi.
"Saranno le ultime elezioni", così i Van Wyk erano stati categorici.
Ultime nel senso che se avessero perso, cosa molto probabile, se ne sarebbero andati.
Diversamente da altri luoghi, a Città del Capo si respirava un'aria meno tesa.
Sarà stato dovuto alla brezza dell'Oceano, ma il vento della Storia pareva avere già scritto il proprio volere sulla sabbia delle vite umane.
Tutti quelli che si erano trasferiti da Soweto seguendo le orme dell'ex socio di Johannes Nkosi erano ormai completamente integrati e lavoravano in pianta stabile.
Un paio si erano persino sposati con ragazze della città, sempre appartenenti alla comunità nera.
Se avesse vinto l'ANC, in città si sarebbero riversate molte famiglie nere provenienti dal resto del Sudafrica e l'ex socio fu felice di vedere, tra questi nomi, anche quello della figlia di Johannes.
Se la ricordava ammirare l'Oceano e dalle parole che aveva pronunciato riguardo i suoi figli.
Sogni che si sarebbero avverati di lì a poco.
Come ogni giorno, Hellen cercava di camminare in riva all'Oceano anche solo per una decina di minuti, incurante del tempo e della sua variabilità.
Per chi era cresciuto in campagna, il mare non bastava mai.

Suo figlio si era abituato a considerarsi orfano e così sarebbe stato cresciuto.
Né Dries né Pieter, i due uomini di Hellen a parte un breve flirt giovanile con Hendrik, si erano più fatti vivi, assorti nei loro lavori.
Per qualche motivo imponderabile, la donna aveva scelto sempre qualcuno che aveva la testa altrove e con un cuore scarsamente dotato di amore verso il prossimo.
Come in una catena umana vi erano legami che andavano scemando e altri che si stavano instaurando.
La distanza fisica era solo un possibile ostacolo, visto che molto di più poteva la distanza emotiva.
Era quel sentimento che, per anni, aveva separato Johannes e Maria, prima che l'uomo cambiasse dopo l'esperienza del carcere e che ora stavano sperimentando Hendrik e Margaret.
Un matrimonio infelice per entrambi e che viveva su un sottile equilibrio di non detti e di reciproca indifferenza.
Senza mai confrontarsi, tra di loro si era scavato un solco di idee e di impostazione della vita che, prima o poi, avrebbe finito per palesarsi.
Era stata Margaret a deviare da una routine preimpostata e che aveva condiviso fino a poco tempo prima.
La duplice molla era scattata internamente ed esternamente con il ruolo delle riforme di de Klerk e del tradimento di suo marito.
Era emersa una donna differente, le cui convinzioni antecedenti si erano sgretolate.
Nonostante ciò, non si sentiva confidente nell'affrontare Hendrik e nel trarre le dovute conseguenze.
Non avrebbe avuto al suo fianco i suoi genitori, mentre il marito avrebbe potuto contare ancora su una potenza maggiore di influenze.
I tempi non erano maturi e forse quelle elezioni sarebbero servite anche a sbloccare la sua situazione personale.
Tutto ciò non accadeva a Johanna e David, coniugi per ora perfettamente all'unisono.
Era facile assiemare idee per abbattere un regime oppressivo, molto meno proporre qualcosa di nuovo.
Persino la futuribile trasferta a Città del Capo avrebbe rappresentato una sfida diversa.
Johanna si sarebbe rifatta una vita, passando dall'essere insegnante al divenire una politica di professione e lo stesso avrebbe compiuto suo marito.

Ora non era più un operaio né un caposquadra, ma uno di quelli che prendeva decisioni strategiche per la fabbrica.
Il problema era che non vi sarebbe stato molto futuro per quell'ambiente lavorativo e David avrebbe vissuto come un tradimento la sua dipartita da Soweto.
Si era detto che avrebbe ceduto le quote in modo gratuito, così da non gravare sul patto di sindacato.
Almeno non avrebbe recriminato su un possibile fallimento per causa sua.
Ai soci aveva promesso che, in caso di dipartita, sarebbe tornato il prima possibile e avrebbe attuato un ponte lavorativo con Città del Capo.
"Preferiamo farcela da soli che ricevere la carità", era questa l'opinione diffusa.
Non avrebbero accettato elargizioni per tirare a campare per altro tempo, prolungando l'agonia.
Piuttosto ognuno si sarebbe riqualificato e piazzato altrove.
Qualche giorno prima delle elezioni, David manifestò gli ultimi scrupoli, ma i soci del patto lo ripresero.
"Hai una grande fortuna ed è la moglie che hai sposato.
Siamo certi che, una volta a Città del Capo, migliorerete la vita di tutti noi.
Bastano due leggi fatte bene e qui trarremo tutti benefici, specie i nostri figli.
La prosperità e la felicità della gente di Soweto è un obiettivo primario, più importante persino della nostra fabbrica e del nostro futuro."
David ne era conscio, ma sapeva anche che lì vi era un pezzo della storia della sua famiglia, naturale e acquisita.
Lì avevano lavorato Johannes e Moses, il quale avrebbe sposato sua sorella.
Il peso dei morti e delle fatiche passate si faceva sentire ed era qualcosa di presente in modo costante.
Johanna si preparò all'ultimo discorso che avrebbe sostenuto a Soweto, laddove tutto era partito.
Là vi era la casa di Madiba e là vi erano stati gli scontri in cui era morto suo fratello.
Non si trattava più di dibattiti o di convegni, ma di appelli accorati.
La diffusione a voce della sua presenza era arrivata a toccare ogni casa, senza distinzione.

Tutti a Soweto sapevano che quel giorno avrebbe parlato una loro candidata.
Johanna si trovò di fronte una folla immensa, assiepata in quella che poteva considerarsi una piazza, ma che in realtà non era altro se non un luogo libero da baracche.
Nelle vie accanto, le persone non si contavano e lo stesso poteva dirsi nelle case vicino.
Un complesso sistema di microfoni, altoparlanti e megafoni riusciva a diffondere il suo timbro di voce ben oltre i confini di quella folla.
"Compagni e compagne, fratelli e sorelle della nostra comunità, tra due giorni saremo chiamati, per la prima volta, ad esprimerci.
A scegliere quale governo dare al nostro paese.
Per la prima volta, avremo rappresentanza.
Saremo considerati uguali a tutti gli altri, dopo che per decenni ci hanno tenuto separati e segregati.
Per questo, il primo e il maggior dovere di tutti è di andare a votare.
Non lasciate il vostro futuro in mano ad altri!"
Un primo scrosciante applauso interruppe il discorso di Johanna, la quale non aveva bisogno di leggere.
Se lo era imparato a memoria e ogni singola parola era un pezzo del suo spirito che stava sgorgando spontaneamente dal suo interno verso il resto del mondo.
"E' altresì importante esprimere un voto utile e consapevole.
L'ANC è stato al nostro fianco per decenni, dapprima in clandestinità e poi con le trattative.
Molti di noi sono stati incarcerati e altri sono morti…"
Una sottile esitazione emozionò la folla, consapevole di cosa avesse vissuto Johanna.
"…e altri sono stati ingiustamente indiziati o condannati.
L'ANC non è solo il custode del nostro passato, ma è anche la speranza per il nostro futuro.
Per i nostri giovani e i nostri bambini e per le future generazioni che ancora non sono nate.
L'ANC si batterà per alcuni punti chiave.
La libertà, perché ancora vi sono ostacoli alla completa libertà di tutti.
Il lavoro, perché senza una paga dignitosa ognuno rimane schiavo.
Le case, perché tutti abbiano un tetto dove vivere.
La scuola, perché ognuno ha diritto ad avere istruzione e pari opportunità nel mondo di oggi e di domani.
La salute, perché tutti devono essere curati al meglio.

E infine la giustizia, perché dobbiamo chiudere i conti con il passato per pensare al futuro."
Il ritmo della voce di Johanna era stato incalzante, tale da sollevare generali incitamenti.
"Tutto questo lo si farà con il dialogo e la pace, non con le armi.
E questo è il passo decisivo che ci ha permesso di trionfare finora e che, sono certa, continueremo a fare."
La folla acclamò Johanna che fu raggiunta sul palco dalla sua famiglia.
Strinse a sé i suoi genitori, in lacrime, e suo marito, orgoglioso nel vederla così acclamata.
Arrivarono Moses e gli altri due figli, con Abuja che strabuzzò gli occhi nel poter avere la visuale dall'alto del palco.
Infine, Kamala e Nigel come aiutanti e testimonial.
La tensione e la frenesia non permisero a Johanna di addormentarsi.
David le si avvicinò.
Si strinsero e fecero l'amore.
"Sarà forse una delle ultime volte in questa casa", pensò tra sé la donna.
Non avrebbe mai pensato a tutto ciò.
La vita ci riserva continue sorprese e non è di certo come ce l'eravamo immaginata da ragazzini.
Tutti quanti, il giorno del voto, fecero la loro parte.
Dai Van Wyk fino agli Nkosi.
Seggi elettorali affollati a metà settimana di fine aprile.
Era uno spettacolo da vedere, almeno per qualcuno.
Johannes e Maria quasi piansero quando fu il loro turno.
Il senso civico di Soweto non era mai stato così alto e lo stesso Andrew votò per l'ANC.
Adam si limitò a votare per il Partito Nazionale, sebbene fosse stato combattuto fino all'ultimo momento.
Tanto era scontata la vittoria dell'ANC e la presidenza a Mandela, almeno per il suo punto di vista.
I Parker, compattamente, sostennero il Partito Nazionale, così come Margaret Smith, mentre Peter ed Elizabeth scelsero identicamente a tutti i Van Wyk.
A Città del Capo, Hellen era dibattuta e, infine, votò per l'ANC, in barba alle sue origini afrikander.
L'attesa stava per finire.
Quasi mezzo secolo avevano dovuto aspettare e, nel frattempo, il mondo era cambiato.

Non più nazisti e comunisti e non si parlava più di acciaio e cemento, ma di aerei e informatica.
"Hanno vinto", commentò Adam.
"Abbiamo vinto", rispose Andrew.
I due sorrisero e si abbracciarono.
Era l'inizio di un nuovo Sudafrica.
Sbigottiti e amareggiati, Peter Smith ed Elizabeth Williams quasi piansero.
Era finito il loro sogno.
Margaret si rinchiuse in bagno per gioire, mentre suo fratello Hendrik era già al telefono con Pieter.
"Bastardi maledetti.
Porci comunisti."
Da quel momento avrebbero sputato bile e fiele contro il Sudafrica.
I Parker registrarono l'accaduto.
"Non cambierà molto per i nostri business, anzi speriamo che ora ci sia una spinta propulsiva ulteriore."
L'eroe del giorno era sicuramente Nelson Mandela, colui il quale aveva vinto le elezioni e sarebbe divenuto il nuovo Presidente dopo essere stato a lungo in carcere.
Dietro di lui vi era una schiera di persone che avevano collaborato in quegli anni agli accordi e si erano impegnati nella campagna elettorale.
Tra di loro, Johanna Nkosi risultava eletta.
Il giorno seguente, una lenta e incessante processione si congratulò con lei.
Ora sarebbero dovuti partire alla volta di Città del Capo.
Una telefonata all'ex-socio del padre spianò il programma.
"Ti aspettiamo tra una settimana.
Vedremo di trovare alloggio e poi la scuola per i tuoi figli.
Infine, lavoro per tuo marito."
In tanti sarebbero partiti a seguito di quel voto.
Alla volta di Città del Capo per chi si era messo in testa di cambiare il paese, all'estero per chi non si riconosceva più.
Nulla valse la consolazione che l'ANC non avesse raggiunto i due terzi dei voti e, quindi, non avrebbe potuto cambiare la Costituzione senza un accordo con il Partito Nazionale.
Per i Van Wyk, il paese sarebbe andato in mano ai neri.
La vendita era pronta.

Dovevano solo contattare il compratore che aveva deciso di sborsare una bella cifra immediatamente per assicurarsi un ranch e una mandria di prim'ordine.
Con quei soldi, i Van Wyk avrebbero ricomprato tutto in Argentina e in quantità maggiori, avanzando anche del denaro per almeno tre anni di sopravvivenza.
Con sdegno e disapprovazione se ne sarebbero andati e non avrebbero avuto remore a lasciare i nipoti a Johannesburg.
"Venite quando volete", erano state le parole rivolte ad Hendrik e Pieter, i due fratelli maggiori che mai si erano adattati alla vita di campagna.
Andrew decise che era arrivato il momento di inoltrare gli indizi a carico di Pieter Van Wyk ad un poliziotto, sfruttando Michael.
Adam si era convinto che, prima o poi, avrebbero dovuto dare retta al giovane e costruirsi un sito Web.
Hellen, nel rimirare l'Oceano, aspettava di vedere il nuovo Sudafrica nel quale sarebbe cresciuto suo figlio.

XVIII

Johannesburg – Città del Capo, luglio-ottobre 1994

"Figlio mio, faresti bene a seguirci.
Questi maiali hanno cambiato sia la bandiera sia l'inno.
Non è più il nostro paese."
Stringendo a sé suo padre, ad Hendrik sgorgarono le lacrime.
Si trovava all'ingresso dell'aeroporto di Johannesburg e il due luglio la sua famiglia si sarebbe definitivamente trasferita.
Avevano venduto tutto a tempo di record e Hans aveva già preparato il terreno.
Si era recato a Mendoza per vedere la fazenda e aveva organizzato il trasferimento.
Pagando delle tariffe supplementari per il peso in eccesso, i dieci membri avevano portato venticinque valigie.
A Buenos Aires, Hans aveva comprato un minivan che gli sarebbe servito anche in futuro e lo aveva lasciato in aeroporto.
Così, all'arrivo, i dieci con le valigie si sarebbero inerpicati per la strada che dalla capitale argentina conduceva fino alla loro nuova abitazione.
Un trasferimento lungo e definitivo.
I Van Wyk erano pronti a lasciare il paese della bandiera arcobaleno e che aveva fatto tramontare gli Orange.
Pieter detestava tutto questo, specialmente l'inno in doppia lingua.
Che vergogna.
Quella canzone del movimento che per decenni era stato il nemico ora doveva rappresentarlo?
Mai e poi mai.
Salutò i suoi fratelli e i suoi nipotini.
Quando tutti scomparvero dalla loro vista, i due rimasti si guardarono.
E ora?
Che fare?

"Io me ne torno a Pretoria. Prima o poi qualcuno capirà la follia che ci circonda."
Incapace di immaginarsi un lavoro diverso, Pieter se ne era rimasto inerme a vedere la sua carriera fatta a pezzi, proprio per le sue idee e le sue posizioni.
Analogamente, Hendrik aveva subito la medesima sorte in banca.
Non aveva fatto trapelare alcunché della freddezza che vi era con Margaret ormai da tempo, dato che ciò avrebbe spronato la sua famiglia ad incitarlo maggiormente a lasciare il paese.
Ognuno si infilò nelle proprie macchine e si separarono.
Con un gesto similare, a Città del Capo, Johanna Nkosi si recò in Parlamento come ormai faceva da quando lo stesso si era insediato.
Vi erano problemi di ogni sorta e rappresentanti di ogni specie.
La prima volta che Johanna intravide i leader degli afrikander si bloccò e le si gelò il sangue.
Fosse stato per loro, sarebbero rimasti ancora a Soweto, segregati e schiacciati.
La diffidenza reciproca era alimentata dal modo di fare.
Spocchioso ed arrogante quello degli afrikander, deciso e determinato quello dei membri dell'ANC.
Vi erano molte cose che non andavano e che dovevano essere riformate.
Innanzitutto, i bantustan erano spariti.
Un preciso punto programmatico già attuato, non senza polemiche e difficoltà.
Dopo di che, tutti gli sforzi erano stati indirizzati verso la soluzione della crisi economica.
Mandela era stato chiaro.
Su quello lo avrebbero giudicato primariamente.
Bisognava rispondere al disperato e accorato appello del popolo sudafricano che chiedeva lavoro e salari adeguati.
Così si erano stabiliti una serie di viaggi.
Per la prima volta, anche rispetto all'epoca di de Klerk, il Presidente si sarebbe occupato più delle questioni internazionali che di quelle interne.
"Ma ti pare corretto?", aveva chiesto un collega a Johanna e questa era la stessa domanda che David le poneva o chiunque la incontrasse e l'avesse votata.
Secondo l'opinione di tutto il popolo nero, Mandela sarebbe dovuto rimanere in patria per risolvere i problemi di lavoro, salute, trasporti, educazione.
Andandosene, non faceva che rallentare il corso delle riforme.

Nell'era dell'informazione veloce, grande differenza rispetto ad anni prima, si procedeva a giudicare le intenzioni, prima ancora che i fatti fossero avvenuti.
Johanna stava tergiversando, giusto per prendere tempo.
"Non è ancora andato, non è ancora successo", erano i suoi slogan preferiti.
Dentro di sé, necessitava di una riflessione.
Perché dare la priorità a questo?
Era stato lo stesso Mandela a chiarire la sua visione in una riunione ristretta tra le componenti di governo dell'ANC e i parlamentari.
"Qui a casa so che ci siete voi a portare avanti il lavoro.
So che ognuno di voi darà il massimo per approvare leggi o per disporre procedure e direttive.
Abbiamo creato una squadra proprio per questo.
Io devo mettere in pratica il mio ruolo di leader.
E siccome sono ascoltato nel mondo, e non so ancora per quanto, allora dobbiamo sfruttare queste opportunità.
I capitali stranieri ci servono per crescere.
Ci servono tutti.
Gli americani e gli europei, nessuno escluso.
Persino i tedeschi e gli inglesi, gli olandesi e i francesi, cioè i discendenti dei colonizzatori e dei dominatori per tanto tempo.
E poi ci serve il Sud America e le potenze asiatiche.
Il Giappone, l'India e la Corea.
Taiwan e, in prospettiva, anche la Cina.
Senza di loro, non ce la faremo.
Con quelle risorse che riporterò in patria, potremo attuare i nostri programmi."
Johanna ci aveva riflettuto a lungo a fine luglio, dopo quella riunione.
Non ci aveva dormito per una notte intera e la mattina si era ritrovata a rimirare l'alba sull'Oceano.
Il mondo era diverso da come era scritto nei libri.
Era veramente un unico globo dove tutto era interconnesso e i confini erano solo fittizi, nella nostra mente o sulle mappe.
Come faceva un uomo che era stato buona parte della sua vita rinchiuso in una cella striminzita a ragionare senza confini?
Forse proprio per quello.
Il fisico era stato limitato in alcuni spazi, ma la mente no.
L'immaginazione nemmeno.

Si convinse che fossero nel giusto e che si dovesse fare tutto, senza escludere alcunché.
I suoi figli si stavano adattando alle nuove abitudini.
Una casa diversa, la scuola differente, soprattutto una città su altri standard e canoni.
Abitavano nello stesso quartiere dell'ex socio del padre di Johanna e laddove si erano inurbati quasi tutti quelli provenienti da Soweto.
Si trattava di sistemazioni modeste, ma comunque meglio delle baracche delle township.
Moses si era ritrovato catapultato in un nuovo ambiente e ciò lo aveva reso ancora più schivo.
Aveva compreso come in quella scuola ci fosse possibilità di apprendere maggiormente e si era buttato a capofitto sui libri, trascinando dietro di sé i suoi fratelli.
Per Daniel era tutta una nuova avventura e condivideva l'aspetto ludico, mentre Abuja, all'inizio un po' scontrosa, era rimasta affascinata dall'Oceano.
Di tutta la famiglia, era la persona che condivideva maggiormente lo stupore nel ritrovarsi di fronte a qualcosa del genere.
Aveva fissato per ore le onde e come si formavano.
Dove andavano ad infrangersi e come si spostavano.
Soprattutto, aveva notato che il panorama mutava spesso, con lo spirare del vento o l'insolazione.
Da lì erano passati i grandi esploratori europei, quelli che avrebbero aperto la via ai commerci, ma anche allo schiavismo.
Ed erano arrivati i bianchi.
Non più nemici, adesso, ma fratelli sudafricani.
Ciononostante, le differenze rimanevano ed erano evidenti specie nelle frequentazioni.
Quasi tutti i bianchi avevano conoscenze tra i bianchi e lo stesso si poteva dire tra i neri.
"Cambierà, ma non calma", aveva detto Johanna.
Di tutta la famiglia, chi stava avendo più difficoltà era suo marito David.
Da sempre abituato agli orari e ai ritmi della fabbrica di Soweto, si era dovuto adattare al cambio totale di ogni azione.
Da un certo punto di vista, avrebbe dovuto apprendere da chi era più giovane di lui, ma si era trasferito a Città del Capo da più tempo.
Johanna aveva talmente tanti problemi tra la politica e i figli che non badò a suo marito.
Era adulto e se la sarebbe cavata.

David aveva trovato conforto nel parlare con l'ex socio del suocero ed ex padrone della fabbrica.
Parlavano dei tempi andati, ma se ciò era un bene per un anziano solo e senza legami, non lo era per un adulto, padre di famiglia.
Nemmeno la casa andava bene a David.
Riconosceva che fosse migliore sotto molti punti di vista, ma sentiva che gli mancavano i punti di riferimento.
"Mi abituerò", si era detto come a volersi convincere.
Invece Nigel Mbutu e sua moglie avevano trovato entrambi lavoro e Kamala viveva con loro.
La ragazza prendeva gli appuntamenti e teneva l'agenda di Johanna, ma quest'ultima non voleva assolutamente legarla.
"Tu hai una testa notevole.
Promettimi che studierai per l'ammissione all'Università qui a Città del Capo.
Hai ancora tre mesi di tempo prima dell'esame.
In cosa vorresti specializzarti?"
Kamala era sempre stata affascinata dallo studio in sé.
Studiare qualunque cosa le piaceva, indipendentemente dalla materia e dal campo applicativo.
Quindi, aveva cercato di comprendere che cosa le piacesse come lavoro. Stando a stretto contatto con la politica e con i discorsi che si sentivano ai vari livelli, da quello amministrativo fino al Parlamento della Repubblica sudafricana, aveva compreso che l'economia rivestisse un ruolo centrale nella società contemporanea.
"Economia".
Johanna sorrise.
Sarebbe stata utile a lei e a tutti.
"Benissimo, così mi spiegherai alcune cose.
La carica al Parlamento dura cinque anni, giusto il tempo per vederti laureata.
Mi passerai i libri e assorbirò i concetti basilari.
Non preoccuparti, rimarremo in contatto, ma non mi farai più da assistente."
Vi era un problema ulteriore dato dalla retta.
Per tale motivo, Johanna si stava battendo per fare stanziare da subito delle borse di studio che coprissero tutti i costi, soprattutto per le persone senza reddito e provenienti da zone disagiate.

Fosse passata la legge, migliaia di ragazzi e ragazze come Kamala avrebbero potuto accedere agli studi universitari e sarebbero stati tutti neri, delle più disparate etnie.
Così si sarebbe formata la classe dirigente del nuovo millennio, coloro i quali avrebbero dovuto attuare l'uguaglianza nella pratica, una volta ottenuta a livello teorico.
Senza l'apporto di tutti questi ragazzi sarebbe stato tutto inutile.
Si potevano scrivere leggi perfette e riformare la Costituzione per avere una Repubblica senza più discriminazioni, ma tutto sarebbe rimasto sulla carta.
Invece, bisognava fin da subito agire perché queste conseguenze avrebbero ritornato un valore solo dopo un certo lasso di tempo.
Più tardi si fosse iniziato, più in là si sarebbero visti i risultati.
Considerando le differenze economiche e di possibilità, Johanna si faceva carico di chiamare costantemente i suoi genitori e di tenerli informati.
Un po' le dispiaceva che Johannes e Maria fossero rimasti soli a Soweto, senza più riferimenti familiari e relazionali.
A volte aveva l'impressione di averli abbandonati e si chiedeva se non fossero stati più felici vicino a loro.
Poi si ricordava di come avessero trascorso praticamente tutta l'esistenza da adulti e da anziani in quella casa.
Forse toglierli dalle loro abitudini sarebbe stato anche peggio.
E poi Soweto non sarebbe dovuto scomparire.
Non era questo il segnale che dovevano dare ossia che, per avere una possibilità di vita, si dovesse andare via dalle township.
Johanna aveva anche sentito Lionel Kaffee, quel suo collega di Johannesburg, insegnante pure lui, che non ce l'aveva fatta ad essere eletto.
"Se ho bisogno di una mano, posso contare sul suo aiuto?"
Le pareva che alcune idee di quell'insegnante fossero corrette e non bisognava buttarle via solo perché facenti parte di un altro Partito e di uno che non era stato eletto.
In tutto questo turbinio, Johanna aveva compresso i tempi per se stessa.
Dormiva meno e si dedicava meno tempo per rimanere a fissare l'orizzonte come faceva a Soweto.
Ora che era arrivata laddove si poteva decidere, non avrebbe dovuto sprecare un solo minuto.

In cinque anni, potevano cambiare definitivamente il Sudafrica o fallire miseramente e alcune frange dei bianchi, ma persino anche degli zulu, tifavano per la loro sconfitta.
Si sarebbe dimostrato in modo evidente che l'ANC non avrebbe potuto governare.
A rimarcare ogni lato negativo, anche se ascrivibile al regime dell'apartheid, ci pensavano gli organi di informazione che si riconoscevano nella minoranza antiriformista.
Erano pochi, ma molto rumorosi.
Con polemisti della prima ora e dotati di eloquenza, nonché conditi da luoghi comuni dei più beceri.
Johanna aveva imparato a farci il callo.
In quanto donna e nera, era uno dei bersagli più semplici da puntare.
"Ma perché si circonda di quegli uomini?"
La cosa che non andava a genio alle frange più estreme dell'ANC, laddove ad esempio militava Patrick, rimasto fedele alla sua residenza a Soweto, era il fatto che Madiba si accompagnasse a servizi di sicurezza misti.
Non solo neri, ma anche bianchi.
Gente che, forse, aveva nel passato qualche scheletro nell'armadio e qualche persecuzione razziale.
"Non di certo favorevoli alla nazione arcobaleno", si era detto.
La cosa non molto sottaciuta era il pericolo di un attentato.
Si erano viste troppe volte scene del genere.
Capi di Stato eliminati da complotti o da pazzi scatenati.
"Madiba è Premio Nobel per la pace, nessuno oserà toccarlo", avevano provato a controbattere i moderati, forse non credendo nemmeno loro alle parole che avevano pronunciato.
Una pallottola era tale e faceva il proprio dovere indipendentemente da chi fosse il bersaglio.
Avevano sparato a tutti nel mondo.
Leader politici e rivoluzionari, persino il Papa aveva ricevuto una pallottola nell'addome.
In mezzo a quel marasma di idee e supposizioni, vi era chi si basava solo sui fatti.
Kamala era una di essi e appuntava ogni minimo dettaglio.
Vestita in modo dignitoso, sebbene sobrio e confacente al suo modesto portafoglio, sprizzava bellezza e compostezza, doti tipiche dell'etnia xhosa specie tra le giovani ragazze.

Per ora, non si era fidanzata e non aveva preso in considerazione nessuno uomo.
Se veramente avesse voluto laurearsi, si sarebbe dedicata da altro, almeno per i prossimi tre anni.
Braccò la parlamentare e le rammentò un appuntamento che certamente aveva dimenticato:
"Johanna, tra una settimana ci sarà il convegno con gli industriali e abbiamo in agenda una presenza senza intervento."
Johanna le fece cenno di aver compreso.
Ma perché l'avevano invitata?
Ah sì, ora se lo ricordava.
Ci sarebbe stata la presenza di industriali di Johannesburg, tra cui i Parker, dei quali aveva sentito parlare sia da suo padre sia da Patrick.
Era dai Parker che Johannes era stato arrestato ed era per assecondare i voleri di Charles Parker, defunto da anni colpito dall'AIDS.
Ora Johanna avrebbe visto in faccia la figlia di uno che aveva sfruttato suo padre.
Magari le avrebbe dovuto parlare o stringere la mano, facendo finta di non ricordarsi della storia passata.
Questo chiedeva Madiba.
Perdono e riconciliazione.
Era difficile da attuare, ma se ci riusciva quell'uomo dopo tutti quegli anni di carcere, chi era Johanna per opporsi?
Una semplice parlamentare che non aveva visto né la galera né le violenze, almeno non subite direttamente.
Tutti erano vittime ed era inutile recriminare.
Il punto era che i Parker si sarebbero persino considerati riformisti e moderni, per il solo fatto di essere presenti e accettare la maggioranza nera al governo.
Vi era ancora tanta strada da percorrere, ma non si poteva da subito ribaltare il paese.
Nessuno nell'ANC si era illuso di avere il potere.
L'economia, l'industria, la polizia, l'esercito era tutto ancora in mano ai bianchi e bisognava mostrare la faccia buona, senza volersi vendicare e nemmeno senza reclamare i diritti fondamentali, tra cui quello alla giustizia.
Troppo fragile era la base delle riforme.
Su questo Johanna aveva recepito in pieno la linea del partito e non si sarebbe discostata.
Si preparò al convegno e all'incontro con i Parker.

Jane Parker con suo marito si erano mossi qualche giorno prima con un aereo che, da Johannesburg, li aveva condotti a Città del Capo, lasciando loro figlio di quattordici anni a casa.
Avevano chiesto a John e Liza di dargli un occhio, sebbene il giovane dimostrasse notevole capacità di autonomia.
Si era ormai affrancato dall'abbraccio protettivo di sua madre, soprattutto perché Jane era mutata dopo gli innumerevoli incontri con Margaret.
Si era detta che fosse inutile sprecare la loro fase adulta dietro a dei figli che ormai pensavano in maniera autonoma.
Si ricordava benissimo dei suoi quattordici anni e di come il college avesse voluto dire una specie di liberazione.
Le loro fortune non subivano ondate di arresto, anche se ormai il business della gestione dei rifiuti aveva preso il predominio rispetto alle costruzioni immobiliari.
Che in molti si spostassero era un bene per loro, ma non che tanti decidessero di lasciare il Sudafrica.
Vi erano case vuote e sfitte, le prime ad essere riempite per chi si trasferiva e così il settore languiva.
Il problema era che dai bantustan e dalle township, una massa di baracche venivano abbandonate e là non interessava a nessuno trasferirvisi.
Nel vedere l'Oceano, a Jane venne in mente quella vacanza a Città del Capo.
Quella da giovane con gli Smith e l'approccio che aveva tentato con Andrew.
Di tutti gli uomini che vi erano, proprio di un omosessuale si era dovuta invaghire?
Che sciocca che era stata.
A suo marito non piaceva il mare.
Non si aggradava al clima, troppo umido, e al vento, troppo presente.
Era uno di quelli che viveva bene al chiuso.
Si riprese nella sala del convegno, appositamente agghindata.
Johanna squadrò i due, praticamente suoi coetanei, e cercò di dimenticare che la donna era la nipote dello sfruttatore di suo padre.
Trovò il marito assolutamente anonimo e normale, identico a molti altri uomini bianchi di affari.
Invece Jane dimostrava una certa sfrontatezza.
Per i canoni estetici della società bianca era sicuramente troppo grassa, ma per i neri ciò non era un male.

Anzi, era il simbolo stesso della prosperità e dell'abbondanza.
Quanto aveva dovuto soffrire Johanna in gioventù per la mancanza di curve e per l'essere così secca.
Il convegno si svolse senza particolari problemi in quanto le visioni erano simili.
Jane si fissò sulla parlamentare di Johannesburg.
Sapeva di essere sua coetanea, ma non si erano mai incrociate e, senza l'opportunismo nello sfruttare il pensiero riformista, probabilmente le loro strade sarebbero rimaste separate.
La trovò identica a molte altre.
Era difficile per i bianchi comprendere le distinzioni di etnia.
A prima vista, sembravano tutti uguali, xhosa e zulu.
Le si avvicinò e le porse la mano.
Per molto meno, anni prima si sarebbe schifata.
Ora Jane Parker era divenuta attaccata alle proprietà e ai soldi e non li avrebbe persi per nulla al mondo.
"Bel discorso", si complimentò.
Johanna dovette superare la remora iniziale.
Un'altra, al suo posto, avrebbe rivangato accuse passate.
Le avrebbe ricordato di come suo zio avesse sfruttato per anni i neri e di cosa aveva dovuto subire suo padre con il carcere e lei stessa nel vedersi privata di una presenza simile a livello affettivo e di sostentamento.
La fame che aveva dovuto sopportare e gli sforzi della sua famiglia.
Poi la morte di suo fratello.
Sarebbe servito a qualcosa?
Ne dubitava.
Chi non aveva voluto vedere fino a quel momento, non lo avrebbe mai fatto.
Significava ammettere le colpe, la connivenza, l'omertà e l'indifferenza.
Lasciò perdere.
Rispose con un sorriso e incassò la lode, forse non completamente sincera.
"Spero che gli industriali ora si diano da fare più di prima.
Abbiamo bisogno del vostro supporto per rilanciare il paese."
Le uscì una frase diplomatica, una di quelle tipiche da politico.
Celare le proprie idee e rifugiarsi nei normali luoghi comuni.
A sera, suo marito volle sapere.
Era a conoscenza di chi fossero i Parker.
Tutti ne avevano sentito parlare alla fabbrica di Soweto.

"Io non ce l'avrei fatta a parlare con quelle persone.
Ed è per questo che tu sei parlamentare e io no.
Non sono capace di vedere lontano come te, ma mi fido perché ti amo.
Però in molti chiederanno giustizia.
Prima o poi dovremo rispondere a questo grido di dolore."
La moglie se lo appuntò, passando subito dopo a dedicare tempo con i suoi figli.
Un gesto che Johanna aveva in comune con molte altre madri.
Nel medesimo lasso di tempo, Margaret si era seduta di fianco a sua figlia Martha.
La fanciulla aveva ereditato la carnagione biancastra e i capelli biondicci del padre, unitamente al fisico slanciato della madre.
Era la perfetta unione tra discendenza inglese e boera, ciò a cui intere generazioni di Smith avevano bramato, ma che ora sembrava del tutto irrilevante agli occhi di Margaret.
"Hai trovato difficoltà a svolgere quel compito?"
La fanciulla negò.
Per lei, era tutto abbastanza semplice.
Ligia e inquadrata, sapeva che il suo dovere era quello di starsene buona.
Per quanto avrebbe mantenuto un comportamento del genere non era dato sapere, ma Margaret ringraziava, almeno per il momento, quell'entità astratta che le appariva essere Dio.
Non era mai stata molto religiosa, come del resto tutta la sua famiglia e non credeva alla maggioranza della dottrina cristiana.
Anglicani, protestanti e persino cattolici le apparivano tutti uguali, animati da qualcosa che a lei non aveva mai sfiorato.
Ormai da mesi preferiva trascorrere del tempo con Gert e con Martha rispetto a intessere discorsi con suo marito.
Hendrik viveva in un suo mondo, fatto di continue recriminazione e borbottii.
Persino in banca, non era più quello di un tempo.
A dire il vero, anche il lavoro era mutato.
Erano arrivati nuovi capi e nuovi direttori, alcuni dei quali di origine inglese, cosa mai avvenuta prima.
Avevano impartito nuove direttive, tra cui l'apertura della clientela.
Ormai vi era almeno un cinque per cento dei clienti appartenenti alla popolazione nera e ciò era in costante aumento.
"L'obiettivo è di raggiungere il venti per cento in pochi anni."
Potenzialmente vi era un mercato enorme.

Abituati a non servirsi delle banche, la proprietà aveva compreso che la crescita maggiore sarebbe avvenuta convincendo la popolazione nera ad aprire i conti correnti presso di loro.
Per tale motivo, avevano istituito delle condizioni speciali di favore, tra cui un conto a zero spese.
Hendrik era andato su tutte le furie.
"Dobbiamo riservare condizioni migliori a quella gentaglia.
Straccioni pezzenti che non hanno nemmeno un rand."
Non comprendeva la decisione né dal punto di vista economico, né da quello morale.
Ciò che Hendrik non aveva inquadrato era il cambio di prospettiva.
Tutti erano consci di avere qualcosa da nascondere nel passato, che fossero direttive o procedure, azioni o pensieri.
E così pensavano ad essere "più realisti del re", come aveva giustamente sottolineato Peter Smith quando il genero gli aveva esposto la situazione.
"Caro mio, dobbiamo assecondare i tempi."
Era facile parlare per un vecchio di settant'anni o almeno così pensava Hendrik.
Con simili atteggiamenti, la promessa di un tempo si era trasformata in un peso.
Il direttore non aveva avuto mezzi termini e lo aveva convocato.
"Senta Van Wyk, il suo temperamento e il suo zelo contro la nazione arcobaleno e il nuovo corso sono fuori luogo.
La decisione è stata presa e non può farci niente.
Si adegui, o perirà.
La informo, come ho fatto con tutti gli altri, che d'ora in poi non saranno tollerate espressioni e atteggiamenti discriminatori nei confronti dell'etnia.
Qui, tra poco, assumeremo segretarie di colore.
E poi sarà la volta di impiegati.
Dobbiamo attirare nuovi clienti e nessun nero entrerà in una banca dove sono tutti bianchi.
E la invito a non parlare più afrikaans in pubblico."
Hendrik ne era uscito sconvolto e si era rinchiuso in se stesso.
Aveva provato a parlarne con Margaret, ma la moglie non lo seguiva, anzi pareva condividere le idee generali.
La donna non gli aveva ancora svelato di aver ripreso i contatti con suo fratello, ormai da tempo, ma stava cercando il momento giusto.

Se non vi fossero stati di mezzo i suoi genitori, lo avrebbe già fatto, ma sapeva che avrebbe creato una fattura.
Peter ed Elizabeth non erano pronti, e forse non lo sarebbero mai stati, né per la nazione arcobaleno né per riconciliarsi con un figlio che ormai avevano giudicato perso da tantissimo tempo.
Vi sono barriere mentali ben più difficili da abbattere rispetto a quelle fisiche di qualche township o ai confini dettati dalle leggi.
Sono quegli ostacoli che ci impediscono di uscire di casa e di salutare il prossimo, indipendentemente dalle sue idee, dalla sua età, dal ceto di appartenenza e dal colore della pelle.
Sono stati messi lì in qualche tempo remoto o da qualcuno e si sono sedimentati.
Cosa serve per abbatterli?
Dinamite cerebrale, uno strano composto chimico costituito dal volersi mettere in discussione e dal pensiero critico, ingredienti praticamente sconosciuti per chi è cresciuto sotto un regime, dove la verità e la libertà vengono sempre asservite al potere.
Gert e Martha non partecipavano a questo gioco dicotomico, del quale non avevano compreso le regole.
Per loro era tutto molto più naturale.
A scuola vi erano state idee riformiste, soprattutto negli ultimi quattro anni e in modo progressivo, in un'età dove si forma il primo pensiero critico.
Martha, da quando aveva iniziato a studiare, era stata praticamente immersa dallo spirito riformatore e ciò si sarebbe evidenziato in futuro.
In più, la lontananze dei nonni paterni e la chiusura di quelli materni, avevano fatto sì che prendessero a riferimento i genitori e, tra i due, la più presente era Margaret.
Così, in un'ipotetica scelta di campo, si sarebbero trovati più affini alle idee di uno zio che avevano dimenticato e di cui Martha non conosceva nemmeno il volto.
Simili spaccature vi erano in molte famiglie sudafricane, sia nella comunità bianca sia in quella nera.
La fine della contrapposizione frontale portava un rimescolamento delle carte che lasciava molti sbalorditi.
Johannes e Maria, ad esempio, non si capacitavano del perché bisognasse essere tanto indulgenti con i bianchi e si erano avvicinati alla persona di Patrick, l'uomo che era stato solo per tutta la vita e che, una volta, era detestato da Maria.

Rimasti a Soweto, assieme a pochi altri della loro generazione almeno all'interno della loro cerchia di conoscenze, si trovavano sempre più spesso per fare qualche lavoretto secondario e minimale, giusto per raccogliere qualche spiccio aggiuntivo.

Per niente sorpresi erano invece Adam e Andrew, il cui appoggio ai primi provvedimenti del governo era stato completo.

Vi era tra i due soci una sintonia di intenti e di vedute, tanto da lanciarsi in progetti futuri.

"Forse è il caso di aprire una sede a Città del Capo", proponeva Andrew.

"Forse è il caso di farci fare un sito Web", rispondeva Adam.

Le cause di risarcimento avevano fruttato un lauto compenso allo studio e lo stesso si poteva dire delle questioni di eredità.

Per di più, si stava configurando un nuovo business legato sempre alle proprietà.

Vi era chi stava già ipotizzando una sorte di compensazione per gli anni di sfruttamento ossia delle transazioni economiche per non incorrere in problemi legali.

Così in molti si rivolgevano allo studio per perorare le loro cause e la cosa strabiliante era che entrambi i contendenti si rivolgevano a Smith & Fiennes.

Sia chi aveva subito il torto in passato, e ciò era comprensibile, sia chi il torto lo aveva commesso e questo era francamente meno prevedibile.

"Siamo diventati famosi persino tra quelli che si detestavano."

La svolta era avvenuta dopo il caso di Nigel Mbutu.

Fino a quel momento, pensare che un tribunale emettesse una sentenza di assoluzione per un nero quando vi era di mezzo la vita di una bianca era impossibile.

Dopo un primo shock, la maggioranza delle persone si era fatta l'idea che Smith & Fiennes fosse lo studio migliore della città.

Non era emersa l'innocenza di Nigel quanto la bravura di Adam e Andrew.

Ciò era molto rassicurante per una società abituata a pensare a scatole chiuse.

"Alla fine, noi siamo il prodotto della loro visione e della loro cultura.

Per quanto ribelli e anticonformisti, incensare noi vuol dire assolvere il loro passato."

Andrew aveva riflettuto su queste parole del suo compagno, ma la sua mente non era sgombra per andare a fondo.

Ciò che gli premeva, più che simili congetture e dietrologie sul loro inaspettato successo, era comprendere come e quando Pieter Van Wyk sarebbe stato indagato.
Michael aveva svolto il suo lavoro e aveva imbeccato il poliziotto giusto.
Uno di origine inglese, abbastanza giovane per comprendere il modo nuovo per fare carriera.
E uno con un capo che non l'avrebbe ostacolato.
Si trattava di quella maggioranza che se ne era sempre stata in silenzio e in disparte, lasciando fare gli elementi più oltranzisti e che ora si sentiva in preda a sensi di colpa.
Per rimediare, avrebbero fatto il loro dovere e anche di più.
Vi era un meccanismo collaudato per comunicare tra il giovane poliziotto, Kevin Allen, e Michael.
Era stato stabilito che solo il primo avrebbe contattato il secondo, facendogli trovare un giornale con la prima pagina semi strappata nella casella della posta.
Con quel segnale, Michael si sarebbe recato ad un locale dove Kevin era solito fare colazione da solo, si sarebbe seduto nel tavolino a fianco e, data l'enorme ristrettezza degli spazi, avrebbero potuto parlare.
Kevin si sarebbe premurato che nessuno li ascoltasse.
Vi erano state due convocazioni, soprattutto per comprendere in che modo erano state reperite le prove e cosa avrebbe potuto utilizzare in fase processuale da passare all'ufficio del Procuratore.
Sapendo del lavoro dell'indagato, Kevin era stato molto accorto.
Non aveva chiesto altre informazioni, ma si era recato personalmente nell'archivio centrale delle forze di Polizia.
Non serviva alcun mandato ad un agente investigativo per accedere alle schede dell'ex personale che aveva prestato servizio.
Michael ricevette un avviso di convocazione verso la fine di settembre e, il giorno seguente, si presentò al posto concordato.
Ordinò il solito caffè americano con latte e zucchero e una fetta di torta della casa, che quasi sempre coincideva con la melktert, la crostata di latte ricoperta di cannella.
Era un piatto di chiara origine boera sia nel nome sia nella ricetta, ma a Michael piaceva oltremodo.
"Sai che era un poliziotto?"
Kevin aveva scoperto che Pieter Van Wyk aveva preso servizio a Johannesburg nei primi tempi.
Michael scosse la testa.

"Sarà difficile indagare su di lui.
Ci potrebbero essere resistenze interne.
Ha partecipato ai fatti di Soweto."
Michael fece una faccia stranita.
Cosa voleva dire?
"Hai la mia età e non sai cosa è successo a Soweto nel 1976?"
Michael dovette ammettere la propria ignoranza.
"Diciamo che sono cose che oggi non sarebbero permesse e molti di noi sanno che là si è sparato per uccidere.
Non è qualcosa che oggi le persone sbandierano.
Comunque, il soggetto dopo quei fatti è stato reclutato dai servizi segreti e trasferito a Pretoria."
Kevin si stava muovendo con circospezione e ciò era l'approccio corretto da tenere.
Se Pieter o qualcuno vicino a lui avesse saputo che lo stavano per indagare, sarebbero finiti i tempi tranquilli.
Per ora, erano solo in quattro a sapere di ciò.
Andrew, Adam, Michael e Kevin.
E tutti sarebbero stati muti come tombe.
"Dovrei parlare col tuo capo. Organizzami un incontro."
Michael ci pensò.
La cosa più semplice sarebbe stato che Kevin si presentasse da normale cittadino, quindi quando non era in servizio.
"Domani pomeriggio non sono in servizio.
Ho fatto una notte che devo recuperare."
Michael prese atto e si alzò dal bar.
Attraversò la strada e chiamò lo studio da una cabina pubblica, inserendo un paio di monete.
A quell'ora Andrew non era ancora in ufficio, ma vi erano le segretarie.
"Ciao Sarah, sono Michael.
Il capo ha un buco domano pomeriggio?
È una questione urgente, poi glielo dirò di persona durante il giorno."
La donna consultò l'agenda elettronica sul computer e rispose affermativamente.
"Alle tre del pomeriggio."
Michael ringraziò e riattaccò.
"Domani alle tre."
Kevin se ne andò.
Michael fece lo stesso cinque minuti dopo, dirigendosi allo studio.

Avrebbe dovuto intercettare subito Andrew e stette ad aspettarlo all'ingresso.
"Domani alle tre avrà una visita.
La persona che sappiamo noi sul caso innominabile."
Era un modo per parlare in codice e non farsi scoprire dagli altri nei corridoi.
Andrew arrivò in ufficio dopo aver salutato tutti quanti e si mise a pensare cosa potesse spingere un poliziotto ad incontrarlo.
Nel corso della giornata, Michael trovò un pertugio per informarlo del precedente lavoro di Pieter Van Wyk.
Andrew lo condivise con Adam, il quale si lisciò il mento in segno di riflessione.
Attorno alla figura di Pieter Van Wyk iniziavano ad aleggiare nuovi sospetti.
"E se fosse uno di quelli che ha ucciso?
Pensi che ora l'ANC non farà nulla?"
Dovevano comprendere come muoversi e cosa sarebbe successo.
"Tra meno di un mese sarà necessario che io vada a Città del Capo.
Parlerò con la parlamentare Nkosi e cercherò di comprendere se ci sarà una qualche indagine governativa su quei fatti.
Inoltre, vedrò dove potremo pensare di aprire una nuova sede."
Adam concordò.
Sarebbe rimasto una settimana da solo a Johannesburg a mandare avanti uno studio che ormai diveniva sempre più indipendente dalle loro figure.
Prima o poi avrebbero smesso di frequentare i tribunali per occuparsi solamente delle strategie di alto livello, ma era ancora tutto prematuro.
Il poliziotto in borghese si presentò in perfetto orario.
Sembrava un normale cliente e chiese di conferire con l'avvocato Andrew Smith, con il quale aveva un appuntamento.
Ovviamente aveva dato un nome finto, cosicché nessuno lo avrebbe potuto intercettare.
Una volta al chiuso dell'ufficio di Andrew, tirò fuori un aggeggio dalla tasca e fece segno di starsene in silenzio.
Lo passò lungo le pareti e sotto la scrivania, vicino al telefono e sul tavolino.
Nessun strano segnale.
"Precauzioni, avvocato.
Considerando quanto vi è successo in passato, non le escluderei.
Ora so che questo locale è pulito da microspie."

Andrew aveva capito dai gesti e da quanto aveva visto fare nei film.
"Non sapeva che Pieter Van Wyk era stato un poliziotto?"
L'avvocato ammise di non esserne stato a conoscenza.
L'agente si dimostrò affabile e stava cercando un filo rosso che connettesse tutto questo.
"Mi sfugge la logica.
Vi ha messo delle microspie a casa e in ufficio, perché quegli oggetti li fanno solo i militari e i servizi segreti.
E chi altro poteva metterli?
C'era una stazione di ascolto da qualche parte, quindi ci saranno stati ordini firmati e persone distaccate.
Solo che se mi muovo in tal senso, lo sapranno.
E io non conto molto.
Devo impacchettare il tutto per l'ufficio del Procuratore."
Andrew non nutriva grande speranza.
Sapeva cosa quell'ufficio aveva imbastito per il caso di Nigel Mbutu.
"E' fuori strada avvocato.
Quello è stato uno smacco.
Sa quante teste sono cadute?
Sa che il nuovo Procuratore ha brama di consensi e ora sta trovando il modo per rimediare agli errori passati?
Non si preoccupi per l'omicidio Laurel.
Appena daremo loro in pasto questi indizi, ci penseranno a fare luce su Pieter Van Wyk, ma cercheranno di celare il resto.
Ed è qui che interverrò io.
A raccogliere le briciole, che poi in questo caso non lo sono.
Microspie, centri di ascolto, aggressioni.
Non si è mai chiesto come mai nessuno abbia saputo identificare gli aggressori nonostante le vostre denunce e il fatto che tutto fosse registrato?"
Andrew non arrivò a tanto.
Voleva dire che Pieter aveva manomesso i nastri o che lo aveva fatto fare a qualcuno?
"Oppure non sono mai esistiti. Ha fatto spegnere tutto prima dell'aggressione."
Ma come sapeva quando avrebbero aggredito Adam e Andrew?
"Già, vedo che inizia ad inquadrare la situazione.
Mi sono sempre chiesto il perché.
È da quando ho queste carte in mano che me lo chiedo, ma poi ho messo assieme un po' di elementi.

Famiglia boera, che ora ha lasciato il Sudafrica.
Sostegno incondizionato all'estrema destra degli afrikander, tra l'altro non solo segregazionista ma anche omofoba."
Forse Kevin era saltato direttamente alle conclusioni o forse aveva imbroccato la via corretta.
Puro odio.
Senza nessuna forma di logica.
Ecco perché il delitto Laurel era qualcosa di incomprensibile.
Una vittima a caso, segnalata da qualcuno, per odio verso la società che stava cambiando.
Il male era banale.
Era una frase dello stesso Andrew a cui non aveva dato seguito.
Probabilmente si era giunti ad una svolta.
Attendendo l'aereo che lo avrebbe condotto a Città del Capo, vide la notizia circa il conferimento del Premio Nobel per la pace del 1994.
L'anno prima era toccato a Mandela e de Klerk, ora ad Arafat, Peres e Rabin.
Quanto odio e quante guerre vi erano nel mondo.
Non sarebbe stato meglio risolvere tutto su un campo da gioco?

XIX

Johannesburg – Città del Capo, marzo – giugno 1995

Le lezioni di Economia si stavano susseguendo a cadenza regolare e Kamala non ne saltava una.
Per ora, aveva notato che l'approccio era rigoroso e sistematico, ma semplice.
Forse l'aver aiutato una candidata per le elezioni e averla seguita nei primi sei mesi di mandato parlamentare era servito ad acquisire un linguaggio consono.
La ragazza cercava di sfruttare il più possibile gli spazi comuni come la biblioteca e la mensa, giusto per non gravare sulla casa di suo fratello, alla quale tornava solo per preparare la cena e per dormire.
L'aspettava una vita tranquilla e durante la quale avrebbe dovuto imparare per poi spiccare il volo.
Una volta ogni due settimane passava da Johanna, sempre che la parlamentare fosse disponibile e non fosse impegnata in altro.
Era un modo per mantenere i contatti con il mondo di prima e con la promessa che le aveva fatto di passarle i libri.
In quella casa, Kamala incontrava lo sguardo interessato di Moses, ma non tanto perché donna quanto in virtù del suo status di studentessa universitaria.
Moses si sarebbe diretto verso altro, era indeciso tra ingegneria o informatica, ma cercava di comprendere come fosse quell'ambiente, avvolto da un'aura di mistero e di fascino.
Quanto a Kamala, era troppo grande per lui.
Già aveva difficoltà ad approcciare ragazze della sua età o minori, figurarsi una con qualche anno in più.
D'altra parte, Kamala non aveva per la testa gli uomini, almeno non in quel frangente.
Sarebbe accaduto anche a lei di innamorarsi, ma pensava che fosse tutto determinato dalla sua volontà e dal suo modo di pensare.
Nulla che potesse sfuggirle dal controllo.

Johanna stava lavorando ad un progetto ambizioso.
L'intero governo e il Parlamento erano stati investiti da una missione che l'ANC aveva posto in cima alle priorità, accanto alle questioni economiche.
Sarebbe stata istituita una Commissione per la verità e la riconciliazione, un tribunale la cui presidenza sarebbe andata quasi sicuramente a Desmond Tutu per fare luce su quanto accaduto durante il regime dell'apartheid.
L'idea non era quella della punizione, ma della raccolta delle testimonianze delle vittime e di chi aveva commesso i crimini, alfine di superare le divisioni e di riconciliare tramite il perdono e la verità.
Era un compito complesso e che avrebbe incontrato resistenze, ma solo così si sarebbe superato lo scontro frontale.
Per fare ciò, ci sarebbe stato un apposito decreto per istituire la commissione, la cui sede sarebbe stata a Città del Capo, e le cui sessioni sarebbero anche state trasmesse in televisione.
Tutti dovevano sapere e, per rendere effettivo lo scopo, tutti dovevano essere difesi.
Non solo i tanti neri che avevano subito la discriminazione dei bianchi, ma anche i pochi bianchi che si erano visti attaccare indiscriminatamente dai neri.
"Solo facendo pulizia al nostro interno, potremo essere considerati veramente imparziali e credibili".
Quello era stato il diktat all'interno dell'ANC.
Johanna si era data da fare in modo preminente, spinta dal ricordo di Moses e Abuja.
Aveva esposto l'idea a suo marito David, il quale era sì entusiasta ma in un contesto generale di disinteresse.
David non si era mai abituato a Città del Capo.
La vedeva come un luogo estraneo a sé e alla sua storia ed era l'unico della famiglia a nutrire un sentimento del genere.
Le sue gioie erano solo temporanee e non definitive.
Non amava il mare e sentiva la mancanza dei suoi luoghi di infanzia che, per quanto miseri, erano pur sempre ciò che conosceva.
"Ti rendi conto che potremo fare emergere ciò che non conosciamo? E ciò che gli altri ignorano?
Metteremo di fronte tutti a quanto è successo in passato."
Non interessava tanto la condanna, quanto la verità.
Era questo che contava per il futuro.
Fare comprendere quanto i neri fossero stati oppressi e schiacciati.

Johanna nutriva una grande speranza dalla Commissione, soprattutto per le direttive che si sarebbero implementate.
Non sarebbe stato un lavoro sbrigativo, giusto per lavarsi la coscienza e nemmeno un'accusa generale.
"Noi testimonieremo e anche tra i primi", disse al marito.
David attendeva quel momento da sempre, ma aveva dei dubbi.
E se poi non fosse accaduto nulla?
Se i bianchi si fossero difesi e non ci sarebbe stato alcun colpevole?
Come risalire alla catena di responsabilità di fatti accaduti quasi vent'anni prima?
E chi di questi era ancora in vita?
Troppo labili i parametri al contorno, nonostante la lodevole iniziativa.
Ad ogni modo, Johanna aveva telefonato ai suoi genitori e aveva comunicato loro che presto qualcuno avrebbe indagato sui crimini.
"Tutti quanti?"
Suo padre voleva essere sicuro.
"Sì, papà.
La tua ingiusta carcerazione e i pestaggi.
Oltre a quanto accaduto a Moses e Abuja".
I suoi genitori si erano stretti tra di loro e non avevano detto alcunché.
Dopo tanti anni, non servivano parole, visto che gli sguardi potevano sopperire alla gran parte di quanto comunicabile tra di loro.
Ciò che nessuno poteva garantire era l'esito delle indagini dato che l'intento era ben diverso.
"In un modo o nell'altro vedrai che salveranno la pelle", aveva sentenziato Patrick.
Si sa che i potenti non pagano mai fino in fondo.
Tutto ciò veniva visto con estremo timore da una certa parte della comunità bianca, persino da chi non aveva nulla da temere.
Peter, Elizabeth e Hendrik non avevano mai commesso alcun crimine nei confronti dei neri, ma si sentivano lo stesso minacciati.
Era l'idea stessa che qualcuno "di loro" potesse andare a processo a disturbarli.
Non si faceva un discorso di responsabilità personale, ma di collettivo.
Si ragionava con un noi e un loro e non come soggetti singoli.
Ciò convinceva sempre di più i tre a rigettare ogni possibile riforma e a schierarsi in modo nettamente contrario a questo governo.
Hendrik, in particolare, inveiva spesso in casa contro simili decisioni e ormai Margaret aveva compreso che il notiziario fosse da evitare.

Così aveva cambiato le abitudini della famiglia, almeno per non fare assistere i suoi figli all'indecente spettacolo del padre.
Gert e Martha tendevano a non considerarlo, soprattutto perché a scuola ricevevano altre istruzioni.
I comportamenti razzisti non erano più tollerati e, anzi, erano puniti severamente.
Gert aveva iniziato il college, lo stesso frequentato da sua madre e da suo zio Andrew, ma nessun afrikander degli ultimi anni faceva più lo spaccone.
Persino il figlio di Jane Parker, che precedeva Gert di un anno, teneva un basso profilo.
I suoi genitori, ignari di quanto aveva combinato Charles Parker, sarebbero stati chiamati a testimoniare dalla Commissione, ma avrebbero fatto parte di quella schiera di sudafricani completamente all'oscuro di tutto.
Non avevano mai agito, ma non avevano mai visto.
"Non hanno voluto vedere", così si diceva in giro.
Con simili premesse, Andrew e Adam avevano accelerato la costituzione del loro studio a Città del Capo.
Visto che la Commissione avrebbe avuto sede nella capitale legislativa, occorreva aprire una sede locale.
Era stato individuato un associato che era intenzionato a trasferirsi e ciò avrebbe garantito la continuità, ma Andrew si era preso in carico di fare avanti e indietro.
"Una settimana al mese non è una tragedia", aveva chiosato.
Per la prima volta, lui e Adam sarebbero stati separati per un tempo determinato.
Era dai tempi dell'Università che non accadeva ciò.
Sapevano che si trattava di una prova per la loro società e per la loro coppia.
Il futuro era però roseo, almeno per loro.
Avrebbero dovuto consigliare vittime e, probabilmente, anche carnefici per prepararsi alle audizioni e per presentare le loro memorie, accusatorie o difensive.
Un business notevole, ma senza perdere la faccia.
"Nel rispetto del mandato di avvocati, non dobbiamo snaturarci.
Noi siamo nati per difendere i diritti civili."
Vi era un difficile equilibrio da mantenere visto che non avrebbero potuto rifiutare di difendere un colpevole o presunto tale.

Era un prezzo da pagare, anche se fino a quel momento non avevano avuto dilemmi etici.
Ciò che Andrew premeva, e che lo teneva ancorato a Johannesburg, era l'indagine nei confronti di Pieter Van Wyk per l'omicidio Laurel e sapeva che era stata già avviata.
L'ufficio del Procuratore aveva preso in carico ciò che il poliziotto Allen aveva messo assieme.
Dopo un generale stupore, erano iniziate le verifiche del caso e le prove raccolte erano state tutte confermate.
Il Procuratore si trovò di fronte l'intero faldone.
I suoi gli chiedevano di autorizzare l'avvio di un processo a carico di Pieter Van Wyk con le accuse di omicidio volontario, depistaggio, ostacolo alle indagini, intralcio alla giustizia, aggressione aggravata, spionaggio non autorizzato.
Con le informazioni in loro possesso, avevano stabilito che era stato Pieter a coordinare le aggressioni allo studio Smith & Fiennes e a fare installare le microspie.
Ciò non era uscito dall'ufficio del Procuratore e nemmeno il poliziotto ne era a conoscenza.
L'estrema delicatezza dell'indagine presupponeva la massima segretezza.
Pieter non era stato avvertito e ciò denotava il suo totale isolamento.
In generale, gli agenti dei servizi segreti venivano a conoscenza molto prima di indagini a loro carico, ma questa volta non era stato così.
La presenza di afrikander all'interno del corpo scelto a tutela di Mandela aveva permesso di smorzare i toni circa le responsabilità collettive di quel servizio e ciò che tutti stavano cercando era il caso singolo.
Pieter Van Wyk avrebbe tolto le castagne del fuoco a molti.
Il Procuratore si prese una settimana per decidere.
Non era semplice.
Ne andava della sua carriera.
"Cosa devo fare?" si chiese più volte.
Furono i suoi figli, all'inizio degli studi universitari, a dargli la soluzione.
Ormai l'intero paese parlava di altro.
Non di certo di politica e anche l'istituzione della Commissione era stata derubricata a secondaria.
Nemmeno di economia o di lavoro.

Vi era qualcosa che sovrastava tutto ed era l'organizzazione del terzo campionato del mondo di rugby.
Si sarebbe svolto proprio in Sudafrica ed era una grande occasione per tutti.
Per il paese, per mostrarsi diverso ed aperto al mondo.
Per il turismo, che avrebbe dovuto decollare dopo quell'evento.
E per lo sport in sé, in particolare per gli Springbok, criticati e osannati per le loro tradizioni e il loro gioco.
Non vi era altro argomento che interessasse i figli del Procuratore.
Così l'uomo si decise.
"Se non ora, quando?"
Con il popolo distratto in altre faccende, il processo non avrebbe fatto scandalo e scalpore, almeno non fin dalla sua apertura.
Convocò i due sostituti che lavorano su questo caso e diede il via libera.
"Le prove sono schiaccianti.
Dobbiamo riportare una vittoria per risollevare l'immagine di questo ufficio.
Si tratta di risolvere due casi, non uno solo."
Tutti si ricordavano lo smacco dell'assoluzione di Nigel Mbutu e ora era il momento di mettere una pezza a posteriori.
I sostituti depositarono gli atti alla corte penale di Johannesburg e una notifica partì in direzione di Pretoria per avvisare al soggetto di essere sotto indagine.
Pieter rimase allibito nell'aprire la lettera.
"Ma questi sono impazziti!"
Lesse la sfilza di accuse e quasi si mise a ridere di fronte al messo giudiziale.
In casa, però, in tutta solitudine spaccò due piatti da cucina per l'ira.
"Maledetti bastardi!"
Sapeva bene chi vi era dietro a tutto questo.
"Quei due depravati..."
Non pensò minimamente a trovarsi un avvocato né ad avvertire suo fratello.
Si recò in ufficio, come al solito.
Vi trascorse mezza giornata, prima di notare del trambusto nella zona a sud del piano, laddove si trovava l'ufficio del suo capo diretto.
Erano entrati i loschi figuri della disciplinare, gentaglia invisa a tutti.
Il telefono sulla scrivania di Pieter suonò.
"Van Wyk, può venire nel mio ufficio?"

Pieter, con calma, si avviò come se dovesse eseguire un compito di malavoglia.
All'interno vi erano quattro persone.
"Quando pensava di dircelo?"
Pieter non comprese.
"Del processo…"
Fece una smorfia.
"Si tratta di porcate ordite da chi vuole distruggermi. Atti persecutori."
Il capo gli porse un foglio.
"Firmi qui."
Pieter non comprese.
"E' la sua sospensione temporanea dal servizio. Sa come è la procedura? Si prenda un avvocato, anzi se vuole glielo forniamo noi.
Però deve restituire tesserino e pistola. Lascerà qui il suo computer e ogni altro aggeggio elettronico. Si prenda una vacanza e ci rivediamo quando sarà assolto."
Pieter fece qualche rimostranza.
"Noi non dobbiamo entrare. Lo sa che il servizio deve rimanere pulito."
Firmò pensando tra sé come il mondo si fosse ribaltato.
Quelli della disciplinare lo squadrarono e, intuendo, il suo pensiero lo bloccarono.
"La scortiamo dall'avvocato."
Pieter andava seguito passo passo e non gli avrebbero permesso di giocare da battitore libero.
L'agente fu portato fin sulla soglia dell'ufficio dell'avvocato e lì vi entrò.
Ne uscì dopo un'ora.
Genericamente, negò tutte le accuse dicendo che non aveva mai fatto niente del genere.
Parallelamente, la disciplinare avviò un'indagine interna alfine di appurare quanto meno lo status delle accuse che coinvolgevano direttamente l'ufficio.
Chi e quando avesse autorizzato Pieter ad installare le microscopie e se poteva centrare qualcosa con le aggressioni.
Il massimo, per tutti, sarebbe stato che fosse estraneo a tutto questo, ma ne dubitavano.
In seconda battuta, avrebbero preferito che tutto fosse ascrivibile all'operatività di Pieter.
Sue idee e sue iniziative.

Avrebbero scaricato su di lui ogni colpa e il servizio ne sarebbe uscito intonso.
Anzi, avrebbero perfino dimostrato che risolvevano internamente i problemi, senza aspettare il giudizio altrui.
L'istituzione della Commissione aveva messo tutti in subbuglio e nessuno voleva che dei neri ficcassero il naso negli affari passati.
"La fanno facile i politici. Cambiano idea, le chiamano riforme", si era lamentato Pieter con l'avvocato, il quale si era limitato ad annotare.
L'ufficio del Procuratore di Johannesburg non era un avversario facile e, se si erano mossi con quell'accuse, vi dovevano essere delle prove.
"Io partirò alla volta di Johannesburg e vi rimarrò per una settimana, mi raccomando stia a casa e non faccia nulla. Non peggiori la situazione."
Pieter se ne andò a casa insultando il mondo e la vita.
Là si sarebbe rinchiuso allenandosi e bevendo birra, visto che non poteva fare altro.
Era escluso che ne avrebbe potuto parlare con qualcuno, sia perché l'avvocato glielo aveva proibito sia perché era meglio mantenere il riserbo.
Nemmeno Hendrik andava avvertito.
Nello stesso istante in cui l'avvocato di Pieter Van Wyk metteva piede a Johannesburg per visionare le prove raccolte a carico del suo cliente, il poliziotto Allen fu avvertito da uno dei suoi informatori sparsi alla corte penale.
Con il medesimo meccanismo di sempre, prese contatto con Michael.
Così l'informazione dell'avvio del processo giunse ad Andrew proprio quando lo stesso stava per partire per Città del Capo.
Fissò il cielo e vi vide qualcosa di diverso.
Una luce e un riverbero che erano sempre stati celati.
Ora si doveva concentrare su altro, in particolare sul mettere in piedi l'ufficio legale a Città del Capo.
Bisognava impartire le direttive e essere già presenti nel momento in cui si fossero aperti i lavori.
Sbarcato nella capitale, si accorse dell'aria diversa e dei cartelloni inneggianti gli Springbok.
La finale sarebbe stata giocata all'Ellis Park di Johannesburg, ma vi erano tanti ostacoli.
Innanzitutto, mancavano ancora mesi all'evento e poi vi erano gli avversari.
Inghilterra, Francia, Australia e i temutissimi neozelandesi.
Forse la nazionale più forte di tutti i tempi.

Andrew si gettò a capofitto nel lavoro e ottenne un paio di incontri ad alto livello, uno di questi con la parlamentare Johanna Nkosi.
L'avvocato si ricordava benissimo di lei e si informò circa i lavori della Commissione.
Trovò una generale disponibilità a condividere le informazioni, anzi Johanna si fece avanti.
"Vorrei che prendesse già tre cause in anticipo.
La mia e quella di mio marito relativamente all'uccisione di mio fratello Moses e di mia cognata Abuja nel 1976 a Soweto.
E poi l'arresto di mio padre avvenuto presso l'azienda di proprietà di Charles Parker molto tempo prima."
Andrew abbozzò un sorriso.
Era ben strano il mondo.
Si era voluto contenere e segregare quando poi le vite sembravano intrecciarsi in modo involontario.
Il padre della parlamentare che ora le chiedeva di perorare la sua causa era stato soverchiato dallo zio, ormai defunto, della più cara amica di sua sorella.
"Sviluppo separato un corno, viviamo in un mondo sempre più interconnesso.
I muri non esistono se non nella nostra testa", pensò tra sé.
Il tempo a disposizione era terminato ed entrambi avevano ottenuto quanto si erano prefissati.
"Abbiamo già tre cause prima ancora che la Commissione inizi il lavoro", aveva detto Andrew non appena rientrato nell'ufficio di Città del Capo, corrispondente ad un centinaio di metri quadrati in centro.
Vi era, in pianta stabile, l'associato che si era trasferito da Johannesburg e una segretaria, ma a breve si sarebbe aggiunto un giovane praticante.
Erano i migliori acquisti che si potessero fare.
Con grande entusiasmo, con salari contenuti e con tanta voglia di imparare.
Non disdegnavano di fare lavori di ogni tipo per il bene dello studio.
Per un giovane diveniva chiaro che più lo studio si fosse espanso in fretta più non sarebbe stato l'ultimo arrivato.
Dopo due anni, avrebbe già potuto vantare una certa anzianità rispetto ai nuovi e si sarebbe creato una posizione.
Era così che i primi assunti a Johannesburg erano diventati associati e ciò era quanto speravano di fare tutti.

Sfruttare il nome che si erano fatti Andrew e Adam e, nel frattempo, ricavarsi uno stipendio con bonus legati alle vittorie processuali o al compenso che i clienti erano disposti a pagare oltre il minimo da contratto.
Dopo di che, Smith & Fiennes portava avanti cause legali senza ricevere compenso per scopi di puro marketing o perché erano battaglie in cui i due soci fondatori credevano fermamente.
D'altra parte, il portafoglio e il bilancio erano i loro ed era loro il rischio di non incassare utili a fine dell'anno.
Prima di rientrare nella città di residenza, Andrew si fermò a rimirare l'Oceano.
Un'occhiata solamente, ma tanto bastava.
Gli aerei erano diventati un mezzo abbastanza comune per spostarsi internamente senza perdere troppo tempo, ma erano riservati ai ricchi e di neri se ne vedevano pochi.
Con il costo di un biglietto aereo, David avrebbe campato almeno tre mesi a Soweto e tutte le sue idee lo riportavano là.
Iniziò a pensare di tornare.
Ma che fare in quel luogo?
Come mettere a frutto quanto aveva imparato e non gettare tutto alle ortiche?
Non vi era alcun pregio a fare il percorso inverso.
Niente lavoro, niente soldi.
E niente famiglia.
Era certo che nessuno lo avrebbe seguito e non si sentiva pronto per lasciare indietro sua moglie e i suoi figli.
Ogni volta che pensava a ciò, vi era in lui una specie di desolazione, come se il mondo libero lo avesse colto di sorpresa.
Non era questo ciò che aveva bramato per tutta la vita?
Sì, lo era, ma adesso che lo aveva raggiunto non gli pareva più così affascinante.
Chi invece era totalmente perso e spaesato era Hendrik Van Wyk.
Erano arrivati persino a distruggere la sua bandiera di sempre ossia gli Springbok.
Poco importava se avessero mantenuto i colori, ma l'inno era cambiato e vi era persino un giocatore nero.
Si era detto che avrebbe boicottato la visione della prossima coppa del mondo, forse uno dei pochi sudafricani a voler perdere un'occasione del genere dopo tanto tempo.

Il lavoro gli pesava, soprattutto il nuovo modo di ragionare e di impostare le procedure.
Non vi erano più confini né regole.
Tutto lasciato al caos, senza più distinzione tra ruoli e etnie.
Questo lo disturbava al massimo.
Vedere entrare della clientela nera e assistere a colloqui di personale di colore.
Era rimasto sciocccato e aveva esternato dei gesti di disappunto e disgusto.
Qualcuno aveva cercato di farlo notare a Margaret, sapendo che era la moglie.
"Guarda che tuo marito rischia…"
La donna non aveva preso in considerazione tutto questo.
Non le interessava più quanto accadeva a suo marito.
Era adulto e sapeva prendersi le responsabilità del caso e, poi, non le andava di intavolare un discorso con Hendrik.
Al posto di riavvicinarsi a lei, si era isolato sempre di più e anche la partenza della sua famiglia non aveva giovato.
Senza più la valvola di sfogo nel recarsi alla tenuta dei Van Wyk, Hendrik non aveva investito più tempo con lei o con i figli, ma aveva alternato delle trasferte a Pretoria da suo fratello Pieter a periodi di completa inattività.
Da qualche mese non vedeva più il fratello, ma non per questo aveva pensato di stare di più con la moglie.
L'unico posto dove ancora era possibile portarlo era la casa dei suoceri, laddove si trovava bene, a dispetto di quanto invece Margaret si sentiva fuori posto.
Dai Parker era ormai impossibile contare sulla sua presenza e così il matrimonio e la convivenza si stavano esaurendo lentamente.
Nemmeno era interessato ad eventi culturali o a qualche passione, visto che il suo mondo era sempre stato la banca.
"Proprio per questo lo devi spronare", aveva suggerito Jane, ma Margaret non se la sentiva.
In tal modo, lo lasciò andare per la propria strada e Hendrik non si accorgeva di quanto fosse fuori luogo.
Nemmeno al primo richiamo ufficiale comprese la situazione fino a che, il giorno prima dell'inaugurazione della coppa del mondo di rugby, fu convocato nell'ufficio del direttore.
Vi aveva trovato un'intera squadra schierata.
Persone provenienti dalla sede centrale e dall'amministrazione.

Con aria contrita, il direttore prese la parola.
"Van Wyk, il suo comportamento qui non è più accettabile e non è in linea con le direttive della banca.
Abbiamo cercato tutti i modi per ricondurla sulla strada corretta, ma non c'è verso.
Ha violato il nostro codice etico di condotta svariate volte."
Hendrik non comprendeva dove volesse arrivare.
Una punizione?
Ancora?
Non era bastato quanto aveva dovuto subire per la denuncia di Carol?
Non disse nulla e lasciò finire il direttore.
Seduto, anzi quasi sprofondato sulla sedia, si sentì inerme.
"Per farla breve, noi intendiamo risolvere il rapporto di lavoro con lei, ma non si preoccupi.
Non la cacciamo senza niente in mano.
Sappiamo che ha famiglia e, proprio nel rispetto del suo ruolo e perché ha una moglie che tutti apprezziamo come dipendente, le proponiamo una buona uscita di otto mensilità con le quali potrà affrontare meglio il periodo di transizione futuro."
Hendrik rimase di sasso.
Lo stavano licenziando?
Un discendente degli inglesi osava licenziare un afrikander?
Con quale diritto?
Non possedeva la genetica corretta né per comandare né per appioppare una simile decisione.
Di fronte al silenzio, il direttore proseguì.
"Non si faccia illusioni.
Se non accetta questa generosa proposta, siamo pronti a perseguire le vie legali e le chiederemo i danni per la sua condotta.
Sta danneggiando la reputazione della banca e i futuri profitti."
Come un pugile suonato e senza alcuna possibilità di reazione, Hendrik incassò quell'ultimo colpo.
Era un affronto totale, ma in un mondo al contrario come quello che stava vivendo, tutto era perfettamente logico.
A conti fatti, gli conveniva accettare la proposta.
Non avrebbe sopportato di lavorare con a fianco dei neri.
Prese la penna e, senza dire nulla, firmò.
"Così siete contenti."
Il direttore, notando una punta di amarezza, volle consolarlo.
"Non prenda questa come una fine, ma come un nuovo inizio.

Avrà l'opportunità di ricominciare."
Hendrik fece un gesto di disappunto.
Avrebbe subito tutto, ma non una ramanzina.
Aveva sempre odiato i preti proprio per le prediche. Chi si credevano di essere?
Margaret lo venne a sapere al pomeriggio e quasi si mise a piangere.
Non tanto per suo marito o per i soldi che sarebbero scarseggiati, quanto per il suo matrimonio.
Questo licenziamento avrebbe messo fine ad un rapporto ormai logoro da tempo.
In macchina non disse nulla.
Hendrik apprezzò il fatto che sua moglie non facesse domande e la sentì vicina al suo cuore, quando invece a Margaret sopraggiunse una tristezza infinita.
Non parlavano di niente, nemmeno di quello.
Cosa avrebbe fatto dal giorno seguente?
Come avrebbe trascorso le giornate Hendrik?
E cosa avrebbero detto ai loro figli?
Tali argomenti sarebbero passati in secondo piano, visto che era in programma la partita tra Sudafrica e Australia, esordio di quella coppa del mondo tanto osannata.
A Città del Capo, l'assistente dello studio Smith & Fiennes si era preso mezza giornata di ferie per andare ad assistere all'evento.
L'Australia era un avversario temibile.
Andrew e Adam non credevano ad una vittoria, visto il divario tecnico, mentre quasi tutti i giovani erano convinti del miracolo.
Gert si sedette accanto a suo padre a vedere la partita e notò che Hendrik era completamente apatico.
Non gli aveva chiesto perché era stato a casa tutto il giorno, visto che il mondo degli adulti aveva delle regole ancora non del tutto chiare per un adolescente al primo anno di college.
Mentre Gert tifava apertamente per gli Springbok, sembrava che Hendrik propendesse per gli australiani.
"Gran popolo", si era limitato a dire.
Andrew e Adam esultarono alla fine del match, come i cinquantamila spettatori presenti allo stadio Newlands di Città del Capo.
Johanna aveva registrato la presenza di Mandela e ciò non lo comprendeva.
I neri non avevano mai seguito il rugby e ciò la disturbava.

A Soweto quasi nessuno sapeva della partita e gli stessi figli di Johanna ne avevano sentito parlare senza darci importanza.
Quello stesso giorno, a cena, i Parker dovettero discutere di una decisione molto dirimente per il loro futuro.
Tramite alcuni contatti che avevano nella capitale, erano venuti a sapere di come la Commissione per la verità e la riconciliazione si sarebbe mossa nel prossimo futuro.
"Cosa ne dici Jane?"
Il marito, seduto di fronte ad una moglie che idolatrava, si confrontava sempre con lei.
Era il suo modo per mostrarle la riconoscenza per una vita ben al di sopra delle sue aspettative.
La donna, vestita sempre all'ultima moda anche in casa, non disdegnava parte del piano.
"Per il presente e il futuro siamo a posto.
La tua mossa è geniale.
Assumiamo un paio di persone e le mettiamo in posti chiave ma senza reali poteri.
Abbiamo circa sei mesi di tempo per selezionare il nero giusto.
Quello che ne capisce, ma non troppo.
Che è del luogo ma ha anche visto qualcos'altro.
Che è legato ai soldi, ma non alle immense ricchezze.
Il nero che si sa accontentare.
Si tratta solo di alzare l'asticella.
Cosa vorranno?
Una casa al posto della baracca?
Un'automobile?
Qualche gioiello?
Mangiare carne e aragosta e bere champagne?
Avere delle donne?
E che sarà mai questo di fronte al business che facciamo!"
Jane poteva parere cinica, e tale forse era l'impressione che si era fatta suo figlio, ma conosceva il mondo.
L'apparenza contava più della sostanza.
Il marito incassò l'appoggio della donna alla sua proposta.
Però Jane non aveva concluso.
"Per il passato, non lo so.
Come faranno a dimostrare il nesso tra mio zio e noi?
Le responsabilità sono individuali e non collettive.
Mio zio è morto, cosa potranno imputare a noi?

Non penso che sia corretto rifugiarci subito da qualche studio legale, e poi non da quelli."
A Jane non andava che il marito avesse proposto di esporre il proprio caso a Smith & Fiennes.
Mai si sarebbe abbassata a chiedere ad Andrew Smith di farsi rappresentare in un'aula di giustizia.
Il marito accettò anche questa imposizione della moglie.
La sua capacità di incidere era solamente legata al lavoro materiale e non alla strategia operativa.
Pur non sapendo nulla di specifico, ciò era demandato a Jane in quanto vera ereditiera.
Alla donna piaceva assumere un ruolo del genere, di potere assoluto nei confronti di qualcuno che aveva accanto.
Perso il figlio, visto che ormai era sempre più indipendente, le rimaneva solo il marito da schiavizzare all'interno delle mura di casa.
Altre coppie non subivano uno sbilanciamento del genere.
Johannes e Maria si erano sempre trovati perfettamente assieme, senza alcuna predominanza dell'uno o dell'altro.
In modo leggermente diverso, lo stesso si poteva dire di Peter ed Elizabeth, anche se i coniugi Smith avevano sempre attuato un gioco al ribasso tra di loro.
David, che si era sempre sentito a suo agio con Johanna, pensava di essere sempre meno adeguato alla vita a Città del Capo.
Un pesce fuor d'acqua, con sua moglie che diveniva ogni giorno sempre più sicura di sé.
"Non hai nostalgia?"
Chiedeva a volte, non trovando alcun tipo di risposta né da parte dei figli né da parte di Johanna.
Dopo una settimana dal suo licenziamento, Hendrik non si era ancora ripreso e Margaret aveva deciso di affrontarlo.
Era arrivato il momento di rivelargli la verità.
Lo prese dopo cena, quando il marito si lasciava andare sul divano con il televisore acceso per non parlare.
I figli se ne stavano per gli affari loro, a studiare o a telefonare agli amici.
Gert aveva scoperto il mondo dei videogiochi che stavano arrivando persino a Johannesburg.
Si diceva che in autunno sarebbe sbarcato un nuovo prodotto che stava già spopolando in Giappone.
"Si chiama Playstation", avevano detto a Gert i più informati.

Si trattava di un costo notevole per una famiglia sudafricana, ma Gert sapeva che il figlio di Jane Parker avrebbe comprato l'oggetto all'uscita ufficiale e quindi avrebbe frequentato quella casa che, per un motivo o per l'altro, esercitava una grande attrattiva per Margaret e suo figlio.
Margaret si avvicinò al marito.
"C'è una cosa che ti devo dire."
Hendrik volse lo sguardo e pensò ad un paio di idee.
Il divorzio.
O il fatto che doveva andarsene.
Ci aveva pensato a lungo.
Perché rimanere in Sudafrica?
Cosa ancora lo tratteneva lì?
Perché non raggiungeva la sua famiglia a Mendoza, in Argentina?
Forse là avrebbe trovato una società più onesta e giusta, meno esposta alla distruzione del tempo corrente.
L'uomo si ricompose giusto per darsi un contegno.
"Dimmi."
Margaret deglutì.
"E' un po' di tempo che sono tornata a parlare e frequentare mio fratello Andrew.
Vorrei che i ragazzi lo conoscessero."
Hendrik non si stupì.
Di cosa poteva meravigliarsi ormai?
Di nulla.
Da una famiglia di depravati era lecito aspettarsi qualunque cosa.
"Basta che non mi coinvolgi."
Così Margaret ebbe il via libera.
Gert e Martha furono portati allo studio dello zio e poi a casa sua, con Adam che non era presente in quel frangente, giusto per non turbare i nipoti di Andrew alla loro prima visita.
Gert non se lo ricordava e per Martha era un estraneo come tanti.
Andrew trovò un linguaggio comune col nipote, parlando di rugby.
"Cosa ne dici?"
Gert era certo che il Sudafrica avrebbe vinto, ma Andrew aveva visto i neozelandesi.
Distruttivi, imbattibili.
Un fuoriclasse su tutti come Jonah Lomu.
Era impossibile solo pensare di poter avvicinare quello squadrone.
Con Martha, l'approccio era stato molto più cauto.

A undici anni, la fanciulla era nel pieno dell'inizio della transizione del suo corpo e della sua mente.
Ad ogni modo, un piccolo filo si era riconnesso, sebbene un altro stava per recidersi.
Peter ed Elizabeth non erano in accordo con quanto fatto da loro figlia.
"Sei pazza?"
Nessuno di loro chiese niente di Andrew.
Per entrambi, loro figlio era morto anni prima.
Il clima funereo di casa Smith mal si adattava a ciò che vi era fuori.
Sembrava che uno strano virus avesse contagiato tutti quanti, penetrando persino nella popolazione nera.
Moses aveva chiesto a sua madre di poter visionare la semifinale di rugby tra Francia e Sudafrica.
La donna lo aveva fissato in modo sorpreso, ma poi aveva ceduto.
I suoi tre figli erano tutti davanti al televisore, ivi compresa Abuja, la cui età avrebbe fatto propendere più a pensieri circa i ragazzi.
Cosa stava accadendo?
Per la prima volta, Johanna comprese di non aver intuito le reazioni del popolo.
In un mese si poteva cambiare così tanto?
Forse sì.
Visionando gli occhi di suo figlio maggiore, vi lesse qualcosa di nuovo.
Il sogno e la speranza.
Una palla ovale, simbolo dell'oppressione per molto tempo, stava diventando l'unione reale di varie etnie.
Lo aveva scritto Olga Martinez, ritornata in Sudafrica dopo cinque anni.
Arrivata a Città del Capo, aveva raccolto la testimonianza di varie persone e vi aveva trovato un clima molto più effervescente dei già concitati giorni di inizio 1990.
Era stata felice nel vedere studenti universitari di colore e ne aveva intervistata una.
Il giorno seguente, la ragazza le aveva presentato Johanna, ma le due si riconobbero.
"Già ci conosciamo."
Un abbraccio suggellò l'incontro e Olga fu ragguagliata degli sviluppi di quegli anni.
Ne trasse un'impressione positiva.
"Domani parto per Johannesburg.
Andrò a vedere la finale."
Moses sgranò gli occhi.

Tutto il mondo avrebbe visto il match e sicuramente tutto il Sudafrica.
Lasciando alle spalle la capitale, Olga pensò a cosa avrebbe trovato a Johannesburg.
Fece capolino a Soweto, giusto per incontrare i genitori di Johanna, i quali le mostrarono la pagina di giornale appesa in casa.
Persino in quel luogo si attendeva la finale.
Era la prima pietra miliare del nuovo Sudafrica.
Alloggiando in centro, non poté fare a meno di notare lo studio Smith & Fiennes e vi entrò.
Andrew e Adam la riconobbero dopo che la segretaria la annunciò.
"E' cambiato molto, spero tutto in meglio per gli occhi stranieri", così Adam l'aveva accolta.
Andrew era troppo teso per la partita.
"Ci scusi, ma sono giorni particolari."
Olga, senza alcuna esitazione, estrasse il biglietto.
"Sarà per questo?"
Andrew sorrise.
Ci sarebbero andati tutti assieme.
Lo stadio di Ellis Park, gremito all'inverosimile, era il simbolo stesso della nazione arcobaleno.
Mandela fece l'ingresso con la maglia degli Springbok e vi fu un'ovazione.
Pensare che, solo qualche anno prima, la maggioranza di quei tifosi gli avrebbe sparato era alquanto spiazzante.
L'haka zittì tutti.
Era una dimostrazione di forza.
"Partita nervosa e tirata", commentò Adam.
"E' quello che ci vuole.
In gara aperta perdiamo", rispose Andrew quasi urlando.
Olga appuntò le emozioni che percorrevano lo stadio.
La parità estrema e i tempi supplementari.
I cori, fino a quello in lingua xhosa.
Una spinta per un sogno collettivo.
"Non ci credo!"
Andrew abbracciò il compagno.
Avevano vinto la coppa del mondo.
Qualcosa di inimmaginabile.
La squadra più forte era stata piegata dal volere di un popolo.
A Soweto non vi era in giro nessuno, tutti incollati al televisore, per chi ce lo aveva.

A Città del Capo già vi erano persone in strada per la gioia.
Vi era Hellen con suo figlio e Moses con i suoi fratelli, mentre Johanna e David si erano messi alla finestra per godersi lo spettacolo.
A Johannesburg, Olga era stata trascinata da un'onda emotiva che esplose quando Mandela premiò il capitano degli Springbok.
Jane Parker, suo marito e suo figlio erano allo stadio e stavano festeggiando.
Peter ed Elizabeth erano stati tra i pochi che non avevano visto il match e non avevano partecipato alla gioia collettiva.
Gert prese suo padre.
"Andiamo."
Era l'unico modo per recuperarlo.
Tirarlo fuori di lì, con tutta la sua famiglia e vedere la città e il Sudafrica fare festa.
Ridere e non pensare al domani, anche se ciò significava dimenticarsi dei problemi contingenti.
Il domani si poteva costruire ogni giorno.
Pieter spense il televisore.
"Muovetevi a sgomberare che domani mi devo recare a Johannesburg e non voglio vedere questa marmaglia."
Vi sarebbe stata la prima udienza del processo che lo vedeva imputato.
Le premesse, per lui, non erano buone.
Ora tutti si consideravano fratelli.

XX

Johannesburg – Città del Capo, settembre-dicembre 1995

Abuja raggiunse di corsa suo fratello Moses giusto all'uscita del college.
"Aspettami".
Quasi sempre rientravano con gruppi diversi di compagni, o per lo meno così faceva Abuja con le sue amiche, mentre Moses camminava quasi sempre da solo.
Il ragazzo si voltò e si fermò.
Ricordava ancora quando, da piccola, Abuja giocava a correre verso di lui aspettando che aprisse le gambe così da passargli sotto.
La sorella lo raggiunse e si affiancò.
"Come va?"
Era una domanda troppo generica per una come Abuja e Moses lo sapeva bene.
"Dai, dimmi cosa vuoi."
La ragazza sorrise.
Sapeva di possedere una dote di conquista maggiore ogni volta che sfoderava una delle sue espressioni che mettevano in vista i bianchissimi denti perfettamente allineati.
Moses era indifferente a tutto ciò, sia perché era sua sorella sia perché aveva capito che non aveva grande successo con le donne.
Qualcosa nel suo carattere non aggradava la reciproca frequentazione.
"Conosci bene Cyril?"
Cyril era un suo compagno di classe, alto e muscoloso.
Giocava a pallacanestro e anche a buoni livelli.
Moses aveva intuito la motivazione della domanda e scosse il capo.
"Non ti fila quello.
E tu non devi fare scemenze, hai capito?"
Abuja sbuffò.
Quando vedeva Cyril, il suo corpo era in subbuglio e il sangue le ribolliva nelle vene.
Si era immaginata la scena e ciò la eccitava da morire.

"Piuttosto pensiamo a Daniel."
Di solito era Moses che si preoccupava di recuperare il fratellino alla scuola del ciclo primario, ma per quel giorno vi sarebbero andati assieme.
A dodici anni, Daniel richiedeva autonomia ma il fatto di essere sempre stato il più piccolo imponeva al fanciullo delle catene.
Sapendo che i suoi figli si gestivano e stavano lontano dai pericoli, molto più a Città del Capo che non a Soweto, Johanna poteva starsene tranquilla e dedicarsi al suo lavoro principale.
Ormai la Commissione per la verità e la riconciliazione si stava per avviare, dando il via a quella giustizia riparativa che avrebbe sancito il legame solidale di una nazione che si era scoperta orgogliosa e potente.
Mai prima di allora il Sudafrica era stato osannato per qualcosa di positivo, ma l'estate del 1995 cambiò la percezione del mondo.
La figura di Mandela era stata solo il viatico, ma ora si doveva dimostrare di avere un popolo dietro al leader.
Messa al riparo la scuola con alcuni interventi mirati e l'economia grazie ai continui investimenti dall'estero, rimaneva la salute.
L'AIDS si era diffuso in modo capillare e rappresentava, come nel resto dell'Africa, una seria minaccia a tutta la società.
Non vi erano cure, se non palliative e costose, e soprattutto si andava a minare la linfa vitale data dai giovani.
Era indubbio che fosse una malattia più presente nelle nuove generazioni e questo era un dramma sociale.
Siamo tutti abituati a dover sopportare la perdita degli anziani, ma molto meno se ciò riguarda chi ha ancora davanti una vita.
Per tale motivo, la guerra fa così orrore.
Il governo stava predisponendo un piano per la limitazione della diffusione dell'AIDS che agisse secondo diverse linee guida.
Avrebbe funzionato?
Solo se tale normativa fosse stata recepita dalla popolazione tramite organismi intermedi quali associazioni, scuole e corpo medico.
Niente riesce o fallisce senza il supporto o il boicottaggio di parte della società.
In tal modo Johanna aveva parlato con Nigel, il fratello di Kamala.
Dalla sua professione di infermiere poteva avere una visione privilegiata circa il problema.
Il ragazzo non esitò molto a dipingere un quadro a strati.
"E' vero che colpisce dappertutto, ma la prevenzione dipende molto dal substrato sociale.

Laddove vi è povertà, ignoranza e miseria, si ha più alta incidenza.
All'inizio si pensava fosse una malattia dei ricchi perché i casi rinomati nel mondo erano di cantanti, attori e vip.
Ma non è così."
Johanna aveva preso appunti.
Non era un medico e non era interessata alle cure.
Per quelle ci sarebbero voluti anni di coordinamento e di studio tra i vari cervelli mondiali.
Ciò che un politico doveva fare, e laddove aveva la maggiore capacità di incidere, riguardava la sfera sociale.
Contenere, limitare, prevenire.
E poi aiutare.
A livello economico, ma non solo.
Il supporto alla persona e la non solitudine.
Per tale motivo, Johanna chiamava spesso i suoi genitori, sentendosi in colpa nell'averli lasciati soli a Soweto.
Tornava giusto due volte all'anno laddove era nata e tutto sembrava immutabile.
"Venga avvocato."
Quel giorno, Nigel aveva invitato Andrew Smith a cena.
L'avvocato aveva comprato del vino, dei dolci e altre pietanze così da non gravare sulle tasche di un infermiere.
Andrew salutò Johanna e i due si parlarono brevemente.
"Abbiamo recepito i vostri documenti.
Per quanto riguarda la causa di suo padre è tutto più semplice, anche se lontano nel tempo.
La squadra di Polizia era nota, in quanto l'ANC aveva i suoi infiltrati che avevano indagato e lo stesso per l'inadeguata difesa."
Lo studio Smith & Fiennes aveva recepito la testimonianza di Johannes Nkosi e quella di Patrick, nonché di altri tre ex operai della fabbrica di Charles Parker.
Le carte erano pronte e sarebbero state inoltrate alla Commissione, la quale avrebbe sentito anche i poliziotti in servizio a suo tempo, almeno quelli ancora in vita e l'avvocato che praticamente non aveva difeso Johannes Nkosi.
"Per gli altri due casi è più complesso.
Ci sono pochi testimoni oculari e gli eventi erano più concitati e meno lineari.
Servirà più tempo anche perché ci sono morti."
Johanna prese atto e ringraziò.

Salutò tutti quanti, stringendosi a Kamala.
"Vai avanti così", le disse.
La ragazza sorrise e si preparò alla cena.
L'avvocato aveva portato tanto di quel cibo da sfamare dieci persone ed erano solo in quattro.
Nigel sarebbe stato riconoscente a vita allo studio Smith & Fiennes, in quanto era conscio che, nella maggioranza dei casi, sarebbe stato in carcere a marcire.
Andrew prese la parola.
"Il processo è iniziato.
Qui non si sa molto perché non lo pubblicizzano, ma a Johannesburg si vocifera parecchio.
Le prove sono schiaccianti, ma sono indirette.
La stessa tipologia di guanti, rinvenuti a casa di Pieter Van Wyk dopo un'ispezione con mandato.
Altezza, peso, corporatura, predisposizione alla forza come da identikit del perfetto assassino.
E poi è mancino."
Kamala ascoltava interessata benché non le interessasse giurisprudenza in quanto le sembrava che fosse troppo aleatoria.
L'economia era più lineare.
Senza cavilli di alcun tipo, o almeno così sembrava ad una studentessa del primo anno.
Andrew versò del vino a Nigel, mentre Kamala fece indicazioni che non lo avrebbe bevuto.
Non era incline al consumo di alcoolici e non le piaceva il sapore amarognolo che avevano quelle bevande.
Prese del pane e proseguì.
"Purtroppo, nessuno riesce a collocare l'imputato sul luogo del delitto.
Si sa che è era in malattia quel giorno, ma non vi sono tracce del suo spostamento da Pretoria e, a dire il vero, nemmeno della sua presenza nella casa di residenza.
Era come scomparso."
Tutto ciò riguarda l'accusa principale e più pesante, quella per la quale Andrew stata aggiornando Nigel e avrebbe fatto lo stesso con Carol, la sorella della vittima, se non fosse che quest'ultima, coinvolta direttamente in quanto testimone, era già a conoscenza di tutto il contesto.
"Se solo fosse accaduto adesso con l'informatica che avanza…"
Nigel era conscio che il mondo stava cambiando.

In ospedale erano state installate delle telecamere e ciò stava avvenendo in molti luoghi pubblici e poi vi erano i nuovi telefoni in dotazione ai medici.
Telefoni portatili, detti cellulari, con i quali sarebbe stato facile per l'operatore telefonico localizzare l'utente.
"Il DNA?"
Andrew scosse la testa.
Era una prova difficile da eseguire.
Le minime tracce sui guanti potevano essere state contaminate da chiunque nel corso del tempo.
Non era una prova che avrebbe retto al cospetto della giuria.
Per le altre accuse, l'impianto dell'ufficio del Procuratore sembrava più solido.
Le indagini stavano scavando all'interno del lavoro di Pieter e tutto sembrava indurre a dei testimoni che avrebbero inchiodato l'imputato.
Bastava fare breccia in qualcuno degli ex sottoposti che, comprendendo la differenza di contesto, volesse lavarsi la coscienza.
Pieter era rimasto sgomento, soprattutto della non reazione dei suoi capi e del servizio segreto.
Nessuno era corso in suo aiuto e, anzi, gli sembrava che fossero quasi contenti che uno solo pagasse le colpe di molti.
Persino suo fratello Hendrik si era fatto vivo solo una volta.
Pieter era da solo e l'unica sua speranza sarebbe stata la sua famiglia a Mendoza, della quale però sapeva poco.
Né suo fratello né sua sorella né i suoi genitori sarebbero accorsi per dargli una mano.
Al contrario, tutti erano rimasti sorpresi del suo vero lavoro.
Aveva mentito a tutti per anni.
E questa sensazione l'aveva avuta anche Hellen che comprava, di tanto in tanto, un giornale di Johannesburg per rimanere informata sul processo di quello che, a tutti gli effetti, era il padre di suo figlio.
Del suo ex marito non aveva saputo nulla.
Dries era rimasto alla miniera in attesa di essere affiancato da collaboratori neri, in piena ottica di riconciliazione del nuovo Sudafrica.
Andrew l'aveva incontrata la prima volta il pomeriggio antecedente.
Si erano visti nei pressi dell'Oceano, al punto preferito di Hellen, che poi era lo stesso di Johanna e di Abuja.
Tre donne, appartenenti a generazioni e etnie diverse, che erano accomunate da un gesto similare, come se fosse innato in loro.

Andrew si era presentato a lei e le aveva svelato il motivo di quella telefonata di qualche anno prima.
Il perché cercava Pieter Van Wyk e cosa ciò avesse comportato.
Hellen aveva sofferto molto nel pensare a Pieter in quell'ottica.
Un agente dei servizi segreti in grado di aggredire, uccidere e violare ogni regola del vivere civile.
Non era quella la persona che aveva amato.
Ma poi lo aveva realmente amato?
O piuttosto non era stato un mero sfogo sessuale?
Si ricordava di come Pieter facesse ogni cosa in modo animalesco e istintivo e, in qualche modo, si vergognava di aver concepito in quel modo suo figlio.
Hellen, all'alba dei quasi quarant'anni, si era accorta di non essere mai stata amata in vita sua.
Andrew l'aveva abbracciata e le aveva detto che era una brava persona.
La donna aveva incassato il complimento e aveva pensato che l'avvocato sarebbe stato un perfetto marito e padre di famiglia, ma conosceva le sue inclinazioni.
"Peccato", si era detta.
La serata da Nigel si concluse sul presto, nonostante le chiacchiere.
Andrew sarebbe dovuto tornare il giorno seguente a Johannesburg e non voleva fare tardare persone che dovevano recarsi al lavoro o all'Università.
"Quanto parla", chiosò la moglie di Nigel, che se ne era stata zitta per quasi tutta la serata.
Sistemò il cibo che era stata avanzato e che sarebbe servito il giorno seguente come pasto per tutti e tre.
"Però è bravo.
Se non fosse stato per lui, non ci saremmo mai sposati.
Sai che Andrew non è un brutto nome?"
Nigel era sempre stato riservato, ma con sua moglie era mutato e Kamala aveva sotto gli occhi l'esempio eclatante di come si può cambiare per amore.
A lei quando sarebbe accaduto e con chi?
La donna fissò Nigel come a fulminarlo.
"Io voglio una femmina, come primogenita."
I due scoppiarono a ridere, mentre Kamala stava finendo di rassettare la cucina.
Sull'aereo, Andrew consultò le carte della vicenda di Johannes Nkosi e comprese come i Parker non sarebbero stati toccati.

L'unico vero responsabile era morto e nessuno si sarebbe preso la briga di convocare Jane Parker e il marito.
La Commissione per la verità e la riconciliazione forse li avrebbe sentiti in qualità di testimoni e non di imputati o di carnefici.
D'altronde, ai tempi Jane Parker aveva in mente altro.
"E' forse l'unica donna con cui sarei potuto andare a letto", pensò tra sé Andrew poco prima di sbarcare.
A casa Parker avevano già pronta la strategia anticipatoria.
"Non nella società immobiliare, però", così Jane aveva disposto l'inserimento di due dipendenti neri a livello dirigenziale nella società di gestione dei rifiuti.
Uno con responsabilità limitate.
Magari una persona capace, ma in ruolo marginale ed emblematico.
"Cosa ne dici di un responsabile della sicurezza o della qualità?"
Il marito ci aveva pensato.
La sicurezza era una funzione chiave soprattutto quando vi era di mezzo qualche infortunio.
Era il posto ideale.
"Ottima idea."
Per quello ci avrebbe pensato personalmente il marito di Jane.
Era il suo lavoro quotidiano e avrebbe indetto una selezione con tanto di colloqui.
"E poi uno più manovrabile e con meno spessore.
Da dargli una funzione rappresentativa, ma senza poteri.
Il Presidente".
Jane aveva disposto ogni minimo dettaglio semplicemente sorseggiando champagne dalla sua piscina.
"Questa figura è pura politica e immagine, non so se vanno bene i colloqui.
Servirà un colpo di genio", affermò rivolgendosi al marito e sottintendendo che lo stesso non ne possedeva nemmeno un briciolo.
Non vi era fretta, ma i tempi stringevano.
Il calendario divorava i giorni e la Commissione non sembrava avere sosta.
Il clima di riconciliazione nazionale doveva essere sfruttato al meglio prima che sparisse.
Sarebbe bastato poco, qualche scontro o qualche episodio per mettervi termine e i più avveduti lo sapevano.
Ne era a conoscenza il Procuratore di Johannesburg e i politici a vario titolo, nonché i soci fondatori dello studio Smith & Fiennes.

Adam attendeva sempre con estrema curiosità il rientro del socio.
Era l'occasione per fare il punto della situazione lavorativa e sentimentale.
Uscirono a cena per assaggiare le prelibatezze indiane.
Una delle caratteristiche della fine del regime dell'apartheid era che si stavano aprendo nuove attività commerciali e la piccola comunità indiana si era data da fare.
Erano sapori così diversi dal solito e così innovativi.
"Da bere posso suggerire il mango lassi?"
Propose il cameriere alla fine delle ordinazioni.
Si trattava di una bevanda a base di yogurt e latte scremato che tendeva a sminuire i piatti troppi speziati come quelli della cucina tandoori.
Adam lasciava sempre parlare prima Andrew, il quale stava delineando le strategie da adottare in vista dei primi casi che la Commissione avrebbe esaminato.
Dopo di che, introduceva le sue novità.
"Ho ordinato sette telefoni cellulari e ho sfruttato un piano tariffario conveniente per le aziende.
Quanto meno noi due e i tre associati di più lungo corso, nonché il nostro uomo a Città del Capo e Michael.
Mi sembra il minimo indispensabile."
Andrew acconsentì.
Sapeva che Adam era più appassionato di lui alla tecnologia.
Non capiva granché, ma il socio si era fatto prendere la mano dalla cosiddetta rivoluzione informatica.
Tutti i computer erano stati dotati del moderno sistema operativo Windows 95, ma il loro impiegato che si occupava di tutto questo lo aveva già bollato come superato.
"L'anno prossimo passeremo a NT almeno per la parte server."
Era un linguaggio astruso ai due, ma erano indubbie le potenzialità.
La rete Internet si stava espandendo e lo studio si era dotato di una delle prime connessioni a tempo pieno grazie ad una tariffa completamente identica mese su mese, non considerando i consumi effettivi.
Sembrava fantascienza, ma il sito Web era pronto per essere lanciato e la grafica era accattivante.
"Così facendo, in un attimo da ogni parte del Sudafrica cercheranno di contattarci per ottenere consulti e poi tutto sarà visibile al resto del mondo."
Un cambio di prospettiva epocale che rendeva Smith & Fiennes il primo studio legale del paese a cavalcare un simile cambiamento.

Il solito pensiero di tutti gli avvocati ossia quanto potevano spremere dalle parcelle e dagli utili non albergava in Andrew e Adam.
Vivevano ancora nell'appartamento che avevano comprato anni prima, anche se ora avevano pensato di comprarsi una residenza spaziosa.
"E' che non voglio passare dai Parker", aveva sottolineato Andrew, pur sapendo che si trattava della migliore società immobiliare di Johannesburg.
Erano finiti i tempi in cui Charles Parker puntava tutto sui sussidi e sulla quantità.
Ora Jane, ma soprattutto il marito, avevano compreso che era preferibile trattare il lusso e la fascia medio-alta.
"Così avranno a che fare sempre con i bianchi…che furbastri", chiosò Adam.
Sembrava inevitabile un confronto con quella famiglia.
"Prima o dopo il nostro viaggio in California?"
Adam scherzava parecchio su questo tasto, sapendo di Andrew, Margaret e Jane.
Il viaggio in California ci sarebbe stato subito dopo Natale.
Per iniziare San Francisco e la Silicon Valley per poi puntare a sud, arrivando fino a Los Angeles e oltre.
"Fino al confine con il Messico", si erano detti.
L'America era la terra della libertà e aveva un Presidente giovane e rock, come Bill Clinton, il quale aveva contribuito non poco alla considerazione internazionale di Mandela.
"Devo parlare con il nostro genietto", concluse Andrew uscendo dal ristorante, dopo essere rimasto pienamente soddisfatto.
"Mio nipote mi parla di Playstation, ma non so cosa sia e cosa possa costare.
Per Natale non sarebbe male, visto che mia sorella non conosce nulla di ciò e mio cognato è ancora senza lavoro."
Adam fissò il socio.
Finalmente era stato presentato a Margaret, la quale, dopo anni, si era abituata all'idea che suo fratello potesse avere dei gusti diversi.
Per quanto concerneva Gert e Martha non vi erano stati problemi.
Molti idoli dei ragazzi e delle ragazze, quali le rockstar, erano omosessuali o con gusti ambigui e questo non dava loro particolare fastidio.
Il concetto era semplice.
Bastava che nessuno limitasse la loro libertà.

Adam considerava fortunati questi giovani, di una fortuna che era capitata, ma che doveva essere meritata.
La libertà non è mai scontata, nemmeno quando sembra gratis.
Era una delle verità che andava insegnata anche a chi, per anni, si era rifiutato di concederla.
Hendrik aveva passato un'estate veramente pessima.
Il suo mondo pareva essere crollato di colpo.
Non aveva più un lavoro, mentre sua moglie continuava a prestare servizio nella medesima filiale che, solo un decennio prima, lo avrebbe visto come naturale direttore.
Non era più considerato dai suoi figli, se non come una specie di malato da curare.
Era rimasto impressionato da come Gert lo avesse preso per mano e condotto fuori tra le festanti strade di Johannesburg.
Non aveva più una famiglia di riferimento, visto che i suoi genitori e due suoi fratelli se ne stavano in Argentina, di cui parlavano un gran bene e non avrebbero mai rimesso piede in Sudafrica "fino a che un nero fosse stato libero di andare dove voleva".
Inoltre, aveva scoperto una verità agghiacciante su suo fratello Pieter.
Era un agente dei servizi segreti ed era accusato di omicidio e aggressione, oltre ad altri capi di imputazione considerati di minore entità.
Conosceva Pieter da sempre.
Possibile che l'apparenza avesse cambiato la sostanza in quel modo?
Una notte, Hendrik si svegliò di soprassalto.
Aveva focalizzato il giorno in cui Pieter gli aveva chiesto quali segretarie inglese ci fossero.
Strangamente, dopo poco tempo, la sorella di una di esse era morta.
Se lo avessero chiamato a testimoniare, cosa avrebbe detto?
La verità rischiando di dare un movente e tradire un fratello?
Una menzogna sotto giuramento?
E se fosse stata convocata Margaret?
O se sua moglie gli avesse chiesto qualcosa?
Cercò di allontanare simili fantasmi rifugiandosi nel passato, sfogliando gli album di famiglia e rivedendo qualche video dei suoi figli.
Cosa era cambiato?
Perché tutto quel frastuono?
Cosa non capiva del nuovo mondo?
Si sentì soffocare e iniziò a pensare di stare male.

Un giorno gli pareva che un braccio fosse bloccato, poi accadeva ad un piede o a qualche organo interno.
Margaret lo osservava, ma non interagiva con lui.
Non gli chiedeva nemmeno se stesse cercando lavoro.
Il marito risultava una presenza aliena, qualcuno con cui dover fare i conti alla mattina e alla sera, ma niente di più.
Ora che stava a casa, Margaret non si palesò come Hendrik potesse passare l'intera giornata.
Non aveva mai fatto niente di più di quanto non faceva prima.
Né la spesa, né la casa, né il giardino, né seguire i figli.
"Dovresti spronarlo Maggie.
Un uomo non può ridursi così", sentenziò Jane, senza considerare che ella stessa si comportava in quel modo, non lavorando e non facendo nulla se non spendere soldi e fare la bella vita.
Almeno Hendrik era economico e non aveva pretese.
"Non capisce, è rintronato.
Quanto ci tieni a salvare il tuo matrimonio?"
Margaret non sapeva che rispondere.
Da un lato aveva nostalgia della famigliola perfetta, pur sapendo che si era sempre trattato di una finzione.
Vivevano in un mondo chiuso senza possibilità di scelta e di cambiamento.
In quanti si erano illusi come lei?
Troppi e in maggioranza donne, rinchiuse in famiglie e matrimoni troppo spesso sognati da adolescenti e poi trasformatisi in incubi da adulti.
Che male c'era ad ammettere di avere sbagliato?
In fondo, Margaret era incapace di scegliere.
Non le andava di fare soffrire i figli e con questo paravento giustificava tutto.
"Tanto prima o poi capiterà che vi chiariate.
Hendrik andrà fuori di matto o tu.
Resta da capire chi lo farà prima dell'altro."
Margaret salutò Jane e chiese se suo figlio avesse la Playstation.
Jane rispose candidamente.
"Per Natale sicuramente."
La donna se ne andò e sentì suo fratello.
"Quando torni a Città del Capo?"
Le sarebbe piaciuto andarci pure lei e portare i ragazzi.
Come una volta facevano Peter ed Elizabeth con lei e Andrew.

Magari tirando con sè anche i Parker.
Perché no?
Jane e Margaret che prendevano il posto delle rispettive madri.
Solamente Martha si sarebbe sentita spaiata, visto che Gert e il figlio di Jane andavano molto d'accordo e avevano amici e interessi comuni.
Andrew sarebbe dovuto andare sempre più spesso a Città del Capo e, forse, era il caso di dire a Margaret dei Parker e della sua causa.
"Per la Playstation ci penso io.
Già avevo una mezza idea per Gert.
Sai che i tuoi amici saranno sentiti dalla Commissione poco prima di Natale?
Magari potresti raggiungerli per fare le vacanze..."
Andrew aveva lanciato l'idea.
Ci sarebbe stato anche lui con Johannes e Maria, i quali avrebbero fatto visita alla figlia e ai nipoti e avrebbero preso un aereo per la prima volta in vita loro.
Ogni singola azione sembrava predeterminata nello scandire il tempo, ma vi è sempre quel barlume del caso che gioca un ruolo fondamentale nelle vite di ognuno.
Kevin Allen, il poliziotto che aveva indagato su Pieter Van Wyk su imbeccata diretta di Michael, stava gironzolando nel suo giorno di riposo tra le vie di Johannesburg per approfittare di una splendida giornata di Sole, senza ancora il caldo afoso dell'estate.
Era uno di quei momenti in cui tutto il mondo sembra scintillare e i vetri riflettevano la luce della vita.
Con gli occhiali da sole, faceva vagare lo sguardo, attento ad ogni particolare.
In fondo, era pur sempre un poliziotto investigativo e non smetteva mai di esserlo.
Vi era uno strano uomo dall'altra parte della strada.
Era vestito in modo abbastanza distinto ma aveva un'andatura penzolante, come di qualcuno a metà tra l'ubriaco e il dolorante.
Per di più, faceva avanti e indietro sul marciapiede proprio nei pressi di una banca.
Era quanto meno sospetto.
Kevin avrebbe potuto andarsene e non sarebbe successo nulla, ma qualcosa lo spinse ad attraversare la strada e a chiedere i documenti a quell'uomo.
Per niente intimorito, quello glieli pose.
"Hendrik Van Wyk. Cosa ci fa qui?"

L'uomo replicò.
"Sono indeciso se lasciare un curriculum per lavorare in questo posto.
Sa, ho una grande esperienza nel lavoro in banca."
Hendrik aprì la valigetta e vi cavò una decina di copie di un curriculum battuto a videoterminale e poi stampato.
Così avrebbe dimostrato la propria buona fede.
Kevin fece per passare oltre, ma si bloccò.
Gli era venuto in mente un nesso che lo avrebbe perseguitato per il resto della giornata se non avesse rivolto la domanda.
"E dove prestava servizio prima?"
Il nome della filiale gli diceva qualcosa.
Tornò a casa in fretta e si mise a frugare tra i documenti archiviati nel suo computer personale.
"Non può essere, sono un idiota.
È il fratello di Pieter.
E lavorava dove prestava servizio la sorella della vittima e questa tizia aveva sporto denuncia, poi ritirata, alla sorella.
E l'avvocato difensore era dello studio Smith & Fiennes."
Si mangiò le mani per non averci pensato prima.
Doveva farsi ricevere dall'ufficio del Procuratore che si occupava dell'accusa.
Salì in macchina e vi si diresse a tutta velocità.
La segretaria all'ingresso fece qualche rimostranza, ma Kevin era molto deciso.
"Lei mi annunci e basta. Se c'è da aspettare, aspetterò ma non me ne vado di qui."
Dopo due ore, fu accolto.
Espose il proprio nesso logico al principale responsabile del caso.
"E come faccio ad aggiungere un testimone in questa fase?
Devo trovare un cavillo."
A Kevin pareva strano che la difesa non avesse chiamato il fratello dell'imputato a testimoniare per Pieter.
"Vede, c'è qualcosa da nascondere.
Forse il movente.
Forse Hendrik Van Wyk è il mandante.
Dobbiamo scoprire cosa c'è sotto."
Kevin sapeva di aver fatto il suo, forse in ritardo e forse ciò non sarebbe bastato per inchiodare l'assassino.
Pensò anche che fosse meglio non dire nulla a Michael, visto che Hendrik era il cognato del suo capo e datore di lavoro.

L'ufficio del Procuratore si mise subito al lavoro per trovare il pertugio legale alfine di chiamare un nuovo testimone.
"Non mi interessa in che modo, ma cerchiamo tutti i pregressi.
Ci basta un solo appiglio."
Così sei galoppini furono messi in moto e avrebbero dovuto trovare la soluzione nel giro di massimo una settimana.
In parallelo, Margaret si informò della trasferta a Città del Capo di Jane e del marito.
"Cosa ne dici se poi vi raggiungiamo e facciamo un po' di vacanza assieme, come ai vecchi tempi?"
Jane era titubante.
Avrebbe preferito la zona di Durban se proprio doveva rimanere in Sudafrica.
Sapeva, però, che suo figlio si trovava bene con Gert e che la sua amica faceva tutto questo per tentare di salvare il suo matrimonio.
Si sentì in colpa e un po' le doveva qualche favore, soprattutto perché in gioventù Maggie le era sempre stata accanto.
"Ti chiamo io."
Jane aveva uno di quei moderni cellulari che ormai stavano spopolando come status symbol.
Margaret aveva notato che i ricchi, ma anche chi voleva darsi un tono, correva a comprare quegli aggeggi che permettevano di parlare e comunicare da ogni parte.
Era un modo completamente innovativo di concepire il senso stesso della comunicazione verbale, unitamente ad un servizio di messaggistica a pagamento.
Ci si poteva persino scrivere a distanza senza passare da una lettera o una cartolina.
Messaggi recapitati istantaneamente e direttamente nelle mani del destinatario, creando un filo diretto tra ricevente e mittente senza alcun intermediario.
Jane avrebbe avuto gioco facile a convincere tutti quanti nella sua famiglia, mentre Margaret si sarebbe dovuta scontrare con suo marito.
Come convincere una persona che ormai viveva con la testa e il cuore altrove?
La prese alla larga e pensò ai suoi figli.
Gert e Martha ne furono entusiasti.
Amavano il mare e il concetto stesso di vacanza.
D'altronde, non vedevano l'ora di finire l'anno scolastico per potersi dedicare ad oziare all'aria aperta.

Per di più Gert avrebbe parlato con il figlio di Jane e si sarebbe tenuto informato sulle recenti evoluzioni dei videogiochi e dei computer.
In pochi giorni, l'intero programma fu stabilito e ora mancava solamente il beneplacito di Hendrik, il quale non avrebbe sollevato questioni di natura economica.
In quella casa, nonostante la mancanza di uno stipendio, non si pensava a scenari di crisi o di restringimento del tenore di vita e ciò sarebbe stato un problema se Hendrik non avesse trovato lavoro nel giro di qualche mese.
Margaret buttò lì alcune frasi sconnesse di cui Hendrik recepì qualche spezzone.
Città del Capo.
Vacanza.
Natale.
I Parker.
Il suo cervello ricompose il senso generale e l'uomo, non volendo pensare a tutto ciò, fece un cenno di assenso.
"Sì, sì, fai tu."
Era un modo di dire per levarsi di torno un pensiero non importante.
Dovunque sarebbe andata la sua famiglia, Hendrik l'avrebbe seguita senza colpo ferire.
Era ormai inerme e quasi innocuo.
Ciò non corrispondeva a quanto Margaret avrebbe voluto, ma se questo avesse significato evitare rotture e litigi si sarebbe potuto anche accettare in via preliminare.
"State solo rimandando il confronto", aveva sottolineato Jane e, per una volta, l'amica era in accordo con Andrew.
Ad ogni modo, da metà dicembre vi sarebbe stato un trasferimento netto di persone, seppure in modo temporaneo, da Johannesburg a Città del Capo e gli unici che sarebbero rimasti in città sarebbero stati Adam Fiennes, per presiedere le attività dello studio legale, e Peter ed Elizabeth, unitamente a John Parker e Liza, la cui generazione ormai si considerava passata e prossima al tramonto.
Mentre John e Liza si sarebbero recati in Argentina subito dopo Natale e Adam avrebbe raggiunto Andrew per spostarsi in California, Peter ed Elizabeth sarebbero rimasti ancorati come molluschi allo scoglio dato dalla loro casa.
Là abitavano da quando si erano sposati e da quel luogo non avrebbero più voluto andare via.

Il medesimo giorno in cui tutto il programma di trasferimento era stato ideato, uno dei galoppini entrò trionfante nell'ufficio del Procuratore che si occupava del caso Van Wyk.
"Ho trovato, leggete qui."
Tutti si buttarono sul librone che era aperto verso la metà.
Si trattava di una sentenza del 1986 per un processo legato ad una rapina.
Gli avvocati dell'accusa si erano appellati ad un articolo particolare per fare ammettere un testimone in fase concomitante al dibattimento sulla base di nuove prove emerse a carico.
"Sì va bene, quali prove sono emerse?"
Il galoppino fece un segno di disappunto.
"Il possibile movente."
L'avvocato che aveva in carico l'accusa si sedette e ci pensò.
"Non abbiamo niente di meglio?
Mi sembra debole.
E se poi il testimone non rivela nulla sul possibile movente?"
Mentre ragionava a voce alta gli venne in mente già la possibile obiezione.
"Semplicemente la testimonianza sarà stralciata e non se ne terrà conto. Probabilmente la Corte mi chiamerà in seduta di consiglio per ammonirmi privatamente, ma se lo tengo come ultimo testimone non avrò più niente da perdere."
Si poteva fare.
Era un rischio accettabile, visto che nessuno avrebbe potuto preparare il testimone e si sarebbe andati sulla scia dell'improvvisazione.
Nessuno sapeva cosa in realtà celasse Hendrik Van Wyk, la cui presenza non era mai stata registrata da quando l'imputato era finito sotto processo.
Nel momento in cui l'accusa lo avrebbe chiamato a testimoniare, sarebbero stati proibiti tutti i contatti con l'imputato.
"Facciamolo."
Il Procuratore chiamò a sé l'avvocato del suo ufficio e si fece spiegare la procedura.
"Può essere il suo colpo perfetto oppure un grande buco nell'acqua, ma capisco che dobbiamo rischiare."
Con i tempi legali, il tribunale si sarebbe messo in moto e Hendrik sarebbe stato avvertito solamente qualche giorno prima della partenza per Città del Capo.

Nel frattempo, Andrew era partito con Johannes e Maria alla volta della Commissione.
I due anziani rimasero stupefatti dal volo in aereo.
Mai avrebbero pensato di vedere la terra dall'alto e persino la loro parte di città, con le baracche e le vie intricate.
All'aeroporto di Città del Capo vi era l'intera famiglia di Johanna ad attenderli con i nipoti che fecero strada.
Abuja si prese cura di sua nonna, mentre Daniel si attaccò a Johannes.
La testimonianza era prevista per due giorni dopo.
La Commissione dava un tempo limitato per cui prima venivano depositate le carte e poi vi erano domande circostanziate.
"Starete qui da noi...", affermò Johanna.
David era contento visto che avrebbe avuto di che parlare di Soweto e avrebbe tempestato il suocero di domande.
Le condizioni della fabbrica, che ormai era sull'orlo della chiusura, il bisogno di lavoro e come si erano ricollocati delle loro conoscenze.
Andrew preparò Johannes, mentre tutta la sua famiglia, a parte i nipoti che erano a scuola, fu ospitata tra il pubblico presente.
Le domande furono circostanziate.
Dove, come e quando.
Emersero le responsabilità della polizia e dei dirigenti della fabbrica di Charles Parker e, infine, dell'avvocato difensore.
A seguire erano stati convocati il medesimo avvocato e alcuni dirigenti della fabbrica, mentre per il giorno successivo era prevista la testimonianza dei Parker.
I poliziotti non erano ancora stati individuati e si aspettava una lista di presenze e distaccamenti proveniente dal comando centrale di Johannesburg.
Quando si andavano a toccare gli organi di sicurezza era più difficile.
La famiglia Nkosi uscì soddisfatta da quel primo giorno.
"Domattina sentiremo i padroni."
Jane Parker e il marito erano già in città e alloggiavano in uno degli hotel più lussuosi del centro.
Quando si presentarono di fronte alla Commissione, Jane era vestita di tutto punto, senza essere né volgare né appariscente.
Andrew la squadrò.
Era di una stazza notevole rispetto alla ragazzina di un tempo.
La donna fece altrettanto e si trovò di fronte un uomo maturo e nel pieno del suo splendore fisico da atleta.

Se non fosse stato omosessuale, sarebbe stato ancora una preda appetibile.
I Parker, come era ampiamente previsto, non dissero nulla di nuovo.
Ai tempi erano completamente estranei alla vicenda.
Verso la fine, Jane Parker fece una dichiarazione spontanea circa la gestione delle loro attuali attività.
"Come vedete, noi non siamo mai stati a favore della discriminazione e della segregazione."
David rimase colpito da questo incentivo.
Era quanto andava cercando per tornare a Soweto.
Confabulò con sua moglie, sapendo che aveva già incontrato Jane Parker.
"Avviciniamoci."
Johanna, suo malgrado, dovette assecondare il marito, il quale ritrovò la parola e una certa loquacità in presenza dei Parker.
Tutti furono soddisfatti dell'esito, persino Johanna che dovette fare buon viso di fronte all'evidenza che i potenti non avrebbero pagato, forse perché esenti da colpe, almeno in quel caso.
Rientrando in hotel, Jane si rivolse a suo marito.
"Cosa ne dici, non è male?"
L'uomo non comprese a cosa si riferisse.
Al mare? Al Sole?
All'andamento della testimonianza?
Jane vide la faccia interrogativa di suo marito e sorrise.
Gli uomini non capiscono proprio nulla e bisogna sempre dire tutto.
"Intendo David, il marito di Johanna.
Non sarebbe male avere un collaboratore che è imparentato strettamente con una parlamentare. Non trovi?"
Il marito fece un viso compiaciuto.
Ora le sue idee sarebbe scivolate progressivamente verso il meritato periodo di riposo.
Johanna comprese come il marito avesse trovato una nuova luce, ma non volle indagare ulteriormente.
Andrew si accomiatò e rientrò a Johannesburg con Johannes e Maria.
Da lì sarebbe partito alla volta di San Francisco, solo dopo aver salutato sua sorella e i suoi nipoti.
A casa di Margaret, Hendrik aveva ricevuto l'avviso di comparazione in qualità di testimone ma non aveva detto nulla alla moglie.
Vedeva Maggie tutta presa nell'organizzare il viaggio e non voleva disturbarla.

Addirittura Hendrik rimase presente quando Andrew venne a trovarli, pur senza rivolgergli la parola.
"Questo è per te e questo per te".
Aveva portato due regali e Martha era impaziente di aprirli.
Per la nipote, vi erano due vestiti e due paia di scarpe, di quelli che andavano di moda tra i giovani.
"Sono bellissimi, grazie zio."
Gert strabuzzò gli occhi quando vide la Playstation.
Sapeva che il suo amico l'aveva ricevuta poco prima della partenza dei suoi genitori e si sentì suo pari.
Avrebbero parlato di tante cose durante le vacanze e avrebbero trascorso tanto tempo assieme.
La scuola era appena terminata e ora ci si poteva sbizzarrire e dilettarsi.
John Parker portò il nipote all'aeroporto e là vi trovò Margaret ed Hendrik.
A Città del Capo, le due famiglie riunite si recarono a vedere l'Oceano.
Hendrik rimase indietro rispetto alla comitiva.
Era stato bloccato da una visione di altri tempi.
Aveva visto suo fratello da piccolo, o per lo meno era un bambino che gli assomigliava in tutto e per tutto.
Lo vide correre verso sua madre e riconobbe Hellen, la quale non notò nemmeno la figura di Hendrik.
Così quella donna viveva lì e aveva un figlio che sembrava Pieter?
Distolse lo sguardo e fissò sua moglie in lontananza.
Forse avrebbe parlato con lei e si sarebbe riconciliato, dopo tutto gli mancava immensamente il suo corpo.

XXI

Johannesburg – Città del Capo, maggio-dicembre 1996

Hendrik strinse la mano al titolare.
Aveva fatto un'ottima impressione e sarebbe stato assunto nel giro di un mese, il tempo burocratico di espletare le pratiche e di configurare gli strumenti informatici necessari.
Una postazione lavorativa, un computer e alcune dotazioni di legge.
Le sue referenze erano ottime sia dal punto di vista delle conoscenze sia da quello del retroterra.
Serviva qualcuno che avesse un occhio orientato al mondo dei prestiti e delle banche e, in più, qualcuno che conoscesse la storia della SP Consulting.
Il nome era rimasto lo stesso, ma la proprietà era passata di mano da quando Peter Smith, il suocero di Hendrik, aveva venduto all'attuale titolare.
Così il percorso si sarebbe chiuso e il suocero avrebbe avuto di che parlare con un genero che ormai considerava corrotto.
Forse, almeno a detta di Margaret, ciò sarebbe stato il ponte per ricostruire un'armonia familiare che si era andata persa.
Peter ed Elizabeth si erano ritrovati soli a causa delle loro scelte.
"Ma noi siamo sempre rimasti coerenti."
Elizabeth annuiva sempre quando suo marito ricordava di come non avessero mai cambiato idea.
Prima Andrew, poi Margaret e i nipoti, ora persino Hendrik, un afrikander, aveva tradito la giusta causa di un Sudafrica non in mano al potere dei neri.
Il genero si era macchiato di tradimento, almeno a detta di Peter.
Aveva tradito il suo sangue e la sua famiglia.
Chiamato a deporre al tribunale di Johannesburg per il processo contro suo fratello, Hendrik si era chiesto cosa avrebbe detto.
Le due settimane passate a Città del Capo lo avevano riconciliato con la moglie.

Si erano detti tutto quello che da anni ormai celavano e avevano trascorso intere nottate a fissarsi negli occhi.
Persino Jane si era accorta di quel mutamento e aveva invitato Margaret a casa sua, una volta rientrati alla normale routine.
L'amica si era presentata con l'intera famiglia e Jane, sorridendo mentre sorseggiava dello champagne, si era convinta che il matrimonio di Maggie si fosse salvato all'ultimo secondo.
La loro ultima possibilità era stata colta e questo era un segnale della rispettiva convinzione in qualcosa che andava oltre le loro volontà.
Martha era stata la più felice, visto che avrebbe potuto affrontare l'inizio dell'adolescenza senza doversi sobbarcare dei problemi di confronto con delle figure che ormai si sarebbero odiate.
Nuotando da sola nella piscina di Jane Parker, si chiedeva cosa trovassero i maschi a rimanere rinchiusi in camera a giocare con la Playstation.
Era un modo perfetto per non godere del tempo che si aveva a disposizione.
A seguito di tutto questo, Hendrik aveva avuto il coraggio di parlare a Margaret del processo.
"Devi dire la verità, qualunque essa sia.
Solo la verità permette alla giustizia di trionfare."
Hendrik si presentò con uno spirito libero e rinfrancato all'udienza.
Non era mai entrato in un tribunale e si stupì della pomposità del luogo. Androni e scaloni, aule immense e grandi spazi.
Nessuno lo aveva sentito ed era considerato l'ultimo testimone.
L'accusa iniziò a tentoni, sondando le sue generalità e i rapporti che teneva con suo fratello.
Indi, proseguì a verificare il posto di lavoro che Hendrik aveva avuto presso la banca.
"E là che lavorava Carol Laurel?"
Hendrik ammise, ma disse di non essere a conoscenza che avesse una sorella.
Dovette parlare della denuncia di violenza e di come si era dovuto accordare per farla ritirare.
"E non ha mai parlato di questo a suo fratello?"
Scosse la testa.
L'accusa stava facendo un buco nell'acqua nel perseguire la propria strategia.
"Ha mai parlato a suo fratello di Carol Laurel?"

A questo punto Hendrik ammise che il fratello gli aveva chiesto il nome delle due segretarie inglesi, ma non sapeva perché fosse stato interessato ad un'informazione del genere.
La difesa non riuscì a trovare alcun appiglio e l'ufficio del Procuratore chiese una sospensiva di tre mesi per svolgere ulteriori indagini.
Di fronte all'obiezione della difesa, la Corte ne concesse solo due.
L'ufficio del Procuratore iniziò ad indagare circa le due segretarie.
La prima, dopo qualche interrogatorio, riconobbe l'automobile di Pieter e lo stesso fece Carol.
"Le ha pedinate, perché?"
Cosa vi era nella testa di quell'uomo?
Mancava ancora un passaggio e il tempo scorreva veloce.
"Come collochiamo l'automobile e, quindi, l'imputato sul luogo del crimine?
Possibile che nessuno abbia visto o sentito niente?"
Serviva l'aiuto di tutti e contattarono Kevin Allen.
La polizia aveva un archivio dove teneva registrati gli eventi del giorno che fossero multe, incidenti, fotografie.
"Dobbiamo ripassare tutto quanto concernente il giorno dell'omicidio. Verbali, testimonianze."
Kevin si mise a spulciare i documenti ma vi trovò ben poco, così contattò Michael.
L'uomo, dopo aver ricevuto l'autorizzazione da Andrew, fece sosta, assieme a Kevin, presso tutti i distributori di benzina posti tra Johannesburg e Pretoria, facendo un passaggio nei vari posti dove una persona avrebbe potuto pranzare.
Era praticamente impossibile fare un viaggio di andata e ritorno senza fermarsi.
Avevano una foto dell'automobile e della persona, nonché il distintivo esibito da Kevin.
A distanza di anni era molto difficile trovare un nesso.
Quando le speranze erano ormai al lumicino, una cameriera lo riconobbe.
"Sì, sono sicura che era lui. Ha ordinato il piatto del giorno e poi è andato in bagno.
Me lo ricordo perché era mancino e si è lamentato che il tavolo fosse apparecchiato solo per persone che usavano la destra.
Ha piantato una scena mostruosa.
Sono cose che non si scordano."
Kevin appuntò la notizia.

"Vi sono altri che possono confermare la sua testimonianza?"
C'era la cassiera, ma si era licenziata ed era andata altrove.
"Si ricorda come era vestito?"
La cameriera fece uno sforzo ma seppe solo dire:
"Aveva dei guanti neri perché me li ha lanciati quando ho provato a dirgli qualcosa."
Era già un passaggio.
Vi era la dimostrazione che l'imputato si trovava a cinquanta chilometri da Johannesburg in un momento successivo all'omicidio e compatibile con l'orario e il tempo necessario per gli spostamenti.
Aveva mentito sul fatto che fosse rimasto a Pretoria.
L'ufficio del Procuratore fu soddisfatto e presentò le nuove prove con tanto di indagini annesse.
La difesa protestò, ma non vi era molto da fare.
"Questo clima di pacificazione e riconciliazione ci viene contro", aveva detto l'avvocato a Pieter, il quale si era sempre dichiarato innocente e non aveva ceduto all'interrogatorio dell'accusa, mostrandosi calmo e freddo.
Verso la fine di maggio il processo si stava per chiudere con le arringhe delle rispettive parti.
Il tutto era bastato a Peter ed Elizabeth per tacciare il genero di corruzione dell'animo.
Era un altro che si era svenduto al nuovo Sudafrica e il lavoro che stava per iniziare non sarebbe bastato a salvarlo.
Il giorno in cui Hendrik prese servizio alla SP Consulting, l'accusa al processo in carico a suo fratello tuonò le proprie certezze circa l'omicidio Laurel.
Vi erano prove schiaccianti che dimostravano l'adeguatezza dell'imputato ad essere identificato con l'assassino.
Inoltre, vi era la dimostrazione che non si trovasse a Pretoria e che aveva mentito sotto giuramento.
Il tutto doveva condurre alla condanna per omicidio volontario cosa che gli sarebbe costata l'ergastolo.
Accanto a ciò, altre pene accessorie per aggressione e altri capi di imputazione, per i quali si chiedeva una pena cumulativa di dodici anni di carcere.
A distanza di molti chilometri, Nigel era in trepidazione.
Sua moglie era incinta e si stavano recando a svolgere un'ecografia di controllo.
Sarebbe stata la prima volta che avrebbero visto il feto.

Per quanto Nigel fosse avvezzo al mondo degli ospedali, era diverso partecipare in prima persona o essere solamente un aiutante esterno.
Entrò con sua moglie alla quale tenne la mano.
Sentirono il battito del cuore velocissimo e amplificato e poi videro il nascituro muoversi rapidamente.
Quasi piansero.
Il medico si sbilanciò.
"Sarà femmina".
Nigel fissò la moglie e sorrise.
Il suo sogno si sarebbe avverato.
Tornati a casa, annunciarono a sera la bella notizia a Kamala.
"Avrò una nipotina!"
Da quando aveva visto la cognata incinta, a Kamala era subentrato un pensiero di accasarsi con qualcuno.
All'Università vi erano dei ragazzi interessanti.
Studenti brillanti che, come lei, erano disposti a fare sacrifici per un futuro migliore.
Non aveva mai preteso di innamorarsi al primo sguardo, in quanto credeva poco alle relazioni durature basate solamente sulla pura attrazione fisica.
Ora stava iniziando a pensare di provare qualcosa con uno di questi suoi compagni di università.
Si era detta che una possibilità, anche di sbagliare, se la doveva dare.
Non si sarebbe distratta né avrebbe pensato ad altro, se non a livello secondario.
Sentirono suonare il citofono.
"E' Johanna."
La parlamentare passava regolarmente per ritirare libri ed appunti.
"Come vanno gli esami?"
Kamala non aveva problemi, almeno fino a quel momento.
Le parve che Johanna fosse stanca.
Sapeva delle mille incombenze lavorative, su tutte la riscrittura della Costituzione.
"Ora si arriva al momento clou.
Stiamo trattando col Partito Nazionale per ridefinire l'intero impianto di questo Stato.
Si tratta di qualcosa che lasceremo in eredità a tutti, soprattutto ai vostri figli.
È la madre di tutte le battaglie, quella che concentra la nostra vittoria di due anni fa e che la esalta.

La Commissione chiuderà i conti con il passato, mentre la Costituzione aprirà un varco al futuro.
Scusate, ho fatto il solito comizio!"
Scoppiarono tutti a ridere.
A Johanna serviva una dose di buonumore.
Era rimasta sola a Città del Capo, con i suoi figli ovviamente, ma David era tornato a Johannesburg.
Tra il rimanere lì accanto a sua moglie ed essere insoddisfatto della vita e del lavoro o ritornare a casa, ma stando lontano dalla famiglia, aveva scelta questa seconda strada.
David era partito a inizio maggio alla volta di Soweto, ma già verso metà giugno si era trasferito in una lussuosa casa di Johannesburg.
Gli pareva di mettere a frutto quanto aveva imparato e quanto aveva faticosamente conquistato.
Aveva uno stipendio doppio di quello di sua moglie e la casa non aveva spese.
La proprietà dell'immobile era della società dei Parker ed era un cosiddetto benefit.
Telefono cellulare e automobile, anch'essi spesati, erano il simbolo di questa nuova fortuna.
In cambio di tutto ciò, avrebbe consigliato la società di gestione dei rifiuti sui metodi migliori per integrare le politiche industriali.
Aveva un ufficio posto in un angolo dell'edificio e veniva coinvolto con cadenza settimanale.
Ciò gli sembrava un ottimo corrispettivo a livello di scambio di competenze.
"Come è messo?"
Jane si informava spesso tramite suo marito.
David era perfetto.
Risultava essere il prototipo di quello che andavano cercando da oltre un anno.
Né più né meno.
Era un biglietto da visita che avrebbero usato ogni volta fosse necessario.
Gli avrebbero scritto dei discorsi e si sarebbero salvati l'immagine.
In più, avere contatti con una parlamentare poteva servire.
Da parte sua, David si era impegnato a risollevare la fabbrica dove aveva lavorato un tempo.
Destinava un terzo del suo stipendio ad aiutare il patto di sindacato e ciò avrebbe dato ulteriore respiro.

Si sentiva a posto con la propria coscienza.
Non aveva compreso che avrebbe potuto trasformarsi in una pedina in mano ai padroni e, soprattutto, sarebbe potuto divenire un nuovo sfruttatore.
Non si chiedeva da dove arrivassero tutti quei guadagni dei Parker e cosa vi fosse sotto tutti quei profitti.
A Johanna faceva passare solamente ciò che gli interessava.
Si sentivano tutti i giorni e David aveva chiesto di poter andare a Città del Capo almeno una volta al mese.
Prima della fine di giugno era attesa la sentenza del processo Van Wyk e la tensione stava aumentando.
Lo studio Smith & Fiennes non era ufficialmente coinvolto, ma Andrew sapeva che l'origine di tutto era derivata dalla sua testardaggine.
Era stato l'avvocato Smith a scagionare Nigel e poi a spendere ore e ore nel sondare chi potesse essere il colpevole.
Dalla loro nuova casa, i due lanciavano spesso delle occhiate all'esterno, visto che potevano godere di una visuale sulla città.
Avevano comprato una villa singola, di recente costruzione, adagiata su una specie di collinetta.
Era posta poco fuori Johannesburg e la tranquillità era totale.
Vi era il problema di doversi spostare in centro città, con i tempi di percorrenza che si allungavano di anno in anno per via dell'aumento del traffico, ma la vista era impagabile.
Là avrebbero ricevuto i loro amici e dato le feste, lontano dagli sguardi indiscreti.
Per comprarla, si erano dovuti rivolgere all'agenzia dei Parker e Jane stessa aveva supervisionato la proprietà.
I due si erano visti ancora e, probabilmente, Jane avrebbe sfruttato Margaret per farsi invitare a casa degli avvocati.
Andrew sapeva che, prima o poi, sarebbe accaduto ma ormai aveva sorpassato le vecchie remore del passato.
Le uniche persone con le quali non aveva rapporti erano i suoi genitori e ciò lo disturbava.
Possibile che non si fossero accorti del cambiamento?
Erano passati oltre sei anni dalla liberazione di Mandela e cinque dall'abolizione dell'apartheid.
Non avevano compreso che si trattava di un'azione irreversibile?
Come Andrew, Michael trepidava.
Il factotum aveva messo tutta la propria volontà ed esperienza nelle indagini e lo stesso si poteva dire di Kevin Allen.

In caso di condanna, il poliziotto avrebbe ricevuto una spinta alla carriera, mentre l'ufficio del Procuratore si sarebbe risollevato dallo smacco di anni prima.
Ci sarebbe sempre stato l'appello, ma nel giro di sei mesi si avrebbe avuto il risultato definitivo.
Il clima circostante contava molto.
Era inutile negare la pressione esterna circa l'aggiustamento di sentenze.
Se ai tempi di Nigel Mbutu vi erano assiepati capannelli di persone fuori dal tribunale e si temevano scontri tra le opposte fazioni, ora il processo era filato via nel generale disinteresse, visto che facevano molta più audience le deposizioni alla Commissione.
I bianchi si stavano accorgendo dei crimini, un poco per volta, ed erano stupefatti.
Non contava tanto la condanna, quanto l'emersione delle vicende.
La loro ramificazione e la loro distribuzione nel corso degli anni.
Così i giudici avrebbero potuto soppesare con calma le varie implicazioni processuali, ma nella realtà mandare assolto un altro imputato avrebbe voluto dire gettare la spugna sulla risoluzione del caso.
Una ragazza era morta strangolata e questo era un dato di fatto.
L'avvocato difensore di Pieter era sostenuto solamente dalle associazioni di estrema destra che difendevano l'imputato a prescindere, perché appartenente alla loro cerchia.
Andrew varcò la porta dell'ufficio e lanciò la sua solita domanda retorica.
"Che si dice?"
Si sarebbe recato a Città del Capo solo dopo la lettura della sentenza.
"Sarà domani."
Il suo cuore iniziò a battere più forte e non si sarebbe perso un posto, anche in ultima fila.
I giornalisti si assieparono, seppure in numero nettamente inferiore rispetto ad un tempo.
L'aria era tesa e fredda, come lo era all'esterno.
Un vento sferzava il centro di Johannesburg.
La sentenza fu chiara e distinta.
Condanna per tutti i capi di imputazione.
Ergastolo per l'omicidio e dieci anni per gli altri reati minori.
Un applauso scattò dal pubblico e Andrew abbracciò una piangente Carol.
"Giustizia è stata fatta.".

L'avvocato difensore avrebbe sbraitato di processo ingiusto e squilibrato e avrebbe chiesto l'appello.
Intanto Pieter Van Wyk veniva tradotto in carcere, una condizione a lui non nota, anche se molto simile a certi suoi stili di vita.
Hendrik non riuscì ad essere contento.
Era pur sempre suo fratello.
Mentre Hellen rimase scioccata dall'apprendere la notizia dal giornale.
Ora che un pezzo del passato era sistemato, Andrew si sarebbe distaccato più facilmente da Johannesburg.
La Commissione stava per prendere in mano i fatti di Soweto del 1976 e l'avvocato necessitava di raccogliere la deposizione di Johanna e di suo marito David.
Sapeva dell'occupazione di quest'ultimo presso i Parker, ma Johanna gli aveva comunicato che, per quattro giorni, si sarebbe trovato a Città del Capo quindi Andrew colse la palla al balzo per massimizzare la sua trasferta.
Le continue richieste di consulti legali avevano portato a nuove assunzioni.
La sede di Johannesburg era cresciuta fino a contare sette associati e altre sette persone tra segretarie, factotum e praticanti.
A Città del Capo vi erano quattro dipendenti e la nuovissima installazione a Pretoria contava, per ora, un solo associato.
In totale, l'intero studio contava ben ventuno tra dipendenti e soci fondatori e il numero era destinato a crescere.
Forse sarebbe stato necessario aprire anche a Durban e potenziare il servizio di relazioni esterne.
Tutto questo turbinio diveniva quasi ingestibile, visto che né Adam né Andrew avevano ancora rinunciato a seguire personalmente delle cause.
In particolare, Andrew ci teneva ad avere i rapporti con la Commissione instaurata nella capitale legislativa.
Fece la sua solita panoramica generale.
Centro città, Oceano e sede dell'ufficio, per poi incontrare Johanna e David a casa loro.
Trovò la parlamentare molto presa.
"Per via della Costituzione", gli disse.
Mentre David era raggiante.
Si vedeva che il lusso e la bella vita lo avevano toccato da vicino.
Moses era cresciuto molto e frequentava l'ultimo anno di college.
"Tra poco è finito.
Mi iscriverò all'università e farò informatica."

Andrew si complimentò.
"Almeno mi spiegherai molte cose delle quali non capisco nulla!"
Abuja, a quindici anni, aveva altro in mente e si vedeva.
Passato di moda Cyril, si era presa una sbandata per un ragazzo più avveduto e che piaceva anche a Moses, il quale però la guardava sempre a vista.
Moses prese i fratelli e li condusse in un'altra stanza.
Ciò che l'avvocato doveva chiedere ai genitori era meglio che rimanesse un segreto, almeno fino a quando la Commissione non avesse fatto luce.
"Ripetetemi i fatti come ve li ricordate."
Iniziò David e poi proseguì Johanna.
Andrew aveva appuntato tutto e stava protocollando i documenti.
"Questi andranno all'organo direttivo.
Ci vorrà tempo perché dovranno individuare la squadra di poliziotti, un po' come per il caso di vostro padre."
Alla fine, per Johannes era stato individuato il reparto e vi erano state delle audizioni, salvo poi vedere tutto amnistiato.
La Commissione non era punitiva, ma aveva lo scopo di riappacificazione.
Lo stesso Johannes aveva dimenticato quei due anni di carcere e persino le manganellate.
Tutto era stato sovrastato prima dalla morte di suo figlio e poi dall'avvenuta libertà.
Andrew si accomiatò e si recò da Nigel.
"Fatti vedere".
Lo abbracciò.
Era diventato un uomo e presto sarebbe stato padre.
"Una femmina. Siamo indecisi sul nome."
Avrebbero avuto tempo.
Andrew notò che Kamala non fosse presente.
"E' da un suo compagno di Università.
Mi sa che si è innamorata, li vedo sempre più spesso assieme."
Andrew ne fu contento.
Si è giovani una volta sola e l'avvocato manco si ricordava più come era stato sentirsi invincibili e inaffondabili.
Forse perché aveva sempre avuto paura di tutto e di tutti, cosa che lo rendeva molto diverso dal suo Io di oggi e da quello dei giovani di metà anni Novanta.

Tutto procedeva al meglio e si poteva programmare con più dilazione e con un'ottica mensile.
Rientrato a casa, vi trovò Adam.
Il socio e compagno si stava decidendo a mollare la parte prettamente giuridica.
"Ci vuole uno che coordini e che implementi le strategie.
Magari che si legga le sentenze, ma senza dibattimenti."
Andrew concordava.
"Io mi staccherò solamente quando la Commissione avrà terminato."
Annuirono.
Adam avrebbe lasciato perdere la parte processuale vera e proprio dalla fine del 1996.
"Sei passato da tua sorella?
Come hanno preso la notizia?"
Andrew l'aveva solo sentita al telefono, ma niente di più.
"Lo farò sabato."
Ormai era il benvenuto a casa di Margaret e Hendrik, almeno fino a che non era stata emessa la sentenza di condanna contro Pieter.
Sperò che questo non intralciasse, ora che il cognato aveva di nuovo un lavoro e uno scopo.
I nipoti erano sempre contenti di vederlo, specie Martha.
Vi era qualcosa in quella fanciulla di dodici anni che ricordava sua madre, sempre bisognosa di cure e di attenzioni.
Per Andrew era come tornare indietro nel tempo.
Notò che Hendrik non aveva cambiato espressione.
Probabilmente gli interessavano poco le sorti del fratello, specie dopo la scoperta del suo vero lavoro.
"Papà? Mamma?"
Margaret aveva poche novità.
Se andava bene, li vedeva una volta ogni due settimane e della loro vita da pensionati e anziani sapeva pochissimo.
Nemmeno John Parker e sua moglie ne erano a conoscenza, visto che frequentavano più spesso la casa di Jane che quella dei loro vecchi amici.
"Sai se mamma ha più ripreso i contatti con quelle carampane?"
Margaret si metteva sempre a ridere quando sentiva quell'espressione che usava ella stessa tempo addietro.
"Sai che ora sono io una carampana?"
Ad ogni modo, poteva essere come anche no.

Ad entrambi, faceva tristezza quel modo di vivere male gli ultimi periodi della loro vita.
Rancorosi e pieni di livore contro il mondo.
D'altra parte, anche Johannes e Maria vivevano appartati, nella medesima baracca di sempre a Soweto e tiravano a campare solo perché sua figlia Johanna aveva venduto la sua baracca e aveva devoluto il ricavo a loro.
David si faceva vedere sempre meno a Soweto, visto che il suo nuovo status sociale di Johannesburg gli impediva di mischiarsi alla sua vera origine.
Pensava che coi soldi e con la loro devoluzione si potesse comprare tutto, ivi compreso il rispetto e l'affetto, ma non era così.
Di persone come lui si stava popolando il Sudafrica.
Neri che, con ogni scusa possibile, non facevano che perpetrare lo sfruttamento verso i deboli solo per accaparrarsi una fetta di torta.
Era accaduto così alla miniera dove lavorava Dries.
Un paio di collaboratori neri, di quelli volenterosi e che si erano fatti la gavetta.
Con quelli, Dries si era trovato a meraviglia sin da subito e aveva lavorato a stretto contatto, come se fossero bianchi.
D'altra parte, contava il fatturato e la produzione, non di certo il colore della pelle.
Poi, però, era arrivato un terzo che si era installato in un ufficio a fumare sigari e fare la bella vita.
Un vitalizio senza lavorare, ecco cosa era il meccanismo di ricompensa secondo alcuni.
David preferiva passare sempre più tempo coi Parker che con la sua gente, visto che aveva tutto da imparare e tutto da guadagnare seguendo loro.
Non lo avevano ancora invitato a nessuna festa privata a casa loro e nessun loro amico li aveva visti assieme.
Questo era il limite imposto dalle regole di Jane.
"Già condividiamo la vita professionale, ma quella personale è affar nostro."
Così Margaret ed Hendrik non lo avevano mai conosciuto, sebbene ne avessero sentito parlare da più parti.
Vi erano delle strane connessioni che si chiudevano a mo' di anello e facendo strani giri.
Parentele, amicizie e conoscenze che aggrovigliavano la matassa della vita e passavano tra una generazione e l'altra.

Hendrik non aveva mai approfondito cosa ci facesse Hellen a Città del Capo e se quel bimbo fosse veramente il figlio di suo fratello.
Il riavvicinamento a Margaret aveva comportato una separazione dalla sua famiglia di origine.
In particolare, non sentiva più Hans, Helga o i suoi genitori che vivevano un'esistenza completamente appartata a Mendoza, come se l'Argentina fosse stato il loro luogo natio.
Del Sudafrica non volevano più saperne e anche la condanna all'ergastolo del fratello, o figlio, maggiore aveva suscitato ben poco interesse.
Pieter era stato abbandonato da tutti, licenziato dal servizio segreto e la sua casa sarebbe stata posta in vendita nel momento in cui la Corte di Appello avesse confermato la condanna.
Per di più, risultava nella lista dei poliziotti che, a suo tempo, avevano partecipato ai fatti di Soweto nel 1976 e la Commissione per la verità e la riconciliazione avrebbe indagato su quelle vicende.
Per una persona già condannata per altri capi di imputazione, faceva poca differenza, ma Pieter non sarebbe stato zitto se lo avessero interrogato.
Aveva taciuto nel processo sull'omicidio Laurel e sulle aggressioni allo studio Smith & Fiennes, in quanto aveva compreso che andare in aula e dichiarare il perché avesse agito lo avrebbe condannato seduta stante al massimo della pena.
A dire il vero, anche stare zitto non era servito a molto.
Gli avevano scontato due anni di pene accessorie, ma l'ergastolo per la colpevolezza gli era stato comminato.
Se Andrew avesse avuto a disposizione le carte della Commissione con la lista dei poliziotti avrebbe compreso come la condotta di Pieter fosse stata sempre indirizzata alla violenza verso l'altro.
Era un atteggiamento voluto e incoraggiato.
Quanti Pieter Van Wyk vi erano in Sudafrica?
Molti, troppi.
E nel mondo peggio ancora.
Questo male e questo terrore travalicava le etnie.
Non molto distante dal Sudafrica, due anni prima si era perpetrato un massacro indicibile.
In Ruanda, tutsi e hutu si erano scannati in pochi mesi provocando un genocidio di proporzioni bibliche.
Era come se gli xhosa e gli zulu in Sudafrica si fossero massacrati a vicenda.

Ci erano andati vicini, ma solo la capacità politica di Mandela e dell'ANC aveva permesso il contenimento delle violenze.
Se lo ricordava bene sia Patrick sia Johannes, testimoni di quello che sarebbe potuto essere un altro massacro.
Fortunatamente non era accaduto, ma ciò non si poteva dire in assoluto se applicato al resto del mondo.
Per di più, nemmeno il conferimento del Premio Nobel per la pace era sinonimo di fine dei conflitti, visto che Rabin era stato assassinato un anno dopo.
Anche in questo caso, il Sudafrica era stato fortunato, almeno finora.
Bastava una pallottola indirizzata a Mandela per cambiare l'intero corso della Storia e il fatto che i servizi segreti avevano al loro interno delle persone come Pieter Van Wyk non faceva certo ben sperare.
"Per questo serve fare pulizia", aveva sottolineato Johanna ad un incredulo David, ormai sempre più preso dalla vita lussuosa dei bianchi.
La separazione tra i due stava creando un solco importante e quasi definitivo.
Non era tanto la distanza fisica, quanto quella emotiva.
Diversi parametri di valutazione del passato e del futuro.
Johanna aveva conosciuto quello che era divenuto, a tutti gli effetti, il fidanzato di Kamala e lo aveva giudicato uno dei futuri dirigenti che avrebbe guidato il Sudafrica nel nuovo millennio.
Il calendario scorreva i mesi e tutto sembrava convergere verso la metà di dicembre.
Sentenza del processo di appello a carico di Pieter Van Wyk, nascita della figlia di Nigel Mbutu, a cui avrebbe messo il nome di Neda, emanazione del testo definitivo della Costituzione, decisione della Commissione per la verità e la riconciliazione in merito ai fatti di Soweto.
Sembrava un'ora del destino che accumunava la fine di un'epoca e l'inizio di una successiva.
Uno spartiacque come ve ne sono pochi nel corso della Storia.
In parallelo, Moses avrebbe finito il college e avrebbe pensato ai suoi futuri passi da universitario e lo studio Smith & Fiennes avrebbe valutato ulteriori espansioni, unitamente alla decisione di Adam di ritirarsi dalla carriera forense in prima persona.
Un turbine di eventi che, in modo indipendente, stavano per convergere a spirale.
Infinite ruote concentriche che diminuivano di raggio fino al punto essenziale dato dal centro.

L'intero spazio e la totalità del tempo racchiusi in ventiquattro ore.
Una possibilità rara, ma non impossibile in un'ottica che abbracciava l'intera eternità.
Proprio il 18 dicembre, Moses terminò il college e un sorriso pervase il suo volto.
Prese con sé sua sorella Abuja e andarono a scortare, forse per l'ultima volta in vita sua, Daniel fino alla nuova casa di Città del Capo.
Là non vi era nessuno, visto che Johanna stava in Parlamento a ratificare la Costituzione.
Una pietra miliare per il futuro.
Orgogliosa e sorridente, Johanna rimirò il Sole scintillante che si specchiava nelle acque dell'Oceano.
La vita sorrideva ad un nuovo futuro.
Da lì si spostò laddove si riuniva la Commissione per la verità e la riconciliazione per comprendere come avrebbe agito per i casi di Soweto.
Nel frattempo, Andrew Smith si recò presso il tribunale che avrebbe sentenziato circa la sorte di Pieter Van Wyk, subito dopo essere passato dall'ufficio per costatare i preparativi per la festa che i dipendenti avevano indetto a favore di Adam e della sua nuova carriera da gestore.
Hendrik si era recato al lavoro, come di consueto, e lo stesso aveva fatto Margaret, mentre i loro figli erano a scuola.
Anche per loro si trattava dell'ultimo giorno dell'anno e poi sarebbero iniziate le vacanze.
La meta dell'anno sarebbe stata Durban, ma senza i Parker.
Jane Parker e il marito si sarebbero recati in Polinesia, in una specie di rivisitazione di una nuova luna di miele, mentre loro figlio sarebbe andato in una scuola di specializzazione a Sydney e lo avrebbero raggiunto dopo due settimane, per poi proseguire nel visitare assieme parte dell'Australia.
John Parker e Liza avrebbero visitato la parte nord del Sudafrica, mentre Peter ed Elizabeth sarebbero rimasti a casa.
Prima dell'arrivo di suo figlio, Jane Parker aveva invitato a casa sua David Dlamini, il Presidente della società di gestione dei rifiuti in capo ai Parker.
Vestito di tutto punto, con una macchina moderna e lussuosa, David pareva un vero uomo di affari.
Non aveva perso la sua fisicità e la sua tonicità nonostante la bella vita fatta di cibi grassi e sostanziosi.

Si era fatto portare vari attrezzi di una moderna palestra in casa e aveva allestito il tutto per rimanere in forma fisica.
Jane Parker percepì i suoi muscoli tirati sotto la camicia bianca e i pantaloni blu, mentre David notò le solite forme generose di Jane che la avvicinavano a molte donne xhosa e zulu, ma non a Johanna il cui fisico era rimasto sempre secco.
Il tribunale a Johannesburg ci mise poco a leggere la sentenza.
Confermata in via definitiva quella di sei mesi prima.
Pieter Van Wyk non avrebbe rivisto la luce del Sole e avrebbe scontato la sua esistenza rimanente in carcere.
Un timido applauso accompagnò la fine di quel processo.
Carol si avvicinò ad Andrew e lo ringraziò.
"Giustizia è stata fatta", disse, ripetendo la stessa frase di giugno.
Al contrario, l'avvocato di Pieter tuonò contro il clima di distruzione e di ingiustizia che si era creato in Sudafrica, da cinque anni a questa parte.
Probabilmente quell'avvocato puntava ad un posto di rilievo nell'establishment dell'estrema destra e avrebbe sfruttato il caso di Pieter Van Wyk come trampolino di lancio per la sua carriera.
Andrew se andò soddisfatto in direzione del suo studio, telefonando nel frattempo ad Adam.
"Fine della storia", gli disse.
Ci sarebbe stato un motivo in più per festeggiare.
Jane fissò David e gli versò un calice di champagne.
"Venga qui."
Si avvicinò alla piscina e lo squadrò.
Sentì un fremito dentro di sé.
Non aveva mai tradito suo marito e non era mai stata con un nero.
Era sola in casa e lo sarebbe stata ancora per un'ora.
David non era un nero qualunque, era il nero giusto, quello scelto da lei personalmente.
Era una sua proprietà.
Si scostò un attimo la camicetta e notò che David sbirciò al suo interno.
Vi era molta carne là dentro.
Con un gesto istintivo, Jane gli mise una mano tra le gambe e notò che l'uomo era eccitato e ben dotato.
"Mi segua."
David non se le fece dire due volte.
In camera da letto si spogliarono e Jane si concesse a lui.

Fu completamente soddisfatta, mai avrebbe pensato di fare un gesto del genere.
Pensò di aver superato Andrew Smith nell'integrazione tra etnie e nella costruzione del nuovo Sudafrica.
David rimase estasiato da tanta generosità e prosperità.
Se quello era il giorno della Costituzione, allora poteva dire di aver contribuito alla definitiva riconciliazione.
La festa allo studio Smith & Fiennes durò giusto un'ora scarsa, il tempo necessario per un breve discorso e per consumare quanto predisposto al banchetto.
"Pensare da dove siamo partiti", sussurrò Adam all'orecchio del socio.
Sembrava ieri, ma il mondo era cambiato.
Definitivamente e generalmente in meglio, almeno secondo la loro esperienza.
Andrew avvertì sua sorella tramite un'e-mail, chiedendosi come avrebbe preso Hendrik la notizia della condanna del fratello.
Margaret ci pensò, ma non diede troppa importanza.
Ora aveva ritrovato suo marito, anzi vi era un nuovo Hendrik, migliore del precedente.
Avrebbe aspettato a sera per dirglielo.
Johanna se ne stava seduta in attesa della decisione della Commissione.
L'attesa non era mai foriera di buone notizie, almeno così le era stato insegnato.
Finalmente, i vari membri entrarono.
Con uno strano giro di parole, avevano deciso il non luogo a procedere per i vari poliziotti.
Così gli omicidi di Moses Nkosi e Abuja Dlamini sarebbero rimasti impuniti, come del resto di molti neri uccisi a Soweto venti anni prima.
Pareva una beffa.
Una notizia positiva, la Costituzione, subito compensata da una negativa.
Così andava il mondo e bisognava accettarlo.
Avrebbe chiamato suo marito per dirgli della novità, ma sapeva che l'uomo stava lavorando e avrebbe aspettato sera.
David se ne era andato da casa di Jane Parker prima dell'arrivo del figlio di quest'ultima e si era chiesto se fosse stato solo puro sesso animale o se si poteva trattare dell'inizio di una relazione.
Aveva compreso come la donna bramasse una passione che le apparteneva in gioventù, ma che ora non si era rivelata tale.

Johanna chiamò suo padre e gli comunicò degli esiti contrastanti e Johannes incassò il colpo.
Sua moglie lo avrebbe consolato, in un modo o nell'altro.
Nigel era all'ospedale e stava assistendo sua moglie, mentre Kamala attendeva fuori in corridoio.
Dopo un paio di ore, Nigel uscì da Kamala e le annunciò la nascita di Neda.
I fratelli si strinsero.
A breve, avrebbero informato Johanna e la parlamentare avrebbe detto della condanna definitiva di Pieter, avendo ricevuto un messaggio direttamente da Andrew.
Il giorno lavorativo volgeva al termine e ognuno stava rientrando alle proprie case.
Johanna sentì David.
Il marito registrò con assoluto distacco il non luogo a procedere verso chi aveva ucciso la sorella.
A Johanna sembrò strano.
Ebbe la sensazione di averlo perso definitivamente, ma non disse nulla.
Si diresse in salotto e prese un regalo che le aveva fatto Olga Martinez durante la sua ultima visita l'anno precedente.
Si trattava di un CD la cui musica iniziò a spandersi in casa.
"Cambia lo superficial
Cambia también lo profundo
Cambia el modo de pensar
Cambia todo en este mundo
Cambia el clima con los años
Cambia el pastor su rebaño
Y así como todo cambia
Que yo cambie no es extraño"
I suoi figli tesero l'orecchio e, benché non comprendessero una parola, la musica risultava un linguaggio universale.
"Cambia el más fino brillante
De mano en mano su brillo
Cambia el nido el pajarillo
Cambia el sentir un amante
Cambia el rumbo el caminante
Aunque esto le cause daño
Y así como todo cambia
Que yo cambie no extraño
Cambia, todo cambia"

Dalle finestre aperte la melodia si espandeva all'esterno e attirò l'attenzione del figlio di Hellen e della donna che si stava recando a vedere l'Oceano.

Andrew, aspettando il suo compagno, aveva compiuto il medesimo gesto di Johanna e stava sentendo la medesima musica.

"*Cambia el sol en su carrera*
Cuando la noche subsiste
Cambia la planta y se viste
De verde en la primavera
Cambia el pelaje la fiera
Cambia el cabello el anciano
Y así como todo cambia
Que yo cambie no es extraño."

Jane Parker, navigando distrattamente in Internet si era imbattuta in una canzone spagnola che non capiva. La sua mente vagò al giorno di passione che aveva vissuto.

"*Pero no cambia mi amor*
Por más lejos que me encuentre
Ni el recuerdo ni el dolor
De mi pueblo y de mi gente
Y lo que cambió ayer
Tendrá que cambiar mañana
Así como cambio yo
En estas tierras lejanas."

Margaret e Hendrik si guardarono e fissarono i loro figli, ormai presi dai loro problemi.

"*Cambia, todo cambia*
Cambia, todo cambia"

Disteso nel suo letto, Johannes non si accorse di nulla e spirò.

Non avrebbe visto il nuovo Sudafrica e le conseguenze della nuova Costituzione.

"*Pero no cambia tu amor*
Por más lejos que te encuentres
Ni el recuerdo, ni el dolor
De tu pueblo y de tu gente
Y lo que cambió ayer
Tendrá que cambiar mañana
Y así como cambio yo
En tu tierra tan amada".

Nel silenzio, Peter ed Elizabeth si prepararono ad andare a dormire.

Nella loro vita, tutto sarebbe rimasto identico al giorno precedente.
"Cambia, todo cambia".